DE LA MÊME AUTRICE

Aux Éditions Gallimard

UNE HISTOIRE DE FRANCE, *roman*, 2019, « Folio » n° 6896. Prix de la Feuille d'or de la ville de Nancy 2019.

CHIENNE ET LOUVE, *roman*, 2022, « Folio » n° 7419. Prix de Flore 2022.

AUX NUITS À VENIR

JOFFRINE DONNADIEU

AUX NUITS À VENIR

roman

nrf

GALLIMARD

L'autrice a bénéficié pour l'écriture de ce livre du programme de résidences d'écrivains de la Région Île-de-France.
L'autrice remercie également le CNL pour la bourse de création qui lui a permis de mener à bien la réalisation de cet ouvrage.

À jamais, nous.

D'un élan, elle s'était pendue à lui, elle chercha sa bouche et y colla passionnément la sienne. Les ténèbres s'éclairèrent, elle revit le soleil, elle retrouva un rire calmé d'amoureuse. Lui, frémissant de la sentir ainsi contre sa chair, demi-nue sous la veste et la culotte en lambeaux, l'empoigna, dans un réveil de sa virilité. Et ce fut enfin leur nuit de noces, au fond de cette tombe, sur ce lit de boue, le besoin de ne pas mourir avant d'avoir eu le bonheur, l'obstiné besoin de vivre, de faire de la vie une dernière fois. Ils s'aimèrent dans le désespoir de tout, dans la mort.

ÉMILE ZOLA
Germinal

Mais il y a des choses qui se passent la nuit entre un homme et une femme et qui font que tout le reste n'a plus aucune importance !

TENNESSEE WILLIAMS
La chatte sur un toit brûlant

Le désordre des échafaudages fait partie de l'ordre habituel des villes. Dans tous les quartiers, on trouve des navires abandonnés : des bateaux fantômes à quai. Ils sont rares, ceux qui font attention à ces vieux immeubles camouflés par un échafaudage et ses bâches. Encore plus rares ceux qui montent à leur bord.

Il s'est passé quelque chose, mais Marge ne sait plus quoi. Quand elle regarde ses mains, elle a peur. Elle sait de quoi elles sont capables, mais tout est si loin, si confus. Elle avait six ans.

LA GUERRE

Je suis cette demeure hantée par un cri.
La nuit, ça claque des ailes
Et part, toutes griffes dehors, chercher de quoi aimer.

Je suis terrorisée par cette chose obscure
Qui sommeille en moi ;
Tout le jour je devine son manège, je sens sa douceur maligne.

SYLVIA PLATH
Ariel, « La voix dans l'orme »

Devant le 37 de la rue des Martyrs, au beau milieu du trottoir, une jeune femme est allongée sur une cantine à roulettes. Ses jambes dépassent de la caisse, parfaitement alignées avec son corps, tendues à l'horizontale. Elle est si raide que si on lui ôtait ce support, elle resterait suspendue dans les airs. Immobile, le visage blême, comme morte. Les passants la contournent, des enfants l'enjambent comme à saute-mouton, des badauds regardent ailleurs, gênés. Un homme s'arrête, lui demande si elle a besoin d'aide. Elle ouvre les yeux, ne dit rien, l'ignore.

La voix de Violette, sa sœur cadette de dix mois, résonne encore dans sa tête. La scène a eu lieu quelques minutes plus tôt.

Tu peux crier, pleurer. Je te vire, Marge. Tu peux mettre les bras en croix pour ne pas passer la porte, ça ne t'empêchera pas de finir sur le trottoir avec tes affaires. Je ne peux plus vous voir.

Violette pousse la caisse, décidée. Marge sent le couvercle en fer sous son dos qui vibre sur le carrelage du cabinet, glisse sur le tapis persan. Elle regarde le ventre de sa sœur déjà arrondi au-dessus d'elle. Violette, enceinte de trois mois, attend son deuxième enfant. Marge observe ses seins fiers, son cou dégagé, son menton et son nez pointus comme les siens, comme ceux de leur mère. Violette se penche sur son visage. Tu veux jouer ? D'accord. Mais ce ne sera pas aussi drôle que lorsqu'on était petites et que je te couvrais d'un drap taché de rouge pour effrayer les parents. C'est fini, Marguerite. Je le connais, ton sourire. Aujourd'hui tu ne m'auras pas. Tu es allée trop loin. Ne me fais pas tes yeux assassins, ce n'est pas moi la fautive.

Alors que Marge se redresse, Violette plaque ses mains sur son torse, la maintient allongée, susurre à son oreille. Vas-y, pleure. Tu auras beau sangloter, trembler, mimer une crise de tétanie ou d'épilepsie, un délire psychotique ou menacer de te suicider, je ne ferai pas marche arrière. Je ne te laisserai pas détruire mon couple, ma famille, mon travail.

Marge tousse, suffoque, fait mine de s'évanouir. Violette retire sa main. Si je perds mon bébé, ce sera ta faute. Tandis que Violette se caresse le ventre, Marge s'échappe, fonce derrière le grand bureau Empire disposé de biais. À cette place, sa sœur écoute les plaintes, les rêves, les obsessions, les angoisses et les délires de ses patients. C'est là, sur ce fauteuil en velours rouge, que Violette évalue des comportements à risques, établit des diagnostics, détecte les suicidaires, bipolaires, schizophrènes, mégalomaniaques, dépressifs, anorexiques, addicts. Marge scrute avec minutie le cabinet, une ancienne boulangerie. Une grande baie vitrée. Trois portes. La première à droite du bureau, camouflée par un rideau, permet d'accéder à l'appartement familial. La deuxième, à gauche, ouvre sur la salle d'attente. La troisième, en face, entre deux bibliothèques basses, donne sur la rue. C'est par là que sort le patient pour ne pas croiser le suivant. Une photo de son beau-frère et de sa nièce trône à côté d'un presse-papier renfermant une violette et une marguerite. Marge possède le même, cadeau de leur grand-mère Suzie. Au-dessus de la porte du salon trône le diplôme d'études spécialisées en psychiatrie de l'enfant et de l'adolescent. Devant le bureau, deux fauteuils, sur la droite une méridienne et une table basse sur laquelle repose une lampe en bronze, œuvre d'un designer renommé. Ici et là des objets contemporains et anciens cotés sur le marché de l'art. Violette coche toutes les cases de la réussite sociale. Déjà à l'école de la Légion d'honneur, elle était l'élève modèle, toujours en tête. L'uniforme lui allait si bien. Marge passe en accéléré le film de leur enfance. L'une née en janvier, l'autre en novembre, on aurait dit des jumelles tant elles se ressemblaient. Elles ont reçu la même éducation, vécu les mêmes événements. Pourtant, elles n'ont pas pris la même direction. À quel moment se sont-elles éloignées ?

Perdue dans ses pensées, Marge fixe Violette, debout, une main sur la clenche de la porte de sortie. Pas un cil ne bouge, sa poitrine se soulève à peine, Marge comprend que sa sœur ne plaisante pas.

Comme tu m'agaces, Marge. Quand vas-tu réagir ? Marguerite, je te parle ! Est-ce que tu trouves normal que ta petite sœur t'entretienne à trente-quatre ans ? Déjà, enfant, je te prêtais mon argent de poche pour t'acheter des babioles, et je n'en revoyais jamais la couleur. D'aussi loin que je me souvienne, les rôles ont toujours été inversés. C'est toi la grande sœur.

Violette ne peut effacer la tentative de suicide de leur mère l'année de leurs douze ans. Elle repasse dans sa tête les heures à lui tenir compagnie et à lui redonner espoir tandis que Marge était Dieu sait où. Qui a sacrifié sa jeunesse, Marguerite ? Moi, moi, moi.

Marge imite le cri d'une mouette, moâ moâ moâ, en l'accompagnant de sa main figurant un bec qui s'ouvre et se ferme. Comme toujours quand on lui parle de choses sérieuses, selon ses humeurs, elle fait la mouette, mime une autruche qui enfonce sa tête dans le sable, ou se bouche les oreilles. Ça suffit, arrête ton cirque, dit Violette. D'une voix glaciale, elle reproche à Marge sa fuite à seize ans quand tout allait au plus mal, sa façon de bondir d'une vie à l'autre, l'abandon de Câline, une bâtarde adoptée à la SPA une semaine avant son départ. Violette ne comprend pas sa sœur. Elle est insaisissable, et si libre.

Marge s'agrippe au bureau tandis que Violette ouvre la porte. Un léger courant d'air s'engouffre dans le cabinet. Leurs peaux frissonnent, leurs longs cheveux aux reflets roux s'emmêlent. Violette s'impatiente. Tu mérites une gifle. Celle que papa ne t'a jamais donnée. Marge met sa sœur au défi de lever la main sur elle. Tu as toujours été sa préférée. Sa princesse.

Marge glisse du fauteuil, se recroqueville sous le bureau. Violette referme la porte, passe ses nerfs sur le stylo Bic. Marge regarde les jambes de sa sœur campées devant elle comme chez la grand-mère Suzie qui sentait le moisi. Dans le jardin, couchée sur le ventre, elle parlait avec ses personnages, notait leurs doléances, leurs requêtes, tel un inspecteur de police sur une vieille machine à écrire.

Parce que Marge ne vit pas seule, des créatures la hantent le jour et prennent possession de son corps la nuit.

Il est temps de te trouver un travail et un logement comme tout le monde, poursuit Violette. Tu ne peux pas vivre indéfiniment chez moi. Tu pousses tout le monde à bout. Tu vis aux crochets des autres. Tu creuses ton trou, ton terrier. On finit par croire que l'on vit chez toi, on s'excuserait presque de faire du bruit, de te déranger ou de t'interrompre quand tu lis. En dix-huit ans, tu as usé amis, connaissances, famille. Tu charmes ton monde. C'est exaspérant. Paris est à tes pieds. Mais plus moi.

Violette rejoint Marge sous le bureau, attrape son menton et reste immobile.

Long silence.

Tu me voles des ordonnances. Depuis quand ?

Marge se tait. Violette la gifle. Ne me mens pas. Un mois, deux peut-être ?

Depuis des années, répond Marge qui tente un sourire de Madone.

Violette devient rouge, serre son menton de plus en plus fort.

Tu sais ce qu'il m'incombe de faire, Marguerite ? Je dois porter plainte auprès des services de police, puis prévenir le Conseil de l'ordre. Voilà ce que précise la loi quand il s'agit du vol d'ordonnances sécurisées. Tu sais ce que tu encours ? Une peine de cinq ans d'emprisonnement et trois cent soixante-quinze mille euros d'amende. Et tout cela pour quoi ? La pharmacienne m'a prévenue, figure-toi. Pour des somnifères ! Tu ne serais plus insomniaque si tu travaillais.

Violette bégaye, postillonne, ne trouve plus ses mots. Elle connaît la suite. Marge va lui dire qu'elle a peur de la nuit et qu'elle déteste le jour, le soleil, les vivants, et puis elle va en venir aux mains. Marge a très peur de ses mains.

Ses mains font ce qu'elles veulent, Marge ne les contrôle pas. Elles peuvent aussi bien caresser qu'étrangler. Pour ne plus y penser, ne pas basculer de l'autre côté, elle marche jusqu'à l'épuisement. Elle rentre à l'aube, se couche quand les autres sortent un pied du lit. Elle occupe ses mains à l'abri des regards. Parfois, elle fabrique des têtes en papier mâché.

Dans ses rêves, elle le voit, ce cou, ce cou entre ses mains, ses mains qui le serrent, les veines apparentes à la limite de la boursouflure. Ses doigts connaissent les pulsations du désir et celles de la souffrance, le rythme cardiaque est semblable. Marge se réveille en sueur, les draps trempés. À qui appartient ce cou ?

Une grande inspiration, Violette poursuit. Tu rentrerais comme moi, épuisée après une journée harassante, tu aurais tout juste l'énergie de mettre un plat au microondes avant de t'écrouler. Tu dormirais d'une traite, fini les crises de somnambulisme ! Tu es un danger public, Marguerite. Heureusement que la pharmacienne est une amie. Je pourrais perdre mon travail. Tu m'imagines, moi, à la rue, enceinte, une fillette dans les bras ?

Marge soupire. Violette a un filet de sécurité et pas

n'importe lequel : Jules. Un mari merveilleux, un père fabuleux, un fils de bonne famille, un entrepreneur immobilier hors pair.

Des frissons parcourent le corps de Violette. Les mâchoires serrées, elle agrippe les épaules de Marge, la tire à elle, front contre front, yeux dans les yeux : Jules est à deux doigts de prendre le large. Quand il m'a épousée, c'était pour vivre avec moi, pas avec nous. Nous n'étions pas un lot de tête de gondole. Je t'ai toujours surprotégée, je me disais que tu étais trop rêveuse, à fleur de peau, mais tu n'es qu'une profiteuse et une manipulatrice. Jules a raison. Je n'aurais jamais dû t'héberger, pas une seule nuit. Déjà un an que tu squattes notre appartement. Alors oui, tu es aimable, serviable. Tu remplis le frigo de temps en temps, tu vas chercher Iris à la maternelle, mais tu crois que cela suffit ?

Violette tente d'extirper Marge par les bretelles de sa robe, qui lève les bras et se retrouve en sous-vêtements. Violette lui empoigne les cheveux pour la déloger. Marge claque des dents : une tactique d'éloignement redoutable. Trop peur d'être mordue, Violette se recule. Marge fonce sur la méridienne. Les bras croisés, Violette s'impatiente. Arrête, Marguerite, nous ne jouons pas à chat perché. Descends, enfile ton chiffon et va-t'en. Je ne supporte plus de te chasser avant l'arrivée de mes patients, ni de te voir débarquer à la Pitié-Salpêtrière quand je suis de service. Si ça continue, on va me virer de l'hôpital. J'ai besoin de ce mi-temps, tu le sais très bien, l'activité du cabinet n'est pas assez développée pour l'instant.

Violette la saisit par la taille. On dirait que Marge essaye de fondre pour s'échapper, mais elle la maintient fermement. Je ne supporte plus de te virer du salon avant le retour de Jules. Il enchaîne les réunions de chantier, les constructeurs, les architectes, il cherche sans cesse de nouveaux marchés, il a besoin de ce moment de tranquillité pour relâcher la pression. Ce n'est pas rien de mener un projet de A à Z et de gérer des millions d'euros. En ce moment, il joue gros, je ne te l'apprends pas. Il n'arrête pas d'en parler. L'immeuble d'en face est devenu une fixation. Il n'en dort plus. C'est le projet de sa vie.

Jules, la quarantaine, grand brun, yeux foncés. Avec son tempérament autoritaire et son assurance, il a conquis Violette au bar d'un hôtel alors qu'elle fêtait la réussite de sa thèse avec Marge et deux amies. En quelques mots, il a su projeter Violette dans sa vie. Pour lui, elle représentait l'élégance, le savoir, la réussite : le profil idéal. Cela n'a pas été un coup de foudre, mais Violette a vu en lui le père de ses enfants, l'homme qui lui assurerait sécurité et confort.

Pour Marge, il représentait le suicide lent, la perte de sa sœur, l'ennui. Jules aime l'argent. Il a toujours peur d'en manquer. Il marchande tout, un briquet au bureau de tabac, un agenda à la banque. Il monopolise les conversations, laisse traîner ses affaires dans tout l'appartement. Il adore gagner du territoire. En deux ans, il a doublé la superficie de l'appartement en négociant celui du dessus à la mort du propriétaire, sans oublier la boulangerie du rez-de-chaussée transformée en cabinet pour Violette. Il joue au Monopoly grandeur nature. Il parie, investit, pose ses pions. Son objectif : transformer le visage de la capitale par l'innovation, devenir aussi célèbre que Renzo Piano.

Marge tente une échappée, mais Violette enfonce les doigts sous ses côtes. La proie s'immobilise. Des pointillés ocre, presque imperceptibles, s'immiscent dans ses yeux marron. Violette déteste son regard de renarde enragée qui lui rappelle ses crises de somnambulisme. Comme si toute son âme brûlait dans des reflets d'incendie. Fillette, cela la terrifiait. Seule leur mère, avant sa tentative de suicide, était capable d'apaiser Marge. Elle lui attrapait les poignets, glissait son pouce entre les deux artères. Instantanément, le pouls de sa petite Marguerite se calmait. Violette a bien essayé de faire de même la nuit d'orage où Marge a fait une crise dans le dortoir de la Légion d'honneur. Peine perdue. Marge l'a repoussée et s'est enfuie, pieds nus dans la forêt de Saint-Germain-en-Laye. Elle est revenue à l'aube, cheveux ébouriffés, pleine de terre. Elles n'ont jamais reparlé de cet épisode.

À cet instant, Violette revoit l'imposante bâtisse, le carrelage à damier, la chapelle, la serre, la bibliothèque : l'endroit préféré de Marge. Mais elle n'est plus une gamine, elle a bientôt trente-quatre ans. Son comportement étrange ne la fascine plus. Violette retire ses mains, ramasse la robe et la lui tend. Marge l'enfile, se dirige vers la cantine. Violette reprend là où elle s'est arrêtée, toujours avec cette voix froide.

Je ne supporte plus de te faire déguerpir du tapis de jeu d'Iris. Tu ne peux pas te cacher dans sa chambre pour dormir. Iris a trois ans, elle a besoin d'un cadre, d'un environnement sain. Tu la mets devant des dessins animés, tu lui racontes des histoires horribles avec tes créatures fantômes, tu lui achètes avec mon argent des jouets fabriqués en Chine bourrés de cadmium et de bisphénol A. Tu lui files des biftecks hachés à la place des steaks de soja, et tu fais les boutiques avec elle au lieu de l'accompagner à ses cours d'éveil musical.

Marge lève les yeux au ciel. Violette se rue sur elle, la projette au sol et la coince. Tu l'emmènes essayer des perruques à Pigalle, ne démens pas ! Iris réclame *la perruche* et me montre la perruque turquoise à grosses boucles, sa préférée. Tu lui mets des robes de princesse et des ballerines à sequins. Quand je vais la chercher à l'école, elle ressemble à une gitane.

Des gouttes de sueur coulent sur le front de Marge. Elle étouffe.

D'un geste soudain, Marge renverse la situation et se retrouve à cheval sur sa sœur. Malgré son mètre soixante-cinq et ses cinquante kilos, elle est dotée d'une grande force. Petite, elle grimpait au sommet des arbres en quelques secondes, elle sautait de branche en branche avec facilité. En sport, elle était la première à se hisser en haut de la corde. Aujourd'hui encore, Marge adore escalader les grilles et les murs, chercher la bonne prise, glisser un pied, une main, passer de l'autre côté telle une voleuse. Même en robe, elle grimpe sans problème.

Elle se relève d'un seul coup. Violette reste au sol, les yeux rivés au plafond. Elle lui tend la main, mais Violette se relève sans son aide, fulminante. Tu es folle, Marguerite. Folle, folle, folle. Elle sait que Marge déteste ce mot. Il lui fait peur. La folie a frappé leur grand-mère Suzie à vingt-six ans et leur mère à quarante. Maintenant, le spectre de la folie rôde comme un loup affamé autour des deux sœurs.

Violette ouvre la porte, puis pousse la cantine vers le

trottoir. Marge la devance, s'allonge sur la caisse, ferme les yeux. Violette regarde sa montre. Bientôt dix heures. Son premier patient, M. Bertin, ne va pas tarder. Vite, Violette éjecte la cantine avec Marge, les pieds devant.

Grand soleil en cette fin de septembre. La cantine, rue des Martyrs, occupe toute la largeur du trottoir. Marge reste immobile. Les rayons diffusent leur douce chaleur sur la robe noire aux motifs de guitares. Cette caisse est le minivan de Marge, sa roulotte. Au fur et à mesure de ses déplacements, elle l'a rendue plus fonctionnelle. Bricoleuse comme son père, elle a aménagé l'intérieur à sa façon. Cinq casiers en bois. Dans le premier : les vêtements d'été ; dans le deuxième : ceux d'hiver ; dans le troisième : les produits hygiéniques ; dans le quatrième : des affaires pour dormir à la belle étoile. Marge s'en sert rarement. Et dans le cinquième, plus petit que les autres : quelques conserves pour dépanner. Sur le couvercle à l'intérieur, un tableau sur lequel Marge note ses rendez-vous à France Travail.

Violette s'impatiente. Tu ne vas pas rester là à jouer la morte. Elle aperçoit son patient sortant du café voisin. Vite, elle file dans son cabinet. La porte claque.

Une fois encore, Marge est à la rue.

Immobile, les yeux fermés, elle écoute les passants. Un bébé gazouille, sa mère peste en la contournant tant bien que mal. Un chien renifle la caisse puis son visage, son maître le rappelle à l'ordre. Un instituteur fait traverser des écoliers. Un jeune en skate dérape juste avant de la percuter, tombe, renifle. Tout autour de Marge, des gens dans des cases, des gens avec des obligations, des devoirs, des rendez-vous, des soucis, des fins de mois difficiles, des pensées adultères. À cette seconde, Marge se dit que pour rien au monde elle n'aimerait être à leur place. Tous en train de courir après l'argent, le travail, le sexe. Cette trilogie sacrée, elle en a déjà fait l'expérience et préfère s'en tenir à l'écart. Sa seule préoccupation : chercher un endroit où dormir.

Une brise légère balaye les cheveux de Marge, s'engouffre sous les bâches qui recouvrent l'échafaudage de l'immeuble d'en face. Elles gonflent comme les voiles d'un navire, claquent contre l'ossature d'acier avec un tintement régulier, une musique qui la berce sur sa cantine. L'année dernière, à la même époque, Marge a observé la structure se monter comme une tour de Kapla, camoufler la façade petit à petit. L'échafaudage installé, elle n'a jamais vu le moindre ouvrier sur les planches. Les mois se sont écoulés, les lieux se sont vidés. La société qui devait rénover l'immeuble a fait faillite. Et désormais, le bâtiment est au cœur d'un conflit entre les riverains écologistes pour préserver un chitalpa de Tashkent moche et rabougri qui trône dans la cour, et Jules, car c'est là son grand projet, qui veut y implanter un complexe technologique ultramoderne. À l'intérieur d'un cube blanc aux vitres mercurisées qui refléteront la rue des Martyrs, les clients auront la possibilité :

– de découvrir n'importe quel pays en moins d'une heure, grâce à leurs hologrammes. Munis de capteurs sur la voûte plantaire, la langue, les bras, le ventre et dans le nez, ils savoureront les spécialités locales tout en s'épargnant les allergies, les troubles digestifs, les cuites du lendemain. Ils s'offriront des plaisirs inavouables sans culpabilité ;
– d'essayer des tenues extravagantes et flamboyantes dans des boutiques luxueuses. Ils voyageront à travers les époques pour assister à des événements uniques : bal masqué au château de Versailles, Exposition universelle de Paris, première séance de cinématographe, représentation d'une pièce avec Sarah Bernhardt, soirée avec Arsène Lupin, visite à Auguste Rodin dans son atelier ;
– de s'immiscer dans des tableaux de maîtres pour participer à un déjeuner sur l'herbe, danser la ronde, assister à la naissance de Vénus, poser avec les demoiselles d'Avignon ;
– de s'abonner à l'Agence de l'extrême pour des frissons garantis mais sans risques : sauter dans le vide, nager avec les requins, forniquer en haut du mont Blanc, courir dans des forêts disparues, respirer le grand air du pôle Nord, retrouver des sensations perdues : la joie de marcher dans la neige ou la peur de glisser sur une plaque de verglas.

Ce projet s'est trouvé au cœur de nombreuses discussions lors des dîners chez Violette et Jules. Leurs amis étaient séduits par ces innovations. Les couples imaginaient déjà leurs hologrammes aux physiques parfaits s'adonner aux sensations fortes : visiter l'île de Pâques sans quitter la rue des Martyrs, fumer des champignons au cœur de la forêt amazonienne, aller à la rencontre d'une tribu bororo, converser dans la même journée avec Einstein, Freud, Lao-Tseu, sans parler de tous les avantages et privilèges que leur réserverait Jules. Bien sûr Marge se rangeait du côté du chitalpa. Les échanges s'envenimaient, Jules finissait par dévier la conversation. Pris d'angoisses à l'idée de ne pas décrocher le marché, il se voyait annoncer cet échec à leurs amis. Il ne s'en remettrait pas. Marge quittait la table et rejoignait Iris dans sa chambre. Violette ne tardait pas à venir la déloger pour l'envoyer dormir sur le canapé. La savoir seule avec sa fille en pleine nuit la dérangeait. L'intuition d'un danger indéfini l'empêchait de faire confiance à Marge.

Les cloches de Notre-Dame-de-Lorette, en bas de la rue des Martyrs, sonnent onze heures. Ponctuelle, Violette ouvre la porte, adresse un sourire bienveillant et deux ou trois conseils à son patient. À la semaine prochaine, même jour, même heure. Violette ignore Marge allongée dans le passage, fait comme si de rien n'était, continue de sourire avec un geste de la main, une façon de dire au jeune Jérôme Bertin, quatorze ans, que sa mère a envoyé chez la psychiatre soigner les effets de son trop haut potentiel intellectuel et émotif alors qu'il n'est qu'un adolescent névrosé ordinaire, allez-y, n'ayez pas peur, la vie vous accueille à bras ouverts. Jérôme acquiesce, se faufile entre la sortie du cabinet et la cantine. Marge ouvre un œil, se lève en une seconde, se précipite vers la porte, mais Violette la referme prestement. Marge entend la clef tourner dans la serrure. Elle se rallonge sur la cantine et ferme les yeux.

Les heures passent. Dans le cabinet de Violette défilent des jeunes avec leurs parents angoissés, des hommes et des femmes désireux de parler à l'enfant prisonnier à l'intérieur de leur corps :

- Mme Bonneval et son fils, Baptiste, obsédé par les plis. Il ne peut plus parler dès qu'il remarque une chemise froissée ou une peau fripée ;
- M. Préville et sa fille, Anouk, qui déteste la lettre « S ». Elle la retire de tous les mots ;
- Mme Fenoux et sa fille, Camille. Sa dernière lubie : persuadée d'être une centauresse, elle ne se déplace qu'à quatre pattes.

Bientôt dix-neuf heures, le ciel s'habille d'une robe rose légère aux reflets ocre. Sa douce lumière descend en cascade sur les immeubles, se répand sur les trottoirs, traverse la rue des Martyrs. Les fenêtres ouvertes invitent les derniers rayons du soleil. Accrochées à des balcons, des guirlandes de loupiotes, des banderoles, et des confettis gisent dans les rigoles. Les riverains prolongent l'été autant que possible, le retiennent par la manche. Les terrasses sont prises d'assaut, les glaçons jouent leur musique réconfortante, un joyeux carillon. Les serveurs déposent des bougies sur les tables. Ici et là, des yeux malicieux, des lèvres qui se mordillent, des poils qui se hérissent, des mains qui se cherchent. Des nounous courent dans tous les sens. En retard pour le bain, elles rattrapent les têtes blondes par les cols. Sous des porches à l'abri des regards, des adolescents traficotent ou se bécotent avant de rejoindre leurs parents et leurs sempiternelles questions sur l'avenir. Des amants s'envoient un dernier message. Des mères se précipitent à la supérette du coin pour les courses du dîner. La vie bat son plein autour de Marge qui fait la morte. Personne ne prête attention à elle. La Belle au bois dormant commence à faire partie du décor.

Tout à coup, un type vêtu d'un jean et muni d'une canne blanche se heurte à la cantine. Marge ouvre imperceptiblement les paupières. Il finira bien par faire un pas de côté. L'aveugle tâtonne avec sa canne, cherche comment contourner l'obstacle, marmonne. Je la connais par cœur, cette rue, mais il faut qu'ils inventent chaque jour quelque chose pour m'emmerder. Des travaux, encore et encore. Qu'est-ce que c'est que ce truc ? Ils vont nous mettre une énième piste cyclable. Pourquoi pas un tapis roulant jusqu'au Sacré-Cœur pour les touristes obèses ?

La canne glisse entre les roues de droite à gauche, puis de gauche à droite. L'homme ressemble à un héros de jeu vidéo bloqué par un mur en briques. Il vocifère des insultes contre le maire, les élus, le quartier. Happés par leurs téléphones, les badauds ne le voient pas. Il déplace sa canne de plus en plus vite et de plus en plus fort. Le dernier coup est fatal. Le frein de la roue droite saute. La cantine dévisse tout doucement, et Marge comprend qu'elle s'apprête à dévaler la rue des Martyrs. Elle saute et retient de justesse la caisse par la sangle attachée à la poignée. Elle prend la mesure de la situation.

Elle n'a nulle part où aller ce soir. L'heure tourne. Chez qui pourrait-elle bien squatter ? Justine ? Impossible, je n'ai jamais remboursé ce que je lui devais. Marie-Ève ? Elle vient d'accoucher. Sébastien ? Sa nouvelle copine a fait le vide autour de lui. Youssef ? Sa femme l'a mis dehors, il est aussi à la rue. Barbara ? Elle ne me pardonne pas d'avoir flirté avec son beau-fils. Lilyane ? Elle me reproche nos soirées trop arrosées. Raphaël ? Il vit désormais à New York. Et les autres dont je ne me rappelle même plus les prénoms, que sont-ils devenus ? Où sont-ils ?

Son pouls s'accélère. La nuit commence à tomber. Elle peine à respirer. Elle frappe à la porte du cabinet. Violette n'ouvre pas. Elle l'appelle de son vieux téléphone et tombe directement sur sa messagerie. Marge réalise qu'elle est sans domicile fixe.

SDF.

Elle monte et descend la rue des Martyrs, croise l'aveugle qui sort d'un bistrot. Saoul, il marcherait presque droit.

Une bourrasque rafraîchit son visage en feu, soulève les bâches lacérées de l'immeuble derrière elle. Des lambeaux, comme des bras géants, volent et se courbent pour l'attirer, la capturer. L'ossature de l'échafaudage siffle. Nuages noirs, le tonnerre gronde, une pluie d'été s'abat sur la rue des Martyrs. Tout le monde se réfugie à l'intérieur des cafés ou sous les porches. Seule Marge reste sur le trottoir. Sa robe en soie lui colle à la peau. Elle tend le cou vers le ciel à la façon d'un chat réclamant des caresses. La bouche entrouverte, elle gobe les gouttes de pluie. Son maquillage dégouline.

Dissimulée derrière le rideau de sa chambre, en pyjama, Violette observe sa sœur. Ce n'est pas la première fois qu'elle voit Marge dans cette posture. Elle adore l'orage. Petite, elle se précipitait dehors, ses mains exécutaient toujours la même chorégraphie, elle tournoyait avant de s'écrouler dans l'herbe. Elle ne faisait plus qu'un avec le ciel. Violette hésite. Jules l'enlace, l'attire vers le lit et éteint la lumière.

Les yeux fermés, Marge tourne ses poignets. Ses bracelets tintent, ses paumes accueillent la pluie, ses doigts se déploient un à un. Elle lève les bras, se dandine sur une musique qu'elle seule entend. Une odeur de goudron et d'essence parfume l'air. Marge le sent, l'accalmie est proche. Doucement, elle recule telle une comédienne qui sort de scène, s'abrite sous l'échafaudage, tire la cantine à elle. De l'extérieur, on pourrait croire que la caisse est guidée par un fantôme.

Invisible, Marge respire l'humidité. Ses pores en sont imprégnés, ses longues mèches plaquées sur le crâne ruissellent, sa peau frissonne.

Le vent se calme, les lambeaux de toiles l'enveloppent, la coiffent d'un voile de mariée. Les habitants de la rue des Martyrs regagnent leurs foyers.

Marge pousse la porte entrouverte de l'immeuble abandonné. Elle gare sa cantine sur le côté. Ici, le temps semble s'être arrêté. À peine les habitants ont-ils déserté l'immeuble que la nature reprend ses droits. Du lierre s'est niché dans les fissures, de la mauvaise herbe a poussé entre les pavés du porche et les chats de gouttière se sont approprié les lieux. Du courrier et des prospectus jonchent le sol : un grand couloir tagué et, ici et là, des seringues. Partout des affiches des deux clans : « Attention danger, risques d'effondrement », « Bientôt ouverture d'un complexe technologique » et « Il faut sauver le chitalpa ». À gauche, une porte aux carreaux brisés donne sur un escalier en bois. À droite, quatre rangées de boîtes aux lettres. Une seule porte encore un nom : Victor Beaulieu. Au fond, une grille ouverte donne sur la cour intérieure.

Marge découvre un espace bétonné avec ses pots de fleurs vides. Dans un coin, une vieille table et des chaises en fer forgé. Au milieu, le chitalpa de Tashkent. C'est donc lui dont tout le monde parle. Dans l'obscurité, elle décèle une masse noire aux branches frémissantes. Elle s'y adosse un instant.

Elle cache sa cantine dans la loge du gardien à moitié détruite par d'anciens squatteurs. Elle sort sa lampe de poche et glisse quelques affaires et son Opinel dans un sac. Un châle sur les épaules, elle monte l'escalier désert jusqu'au premier étage. Les portes des appartements sont scellées, hormis celle d'une pièce de service au fond du couloir. Marge pousse la porte. L'air est humide. Elle éclaire le sol disjoint, glisse doucement ses pieds, s'arrêtant à chaque craquement du parquet. Par la fenêtre, elle découvre une cabane de chantier suspendue au-dessus de la rue. Elle enjambe le rebord et monte sur la passerelle.

La cabane aux allures de chalet n'est pas fermée à clef. Marge inspecte les huit mètres carrés. Il y fait doux. Une fenêtre sur la rue laisse passer la lumière des réverbères. Elle découvre une table, un lit de camp, une bouteille et des gobelets, mais aucune arrivée d'eau.

Elle enfile un pull et son bas de pyjama, se faufile dans son sac de couchage. Elle peine à trouver une position confortable, assaillie de questions. Est-ce que Violette pense à elle de l'autre côté de la rue ? Et si elle fait une crise de somnambulisme ? Quelle créature va la posséder ? Que vont faire ses mains cette nuit ? Est-ce que quelqu'un pourrait entrer dans la cabane ? Est-elle folle ? Où est le couteau ?

Elle s'endort avec le chant des oiseaux.

Les rayons du soleil agressent le visage de Marge. Ils se reflètent sur ses bagues et ses bracelets en argent. Ce matin, son cœur est une bombe prête à exploser. Ça gronde à l'intérieur. Elle ne sait pas d'où provient cette sourde colère. Elle a toujours niché au creux de sa poitrine comme un fauve dans sa tanière. Elle est là.

Comment a-t-elle pu en arriver là ? Des images de son passé valsent dans sa tête. Marge déteste l'inconfort et jusqu'ici elle a toujours trouvé des solutions pour dormir au chaud dans des endroits plaisants. Pas d'adresse fixe, pas de boîte aux lettres, elle ne reçoit ni factures, ni vœux, ni faire-part. Elle ne s'embarrasse de rien. Elle marche où le vent l'emmène. Personne ne sait vraiment où elle vit, qui elle fréquente. Pourtant, elle n'est jamais tout à fait seule. Elle est habitée par des êtres qui veulent prendre possession de son corps et la supplient de raconter leur histoire. Déjà enfant, Marge était envahie par des entités étranges : des femmes, des fantômes, des animaux ou des créatures fantastiques, un dauphin ailé aux plumes rouges, une jeune fille à carapace de tortue.

Aujourd'hui, ses personnages sont essentiellement des femmes, de tous âges. Impossible de savoir si elles sortent de son imagination ou si elles s'imposent à elle, venues d'ailleurs. Où naissent ses histoires : dans son ventre ? son utérus ? sa tête ?

Petite, son univers sombre inquiétait son entourage. Les crises de somnambulisme sont apparues vers ses cinq ans. Marge déambulait dans la maison, tenait des propos incohérents. Elle pouvait se montrer agitée, désorientée. Les créatures avec qui elle jouait le jour revenaient la hanter la nuit pour lui commanditer des actions glaçantes. Sa mère a consulté des spécialistes pour faire cesser les crises. L'un suggérait que ces angoisses étaient liées aux départs de son père militaire. Un autre pensait à la peur de la mort. Le suivant affirmait que Marge n'avait pas supporté la naissance de sa sœur. La valse des hypothèses était sans fin. Certains prescrivaient de l'homéopathie ou recommandaient à Hortense la mise en place de rituels au coucher. Rien n'y faisait. Ses crises de somnambulisme empêchaient toute la famille de dormir. Afin d'obtenir une nuit de répit, de temps à autre, sa mère diluait en cachette un quart de somnifère dans son verre d'eau. Hélas, les créatures finissaient toujours par revenir.

Marge est constamment à l'affût. Elle traque le danger, capte chaque regard, geste, parole avec intensité. Tout est matière à interprétation. Celle que l'on considère comme folle se trompe rarement. Elle est Cassandre, Ophélie, Bérénice, Phèdre, Pénélope. Elle est toutes celles qui ont entendu des voix et que l'on n'a pas écoutées. Celles qui ont décelé la vérité et que l'on n'a pas crues. Celles qui ont vu l'avenir que l'on a enfermées, attachées, muselées.

Ce soir, rue des Martyrs, c'est Alice qui pointe le bout de son nez. Elle est assistante médicale dans un centre d'IVG. Elle vole les échographies des femmes sur le point d'avorter et les placarde sur les murs de son studio. Elle sauve des âmes. Marge la houspille. Reviens plus tard. Ce n'est pas le moment.

Arrivée à Paris à seize ans, Marge a quitté sa banlieue pour suivre son premier amour, Guillaume de Lataille, jeune courtier en art chez Christie's. Un coup de foudre mutuel lors d'une soirée chez Nathalie, la voisine. Avec lui, elle a mené la grande vie jusqu'à ce que ses crises de somnambulisme l'excèdent. Elle s'est retrouvée à la porte quand il est parti se spécialiser aux États-Unis. Depuis, elle a appris à garder ses distances. Tel un chat sauvage, elle ne cède pas aux prétendants qui tentent de l'apprivoiser. Elle maîtrise à la perfection les ruptures amoureuses ou amicales.

Son but : rester libre. Peu importe le prix.

Digne fille de son père militaire, elle sait tromper l'ennemi. Depuis l'âge de six ans, elle pratique l'art du *Non, merci* : son arme pour échapper au quotidien. Un hochement de tête accompagné d'un léger sourire et... Non, merci. *Non, merci* charme et séduit.

Mais aujourd'hui, Marge doit revoir ses plans et s'adapter à son époque. Trop de filles de vingt ans lui font de l'ombre. Elle en a conscience. Comment se démarquer ? Marge aurait dû écouter sa conseillère France Travail. Il y a huit ans déjà, même si elle n'était pas prioritaire, elle lui suggérait de monter un dossier pour un logement social. Ce n'est pas une vie de dormir chez les autres, c'est risqué, lui disait-elle. Marge ne l'entendait pas, moâ

moâ moâ. Elle pensait sa situation provisoire. Pourtant, elle le sait, le provisoire est éternel. Si elle avait suivi ses conseils, elle occuperait quinze mètres carrés dans une jolie tour à cette heure. Elle aurait pu aussi faire comme toutes les femmes de son âge : se mettre à l'abri du besoin en épousant un homme riche et lui faire un enfant, l'enchaîner avec un deuxième si jamais le captif détournait le regard.

De toute façon, Marge est déjà trop vieille sur le marché des rencontres. Elle a analysé les profils du sexe opposé. Ses conclusions sont simples :

À vingt ans : des adolescents en pleine effervescence sexuelle. Une Amélie remplacera aussi bien une Gladys ou une Caroline pour oublier un chagrin d'amour.

À trente : des adolescents à la sexualité active dotés d'une Carte bleue pour s'amuser davantage et collectionner les aventures d'une nuit sans culpabiliser. Après tout, ils ont payé la soirée.

À quarante : des adolescents punis, privés de sorties. Ils ont troqué la veste à la mode contre un sweat-shirt à capuche plus simple à laver après le rot de bébé.

À cinquante : des adolescents délivrés. Ils retrouvent la joie d'avoir vingt ans, mais avec de nouvelles raideurs.

À soixante : des adolescents jouisseurs de chaque instant. Après tout, ils peuvent mourir demain.

À soixante-dix : des adolescents romantiques. Peut-être est-ce la dernière fois qu'ils toucheront le corps d'une femme.

À quatre-vingts : des adolescents nostalgiques, des images de seins et de culs pris en levrette plein la tête. Ils meurent.

Le lit de camp s'est affaissé et refermé sur elle. De longues mèches de cheveux dépassent du sac de couchage. Coincée dans son sarcophage, les paupières closes, elle compte ses vertèbres en partant du bas du dos, les visualise l'une après l'autre, puis se concentre sur les craquements à l'intérieur d'elle. Marge prend son temps. Elle n'a que cela à faire. Personne ne l'attend et elle n'attend personne. Elle redouble d'efforts pour empêcher les bruits de la rue de s'incruster dans ses oreilles.

Les créatures n'en font qu'à leur tête. Elles veulent tellement exister qu'elles ne lui laissent plus de place pour vivre, encore moins pour être amoureuse. Elles adorent prendre possession de son corps en pleine nuit. Elles font ce qu'elles veulent d'elle lors de ses crises de somnambulisme. Marge s'est déjà retrouvée en pyjama porte de Montreuil. Elle serait allée tout droit sur le périphérique si une femme ne lui avait pas attrapé le bras. Plusieurs fois, ses hôtes l'ont surprise dans la cuisine à engloutir tout ce qui lui tombait sous la main. Un matin, elle s'est réveillée au côté d'un vieillard égaré qui ne comprenait pas non plus ce qu'il fichait avec cette inconnue.

Les créatures se manifestent rarement sur commande. Il leur faut un cadre propice aux confidences. Elles sont capricieuses. Quand elle change de lieu de vie, elles mettent du temps à revenir et à s'approprier l'espace. Elles arrivent sans crier gare au détour d'une odeur, d'un geste, d'un regard, d'une parole. Marge essaye de convoquer Alice. Elle s'est aperçue que lorsque les personnages s'exprimaient le jour, les crises étaient moins violentes la nuit suivante.

Que voulais-tu me dire hier ? Arrête de faire la tête. Raconte-moi. Combien d'échographies as-tu volées aujourd'hui ? Que comptes-tu faire dans les nuits à venir ? Tu ne veux vraiment pas me parler ? Très bien. Puisque c'est ainsi, je passerai la soirée avec Daphné. Tu la connais ? C'est la femme qui embroche son mari. Tellement plus intéressante que toi.

La menace d'être remplacée ne fait pas venir Alice pour autant.

Dehors, un klaxon retentit, une femme hurle, des bruits de camions que l'on décharge, des portières claquent. L'activité des autres rappelle à Marge son errance, elle qui traverse le temps sans vraiment trouver sa place. Elle souffre d'une pathologie très répandue : elle refuse de penser au lendemain. Elle vit au jour le jour. Jusqu'ici, les rendez-vous et les contraintes de ses logeurs rythmaient son quotidien, lui donnaient un semblant de cadre : des limites pour contenir ses pensées et la sortir de sa torpeur. Une femme de ménage la forçait à quitter son terrier pour aérer sa chambre, un jour de marché l'obligeait à faire les courses pour ses hôtes, sa nièce malade l'occupait quelques heures.

Ce matin rien ne l'oblige à se lever. Tout lui semble lourd. Ses paupières pèsent une tonne. Marge se noie dans un étang de pensées noires. Elle boit la tasse et personne pour la sauver de la noyade. Son corps s'enfonce un peu plus dans le lit de camp. Encore un peu et elle traverserait le plancher de la cabane, le trottoir, passerait sous le métro, s'enfoncerait dans le noyau du monde.

Une douleur lancinante mais habituelle cisaille son bas-ventre. Violette n'est pas là pour lui apporter une bouillotte et se glisser avec elle sous un plaid. Elles ont toujours eu leurs règles en même temps. Les crampes du premier jour les empêchaient de faire quoi que ce soit si ce n'est visionner des films à la chaîne. C'était leur journée « cinéma ». Cela avait le don d'agacer Jules. Toute personne qui accapare son épouse et l'éloigne de lui l'insupporte. Il a fait un grand vide autour d'elle. Petit à petit, il a évincé les amis de Violette, les a remplacés par les siens. Seule ombre au tableau : Marge qu'il surnomme Marglue. Pas en présence de Violette évidemment.

Marge ouvre les yeux, panique à bord. N'a-t-elle pas rendez-vous à France Travail ce matin ? Sommes-nous déjà le 20 septembre ? Depuis un an, son entretien mensuel tombe pendant ses règles. Elle s'en souvient car, chaque fois que Mme Aucaucou lui propose une formation, elle se rend aux toilettes juste après pour changer sa protection. Elle emballe l'applicateur dans la brochure de l'organisme avant de le jeter à la poubelle. Elle aurait pu devenir chauffeur de bus, commis de cuisine, billettiste à bord de bateaux-mouches, réparatrice de vélos et de trottinettes, chef de rayon, administratrice de bases de données. Afin de ne pas se faire radier, elle a accepté la formation de maîtresse de cérémonie funéraire pour deux raisons : elle était de courte durée, sept semaines, et elle connaissait le milieu grâce à sa mère.

Plusieurs années après sa dépression, Hortense, qui était responsable d'une grande parfumerie, s'est reconvertie en thanatopractrice. Depuis, maquiller des morts plutôt que de diriger une écurie de blondes écervelées prêtes à tous les coups bas pour lui voler sa place lui réussit. Les défunts lui causent moins de souci et l'apaisent autant que ses trois golden retrievers. Marge a toujours vu sa mère sereine quand elle fait danser ses pinceaux sur les corps sans vie. Hortense semble écouter leurs dernières volontés.

Gérer les morts est une chose, gérer les vivants en est une autre. L'expérience de Marge a été un désastre. Elle se trompait d'église, confondait Notre-Dame-du-Travail et Notre-Dame-de-Lorette, Saint-Eustache et Saint-Roch, se rendait au cimetière de Montmartre au lieu de Montparnasse et inversement, se trompait dans le déroulement de la cérémonie, faisait intervenir les porteurs un temps trop tôt, expédiait le corps rapidement entre les mains de Dieu. Marge n'a pas tenu une semaine, au grand désespoir de Mme Aucaucou qui a dû la compter à nouveau parmi ses demandeurs d'emploi. Ses absences lui ont toujours causé des problèmes. Marge est ailleurs, avec ses créatures. Même si elles sont perverses, machiavéliques, inquiétantes, elles sont toujours surprenantes, voire désopilantes, et elle préfère leur univers étrange au réel qui l'ennuie.

Ce mois-ci, elle se souvient qu'elle doit remplir un questionnaire avec sa conseillère afin de cerner son *handicap* et repérer ses *compétences* pour mieux *se réinsérer* dans la vie et enfin savoir quoi faire de ses mains. Elle aimerait dire à Mme Aucaucou que c'est le monde qui ne tourne pas rond : tout irait mieux si l'on arrêtait de vouloir la mettre dans une case.

Quel jour sommes-nous ? Quelle heure est-il ? Elle ne possède que son vieux téléphone juste bon à appeler les trois seuls numéros valides dans son répertoire : Violette, ses parents et France Travail. Elle s'extirpe du lit de camp, sueurs froides dans le dos. Est-elle en retard ? Dans son pyjama, elle ressemble à une princesse déchue. Elle fonce à la fenêtre, penche la tête sur le côté. Contrairement aux dessins animés de son enfance, personne pour la saluer en chantant, les pigeons et les souris ne viennent pas dépoussiérer la cabane. La croix de la pharmacie indique par intermittence 19 septembre, dix heures trente-sept, dix-neuf degrés. Sauvée. Son rendez-vous avec Mme Aucaucou est pour demain : juste avant l'automne. Marge aime la saison des feuilles mortes et ses couleurs.

Elle aperçoit Violette rentrant chez elle, un sac d'une enseigne de vêtements dans une main et une pochette du centre d'imagerie médicale dans l'autre. Marge aurait dû l'accompagner à l'échographie du troisième mois. Jules ne pouvait pas. Ses doigts s'agrippent au rebord de la fenêtre. Elle se hisse sur la pointe des pieds, son corps bascule en avant. Elle hésite à la siffler. Elle regarde à distance cette femme sûre d'elle en apparence, qui semble gérer sa vie. Peut-on être féminine et sensuelle mais ne pas se sentir femme ? Pour Marge, derrière le mot « femme », il s'en cache tant d'autres : adulte, responsabilités, devoirs, procréation, sérieux, désirs, séduction. C'est aussi l'adieu des possibles, l'abandon des rêves, des promesses, l'installation d'une routine. C'est la valse des étiquettes qui collent à la peau, les représentations qui clouent au mur, réduisent, limitent, définissent.

Femme.

Elle l'a été bien trop tôt quand elle accompagnait son père à des dîners d'officiers après la tentative de suicide de sa mère. Elle jouait à la petite épouse, docile, respectueuse, souriante, tenait un rôle qui n'était pas le sien. Quand sa sauvagerie s'immisçait dans la soirée, elle ne maîtrisait pas les signaux qu'elle envoyait. Du haut de ses quatorze ans, elle les brisait en un regard, les piétinait en une parole.

Le jour de ses seize ans, elle a préféré s'enfuir avec Guillaume. Quelques mois plus tard, elle retrouvait son statut de jeune fille pour ne plus jamais le quitter.

Violette plaisante avec la voisine, rit aux éclats, disparaît dans son cabinet. Les jambes de Marge flageolent. Elle s'accroupit. Tête sur les genoux, les bras tendus, les mains toujours agrippées au rebord, on dirait qu'elle s'apprête à donner un spectacle de marionnettes. Petite, elle adoptait cette position derrière son théâtre de Guignol. À cette époque, Violette était captivée par ses personnages jusqu'à cette nuit de 1996. Ce n'était plus du jeu.

Tout va trop vite dans la tête de Marge. Les souvenirs se mélangent. Elle voit un cou entre ses mains. Un minuscule cou blanc. Elle confond ce qui a existé et ce qu'elle a inventé. Des pressentiments resurgissent, les maux physiques avec. Toujours cette impression de quitter son corps et d'être aspirée par un trou noir au niveau du plexus solaire. Tout à coup elle bascule en arrière, s'effondre. Quand a-t-elle mangé pour la dernière fois ?

Étendue en étoile, blafarde, elle fixe le plafond de la cabane. Le temps passe. Elle sent une présence. Alice apparaît dans l'angle à droite.

Tu vas vraiment rester là comme une larve ? Si tu crois que les autres vont se manifester maintenant, tu rêves. Elles détestent les jérémiades. Elles se vengeront cette nuit. Je suis bien gentille d'être là alors que tu m'as envoyée promener hier. Allez, secoue-toi, aménage les lieux. Tu devrais être heureuse. C'est la première fois que tu as un espace rien que pour toi. Si ça ce n'est pas du luxe ! Fais quelque chose, ma vieille. Et mon histoire ? Quand allons-nous la raconter ? J'en ai marre que les autres filles me volent mon tour. Je ne sais rien de moi. Pourquoi est-ce que je travaille dans un centre d'imagerie médicale ? Comment t'est venue cette idée ? La grossesse de Violette ? Qu'importe finalement. J'en ai assez. Je suis bloquée à l'accueil et crois-moi, ça n'a rien de palpitant de répondre au téléphone et de gérer les emplois du temps de chacun. Tu pourrais au moins me dire quel âge j'ai. Et physiquement, je suis comment ? Une bombe, ou plutôt insignifiante ?

Une force supérieure ranime Marge comme chaque fois qu'une créature se manifeste. Elles la fascinent et la maintiennent en vie depuis tant d'années. Elle aimerait s'en débarrasser, mais elles savent la retenir. Elles l'emmènent en des endroits étranges et suscitent de nouveaux désirs. Elles l'émerveillent, la désenchantent, la surprennent. Elles lui apportent l'ivresse, la fougue, la folie des excès. Ses créatures la dévorent.

Pour aimer, Marge attend de l'autre qu'il torde ses sentiments, bouscule ses idées, chamboule sa façon d'être, qu'il la fasse frissonner, l'obsède, la renverse, qu'il lui laisse la possibilité d'être entière, de rire et de pleurer en même temps, de tomber au fond d'elle-même, qu'il lui donne un espace pour hurler. Qu'il accepte de vivre avec elle dans l'urgence comme s'ils étaient en guerre.

Marge a emmené une seule fois un homme sur ce territoire. Elle avait seize ans. Guillaume a pris peur. Elle était incontrôlable. Trop d'émotions, trop de fougue, trop de bonheur, trop de violence, trop de hauts et trop de bas, trop d'énergie. Trop pour son cœur. Elle ne sait pas aimer autrement : à la folie ou rien. Depuis cette histoire où il a tenté de la faire interner de force, elle a fait le choix de ne plus aimer. Ses créatures comblent le vide, le silence et l'absence. Seul un grand amour qui occuperait toute la place pourrait les faire disparaître, mais elles l'empêchent par tous les moyens de le rencontrer. Quand elles sentent son cœur s'ouvrir, elles lui font faire des choses épouvantables.

Ses poumons s'emplissent d'air. Ses joues rosissent. Son teint s'illumine, on dirait que ses pores sont incrustés de paillettes. Alice a raison. Quelle chance de posséder une cabane en plein cœur de Paris.

Elle quitte son refuge comme un enfant sa cachette, la peur au ventre d'être découverte.

Derrière les grandes bâches, elle se déplace d'un pas léger sur le plancher du premier étage. Qui soupçonnerait la présence d'une femme en pyjama de l'autre côté de cet écran opaque ? Elle s'assoit sur une lisse et se laisse basculer en arrière comme une chauve-souris. Marge aime sentir le sang affluer et les picotements autour de ses yeux.

Son corps ne fait plus qu'un avec l'échafaudage, une pièce incorporée à la structure d'acier. Ses bracelets et ses bagues tintent au contact de l'ossature. Elle se contorsionne, étire ses muscles, ondule au gré du vent.

Des nuages assombrissent le paysage. Temps orageux. Des frissons parcourent son échine. Ses cheveux sont électriques. Tout son être se met au diapason de ce nouvel environnement. Depuis toujours, Marge a l'intime conviction que ce sont les lieux qui choisissent les occupants et non l'inverse. Est-elle vraiment entrée par effraction au 46 bis rue des Martyrs ou a-t-elle été aspirée par cet immeuble ?

Avec le temps, elle a appris à écouter ce que lui racontent les lieux. Un peu de patience et ils révéleront leurs secrets aux oreilles prêtes à les entendre.

Les cloches de Notre-Dame-de-Lorette sonnent midi. Elle se relève d'un coup sec, enjambe la fenêtre et s'engouffre dans l'immeuble. Elle retrouve sa cantine dans la loge, troque son pyjama contre un jean et un pull. Elle dévore un paquet de biscuits, fait l'inventaire des vivres. Il y a assez de conserves pour subsister quelques jours.

Elle fait le tour du propriétaire. Sous une lumière blanche, elle redécouvre la cour bétonnée et ses pots de fleurs vides. Des branches de lierre recouvrent les murs, et au milieu le chitalpa de Tashkent a perdu de sa superbe. L'endroit ressemble à une estampe japonaise. Lumières et ombres, ordre et chaos, vides et pleins sont dosés à la perfection. Une odeur de rose flotte dans l'air, pourtant ne restent que les ronces des rosiers abandonnés. Marge effleure la table en fer forgé, son index danse dans la poussière, des lettres s'écrivent, un prénom s'affiche : Esther. Un sourire se dessine sur ses lèvres. En elle pulse le cœur de cette nouvelle créature qui vient de balayer Alice et Daphné d'un souffle. Quand un prénom s'impose, aucun doute : ce personnage va l'envahir pour raconter son histoire.

Esther est là, assise sur la table. Marge la voit. Elle voit cette femme de quatre-vingt-huit ans qui prend forme dans son esprit. Ses traits s'affinent. Élancée, une robe en dentelle, une longue tresse blanche sur le côté, Esther observe sa paume. Pourquoi ? Le cœur de Marge bat fort. Cette femme l'envahit déjà. Marge se sent aspirée dans une brèche de l'espace-temps. Là où les pensées et les idées naissent. Certaines éclatent à la figure du monde et d'autres avortent. Où vont-elles, celles-là ? Sont-elles des embryons de futures pensées, des débuts à compléter plus tard, ou tombent-elles définitivement dans le trou noir du cosmos ?

Les mots éclosent dans les poumons de Marge comme des griffes de sorcières, ces fleurs violettes qui ne s'ouvrent qu'au soleil. Prolifiques, ils infestent tout son être et, enlacés les uns aux autres, forment des phrases. Bientôt, Marge et Esther ne feront plus qu'une. Quelles péripéties vont-elles vivre ? Chaque nuit avant de s'endormir, elle s'interroge sur le scénario que lui imposera la créature. Avec elles, elle déterre les mots et les silences. Par temps de pluie, ils remontent à la surface comme les bottes des soldats de la Seconde Guerre mondiale dans l'est de la France.

Pour Marge, les créatures sont des secrets d'une haute importance. Seules Violette et Iris, sa nièce, ont parfois voyagé dans cet espace-temps avec elle.

Pour l'instant, Marge se délecte de cette nouvelle rencontre. Pourquoi se manifeste-t-elle maintenant ? Quelle histoire veut-elle raconter ? Marge pourrait lui ressembler dans une cinquantaine d'années. Et si c'était elle ? Pas le temps de lui poser la question. Esther s'évapore.

Le silence règne, on dirait que la cour est enfermée dans une bulle de verre. Les feuilles bruissent à peine, les pigeons roucoulent. Marge savoure la solitude. Pour la première fois depuis des années, elle entend le silence. Pas de réveil qui sonne, d'enfant qui hurle, d'invités inconnus, pas de bruit d'aspirateur, de lave-vaisselle à vider. Ses muscles se dénouent, ses yeux retrouvent leurs pigments marron foncé, le voile s'en est allé. Agréable sensation d'être dans son corps. Elle éprouve l'étrange impression de vivre ici depuis toujours. Elle se sent chez elle. Enfin.

Elle repère des palettes et du matériel abandonné par les ouvriers. Elle découvre un robinet extérieur et des toilettes à côté du local à poubelles rempli d'objets abandonnés. Elle y trouve de vieux coussins, un panier en osier, de la ficelle, des décorations de toutes sortes. Ni une ni deux, elle se crée un coin salle de bains, fixe un tuyau d'arrosage sur le robinet, colle des bouts de miroir brisés au-dessus. Elle peint les palettes en blanc. Elle monte son matériel dans sa cabane, récupère une boîte à outils au passage. Les ouvriers ont tout laissé en plan comme s'ils étaient partis déjeuner. Ses mains s'agitent telle une nuée de papillons de nuit. Elle fabrique une table basse pour installer son presse-papier renfermant une violette et une marguerite. Elle pose les coussins sur le lit de camp et aménage un coin bureau avec deux tréteaux. La cabane ressemble à une maison de poupée, comme celles qu'elle confectionnait dans des boîtes à chaussures. Déjà enfant, elle était perfectionniste et minutieuse. Tout était millimétré.

Elle contemple son terrier. Un refuge pour claquer la porte quand bon lui semble, rire et pleurer, traîner en pyjama, flâner et rêver sans culpabiliser. La croix de la pharmacie indique seize heures vingt-trois, vingt-deux degrés. Elle aperçoit Violette qui descend la rue des Martyrs. Elle est en retard pour la sortie des classes. D'habitude, c'est Marge qui attend Iris avec son goûter. C'est elle qui a fait l'adaptation à l'école. Violette était trop prise par ses patients. Marge dévale les escaliers. Elle reste à une certaine distance pour éviter que sa sœur ne l'envoie balader. Pourtant, elle aimerait la prendre par le bras, lui demander le sexe du bébé et lui dire où elle a passé cette première nuit sans elle. Une seule chose la console, elle n'aura plus à supporter les longs monologues de Jules : ses grands projets, sa vision du monde de demain, son enthousiasme d'homme de terrain, son autosatisfaction, son talent pour se mettre au niveau de chaque interlocuteur.

Marge reste sur le trottoir en face de l'école. Mères, nounous et filles au pair s'échangent de bons plans. Leur week-end est déjà bien rempli grâce à la vie sociale de leurs petits. À tout juste trois ans, ils ont des emplois du temps de ministres : spectacle de marionnettes, promenade en poney, concours de dessins à la librairie du quartier. Les frais de représentation montent vite entre le costume de super-héros, le pyjama fluorescent, la garde-robe à la mode.

Violette distribue un mot gentil pour chaque camarade d'Iris. Elle connaît les prénoms des enfants, des parents et des nounous. Elle est parfaite dans son rôle de mère. Une revanche sur son passé. Marge observe de loin ce monde auquel elle n'a plus accès. Serait-elle capable de porter et d'élever un enfant ? Serait-elle capable de se tenir à un travail alimentaire pour subvenir aux besoins du petit ?

Le désir d'enfant l'a taraudée très jeune. Un rempart

contre ses envahisseuses. Elle était persuadée qu'un bébé l'empêcherait de déambuler des nuits entières. Avec les années, cette aspiration s'est évaporée. La peur de tordre le petit cou lors d'une crise de somnambulisme la terrifiait. De ces crises, elle ne se rappelle rien. Ne restent que des images et des impressions. Parfois, elle trouve à son réveil des mots écrits sur des post-it. Marge ne sait jamais vraiment quelle créature l'a possédée. Des pans de sa vie dérivent quelque part, peut-être avec les idées avortées : dans le cosmos.

Iris aperçoit Marge, lui tire la langue et enchaîne les grimaces. Marge en fait autant avant de disparaître.

Elle arpente les rues du neuvième arrondissement comme si c'était la première fois. Elle s'arrête au distributeur en haut de la rue des Martyrs. Son compte est bloqué. Encore dix jours avant de toucher le RSA. Marge reste inerte un temps face à la machine qui refuse de lui donner vingt euros. Ses doigts se crispent sur les touches. Un ronflement l'extirpe de ses pensées. Assis, le visage rougeaud, un SDF cuve sur le banc. Marge range sa carte de crédit. Elle est tentée de s'emparer des pièces du gobelet. Elle fouille au fond de ses poches : juste de quoi s'offrir un verre en terrasse. Elle choisit une table à l'ombre, commande un verre de rosé. Son voisin la regarde avec insistance, mais elle l'ignore. Il détaille son port de tête, son demi-sourire, ses longs cheveux. Il les imagine en cascade sur une taie d'oreiller après l'amour. Il s'apprête à engager la conversation quand Marge l'arrête net d'un hochement de tête. Elle a toujours quelques secondes d'avance sur ses prétendants.

Enfin la lune a chassé le soleil. La croix de la pharmacie indique vingt-deux heures vingt-deux quand Marge entre dans l'immeuble. Dans la cour, elle retire ses vêtements, se lave au tuyau d'arrosage. L'eau froide coule sur ses cheveux, sur son corps. Elle sent la présence d'Esther. La vieille femme rôde tel un chacal, attend le moment opportun pour s'emparer de tout son être et prendre le contrôle de ses mouvements. Marge ferme le robinet, essore ses cheveux, puis, nue, dans l'obscurité totale, s'assoit. Elle respire, savoure cet entre-deux. Elle n'a plus à subir le jour et n'a pas encore à s'inquiéter de la nuit. Le temps est suspendu, elle a quelques heures de répit devant elle.

Allongée dans sa cabane, elle pense à Alice, Daphné, Esther, à celles qui se sont manifestées ces dernières années, à celles qui le feront dans les temps qui viennent.

Sa rêverie est interrompue par une fanfare de trompes de chasse. D'où provient ce son ? Stupéfaite, elle constate qu'un appartement est éclairé trois étages plus haut. Elle escalade l'échafaudage, s'approche de la fenêtre. À travers la vitre, les têtes empaillées d'un sanglier, d'un chevreuil et d'un renard la fixent. Au milieu du salon trône la maquette en relief d'un champ de bataille. Un homme est occupé à peindre des petits soldats qu'il installe sur un terrain de sable et de mousse. Concentré, il ne la voit pas.

La soixantaine passée, yeux noisette, cheveux gris, barbe de trois jours : c'est Victor Beaulieu, le dernier occupant dont le nom figure encore sur sa boîte aux lettres. Contrairement aux autres, il a refusé une coquette somme pour déguerpir. Ancien militaire de carrière, il ne s'est jamais autant installé chez lui que depuis son départ à la retraite il y a neuf ans. Jadis la plupart du temps en opération extérieure, il savoure désormais la sédentarité. Plus de paquetage à faire, plus de cantine à transporter. En revanche, l'adrénaline, le combat, l'ennemi, l'Afrique lui manquent. Il a fait du 46 bis rue des Martyrs sa dernière guerre. Personne ne l'obligera à quitter son territoire si ce n'est la mort elle-même. Sa femme serait encore de ce monde, elle l'aurait sans doute convaincu d'abdiquer, il l'aurait suivie. À présent, personne ne l'attend et il n'attend personne. Il sort peu. La ville est pour lui un terrain hostile.

Marge observe les mains de Victor tremper ses pinceaux dans l'eau, effectuer ses tâches avec soin. Chaque geste est précis et maîtrisé. Comme elle aimerait dompter de la même façon ses mains folles, qu'elles soient enfin rattachées au reste de son corps et commandées par son cerveau.

La fanfare s'arrête, Victor se lève, Marge sursaute. Plaquée au mur comme du lierre, la respiration coupée, elle ne bouge pas. Victor agrippe le garde-corps comme s'il tenait la barre d'un bateau. Leurs mains pourraient presque se toucher, leurs regards fixent le même horizon voilé par une bâche qui se gonfle, prête à prendre le large. Victor écoute le ressac un long moment avant de refermer la fenêtre. Marge regagne la cabane par l'extérieur de l'échafaudage, en passant d'une lisse à une autre avec la grâce d'une circassienne.

Assise à son bureau, Marge sculpte des formes en papier mâché afin d'occuper ses mains et repousser autant que possible :

– Esther allongée sur son lit où elle ressasse le passé, déterre les souvenirs ;

– Daphné qui aiguise une broche pour son prochain rôti de porc ;
– Alice qui écrit sur des étiquettes les prénoms des âmes à sauver.

Elle sent la présence d'une autre femme encore inconnue. Les nuits le diront bientôt.

Les oiseaux annoncent en chœur l'arrivée du jour. Les heures sombres sont passées, il est trop tard ou trop tôt pour qu'une créature s'incarne en Marge. Elle souffle, sa tête penche, son dos se courbe, elle s'endort, le tube de colle dans la main.

Les heures se succèdent sur la croix de la pharmacie. Déjà une semaine que Marge a trouvé refuge dans la cabane. Elle a installé des rideaux confectionnés avec du tissu déniché dans une benne du marché Saint-Pierre. À une terrasse de café, elle a subtilisé deux assiettes, deux verres et des couverts lorsque la serveuse avait le dos tourné. Elle a aussi déterré de la bruyère et des belles-de-jour dans les jardinières municipales pour les replanter dans les grands pots de la cour. Au coin de la rue, elle récupère des encombrants. Table de chevet, tapis persan, vase apportent une touche personnelle à son abri. Elle a posé un cadenas sur la porte de son terrier. Son rendez-vous à France Travail a été reporté. Mme Aucaucou a eu un empêchement. Elles se verront après les vacances de la Toussaint.

Marge se lève sur les coups de dix heures après s'être endormie au petit matin. Elle n'a pas fait de crise de somnambulisme. Esther, Alice et Daphné se sont tenues à l'écart. Elles sont intervenues seulement pour donner leur avis sur la décoration. Évidemment, elles n'avaient pas le même. Pour se soustraire aux heures de l'après-midi, elle se faufile au cinéma. Elle passe par la porte de sortie avant de gagner une salle une fois le film commencé. De temps à autre, elle se rend à l'école, reste de l'autre côté du trottoir. Iris l'aperçoit, lui réserve une nouvelle grimace.

En soirée, Marge adore se rendre dans la cour, son domaine. Elle prend une douche en vitesse, les températures baissent, puis elle arrose les fleurs. Ensuite, elle s'installe à la table en fer forgé, lit un livre trouvé sur un banc. Elle joue à la maîtresse des lieux, mais s'immobilise dès qu'un dealer entre pour son petit commerce ou qu'un tagueur cherche à révéler son art.

Son activité préférée est d'espionner son voisin du quatrième. Depuis l'échafaudage, elle le suit de pièce en pièce. Il s'installe parfois dans un fauteuil pour regarder des reportages de guerre. Elle se passionne pour cet homme qui vit au milieu de cartes du monde et de ses maquettes. Elle connaît ses habitudes. Réglé comme une horloge, il sort à onze heures acheter sa baguette, ses journaux, et prendre un café au comptoir. Il s'absente environ une heure. Ensuite, il écoute la radio tandis qu'il prépare son déjeuner. Il adore prendre le temps de cuisiner. Les étagères sont remplies d'herbes et d'épices, d'oignons et d'échalotes. Quand il a une petite faim, il se coupe une tranche du jambon suspendu au plafond. Marge en fait autant quand il quitte l'appartement en début d'après-midi ou en fin de journée.

Elle enjambe la fenêtre restée ouverte, vole un bout de gruyère ou un carré de chocolat, goûte dans la casserole sur la gazinière, puis déambule dans l'appartement, salue chacun des animaux empaillés, observe les petits soldats et l'unique portrait : une femme brune en robe de mariée. Dans cet appartement, Marge se sent comme chez elle. Le bureau de son père ressemblait à peu de chose près à cet univers. La seule différence : il préférait le modélisme aux petits soldats. Ce qu'elle a toujours fui est rassurant et réconfortant aujourd'hui.

Elle ouvre les placards et les armoires sans la moindre gêne. Elle respire les odeurs de l'inconnu qui ne l'est plus tant que cela. Les vêtements, de couleur marron, beige, kaki ou bleu marine, sentent le bois d'olivier et la fumée. Marge respire l'exotique, le voyage. Ces odeurs lui sont familières. Elles lui rappellent les retours d'opérations extérieures de son père, cet étranger. Les deux sœurs s'amusaient à l'appeler Gardavou, tandis qu'Hortense avait hérité du surnom Ventraterre, à cause de son obéissance instantanée aux ordres de son mari. Marge le revoit dans le salon, en slip kangourou, képi sur la tête. Sa mère se dépêchait de ramasser l'uniforme et ses affaires pour chasser l'Afrique. Le ramener à la vie civile. Lui ne parlait pas de ce qu'il avait vu et fait. Elle ne parlait pas des fausses couches, de la difficulté d'élever leurs deux filles et encore moins des nombreuses convocations à l'école de la Légion d'honneur pour Marge, ses crises de somnambulisme et les entretiens avec la psychologue. Hortense a minimisé les troubles de Marge. Quand Olivier a ouvert les yeux sur le comportement étrange de sa fille, il a tenté de la dresser à sa façon. Lui qui gérait un bataillon, représentait un père pour des centaines de jeunes hommes, n'arrivait pas à gérer une gamine sous son propre toit. À cette époque, Marge attendait les retours de son père sur la balançoire du jardin, chassant ainsi son angoisse de ne pas le voir revenir. Aujourd'hui, elle est encore dans l'attente. Elle ne sait pas ce qu'elle attend puisque son père est désormais à la retraite.

Ciel gris, pluie fine. En une nuit, l'été indien a plié bagage. Les températures ont baissé. De sa fenêtre, une étole sur les épaules, Marge observe Violette, un bouquet de fleurs blanches et mauves dans les bras, entrer dans son cabinet. Elle passe sa main à l'extérieur, récolte des gouttes de pluie dans sa paume, les regarde s'immiscer dans cette nouvelle entaille qui traverse sa main. Elle est profonde, des croûtes de sang l'entourent. Des frissons parcourent le corps de Marge. Elle touche son front, il est brûlant. Elle remonte sa main dans ses cheveux. Ils sont gras. Huit jours qu'elle ne les a pas lavés correctement. Encore un peu et elle ressemblera aux clochards du quartier. Déjà, elle ne sent plus aussi bon.

Elle balaye d'un regard la cabane sens dessus dessous comme si un ouragan était passé par là. Des débris de vase jonchent le sol. Sur les murs et au sol, des mots écrits à la craie. Marge ne reconnaît pas son écriture. Les lettres arrondies et parfaites semblent dater d'une autre époque. Des sirènes de police retentissent. Marge tend l'oreille. Ce n'est pas pour elle. Elle poursuit sa lecture, des fragments d'une lettre d'amour. Au-dessus du lit : des reproches, en dessous de la fenêtre : de tendres souvenirs, à côté de la porte : des requêtes et des espoirs. Cette immense lettre murale est signée dans l'angle droit de la cabane, Esther. Il y a du sang sur le « R ». Plus de doute. Marge a fait une crise de somnambulisme et c'est la vieille femme qui a pris possession de son corps. Des images en rafale lui reviennent en mémoire. Cette nuit, Marge a traversé une vie de quatre-vingt-huit années en quelques heures. Elle est vidée. La journée n'a pas encore démarré et elle est déjà épuisée. Elle fouille dans ses affaires à la recherche de désinfectant et de pansements. Rien. Elle avait tout chez Violette, y compris les ordonnances pour s'assommer et s'oublier.

Marge se hisse au quatrième étage, se plaque contre le crépi. Les cloches de Notre-Dame-de-Lorette sonnent onze heures. Elles accentuent son mal de tête. Une porte claque. Marge tressaute. Tous ses sens sont exacerbés. Bruit de clef dans la serrure, puis de pas dans la cage d'escalier. Marge jette un coup d'œil : personne dans l'appartement. Elle pousse la fenêtre, enjambe le garde-corps. Elle dispose d'une heure avant le retour de l'homme. Elle fonce à la salle de bains attenante à la chambre : baignoire sur pieds, un robinet pour l'eau chaude, un autre pour l'eau froide. Il est des endroits où le temps s'est arrêté. Marge trouve sous le lavabo le nécessaire pour soigner sa blessure et du Doliprane pour sa tête. Elle fixe son reflet dans le miroir. Elle se dit qu'un jour les heures sombres ressortiront sur son visage comme des verrues. Pour l'instant, elle a de la chance, sa peau accepte de mentir. Elle reste jeune et son corps, toujours en âge de procréer, depuis quelque temps est en éveil, un printemps perpétuel. Ses seins ont pris une taille, fiers, à la limite de l'arrogance. Tout son être réclame la vie en lui. Sauf sa tête.

Elle se déshabille, scrute chacun de ses membres. Pas d'hématomes, pas de brûlures ou d'autres entailles. Elle s'en sort bien cette fois. Elle monte dans la baignoire. L'eau chaude coule sur sa peau qui rougit. Elle se frotte au savon comme si elle décapait du bois, vide le shampoing sur ses cheveux. Elle avait oublié l'odeur du propre. Marge revit. Elle s'assoit, récure ses ongles, noie son regard dans les bulles. Elle savoure l'instant. La buée coule sur le carrelage et le miroir. Partout, un nuage de vapeur. Ses paupières se ferment. Le temps s'écoule avec l'eau dans la robinetterie. Elle s'agrippe aux rebords pour ne pas s'affaisser davantage. Corps engourdi, pensées lointaines. À trois elle se lève. Un. Deux. Trois. Une porte claque. Vite, elle s'emmitoufle dans un peignoir et ramasse ses affaires. Son cœur palpite. Quelle heure est-il ?

La respiration coupée, elle ouvre la porte, se retrouve nez à nez avec l'homme qui lui barre le passage, fusil au poing. Victor et Marge se dévisagent. Elle scanne son voisin : sourcils touffus, phalanges épaisses, pomme d'Adam marquée, un peu plus ridé que derrière les fenêtres : bel homme. Il passe au scalpel la squatteuse : cheveux humides, des bracelets et des bagues, un corps dans la fleur de l'âge. Les secondes s'éternisent. Ni l'un ni l'autre ne semblent vouloir rendre les armes. Marge esquisse un pas en arrière, prend son élan pour tenter une échappée. Elle le pousse avec force. Surpris, Victor recule. Elle passe dans la pièce d'à côté. Campée à l'autre bout du salon, elle prend Napoléon en otage. Un sourire se dessine sur ses lèvres. Elle sait très bien que le fusil n'est pas chargé. L'homme baisse son arme et entame les négociations. Que veut-elle ? Elle reste muette, puis court à la fenêtre. Victor la poursuit sur l'échafaudage, tente de la retenir par son peignoir, mais elle lui échappe.

Pour un homme de son âge, il est rapide, souffle Alice à l'oreille de Marge. Tiens donc, la petite collectionneuse d'échographies est de retour.

Elle se réfugie au premier étage, retire l'échelle. De l'autre côté, Victor lui intime l'ordre de revenir, sinon il appelle la police. Moâ moâ moâ. Marge se rhabille en vitesse. Elle se laisse glisser le long de la bâche et s'enfuit.

Cheveux humides, elle avance sans but et se cogne contre les passants. Certains la dévisagent, d'autres ne lui prêtent pas attention. Son cœur bat fort. Elle regarde droit devant elle, se répète que tout finit par passer : les gens, les pensées, les nuages, la colère, les rêves. Elle se dit que ça va aller. Pourtant, malgré ses efforts, maintenant rien ne va. Elle se mord les lèvres, chancelle. Elle revoit l'homme en chemise de bûcheron, ses mains fortes, ses yeux noisette et ses lèvres fines. Elle connaît son nom : il s'appelle Victor Beaulieu. Marge pense à ses mains puissantes, regarde les siennes avec effroi.

En haut de la rue des Martyrs, elle entre dans un supermarché, chope une pomme qu'elle croque en se dirigeant vers le rayon livres. Elle s'arrête sur les romans, invente une histoire pour chaque titre : un remède pour faire taire le vacarme en elle et s'oublier. Peu à peu, son pouls se calme. Le temps n'existe plus. Elle repose un dernier livre, déambule entre les grenouillères et les bodys de naissance, fourre des chaussons à tête d'ours dans une poche. Elle rogne le trognon, son ventre gronde encore.

Pain, salade de pâtes, croissant : Marge pourrait tout dévorer. Elle attrape une barquette de jambon et s'éclipse dans la réserve. Elle se cache derrière les packs d'eau pour engloutir les six tranches. Le dernier morceau en bouche, elle est surprise par une caissière qui alerte le vigile. Marge se sauve en courant, la voilà dehors.

Le vent se lève, la pousse comme une feuille morte vers le 46 bis de la rue des Martyrs. La croix de la pharmacie indique quatorze heures cinquante-six. Généralement, Victor fait une sieste à cette heure. Discrètement, elle entre dans le hall, reste à l'écoute du moindre bruit, aux aguets. Elle passe une tête dans la cage d'escalier, puis monte les marches une à une, prie pour que le bois ne craque pas. Elle enjambe la fenêtre et se réfugie dans sa cabane.

La porte se referme brusquement derrière elle. Marge sursaute, se retourne, Victor est là. Campé sur ses deux jambes, le corps tendu, fusil à l'épaule, il est paré pour affronter celle qui a eu l'audace de violer son territoire. Leurs cœurs pulsent à l'unisson comme deux tambours. L'homme ouvre la bouche mais aucun mot ne sort. Depuis que ses derniers voisins ont quitté l'immeuble il y a tout juste un an, Victor n'a plus tenu une seule conversation. Il n'a plus l'habitude de parler. Ses protestations, plaintes ou réclamations sont toujours manuscrites. Quand il ne se fait pas livrer ses courses en bas de l'immeuble, il se débrouille pour passer aux caisses automatiques, et à la boulangerie la vendeuse connaît ses habitudes : la semaine une baguette bien cuite, et le week-end une brioche tranchée.

Il se racle la gorge, la phrase formulée trois fois dans sa tête ne sort pas dans le bon ordre. Pourtant Marge comprend, elle tente de se présenter, mais elle ne fait pas mieux.

Victor plonge son regard dans le sien. La vue de Marge se trouble, sa respiration s'accélère. C'est la première fois qu'elle est observée de la sorte. Elle est mise à nu. Victor lit en elle. Les anciens blessés de guerre, il les renifle à dix kilomètres à la ronde.

Marge fixe les mains fortes aux veines apparentes et aux taches brunes. Son père avait les mêmes. Le soleil d'Afrique est emprisonné dans ce corps, il essaye de ressortir, tape contre sa peau, la pigmente sous la forme d'impacts de balles. Une odeur de terre sèche, de charogne, de fer et de poussière. Marge plonge à nouveau son regard dans celui de l'homme. Cette fois c'est Victor qui peine à soutenir ses yeux couleur incendie. Chacun reconnaît chez l'autre cette flamme logée dans les pupilles. Une même onde de colère sourd dans leurs ventres, déferle jusque dans leurs bouches. Les pensées et les interrogations se fracassent contre leurs boîtes crâniennes.

Que fait-il chez moi ? Pourquoi vient-elle me déranger ? Ce n'est pas un vieux qui va me faire peur. Où a-t-elle mis mon peignoir ? Je vais où s'il me vire ? Pas de zadistes ici. Il se prend pour un homme des bois, il devrait se raser. Elle semble ailleurs. À tout moment elle peut vriller. Il a des airs de mon père. Et s'ils avaient fait la guerre ensemble ? Qu'est-ce qu'elle traficote avec ses mains ? Serait-il capable de me violer ? Elle a un joli nez. Pourquoi n'a-t-il pas quitté l'immeuble comme les autres ? Ne rentre pas dans son petit jeu, tu as assez donné avec les femmes. Il n'est pas si mal. Elle n'a pas de famille ? Pas d'amis ? Qu'est-ce qu'il veut ? Le peignoir ? C'est quoi son parfum ?

Les minutes se succèdent et les silences s'enchaînent. La lumière du jour baisse. Un rayon traverse le visage de Marge tandis que Victor est déjà dans la pénombre. Depuis combien de temps sont-ils enfermés dans la cabane ? Ils sont aimantés l'un vers l'autre. Chaud et froid à la fois. Les mains s'agitent. La ride du lion s'accentue chez Victor. Un courant d'air balaye les longs cheveux de Marge, dégage sa nuque. Victor est fasciné par ses courbes.

Soudain, ils rugissent en même temps. Leur cri est grave, il provient du ventre. Il traverse des couches de souvenirs, transperce une multitude d'images en pagaille. Victor saisit la nuque de Marge, s'apprête à mettre une main sur sa bouche quand elle lui mord le doigt. Il lui donne une gifle. Essoufflés, ils reculent chacun dans un coin de la cabane comme deux boxeurs sur le ring. Ils reprennent peu à peu leurs esprits. Victor brise le silence, rassemble toute son énergie pour prononcer des mots. Leurs phrases sont hachées.

Vous avez cinq minutes. Pour prendre vos cliques et vos claques. Et sortir.

Non. Je suis. Chez moi.

Vous n'avez pas le choix. C'est. Un ORDRE.

Victor ressort, elle claque la porte. Posté devant la cabane, il reste aux aguets. Pas question de laisser l'étrangère s'installer une deuxième fois. Le tonnerre gronde, mais toujours pas de pluie. Il observe le ciel, les nuages. Dans son esprit, les formes vaporeuses se mélangent aux courbes de la jeune femme et les éclairs, à la flamme dans son regard. Il revoit la naissance de sa poitrine. Il chasse ces images. L'orage se rapproche. Il hésite, il pourrait l'autoriser à rester pour cette nuit, qu'est-ce que ça peut bien lui faire tant qu'elle ne vient pas chez lui ? L'idée n'a pas le temps de cheminer qu'il tire une balle sur cette pensée. Avec les femmes, cela ne s'est jamais bien terminé pour lui.

Il a aimé ce qu'elles lui apportaient : l'adrénaline, le désir, la violence, la sensualité dont il avait besoin pour se sentir aussi vivant que sur le terrain. Il ne peut respirer sans ennemi ni aimer sans corps à corps. Toute son existence, il a eu des maîtresses. Elles contribuaient à l'équilibre de son couple. Au décès de Joséphine, son épouse, ses conquêtes avaient perdu toute saveur. Le goût de l'interdit et son désir insatiable étaient morts, enterrés avec sa femme. Victor a pensé qu'elle s'était vengée à sa façon. Il n'a jamais été tendre avec elle et il ne cachait pas ses aventures. Et si cette fille était un piège de Joséphine ? Elle est différente des autres. Il ne saurait dire pourquoi, mais il le sent : elle représente une menace.

Il s'impatiente. Il faut qu'elle s'en aille.

Dans la cabane, Marge planque les petits chaussons à tête d'ours, se maquille, essaye plusieurs tenues pour gagner du temps et simuler des préparatifs. Elle dessine le contour de ses lèvres, le crayon dérape chaque fois que Victor frappe à la porte pour la sommer de se dépêcher. Elle essuie et recommence, puis colore sa bouche d'un rouge carmin. Marge se reluque dans le reflet de la fenêtre, repasse avec ses mains sa longue tunique blanche, défait un bouton au niveau de sa poitrine, se parfume. Face à la cabane, Victor attend.

Elle ouvre la porte avec fracas, le peignoir à la main. Victor se redresse. Il l'examine de haut en bas. Rien n'est laissé au hasard : des bottines havane, un regard aussi noir qu'une nuit d'hiver, des cils longs comme des herbes folles, des paillettes dispersées sur les pommettes comme du sable, des cheveux détachés en une harmonieuse pagaille. Quel âge a-t-elle ? Éclairé, son visage est celui d'une jeune fille. Dans la pénombre, il a des airs de femme. Victor lui donne entre trente et trente-cinq ans, l'âge de l'enfant que lui réclamait Joséphine.

Marge sort de sa tanière, les deux animaux se font face. Il la pousse sur le côté, verrouille la porte. Elle grogne et se jette sur lui pour récupérer la précieuse clef. Il la stoppe d'un geste : il a reconnu la voix en provenance de l'entrée, sous leurs pieds. Il la plaque contre la cabane. Elle étouffe un cri, il lui fait signe de ne pas bouger. Doucement, il regarde dans les interstices des planches. Il distingue la silhouette charpentée de Jules Dauvilliers, le promoteur, qui pénètre dans le hall avec un homme, casque de chantier à la main.

Partez, ordonne Victor à Marge sans la regarder.

Il monte les escaliers de l'échafaudage avec la fougue d'un jeune soldat, pressé de rentrer chez lui. Elle se lance à sa poursuite. Au quatrième étage, la fenêtre de la chambre est ouverte, il a dû entrer par là. Marge va jusqu'à celle du salon, se cache contre le volet. Elle entend la porte d'entrée s'ouvrir, les deux hommes qui prennent la parole à tour de rôle. Ils parlent d'argent, de procès, d'avocat, de délais. Victor répond sèchement. Le ton monte. Marge reconnaît la voix de son beau-frère. Ses poils se hérissent.

Elle se penche discrètement. Face à elle, Jules, début de calvitie, veste bleu marine, baskets ultra blanches, est sur le seuil. À ses côtés, un homme, chaussures de sécurité, veste en jean. Ils peinent à tenir tous les deux dans l'encadrement de la porte. Victor leur barre le passage. Elle saisit tant bien que mal le contenu de l'échange : Jules a acheté tous les lots de l'immeuble, il ne lui manque que l'appartement de M. Beaulieu. Il lui propose d'ajouter trente mille euros à sa dernière offre. Victor refuse. Jules lui offre cinquante mille supplémentaires.

Que voulez-vous à la fin ? Combien ?

Que vous foutiez le camp.

Marge sourit. Jules évoque son projet de complexe technologique, s'engage à lui accorder à vie un abonnement premium. Il aura accès à tout. Cela le laisse de marbre. Aucune envie de créer son hologramme, il se suffit à lui-même. Il aura la possibilité de se rajeunir, de revivre grandeur nature des opex ou d'anciennes batailles, de serrer la main de Napoléon ou du maréchal Joffre, et pourquoi pas de trouver l'amour, d'acquérir un singe ou un crocodile. En résumé : PRO-FI-TER pleinement de sa retraite. Jules se montre enjoué, serviable. Il lui garantit un accompagnement personnalisé pour se familiariser avec cette nouvelle technologie et des invitations d'une journée s'il veut venir avec un ami. N'importe qui en rêverait. À part Victor Beaulieu qui hoche la tête. Jules fait craquer ses doigts. L'homme qui l'accompagne prend le relais. Ce doit être l'architecte. Il l'avertit que l'électricité n'est pas aux normes, qu'il pourrait mourir dans un incendie, et les fissures montrent que l'immeuble risque de s'effondrer tôt ou tard. Autant accepter l'offre généreuse de M. Dauvilliers. Victor reste mutique. Jules lui tend des documents, mais il fourre ses mains dans ses poches. Jules émet un sifflement que Marge reconnaît. Le même que lorsqu'elle l'agaçait ou que l'attention de Violette ne lui était pas entièrement acquise. Victor les prie de bien vouloir s'en aller, mais Jules reste planté là. Alors, une main sur la clenche, il assène de petits coups de porte rapides sur l'épaule de Dauvilliers, qui recule en piétinant son acolyte derrière lui.

La porte fermée, Victor se sert un verre de rhum. Il s'adresse au sanglier qui orne le dessus du buffet. Et si j'acceptais leur pognon, je ferais quoi ? J'achèterais un appartement de l'autre côté du périphérique ou une bicoque à la campagne ? Je finirais par me pendre. Ce n'est pas à soixante-neuf ans que je vais faire des plans sur la comète. S'ils veulent la guerre, ils l'auront. Me virer de chez moi, pour y mettre des hologrammes !

Il aperçoit dans les grosses billes de l'animal le reflet de la silhouette de la jeune femme. Il boit son verre cul sec, puis, sans se retourner, lui ordonne de déguerpir pour la troisième fois de la journée. Sa voix est à la fois plus calme et plus menaçante. Marge ne bouge pas. Elle s'assoit sur une lisse de l'échafaudage, le buste fier et le regard fixé sur l'horizon. Elle n'a nulle part où aller, plus un sou en poche, personne à contacter, rien à perdre.

La nuit avance à pas de loup. Le vent gonfle les bâches et la tunique de Marge. Excédé, il quitte le salon son verre à la main. Depuis son poste d'observation, Marge le suit de pièce en pièce. Il fait mine de l'ignorer, mais il ne peut s'empêcher de capter son reflet sur les vitres ou sur son verre, dans les miroirs. Sa tunique blanche se confond avec les bâches et il ne distingue qu'une tête, deux mains et deux jambes perdues dans une voile qui s'étend jusqu'au ciel. Un coup de vent lui apporte une bouffée de son parfum aux notes d'amande et de musc. Il se lance dans la confection d'une tarte à la tomate et étend la pâte avec soin. Il entend ses soupirs et ses claquements de langue. Alors qu'il s'attaque aux tomates, un bruit le fait se retourner. La tunique tombée sur le visage, elle fait du trapèze sur la lisse, suit le mouvement des bâches. Il contemple sa cambrure, la vigueur de son corps. Il retourne à sa tâche avant qu'elle ne se relève, fait mine de se désintéresser de ses acrobaties. Cela attise son désir. Elle éclate de rire.

Victor reconnaît cet état. Combien d'hommes ont ri ainsi sur le terrain juste avant de se tirer une balle dans la tête ? Ce rire s'échappe comme un hoquet. Il surprend celui qui l'émet, glace le sang et transperce vos tympans. Il se confond avec l'expression de la folie alors qu'il renferme de la souffrance, de l'incompréhension et du désespoir. Parfois, en décalage, des larmes coulent sur les joues. Victor les guette sur celles de Marge. Elles ne viennent pas. Les paupières fermées, ses longs cils font barrage. Victor se pose mille questions à son sujet. D'où vient-elle ? Qu'a-t-elle vécu ? Quelle est sa guerre ? Il enfourne sa tarte.

Elle se glisse jusqu'à la fenêtre du salon pour guetter Victor qui examine ses petits soldats. Accroupie, elle tend son cou comme une chouette. Si elle pouvait passer une tête dans l'appartement, elle le ferait. Elle détaille son intérieur comme le ferait une gamine avec une maison de poupée.

Les cloches de Notre-Dame-de-Lorette sonnent vingt heures. Victor allume la télévision, toujours branchée sur la chaîne des documentaires. L'air de rien, il s'installe dans son fauteuil club à côté de la fenêtre. Accoudée au garde-corps, Marge regarde le spectacle animalier. Il entend sa respiration et son ventre qui gargouille. Quand elle penche un peu trop la tête, une longue mèche se dépose sur le dossier. Ils pourraient se croire au cinéma, à la fois proches et distants. Il grince des dents, redouble d'efforts pour se concentrer sur le documentaire et oublier cette perruche blanche qui ne tient pas en place. Marge joue avec ses nerfs : il déteste être épié et ne supporte pas la proximité. Elle n'a pas encore franchi la ligne de démarcation. Faisant mine d'être captivé par la vie des impalas, Victor commente les images, la vitesse de l'antilope, ses bonds agiles pour échapper aux prédateurs, tout en gardant un œil sur Marge comme un lion sur sa gazelle. Elle hoche la tête à chacune de ses interventions, valide ses propos. Elle glisse une remarque, signale que l'impala est herbivore. Sa denture ne contient que des molaires légèrement plus pointues à l'avant et non des incisives comme le dit le journaliste. Ce n'est pas possible de faire des erreurs pareilles, s'exclame-t-elle. Ils ne se relisent jamais ?

Victor fronce les sourcils, vérifie discrètement ses propos sur Internet. Il ne s'attendait pas à rencontrer une personne plus calée que lui sur la faune africaine. Il ne sait pas que Marge passait son temps dans la bibliothèque de l'école de la Légion d'honneur quand son père était en mission sur ce continent. Elle consultait les manuels et les atlas afin de se rapprocher du grand absent de la famille. Elle apprenait par cœur la géographie, les espèces animales, les différentes civilisations, les tribus et lisait les contes et les légendes. Marge est devenue incollable sur l'Afrique. Victor s'agrippe aux accoudoirs du fauteuil, ce n'est pas le moment de flancher. Il se focalise sur un crocodile guettant un zébreau qui boit dans la rivière. Après une longue minute, le reptile attrape l'animal. Le bébé zèbre se débat, mais rien n'y fait. L'entaille à sa patte avant est profonde. Le crocodile l'achève.

La température a baissé d'un coup. Il attrape un pull derrière son dos. Sans se l'avouer, il ne peut s'empêcher de guetter l'ombre de la jeune femme. Au bout d'un moment le sommeil le gagne. Sa tête tombe du côté de la fenêtre. Marge enjambe le garde-corps, se penche au-dessus du visage de l'homme assoupi. Ses ridules prennent l'apparence de rayons de soleil, son souffle va et vient comme une vague sur une mer calme, ses taches brunes contenant chacune un secret de mission sont balayées les unes après les autres par le crépuscule. Marge approche sa bouche de celle de Victor, recherche sa chaleur. Suspendue au-dessus de ses lèvres, elle aimerait qu'il se réveille, qu'il la prenne dans ses bras ou la repousse, mais qu'il fasse quelque chose d'elle. Qu'elle n'ait pas à passer cette nuit encore seule avec ses mains et sans somnifère. Marge ne supporte plus ses absences. L'odeur de la pâte croustillante et des tomates chaudes titille ses narines. Elle quitte son poste pour gagner la cuisine. Elle sort la tarte du four et s'en coupe une part avant de descendre en vitesse par l'échafaudage.

Victor se réveille en sueur. Il manque d'air. Il a encore fait ce cauchemar : des hommes aux visages flous le jettent dans un trou et arrosent les parois qui s'écroulent. Il patauge dans la boue. Il essaye de remonter, mais ses mains ne trouvent aucune prise. Il crie à l'aide mais aucun de ses frères d'armes n'est sur place. Une pluie diluvienne s'abat sur son trou. Les hommes rient, le frappent avec leurs fusils quand il s'approche du bord. Un éboulement l'ensevelit vivant.

Il tourne la tête du côté de l'échafaudage. La fille a disparu. A-t-il rêvé ? A-t-elle existé ? Il se lève d'un bond, enjambe le rebord de la fenêtre, fait les cent pas sur la structure en acier, fonce à la cabane. Aucune trace. Le dos courbé, il regagne sa cuisine, fixe la tarte et sa part manquante.

Dans sa tunique ample, Marge a des allures de nomade. Elle erre dans la rue, toujours insaisissable, au milieu des jeunes qui se réunissent autour d'un verre et des couples qui déambulent.

Elle parle avec ses mains, laisse échapper un éclat de rire. Arrête, Alice. Tu vas trop loin. La collectionneuse d'échographies ne lui fait plus la tête. Marge sourit. Un début d'histoire se profile. Elle la voit dans son appartement avec ses petits anges, à son travail. Alice note avec minutie les rendez-vous concernant des échographies pelviennes et vaginales, ajoute une étoile à côté des noms de celles qui souhaitent avorter. Elle a l'écriture en pattes de mouche de ceux qui s'excusent de vivre.

Marge aperçoit son reflet déformé dans la vitre d'une voiture : hanches larges, ventre arrondi, poitrine généreuse. Elle ressemble à une femme enceinte. Une de celles qui pourraient se rendre au centre d'imagerie où travaille Alice. Elle pose ses mains autour de son nombril, essaye de se rappeler la date de ses dernières règles. Elle se raisonne. Comment pourrait-elle attendre un enfant alors qu'elle n'a plus de relations depuis des années ? L'idée de donner naissance à une fille la terrifie. Violette dit juste : la folie rôde autour des femmes de la famille. Il suffit de se remémorer la grand-mère Suzie ou leur propre mère. La première passait ses journées à écrire à son amant, elle prenait soin de lier chaque mot au suivant afin de rendre ses lettres illisibles. Quand elle reprenait ses esprits, elle répétait à sa fille qu'elle lui avait gâché sa vie. La seconde s'est liée d'amitié avec les défunts qu'elle maquille et murmure des comptines aux enfants morts. À chaque génération, l'une des leurs est frappée par cette malédiction. Marge n'a aucun doute, c'est elle que la folie a choisie. Pas question de courir le risque de transmettre cette fatalité, ni ses crises de somnambulisme, ni la peur de ses mains.

La croix de la pharmacie indique une heure et six minutes. Marge entre dans l'immeuble, emprunte le chemin habituel, cage d'escalier, pièce au bout du couloir du premier étage, échafaudage. Elle se hisse au quatrième. À la fenêtre de la chambre, Marge distingue Victor allongé sur son lit. Est-ce qu'il dort ? Pas un bruit. Elle retire ses bottines et s'allonge sur la structure en acier. Les bâches claquent comme les voiles d'un bateau en pleine tempête.

À deux mètres de distance, Marge et Victor sont recroquevillés chacun dans son coin. Des images de cous s'immiscent dans l'esprit de la première, des visages familiers tombent à terre dans la tête du soldat. Des cris étouffés et des frissons de part et d'autre. Ne tirez pas. Attendez. Planquez-vous. Vous me recevez. C'était un gosse. Recule. Retour à la base. Marge visualise son père sur le terrain, revit les journées qui suivaient ses retours où il restait enfermé dans la cave, les silences à table, les regards d'incompréhension.

Arrête donc de ressasser le passé, laisse-le là où il est, raconte plutôt mon histoire, c'est l'heure. Alice, les yeux qui pétillent, se tient debout devant elle. Au boulot, ma vieille, je t'écoute. Marge n'en a pas envie. Elle est fatiguée et elle a froid. Tu sais ce qui va t'arriver si tu ne racontes pas mon histoire, Marguerite, rite, rite s'en allait bien gentiment vers une crise de somnambulisme, lisme, lisme terrible dont elle ne se remettrait pas, chantonne Alice.

Depuis combien d'années les créatures tiennent-elles Marge prisonnière ? Vingt-huit ans ? Trente ans qu'elles l'envahissent et la menacent de lui révéler un secret dont elle ne réchappera pas. Les créatures l'épuisent. Marge est toujours remplie de cauchemars, de souvenirs, d'ordres, de colère. Elle ne sait pas ce qu'est la sérénité. Ses muscles se tendent. Des douleurs apparaissent dans son dos, son cou. Tout son corps se raidit. Elle n'a pas le choix, elle doit raconter cette histoire, sinon la crise sera violente. Cela fait trop longtemps qu'Alice trépigne. Marge ne peut plus la repousser. Elle ferme les yeux et inspire profondément. Un rictus côté droit se dessine sur ses lèvres. Le titre s'impose, lui tombe dessus comme un caillou tomberait du toit. Les émotions emmagasinées trouvent leur place dans le puzzle du récit, s'imbriquent les unes aux autres sans forcer. Les idées qu'elle croyait englouties dans le trou noir du cosmos resurgissent. Elles étaient là, à couver dans son ventre en attendant le moment propice pour se révéler.

Mes chers petits, cela te convient comme titre ? demande Marge.

Oui, c'est simple et efficace. Il questionne. J'attends la suite. Le titre n'est pas le principal, rétorque Alice.

D'une voix douce et grave, Marge commence :

Il était une fois une jeune femme qui se prénommait Alice. Son regard était aussi noir que les échographies qu'elle placardait sur les murs de son appartement. Assistante médicale au centre d'imagerie situé en bas de la rue des Martyrs, elle a commencé sa collection d'échographies il y a deux ans maintenant, quand on lui a demandé de…

Marge s'arrête. Le récit qu'elle a en tête ne ressort pas avec exactitude. Elle n'arrive pas à retranscrire ses idées. Elle se tord les mains, des larmes au bord des yeux. Elle préfère ne pas poursuivre.

Continue. Ce n'était pas si mal. Que m'arrive-t-il après ? demande Alice.

Plus tard. Je n'y arrive pas. Fiche-moi la paix.

Marge se colle au mur, quelques gouttes de pluie tombent sur son corps, elle tremble. La fatigue est plus forte que le froid, ses paupières se ferment, elle se demande ce qu'elle découvrira à son réveil.

Dans la chambre de Victor, le réveil indique deux heures et trente-trois minutes. Il ouvre les yeux, soupire. Sa nuit est finie. D'habitude, il fait en sorte de ne pas s'endormir avant une heure du matin. Il n'a besoin que de cinq heures de sommeil. Il tourne et se retourne. Il pourrait faire comme à l'accoutumée : lire un roman historique ou rejouer une énième bataille en changeant de stratégie, mais à cette heure-ci il n'a envie de rien.

Il pense à la jeune femme. Où est-elle ? Que fait-elle ? À cette heure, ses pensées sont plus sombres que l'obscurité. Pourquoi mener cette guerre contre le promoteur ? Finalement, il ne serait peut-être pas si mal à la campagne. Il aurait de la place pour ses maquettes et il pourrait chasser quand bon lui semble. Son cœur palpite de plus en plus vite et de plus en plus fort. Il cherche à quitter son corps. Une vie paisible ? C'est la mort à petit feu.

Une main sur la poitrine, il observe les ombres au plafond. Les lambeaux de bâche oscillent comme des vagues, et dans l'angle une faible lumière clignote tel un phare au large. Les maquettes d'hélicoptères se transforment en mouettes, et le vieux poste radio, en sous-marin. Victor écoute la pluie jouer quelques notes sur les barres métalliques de l'échafaudage. Le tonnerre dirige sa fanfare, coups de cymbales par-ci, de trombone par-là. Dans la rue quelques fêtards s'amusent avec les couvercles des poubelles. Le monde se ligue pour empêcher Victor de se rendormir. Peut-être est-ce Jules Dauvilliers qui a commandité tout ce grabuge.

Les ombres au plafond se transforment en tentacules de méduse. Elles frôlent le sous-marin, tournoient avec élégance. Victor est captivé par le spectacle. Les tentacules s'agitent, changent de rythme. Il tourne la tête en direction de la fenêtre, aperçoit deux mains. Il reconnaît immédiatement les poignets décorés de bracelets et les longs doigts fins. Les mains dansent une chorégraphie qui alterne mouvements délicats et volcaniques. Peu à peu, il découvre la femme qui se lève. Elle ondule sous la pluie devant sa fenêtre. Son corps suit ses mains.

Ce sont elles qui dirigent. Aimanté par ces courbes qui ondoient comme des algues, Victor s'avance. Les yeux grands ouverts, Marge ne le voit pas. Elle danse en dormant. Victor savoure ce moment de grâce. Elle se déplace sur la pointe des pieds, pivote avec agilité. Ses cheveux s'enroulent autour du cou ou fouettent les joues. Le vent accompagne sa chorégraphie silencieuse, gonfle les bâches et sa tunique. Le vacarme de la rue s'est tu. Elle déambule sur les planches sans jamais glisser. Il s'inquiète, elle pourrait déraper. Impossible de détacher son regard.

Un éclair l'arrête net dans sa chorégraphie. Marge se fige avant de courir à toute vitesse pour monter au dernier étage. Victor se lance à sa poursuite, se rattrape de justesse à une lisse, l'aperçoit au cinquième. Elle enjambe le balcon, attrape un pot de fleurs abandonné, brise la fenêtre et saute dans l'appartement. Il observe ces mains qui fouillent avec frénésie dans une commode. Elle est comme possédée. Elle jette ce qui lui tombe sous la main, ses doigts se referment sur des ciseaux. Victor marche sur ses talons. Dans la pièce restée en chantier qui devait être le salon, un vieux tapis en témoigne, elle grave avec la pointe des formes enchevêtrées. Elle tremble. Elle parle sans prendre d'inspiration. Elle dit : il est petit, tout doux, tout blanc. Il est minuscule, tout velouteux, tout pâle. Il est tout soyeux, tout blafard. Je le vois son cou, je les vois mes mains. Je veux qu'elles se détachent, qu'elles partent loin de moi. Je veux des moignons à la place. Ne plus toucher. Dégagez les pouces qui appuient sur la carotide. Dégagez les index qui imposent le silence. Dégagez ces mains qui étouffent.

Étouffés les cris, étouffée la mort. Enterrés les non-dits. Tuer les souvenirs, les pleurs du mort. J'ai peur d'elles, mes mains, elles savent des choses que je ne sais pas. Faut pas savoir. Surtout pas.

Marge peine à avaler sa salive. Ses mots l'étranglent. Ils la font bégayer. Tout explose autour et à l'intérieur d'elle. Ses mains n'arrivent plus à tenir les ciseaux. Elle s'écorche l'avant-bras, ne réagit pas, s'épuise à parler encore et encore. Démuni, Victor la regarde. L'orage gronde, les éclairs illuminent la pièce, il pleut des cordes. Marge se précipite à la fenêtre et, en équilibre sur le garde-corps, tend ses mains vers le ciel. Décontenancé, Victor aimerait réagir, mais ses pieds sont scellés au parquet. Aussi tendue que les barres métalliques, elle tient debout miraculeusement. Pluie et sueur se mélangent sur son corps. Les minutes se diluent dans la tempête.

Un coup de tonnerre plus fort que les autres la déstabilise. Ses bras pagayent dans le vent comme si elle s'apprêtait à prendre son envol. Victor sort de sa torpeur, attrape le bas de sa tunique et la tire en arrière. Elle tombe sur lui, roule sur le côté. Elle regarde partout, ne comprend pas ce qui se passe. Elle cherche la sortie, se cogne contre les murs. Victor tente d'attraper le papillon de nuit et la saisit de justesse. Un bras sous sa poitrine, il la couche à terre, à plat ventre. Un genou sur son dos, il l'enroule dans le tapis. Vidée, elle ne se débat pas. Son cœur bat vite. Seuls sa tête et ses pieds dépassent. Victor lui dégage les cheveux du visage, puis s'allonge de tout son poids sur elle. Il la berce un long moment. Les muscles de Marge se relâchent et ses mains ne cherchent plus à s'évader. Elle retrouve peu à peu une respiration paisible. Le sommeil la cueille comme un petit enfant en plein milieu d'un jeu. Victor comprend qu'il ne pourra pas la faire sortir de sa vie comme ça.

Debout dans l'encadrement de la porte, une cigarette à la main, Victor veille sur Marge blottie dans son lit. Elle émerge de cette nuit sans fin. Elle remue, se retourne, s'emmêle dans les draps. Ses cheveux, humides de sueur, laissent des traces sur les oreillers. Des ombres entre ses seins et dans le creux de ses reins se dessinent sur sa tunique. Elle murmure des mots qui s'évanouissent avec les soupirs ou disparaissent dans les plis du lit. À mesure que Victor la regarde, son désir de la prendre dans ses bras grandit. Il tend l'oreille, mais ne comprend pas ce qu'elle dit. Dans le murmure désordonné, il distingue parfois un prénom : Alice, Esther. Qui sont ces femmes ? De quoi parle-t-elle ? Marge se redresse, hurle : je ne veux pas savoir, allez-vous-en. Victor s'éclipse.

Elle ouvre les yeux sur les moulures du plafond. Comment a-t-elle atterri ici ? Qu'a-t-elle fait dans ce lit ? Est-ce qu'elle a bu plus que d'habitude ? A-t-elle couché avec Victor ? Elle passe une main sous sa tunique, attrape l'élastique de sa culotte, remonte vers ses seins, touche son soutien-gorge. L'ombre de Victor est encore là, elle glisse sur le parquet. Marge fonce à la salle de bains. Elle ne se reconnaît pas dans le miroir. Traits tirés, teint pâle, ses yeux ressortent. Ils ressemblent aux billes des animaux empaillés dans le salon : sombres et vitreux. Elle humidifie d'eau froide son visage et sa nuque, mouille son buste, son ventre. Elle examine chacun de ses membres, cherche traces, hématomes, taches suspectes. Un indice qui lui dévoilerait les actions passées. Une estafilade sur son avant-bras. Son corps brûle. La flamme logée dans ses pupilles consume tout son être.

Un pied encore dans la nuit, l'autre dans le jour, elle se dirige d'un pas bancal vers le salon. L'appartement penche, les rainures du parquet ondulent, son cerveau tangue. Le vent joue avec les battants de la fenêtre qui claquent à tour de rôle. Les bâches bruissent comme l'étoffe d'une robe. Marge fixe son attention sur la maquette en relief, posée sur une table, qui monopolise tout l'espace : un vaste rectangle délimité au nord par une route et au sud par des étangs. De la poudre blanche imitant la neige est répartie ici et là. Marge s'agenouille pour mieux voir les petits soldats : des fusiliers, des grenadiers et des voltigeurs dans leurs longs uniformes. Les expressions des visages varient. Certains expriment la peur, d'autres la surprise, d'autres encore la haine. D'une main tremblante, elle s'apprête à prendre un grenadier.

Bataille d'Austerlitz, dit Victor d'une voix forte. Marge sursaute, se recroqueville au sol. Les mains autour de sa nuque, elle se balance d'avant en arrière lentement. De l'autre côté du champ de bataille, Victor glisse un plateau avec des tasses et une corbeille de pain sous la maquette. Mangez, il faut reprendre des forces après cette nuit. Ce n'est pas avec une part de tarte dans le ventre que vous allez tenir, finit-il par lâcher.

Marge inspire, puis s'approche du petit déjeuner. Elle renifle le café un long moment. Cette odeur lui rappelle les réveils matinaux du lundi avant le départ pour la Légion d'honneur. C'était toujours son père, quand il n'était pas en mission, qui les emmenait, Violette et elle. Leur mère restait au lit. Il buvait un grand bol de Nescafé tandis que les filles ingurgitaient leur jus d'orange en silence. Marge attrape avec délicatesse une tartine beurrée, picore un morceau, un deuxième. Une main devant la bouche, elle tend une tranche de pain de mie à Victor. Il hésite. Ses genoux craquent. Planqués comme si une bombe allait leur tomber dessus, ils savourent leur petit déjeuner. Victor se revoit avec ses camarades en mission se régaler des victuailles envoyées par leurs épouses. Quand elles arrivaient à glisser un saucisson dans un colis à destination d'un pays musulman, c'était jour de fête.

Marge reprend des couleurs. Elle racle les bords du pot de confiture avec ses doigts. Lèvres barbouillées, index collant, elle picore les dernières miettes du plateau. L'une d'elles se colle sur sa joue. Victor approche sa main pour la retirer, mais Marge recule. Son regard s'assombrit. Est-ce que nous avons, enfin, est-ce que cette nuit ? Nous avons ? demande-t-elle. Victor lui raconte chaque seconde en détail : les déplacements, les changements de voix, ses mains. Il est interrompu par deux coups de sonnette. À l'affût, ils se tournent vers l'entrée, se taisent. Quelqu'un glisse une enveloppe marron sous la porte. Un nom y apparaît sous le tampon de l'agence : Jules Dauvilliers.

Victor place l'enveloppe au centre. Ils l'examinent. Faut-il l'ouvrir maintenant ?

Que contient-elle ? Doit-elle dire à Victor que Dauvilliers est son beau-frère ? Pourquoi refuse-t-il de quitter cet appartement ? Elle se retient d'ouvrir l'enveloppe sur-le-champ. Son ventre se noue : et si Jules apprenait qu'elle est ici, est-ce qu'il en informerait Violette ? C'est peut-être l'occasion de négocier. Elle pourrait proposer à Jules de quitter les lieux à condition qu'elle puisse revenir habiter chez eux. Victor, lui, est persuadé que Dauvilliers a trouvé un moyen de l'expulser. À moins que cela ne soit une nouvelle offre. Et s'il la déchirait ? Il imagine deux secondes prendre l'argent, le donner à cette jeune femme et se flinguer dans les bois. Il déchire l'enveloppe. Un simple chiffre apparaît : sept cent quinze mille euros. Il attrape un stylo dans sa poche, écrit un grand « NON ». Le visage de Marge s'illumine. En une seconde, sa physionomie a changé. Victor voit une autre femme. Elle ajoute une virgule et un « merci » illustré par un sourire avant d'offrir le sien à Victor. Il peine à soutenir son regard, encore plus à lui rendre la pareille. Elle dessine sur la feuille les contours de sa main, puis attrape celle de Victor qu'elle superpose à son empreinte. Plus grande et plus large, elle couvre celle de Marge comme une épaisse couverture. Ils fixent leurs mains scellées : un pacte. Personne ne les délogera. Victor referme la proposition dans l'enveloppe, puis l'envoie valser sous la porte. Marge rit. Pas le rire du pendu cette fois. Un vrai rire. Celui qui vient de l'enfance, libère les tensions, déride, diffuse de la joie. Elle est encore plus belle ainsi, car tout son corps vibre. Ses bras s'ouvrent, ses joues rosissent et ses yeux brillent. Elle ranime en lui des sensations et des émotions disparues.

Elle s'arrête net, une pensée la traverse. Où aller maintenant ? Sans un mot, Victor lui tend la clef de la cabane qu'elle serre fort dans sa main. Ils sortent de sous la maquette. Elle n'a pas envie de le quitter, pas tout de suite. Sous le regard du sanglier, du renard et du chevreuil, ils tournent autour de la maquette d'un pas lent et régulier. Quand l'un est à l'Orient, l'autre est à l'Occident. Marge laisse courir son doigt dans une rivière. Elle aimerait partir à la campagne, sentir la terre humide et le bois craquer sous ses pieds, croiser une biche, dormir dehors. Se retrouver seule. Vraiment seule. Sans ses créatures. Comment vivrait-elle sans elles ? Ressentirait-elle un vide ? Serait-elle apaisée ou, au contraire, davantage tourmentée ? Son cœur se serre. Le silence en elle la terrifie.

Marge attrape un cheval sur la maquette. Vous aimez la chasse ? demande-t-elle.

Victor s'arrête de marcher, surpris par sa curiosité.

Oui, autrefois. Aujourd'hui, je reconstitue des guerres et des batailles.

Pour la première fois, Marge voit les mains de Victor s'animer, comme si elles avaient hâte d'ouvrir les minuscules pots de peinture, de choisir les soldats. Elles ne peuvent s'empêcher de remettre en place un arbre ou un char, d'étaler un peu plus la neige à certains endroits.

Ils reprennent leur déambulation lente et régulière. La distance s'amenuise. Il accélère son pas, elle ralentit. Il est là, derrière elle, à quelques centimètres. Son esprit lutte contre ses mains qui s'approchent doucement des hanches de Marge. Elle reste immobile. À sa merci. Un temps. Elle se retourne. Il saisit sa taille. Instinctivement, elle pose les mains sur ses épaules. Ils s'attirent et se repoussent à tour de rôle, tanguent comme à bord d'une barque. Il respire le souffle de sa partenaire comme il respirait le vent du désert. Sa poitrine frôle son torse. Elle se laisse bercer par le mouvement, ne réfléchit plus. Une image de la nuit dernière lui revient : elle, enroulée dans le tapis. Apaisée. Les créatures et leurs histoires ont disparu avec la peur du jour et de ses mains. Pour la première fois, elles savent où se placer. Elles se sentent chez elles sur les épaules et les hanches de Victor. Quelque chose lui échappe. C'est joyeux. Effrayant. Elle coule entre ses mains, enjambe la fenêtre et se volatilise.

Dans la cour, les feuilles mortes tombent et se collent à la jeune femme qui se lave au tuyau. Elle coupe l'eau, observe son corps se parer d'une décoration d'automne dans le miroir brisé. Les teintes chaudes et dorées ravivent ses taches de rousseur et les reflets roux dans ses cheveux. Dans quatre mois, elle aura trente-cinq ans. Plus tout à fait jeune, pas encore vieille. Elle repère quelques cheveux argentés. Pour l'instant, ils se fondent dans sa chevelure, mais pour combien de temps ? Elle s'est toujours senti une âme de vieille enfermée dans un corps jeune. Elle se savait différente. Mais une âme de vieille dans un corps de vieille, il n'y a rien de plus banal. Elle masse son visage, son cou et tire ses paupières vers le haut pour estomper les marques de l'âge. Plairait-elle encore autant au jardinier de l'école de la Légion d'honneur ?

Esther apparaît derrière son épaule et entame sa litanie de reproches : Alice ne veut pas me laisser la place. Pourtant, mon histoire est bien plus importante. Je dirais même qu'il y a urgence à la laisser sortir. Promis, je ne vous révélerai pas ce que vous ne voulez pas savoir. Quelle chance d'avoir trouvé un imaginaire aussi foisonnant que le vôtre ! Si vous connaissiez le nombre de ventres dont j'ai été chassée, vous seriez étonnée. Alors cette petite collectionneuse d'échographies de fœtus ferait bien de prendre garde. Vous devriez l'envoyer promener. Venez donc me rendre visite ce soir, vous ne serez pas déçue.

La vieille femme disparaît. Marge a l'habitude. Les créatures sont jalouses les unes des autres : elles détestent partager. Certaines fuient à tout jamais après qu'elle a raconté leur histoire, d'autres s'accrochent par flemme de rechercher un autre ventre, de se faire une place parmi de nouveaux personnages. Marge sature. Elles sont de plus en plus nombreuses. Elle ne peut pas toutes les héberger.

Elle retire les feuilles mortes, frictionne son corps et compte le nombre de créatures qui cohabitent. Alice et Esther, les deux impatientes. Alice était la première, mais Marge trouve la seconde plus intéressante, plus nuancée aussi. Elle en sait plus sur elle. Alice est plus froide et réservée. Elle ne suscite aucune empathie. Cependant, la collectionneuse d'échographies la fascine. D'où lui vient cette passion ? Quelle a été son enfance ? Dans son coin, Daphné attend sagement son tour. Elle a fait preuve de beaucoup de patience pour supporter son mari dans leur ferme. Il passe son temps à la rabaisser et les coups pleuvent tous les soirs. Elle est toujours suivie d'une femme et de son micro. Marge sait juste qu'elle est morte étranglée dans son sommeil. Cette fin tragique l'amuse beaucoup. Enfin, il y a Viviane, la célibataire bien portante toujours flanquée de son chien. Au total, cinq femmes et un chien revendiquent leur place sur scène.

Marge entortille ses cheveux autour de ses doigts, sculpte boucle après boucle, puis colore sa bouche de rouge carmin et dépose quelques paillettes sur ses paupières. Elle reproduit les gestes de sa mère sur les morts. Avec du maquillage, elle arrive presque à les rendre vivants. Avec du maquillage, Marge se trouve presque moins folle. Enfin, elle accroche à ses oreilles ses créoles fétiches, se sourit dans le miroir. Oui, Marge, tu peux le faire, tu vas traverser cette journée et tout va bien se passer. Tu as un lieu où dormir, tu es en sécurité ici. Ne fuis pas.

Alors que Victor descend, il s'arrête dans la cage d'escalier. Son regard est attiré par Marge qui fait les cent pas dans la cour. Parfois, elle se retourne vers la table en fer forgé, parle. Dans son monde, elle effleure à peine le sol, danse. Elle paraît irréelle, flottante dans son pull gris perle qui dévoile une épaule. Elle s'arrête, observe ses mains, puis reste un long moment immobile. Victor se souvient. La première fois qu'il l'a vue, ce n'était pas dans sa salle de bains, mais dans la rue. Il se rendait à la boulangerie quand il avait été bloqué par une cantine, pareille à celles qu'il traînait quand il partait en opex. Il avait dévisagé la jeune femme aux paupières closes, sans doute la fille d'un ancien camarade. Artillerie, parachutistes, aviation légère, génie, opération Daguet, Mantra ? La femme ne bougeait pas d'un cil. Il n'y a que les enfants de militaires pour être si endurants. Ils ont ça dans le sang, la guerre coule dans leurs veines.

Victor s'était assis à la terrasse du café d'en face, curieux de voir si elle allait craquer, sans se rendre compte que c'est elle qui faisait de lui son prisonnier. Il lisait sur son visage qu'elle n'avait plus rien à perdre. Cette femme, la vie, elle s'en fout. La mort, elle s'en fout. La honte, elle s'en fout. L'humiliation, le corps qui lâche, le temps, elle s'en fout. En revanche, il a vu comment elle suppliait la psychiatre de la reprendre entre deux patients. Était-elle sa patiente, une amie ? La peur d'être seule et de ne pas être aimée transpirait de tout son être. S'il y a bien une chose dont elle ne se fout pas, c'est de l'amour. Cette femme crie son besoin d'amour. L'amour est sa guerre.

Marge s'arrête net, s'éclipse dans le hall. Victor la poursuit rue des Martyrs, reste à quelques mètres. À son épaule, un grand sac en tissu. Subitement, elle tourne dans une rue perpendiculaire, s'engouffre dans un Lavomatic. Il change de trottoir pour mieux la voir. Elle inspecte les machines, retire une chaussette, sent ses mains, enfin fait son choix. Une pour le blanc et une autre pour les couleurs. Elle cherche de la monnaie, s'assure que les machines démarrent. Désœuvrée, elle entre dans une boutique, jette son dévolu sur une robe dorée qu'elle essaye sans l'acheter, puis se rend chez le caviste. Marge tue le temps, remplit les minutes d'un grand rien. Elle piétine sa vie avec allégresse. Victor a bien deux ou trois bricoles à faire, mais impossible d'interrompre le documentaire « Marge ». Elle le tient en haleine. Elle fait les cent pas devant le cabinet de Violette comme dans un hall de gare, à regarder les autres courir vers leur destin.

Programme terminé : quarante minutes se sont écoulées. Marge fourre ses vêtements dans le sac en tissu. Victor retourne à ses occupations, rassuré de la savoir à la maison.

La rambarde a pris des allures de tancarville : petites culottes, robes et jeans sèchent dans la cage d'escalier. Marge range la cabane, dispose devant sa porte un paillasson récupéré. Elle s'approprie le premier étage. Dans le large couloir, elle installe son atelier avec tout ce qu'elle a récupéré dans l'immeuble. Pots de peinture et de colle, outils, cordes et ficelles, sous l'établi de fortune. Elle pense à Esther, la créature de la cour. Un début d'histoire se dessine dans sa tête. Elle voit le paillasson et la guirlande de loupiotes qui balisent le territoire de la vieille. Elle la voit balayer, ouvrir une porte invisible, vaquer à ses occupations : faire un gâteau, tricoter, lire. Elle aussi, il est temps qu'elle s'installe et aménage son nouvel espace.

Elle attrape un vieux tee-shirt d'ouvrier roulé en boule, l'enfile, puis fonce dans la cour remplir une bassine d'eau et de savon. Elle a décidé de décoller le vieux papier peint du couloir. À l'aide d'une spatule, elle retire un pan, puis trois bouts. Elle s'acharne, fait des entailles dans le mur. Ça l'agace. Garder son calme. Ses mains s'activent. Elle doit rester occupée. Surtout ne pas penser sinon elle va pleurer. Pleurer pourquoi, pauvre fille ? Marge n'a jamais su. Les larmes coulent à l'intérieur. Son corps est un vase rempli de larmes. Un jour, elle se brisera et un torrent se répandra dans la cage d'escalier, inondera la rue.

Alors qu'elle ne s'y attendait pas, une nouvelle créature s'impose à elle. C'est la femme-radio qui prend l'antenne pour la première fois. Il est seize heures et vous écoutez *Astuces, trucs et bidules*, l'émission sans censure, présentée en direct par l'animatrice préférée des Françaises et des Français, des petits et des grands, des handicapés, des suicidaires, des bipolaires, des anorexiques-boulimiques, des écolos mais pas trop, des binaires et non-binaires, des sans-gluten, des gauchos et des fachos, des pédophiles, zoophiles et de tous les animaux : la fabuleuse, la talentueuse, l'extraordinaire Glooooooriaaaaaa. Salut la compagnie. Je suis très heureuse de vous retrouver aujourd'hui pour une émission dédiée au bricolage. Nous sommes avec Marge aux doigts de fée ou de racoleuse, pardon décolleuse, rire, blague, humour, et nous nous intéressons à la façon de retirer le papier peint dans une vieille demeure. Comment se débarrasser des mauvaises énergies ? De l'odeur du pipi et de la naphtaline ? Du papier peint ? Musique. Bonjour, Marge. Applaudissements. Marge, merci de nous recevoir. Vous vous attaquez à un sacré chantier, dites donc. Nos auditeurs ont très envie de connaître vos astuces, trucs, bidules, machins et choses pour retirer le papier peint en toute simplicité. Marge, c'est à vous. Parlez bien dans le micro, s'il vous plaît.

La femme-radio a donc un prénom : Gloria. Elle agace déjà Marge. Il y a des créatures plus difficiles que d'autres à supporter. Pourtant, elles s'imposent et Marge doit les laisser s'exprimer. Qu'elles soient tueuses, violeuses, cambrioleuses, égoïstes, bêtes, tordues, elles ont autant le droit d'exister qu'un bon samaritain. Une vie aussi ennuyeuse qu'une pelouse verdoyante ou un ciel bleu. Ce n'est pas le cas de Gloria. Certes, elle est insupportable, mais avec elle, pas de temps mort. Ses paroles coulent à flots. Elle passe des aigus aux graves sans transition. Surexcitée, pétillante, joueuse, elle tourne autour de Marge. N'êtes-vous pas découragée à l'idée de retaper une si grande demeure ? Allez-vous créer un univers pour chacun des appartements ? Quel sentiment cela vous procure-t-il de passer d'une vie sans logement fixe à un immeuble de cinq étages rien qu'à vous ? C'est un peu comme gagner au loto ? Ne pensez-vous pas attirer la jalousie des riverains qui vivent dans des espaces étriqués ? De votre beau-frère surtout ?

Marge lâche sa spatule. Elle regarde la femme-radio lui tendre le micro. Une chevelure brune, une taille de guêpe, des yeux trop vert émeraude pour être vrais, un débardeur en soie au décolleté plongeant : Gloria ressemble à une célébrité de téléréalité d'un jour. Elle a cette insolence, et aussi cet air effronté allié à une moue joli cœur. Sous ses airs d'idiote, son fonds de commerce, Gloria a touché le point sensible : Jules et par conséquent Violette, la vraie faille dans sa vie. Marge ne veut pas lui faire de mal. Habiter dans cet immeuble avec Victor, c'est empêcher Jules de réaliser son complexe technologique. Le projet d'une vie. Des années qu'il négocie avec les propriétaires le rachat de leurs logements. Il n'a pas hésité à séduire des familles entières. Il en a donné, du temps et de l'énergie pour répondre aux exigences de chacun : trouver un logement traversant muni d'une grande terrasse avec vue sur le parc Monceau, offrir un sac de couturier à Mme Vidal, une montre à son époux et des jouets aux enfants à chaque étape de la négociation, des abonnements à vie à la Comédie-Française et à l'Opéra pour la famille de Courville, partir à la recherche d'un ceylan, un chat très difficile à trouver en France, pour le couple Vaqueiras, user de son réseau pour dénicher un chalet situé au Cap-Ferret pour les Falco. Les propriétaires avaient bien compris que Jules serait prêt à tout pour parvenir à ses fins, ils le considéraient comme le Génie de la lampe et n'hésitaient pas à se comporter comme des Aladin. Marge a suivi ses affaires. Jules avait cette fâcheuse tendance de mettre le haut-parleur chaque fois qu'il contactait un propriétaire. Il faisait les cent pas devant Marge qu'il considérait comme un vague buffet. Au dîner, elle revivait les étapes de la conversation. Jules adorait raconter ses prouesses à Violette. À force de patience et d'obstination, il avait acquis les lots les uns après les autres et il en était fier. Jusqu'à ce jour. Ses collègues lui avaient bien dit qu'il était risqué de se lancer dans une telle opération. Il y a toujours un propriétaire récalcitrant, lui avait-on répété en boucle. Jules n'avait pas échappé à la règle. Pire, il était tombé sur le profil à fuir : un retraité sans famille. On l'avait prévenu. Ils n'ont rien à perdre et se foutent de l'argent. Ils adorent emmerder le monde.

Victor passe une tête au premier étage, un sac de courses dans chaque main, monte en vitesse. Victor Beaulieu, ce nom résonne en Marge. Elle l'entend depuis son emménagement chez sa sœur, il est la source de tous les problèmes de Jules. Des dizaines de coups de fil qui se sont soldés par des insultes ou un long bip sonore. Comme c'était jouissif d'observer le visage de Jules se décomposer ! Finalement, cela fait un an que Marge connaît Victor. Ce type lui a fait passer de bons moments, lui a même déclenché quelques fous rires. Aujourd'hui, Elle ne rit plus. Si Jules n'obtient pas ce qu'il veut, il fera vivre un calvaire à sa sœur. La situation est simple : plus les jours passent, plus Jules perd de l'argent et plus il devient exécrable. Marge imagine déjà le scénario catastrophe. Elle est dans sa cabane, regarde par la fenêtre sa sœur, le bébé dans les bras, Iris en pleurs accrochée à sa jambe, Jules furieux qui lui crie dessus et envoie valser les deux valises qu'ils emportent avec eux. Peut-être iront-ils chez ses parents à Clamart. Violette, à bout de forces, restera cloîtrée dans sa chambre à allaiter son nourrisson, le regard vide. Jules fuira à l'étranger afin d'échapper à ses dettes, abandonnant femme et enfants, ou alors il lèvera la main sur Violette. Leur père fera son devoir : il subviendra aux besoins de sa descendance. Sa mère s'enfermera davantage dans son monde avec ses morts pour ne pas voir la réalité. Comme toujours. Un jour, Violette prendra ses cliques et ses claques avec ses petits sous le bras. Résultat : à la rue, Violette et ses mômes.

L'image de sa sœur et de ses chérubins sur le trottoir lui donne la nausée. Violette sans toit ? Impossible. Et si Victor quittait les lieux, empochait l'argent pour se la couler douce à la campagne ? Elle élabore mille scénarios pour sauver sa sœur. Ses mains s'agitent, sa tête dit non à maintes reprises. Serait-ce l'occasion idéale de révéler le vrai visage de son beau-frère ? Violette n'est pas vieille. Elle peut refaire sa vie. Dans le fond, Marge n'a pas envie de renoncer à cette liberté au 46 bis rue des Martyrs. Elle aime déjà sa cabane, son échafaudage, la cage d'escalier, la cour et son chitalpa de Tashkent rabougri. Elle aime les fissures, les recoins, les feuilles mortes, les fenêtres à enjamber et ses bricolages. Elle aime les maquettes, les animaux empaillés, les reportages animaliers. Elle aime observer Victor s'assoupir, s'émouvoir devant un panda ou un koala. Elle aime son regard et ses mains qui parlent avec les siennes. Elle pressent qu'avec lui elle pourra affronter autrement ses créatures, les nuits, les crises de somnambulisme.

La voix suave de Gloria camoufle celle de Marge : Très chers auditeurs, l'émission bricolage regorge de surprises. Qui aurait pu s'attendre à une séquence nostalgie digne d'une telenovela ? Sacrée Marge. Est-ce que vous nous préparez une chronique philosophique pour la rubrique suivante ? Rire public. Applaudissements. Musique. Publicités. Quel moment, Marge, merci ! Vous faites grimper l'audimat. On me dit à l'oreillette que les chiffres sont excellents. Désirez-vous une retouche maquillage ? Suis-je bête, nous sommes à la radio, personne ne voit vos cernes ni vos traits tirés. Vous avez des soucis, Marge ? Dites-moi que non. Nos auditeurs détestent les gens qui vont mal. Ça leur rappelle leur quotidien. En revanche, je suis preneuse d'un scoop. Votre père vous a-t-il abusée ? Votre sœur ? Séquestrée peut-être ? Victime de harcèlement scolaire ? Autre chose ? Non ? Mais vous êtes triste à mourir, Marge. Nous aimons les complaintes. Nous aimons les victimes. Moi-même lorsque j'étais candidate à un jeu de téléréalité, je me suis inventé un secret pour durer plus longtemps. Une histoire de Lebensborn qui attirait la larmichette à tous les coups. Je ne vous en dis pas plus, vous saurez tout en temps voulu. Et si nous proposions des stages de yoga radiophoniques, des bains sonores tibétains, des méditations, des contes pour petits et grands, des rituels de sorcières modernes et un quiz sur les diverses paraphilies ? Ratissons large !

À l'aide de sa spatule, Marge retire l'intégralité du papier peint côté droit. Elle entend au loin Esther, Alice et Gloria qui se chamaillent. Laquelle gagnera son moment de gloire ce soir ? Par pitié, qu'elles se taisent. Un peu de répit, s'il vous plaît. Parfois, les créatures s'imposent tellement que Marge ne sait plus qui elle est. Sa personnalité s'efface pour laisser toute la place à celles qui prennent les commandes de son corps.

Des cloques se forment dans sa paume droite, sa peau rougit, ça brûle. Elle délaisse le papier peint, descend dans la cour, balaye les feuilles mortes, tourne autour de l'arbre comme une enfant isolée à la récréation. Dans son monde. Victor fait des allers-retours entre la cage d'escalier et son appartement. Il guette Marge. Ses fenêtres et ses portes sont ouvertes, y compris celle de l'entrée. Il attend son arrivée. Elle se pointera par surprise quand il ne songera plus à sa visite. Doit-il l'inviter à dîner de manière formelle ou laisser un plat sur la table de la cuisine ? Doit-il cacher son fusil ? Fera-t-elle une autre crise de somnambulisme ?

Le reflet de son visage dans la fenêtre de la cage d'escalier se superpose à celui du corps gracile de la jeune femme. Victor fronce les sourcils. Pour la première fois, il se voit comme un vieillard. Jusqu'ici, la question de son apparence ne l'effleurait guère. Il savait qu'il plaisait, cela lui suffisait. Lui qui n'a jamais eu peur de la mort, qui l'a regardée en face toute sa vie, lui qui avait prévu de la devancer et de choisir le moment d'en finir, il n'est plus sûr de rien. Il regarde Marge. On dirait qu'elle danse au bord d'une falaise, et parfois, un rire jaillit. Elle est comme ces soldats en première ligne qui, devenus fous, acceptent leur défaite dans une sorte d'euphorie. Ils ne sont pas seulement délivrés de la guerre, ils sont délivrés de leurs secrets. Ils les enterrent avec eux quand la bombe explose. Pour l'heure, Marge se trouve sur une zone de haute tension et son principal ennemi, c'est elle. C'est elle qui tient la bombe, se dit Victor.

Les heures coulent sur les branches du chitalpa de Tashkent, ruissellent entre les pavés. Le soleil est descendu de l'autre côté de l'immeuble. L'humidité enveloppe les épaules de Marge tel un châle. Elle a perdu toute notion du temps. La cour, protégée du tumulte de la ville, l'incite à déposer ses tracas. La nuit attrape ses chevilles, la tire à l'intérieur de l'immeuble. Elle se laisse faire, s'enferme dans sa cabane, jette un coup d'œil en direction du cabinet de Violette. Aucune lumière. Les Jacob les ont sans doute invités à dîner. La croix de la pharmacie indique vingt et une heures et vingt-quatre minutes. Marge tourne en rond entre ses quatre murs. Le compte à rebours a commencé. Des fourmillements paralysent le bout de ses doigts. Elle imagine toutes sortes de stratagèmes pour immobiliser ses mains. Que vont-elles faire cette nuit ?

Toute poussiéreuse, elle se change, enfile sa tenue préférée, celle qui la rend puissante et invincible. Elle retouche son maquillage pour le grand plaisir de Gloria. Tu devrais te mettre des paillettes au coin des yeux. On ne fera plus attention à tes cernes. Pour une fois, Marge l'écoute.

Un vent léger s'invite sous sa robe bleu corbeau, s'engouffre sous les bâches déchirées ici et là. Comme si une géante avait transpercé les toiles de son index pour observer d'un œil inquisiteur les deux squatteurs. Dans la nuit, l'immeuble ressemble à un bateau fantôme. Les voiles flottent, claquent et frémissent au gré des bourrasques. Marge connaît le chemin par cœur. Elle se déplace en funambule sur l'échafaudage. Elle ne marche pas, elle vole sur la musique de ses bracelets qui tintinnabulent. Cinq pas chassés sur la gauche, elle s'écarte de la troisième fenêtre garnie de pots de fleurs. De vieilles branches s'accrochent à ses vêtements comme des mains pendant l'amour. Sur la pointe des pieds, elle se hisse au deuxième étage, enjambe le sixième barreau instable, sept pas sur la droite. Attention aux morceaux de verre, il ne manquerait plus qu'elle se coupe. Elle ne les avait pas remarqués auparavant. Des débris de la fenêtre brisée du cinquième.

Rien à signaler au troisième. Son corps se fond avec l'ossature métallique qui protège l'immeuble telle une armure. D'un geste délicat, elle dégage ses longs cheveux. Ils ont des éclats de lune seulement visibles la nuit. Un rire s'échappe de ses lèvres et couvre le ressac des moteurs du boulevard. Des frissons parcourent son corps. Une histoire est en train de naître : celle d'Alice. Il va falloir la raconter. Cela presse. Qu'importe si Alice est remplacée sur-le-champ par une autre créature, Marge doit la délivrer. Elle patiente depuis trop longtemps. Si elle y parvient, elle passera enfin une nuit paisible. C'est le compromis : une histoire contre un sommeil réparateur.

Marge grimpe les barreaux deux à deux, arrive au quatrième, enjambe la fenêtre du salon, puis fait une révérence aux animaux empaillés. Elle fonce à la cuisine. Deux couverts sont dressés. J'ai fait des rognons, annonce Victor, sourcils froncés. Marge a intérêt à aimer les rognons. Il arrête sa préparation pour déboucher une bouteille de vacqueyras, un vin qui se marie très bien avec les abats. Il tend un verre à Marge assise sur un tabouret, puis retourne aux fourneaux, jette les rognons dans la poêle. Il lui demande de préparer la salade. Un vieux couple. Chacun s'affaire en silence. L'histoire d'Alice chemine dans le corps de Marge, les mots de plus en plus nombreux poussent chaque organe. Sa bouche s'ouvre et se referme à la façon d'un poisson hors de l'eau. Dos à sa convive, Victor goûte le plaisir de ne pas être seul ce soir, fait revenir les souvenirs dans la poêle, assaisonne le passé avant de l'emprisonner sous un couvercle. Elle remarque le jasmin d'hiver sur le rebord de la fenêtre, sourit. Quand l'a-t-il planté ? Son odeur camoufle celle des rognons. Elle reprend le saladier. Ses yeux se posent sur les bougies. Elle les allume, passe ses mains au-dessus des flammes, évite de les regarder. Trop tard. Elle voit le cou entre ses mains, elle voit la veilleuse qui projette des étoiles au plafond, elle entend le bruit sourd de l'oreiller de plumes. Elle bascule de l'autre côté. Victor reconnaît les nuages qui s'incrustent dans ses yeux. Ils s'agrippent à ses pupilles comme à des cimes de montagnes. Seul un vent violent pourrait les déloger.

Comme il l'aurait fait avec un frère d'armes en péril, Victor capte son attention. Ne flanche pas. Il s'approche doucement d'elle, glisse les ustensiles dans ses paumes, attrape ses poignets pour retourner la salade à quatre mains. Le soldat la ramène sur terre. La crise passe.

Jusqu'à la prochaine. Il dresse les assiettes. L'oisillon qui picorait encore ce matin les tartines et leurs miettes s'est transformé en ogre. À sa grande surprise, elle engloutit les rognons, en redemande. À voix basse, les joues roses, elle lui confie adorer les tripes : oreilles de cochon, foie, langue, museau, cervelle. Elle se lèche les lèvres, esquisse un sourire. Elle ne dit rien d'autre que cette révélation comme un secret inavouable. Ils se dévorent des yeux en silence. Les verres se vident. Victor débouche une deuxième bouteille, regrette deux secondes plus tard. Il ne devrait pas la pousser à boire. La parole se libère et les corps se relâchent. Marge se dirige vers le salon. Alors qu'elle s'apprête à enjamber la rambarde, alors qu'il accepte de laisser ce papillon de nuit lui échapper, elle se retourne : laisse-moi dormir ici. Un *tu* qui s'immisce avec pudeur, un *toi* qui demande un toit, un tutoiement familier entre deux êtres qui se sont connus il y a bien longtemps, dans une autre vie.

Victor lui passe un vieux tee-shirt kaki et un short. Marge file dans la salle de bains, ressort déguisée en soldat. Assis à côté de la porte, il lui demande ce qu'elle veut. Elle lui tend ses poignets : ligote mes mains. Elles peuvent faire n'importe quoi. Il refuse, lui fait signe d'aller se coucher. Pour seule lumière, la lampe de chevet. Elle se glisse sous les draps bordés au carré, puis lui fait signe de la rejoindre. Raide, le regard droit comme il fixerait l'horizon. Dans cette position, ses réflexes reviennent. Lèvres entrouvertes pour respirer le plus discrètement possible, pieds écartés et enracinés dans le sol, regard affûté. Tout son corps est en alerte. D'une voix venue de très loin, d'un pays où les esprits sont plus vivants que les vivants à moitié morts, Victor évoque une vie pas si lointaine. Marge se redresse, l'écoute avec attention.

J'ai passé de longues heures à surveiller le désert, à écouter le bruit du sable. J'attribuais un prénom à chaque caillou. Je me perdais dans le noir. Je n'ai jamais vu un noir pareil. Ce noir est connu seulement de ceux qui ont attendu l'ennemi et reniflé la mort. Les contours de mon corps s'effaçaient. Je me fondais dans cette surface infinie. La folie rôdait autour de moi, elle visait mes camarades, elle les rongeait de l'intérieur. Une fois la dernière lueur d'espoir sucée, elle les achevait. Elle les forçait à se rendre à l'ennemi ou à se tuer. Ça allait être mon tour, je le savais. Comment l'esquiver ? J'ai fait de la nuit mon alliée. Je l'ai apprivoisée. Je l'ai dénudée, caressée. Je me suis habitué à elle. Elle s'est habituée à moi. Je me suis mis à apprécier le noir et sa solitude, son silence. Tu sais que le silence émet un son ? Oui, bien sûr. Toi, tu sais. Il crépite comme une mauvaise retransmission radio. Mes pensées insupportables sont devenues tolérables, puis acceptables. J'ai découvert un territoire. La nuit est devenue mon cinéma à ciel ouvert, là où je projetais mes films. J'y tenais souvent mon propre rôle. Je jouais au héros, sauvais mes frères d'une terrible attaque, une autre fois je faisais l'amour à une femme. Aujourd'hui encore, la nuit est mon écran noir.

Les yeux de Marge le ramènent dans la chambre. La nuit a donc un visage : des sourcils en forme de croissant de lune, des pupilles ténébreuses, des lèvres scintillantes. Il aimerait chasser les images qu'il projette sur ce nez délicat et cette bouche pulpeuse. Ne pas se voir au-dessus d'elle, les mains sur ses épaules. Ne pas voir son torse contre les petits seins fermes, ni ses doigts épais s'entremêler à ceux décorés de bagues. Il souhaiterait ne pas assister à la danse des corps et au ballet des ombres, ne pas admirer son sourire, la plus belle des offrandes. Il espérait ne pas être submergé par une vague d'émotions, ne pas prononcer un merci. A-t-il vraiment dit merci ?

Victor se lève ou se voit se lever. Il ne sait pas. Il s'approche du lit. Il ne voudrait pas. Avance quand même. Marge se glisse sur le bord. Ou peut-être est-ce son aura. Elle se hisse sur les genoux. Il est dans sa bulle. Elle est dans sa bulle. Les deux bulles se rapprochent, puis se frôlent. La main de Marge perce la fine membrane, son bras entier s'insère dans celle de Victor. Les deux bulles fusionnent pour n'en former qu'une. Deux entités prisonnières de cet espace protégé se contemplent. Marge passe ses mains autour de son cou. D'une légère pression, elle l'attire contre son visage. Leurs nez font connaissance. Les lèvres plus timides restent à distance. Les ventres se parlent dans une langue connue seulement des viscères. Ils tonnent et gazouillent, rentrent pour se cacher, se touchent quand ils prennent une inspiration en même temps. Désormais, seuls leurs corps existent.

La lumière de la lampe de chevet grésille, s'éteint, se rallume. Marge et Victor sont à leurs places initiales. Elle sous les draps et lui sur sa chaise. Ils ne se quittent pas des yeux. Ont-ils vu le même film ? Sans le lâcher du regard, elle attrape l'oreiller, le place sur ses jambes et y dépose ses mains. Exposées comme des bijoux de la couronne sur un coussin dans un musée. Après une grande respiration : je ne vis pas seule. J'ai des colocataires, lance-t-elle les sourcils froncés, des drôles de créatures.

Victor se penche en avant comme s'il voulait mieux l'atteindre. La comprendre. Il esquisse un sourire. Quel étrange spécimen.

Des créatures ?

Oui, des femmes surtout.

Et où sont-elles ? demande le militaire d'un ton joueur. Il en a rencontré, des femmes, mais pas une ne possédait cette fantaisie. De la coquetterie, bien sûr, et aussi de la rancœur, de l'amertume, des remords et des regrets. Il ne décèle rien de tout cela chez Marge. Elle semble être au-dessus de ces émotions. Elle n'y a même pas accès.

Dans ma tête, lui répond-elle.

Seulement ?

Oui et non. Elles sont dans ma tête, mais quand elles me donnent des ordres ou des conseils, je les vois comme je te vois. Elles me demandent de raconter leurs histoires. Elles se manifestent avec violence, et parfois en même temps. Elles piaillent, elles grognent. Impossible de les faire taire. Elles deviennent menaçantes si je tente de les bâillonner. Redoutables, perverses, elles jouent avec ma vie.

Victor se lève, fait les cent pas. Il hoche la tête, lève les yeux. Est-ce qu'il a bien compris ? Marge est habitée par plusieurs femmes. Deuxième information : ces femmes la contrôlent. Chacune réclame son récit. Il rit. Où va-t-elle chercher ces idées ? Il la dévisage. Ces inventions camouflent quelque chose. Son sourire s'estompe. Et les propos de la nuit dernière, appartiennent-ils à Marge ou à une créature ? L'envie d'en savoir plus le démange. Ce n'est pas tous les jours qu'on lui confie une mission. Mieux, une énigme à résoudre. Après un long moment, il dégaine ses questions. Ces femmes sont en toi depuis longtemps ? Qui connaît leur existence ? Il y en a combien ? Est-ce qu'elles sont dangereuses pour les autres ? Est-ce qu'elles ont réellement vécu ?

À chaque question, Victor se rapproche d'elle. Les mains de Marge s'agrippent à l'oreiller. Elle se mord les lèvres. Il aime son expression sauvage. Il se retient de se jeter sur elle, de lui retirer le tee-shirt bien trop grand, d'attraper ses hanches et de mordiller ses tétons. Quel homme resterait des heures enfermé avec une telle femme sans la toucher ? Qui garderait son calme face à elle ?

Marge ferme les yeux, remonte à la source des apparitions.

J'ai toujours su qu'il y avait un truc qui clochait. Très tôt, pour ne pas entendre les petites voix, je me cambrais en arrière et je faisais craquer mes vertèbres une à une. Les vaisseaux autour de mes paupières éclataient. J'éprouvais du plaisir à les sentir exploser. J'adorais ces picotements qui faisaient taire les petites voix. Je me pinçais ou je me mordais la langue quand cela ne fonctionnait pas. Les créatures prenaient déjà trop de place. C'était impossible d'en parler à ma mère. À mon père encore moins. Je devais combattre un ennemi invisible. Je savais une chose : mes mains collaboraient avec lui. Elles ne faisaient pas partie de moi. Elles ne font toujours pas partie de moi. La première fois que j'ai compris qu'elles n'étaient pas attachées à mes bras, ce fut lors d'une sortie scolaire au cinéma. La salle n'était pas encore dans le noir. J'ai fixé mes doigts et j'ai commencé à les voir danser sur le fauteuil devant moi. Tout à coup, ils ont arrêté de gesticuler pour griffer le dossier. Je savais que ce n'était pas bien, mais je ne pouvais pas les arrêter. S'ils ne déchiraient pas le tissu, ils allaient s'en prendre à mes joues et mes bras. Enfin, le film a commencé. C'était déjà trop tard. Je voyais les ombres de mes mains, des araignées. Elles grimpaient sur moi, pénétraient mes oreilles pour dévorer mon cerveau.

Victor l'écoute avec attention, avale chaque mot. Il ne se lasse pas de la regarder. Il la comprend plus que quiconque. Il sait quelle expression va animer son visage. Bientôt, il devancera ses pensées et annoncera l'arrivée des nuages et des éclairs dans ses yeux. Il s'intéresse à ses créatures. Elle lui dresse le portrait de chacune. À mesure qu'elle affine les descriptions, elle s'anime davantage. Elle se lève, les présente. Alice rédige une liste de prénoms. Esther vient de sortir son tricot, encore quelques rangs et elle pourra mettre l'écharpe autour de son maigre cou. Daphné, penchée au-dessus de la baignoire, déplume une poule. La femme-radio, Gloria, informe les automobilistes de l'A13 d'un grave accident. Viviane enfile un gilet à son petit chien en prévision de l'hiver qui s'annonce rude. Marge rit, pleure. Elle vit avec intensité les émotions de ses créatures. Victor l'écoute comme un petit garçon. Elle l'emmène dans son monde imaginaire et il aime ça.

Déjà, les yeux de Marge brillent et son cœur s'accélère. Des images, des mots, des bribes de phrases cheminent dans ses veines. Pour la première fois depuis longtemps, Marge a envie de raconter une histoire. Pas pour elle seulement, ni pour délivrer une créature, mais pour le plaisir de partager un moment unique avec un auditeur. Guetter ses réactions, écouter ses soupirs, s'amuser d'un regard offusqué, d'un hochement de tête qui en dit long : comme c'est jouissif. Il n'y avait que Violette pour écouter ses histoires. Marge adorait la surprendre. Avec le temps, Violette s'est détournée du monde imaginaire de sa sœur qui n'était plus extraordinaire, mais agaçant, pour ne pas dire horripilant. La dernière fois qu'elle a commencé une histoire, Violette l'a arrêtée net, lui a dit : il est temps de grandir, Marge. Ce n'est pas une vie. Si au moins tu essayais d'en faire quelque chose, un roman par exemple. Au moins tu passerais pour un écrivain, raté peut-être, mais c'est mieux que rien. Raté, ça veut dire avoir tenté quelque chose pour changer le cours de son existence. Toi, même rater tu ne sais pas faire. Tu avoueras que c'est très fort, Marguerite.

Elle parle vite, change de ton. On dirait que toutes les créatures tentent de prendre la parole en même temps. Cela se bouscule dans sa tête. Des larmes coulent sur ses joues. Elle aimerait les délivrer de leur histoire, mais là, elle est incapable d'inventer quoi que ce soit. Elle est fatiguée. Elle se sent médiocre. Victor essaye de la suivre, mais ses propos deviennent incohérents. Elle voudrait ne plus être envahie par ces femmes, mais ne sait pas comment faire. Il aimerait l'aider, élaborer un plan pour les évincer une par une. Impossible de placer un mot.

Les heures passent. Épuisée. Noyée par ses histoires, Marge a perdu de sa superbe. Elle s'allonge. Victor rabat la couverture sur elle, se couche à ses côtés, serre ses mains. Elle ferme les yeux, enfin.

Victor se lève en sursaut. Le réveil indique quatre heures et douze minutes. Marge n'est pas là. Il fait le tour de l'appartement, personne. Il dévale les escaliers de l'échafaudage, fonce à la cabane. Pas de Marge, pourtant il entend sa voix dans la nuit. Il lève les yeux vers le ciel, grimpe sur une palette, se hisse sur le toit de la cabane où Marge est allongée. Elle observe les étoiles, l'air absent.

Dimanche 13 octobre, une heure et trente-quatre minutes du matin, les mains tremblantes, Marge colle un pétale en papier sur une fleur qui compose le bouquet d'anniversaire de Violette.

Depuis huit nuits, elle fabrique son cadeau aux côtés de Victor qui peint ses soldats. Il lui a aménagé un établi à côté du sien. Dès qu'elle s'assoupit, il siffle ou toussote, inspecte son travail. À cheval sur les finitions, il lui fait recommencer un bouton, une feuille ou une tige si le papier n'est pas correctement plié ou si de la colle dégouline. Quand tu admires une œuvre ou une belle façade d'immeuble, tu ne penses ni à la construction, ni à l'échafaudage, et encore moins à la sueur des ouvriers. Un travail bien fait ne transpire pas l'effort, il irradie par sa simplicité. Tu n'as pas à montrer aux autres les difficultés traversées. Victor se lance de temps à autre dans une longue tirade, il lui parle comme à une fillette pour la prévenir des dangers. La jeune femme esquisse un sourire. Elle ne le contredit pas, elle voit bien que cela lui fait plaisir de jouer à l'instructeur. Surtout après trois verres de vin. À sa façon, il lui inculque ses valeurs : le travail, la persévérance et la patience. Il a bien sûr une autre idée en tête : bousculer son rythme afin de l'observer et trouver des réponses à ses questions. L'expérience est fructueuse. Premièrement, si Marge dort d'un sommeil profond en journée, elle ne fait pas de crise de somnambulisme. Mieux vaut donc se coucher à cinq heures du matin. Deuxièmement, quand elle est occupée et concentrée, les créatures prennent moins de place. Troisièmement, lorsqu'elles se manifestent, un sourire crispé se dessine sur ses lèvres. Victor intervient avant que son regard ne se voile. Il désamorce ainsi la bombe.

Quand Marge ne s'y attend pas, il l'interroge sur chacune des femmes qui prennent possession d'elle. Quels sont leurs goûts culinaires et vestimentaires ? Leurs habitudes ? Leurs névroses ? Leurs relations amoureuses, amicales, professionnelles ? Tour à tour, elles entrent dans sa vie. Il connaît les prénoms et ne confond aucun début d'histoire. Il est attentif à chaque nouveau renseignement les concernant. Il s'est habitué à leur présence au point d'éprouver une frustration si elles ne se manifestent pas. Pire, il en veut à Marge quand, exaltée, elle commence à raconter une histoire et s'arrête en plein milieu d'une phrase. Comme elle est agaçante de ne rien terminer. Qu'elle ne poursuive pas l'aménagement du couloir au premier ou qu'elle étende la moitié de son linge, passe encore. Mais ne pas aller au bout d'une histoire, c'est commettre une faute grave. Il connaît l'importance pour elle de mettre un point final : le repos de la guerrière. Hélas, au lieu de cela elle fuit, laissant la place à trois points de suspension. Pourtant, dès qu'elle révèle une information, quelque chose en elle se libère. Son visage se défroisse. Il a bien remarqué ce changement de physionomie soudain.

Chaque nuit, une facette de sa personnalité se dévoile sous les yeux de Victor : excessive, possessive, fragile, romantique, rêveuse, joueuse, mélancolique. Il la trouve somptueuse dans cette folie qui n'appartient qu'à elle, désirable dans son insolence. Contrairement à ce qu'elle laisse entendre lors de leurs échanges, Marge aime la vie et les gens. Une part en elle, bien cachée, s'émerveille de tout : un chiot qui essaye d'attraper sa queue, un enfant qui saute dans une flaque, le baiser d'un couple, un homme qui engloutit un éclair ni vu ni connu, des joueurs de musique péruvienne. Elle adore raconter à Victor ce qu'elle a aperçu en journée depuis la fenêtre de sa cabane, son mirador. Il ne se lasse pas de l'écouter. Cela ne lui était jamais arrivé de s'intéresser autant à la vie d'une femme.

Lorsque son épouse l'assommait avec son quotidien, il hochait la tête, soupirait, se renfermait davantage dans son monde. Joséphine se passionnait pour les cancans et la mode. Elle enfouissait son malheur de ne pas être mère en se délectant de celui des autres. Elle étouffait ses larmes sous la dentelle, le cachemire ou la soie. Le portefeuille de Victor suppléait à toutes ces dépenses dignes de celles de la bourgeoise qu'avait été Joséphine avant son mariage. Il savait exactement quand elle avait fait une fausse couche. Il suffisait de repérer la date d'achat d'un manteau hors de prix sur le relevé bancaire. Victor la laissait faire pour éviter un affrontement. Lui qui côtoyait la mort sur le terrain ne supportait pas qu'elle s'immisce dans son foyer. Les larmes de Joséphine lors de la première fausse couche lui avaient été insupportables. Pour les éviter, il avait accepté des rendez-vous médicaux pénibles, une consultation avec une voyante, des rapports sexuels à des heures précises. Toute la vie du couple tournait autour du désir de maternité de Joséphine. Il n'y eut bientôt plus de place pour les amis, les sorties, le sexe sans enjeu, puis, doucement, sournoisement, pour l'amour.

Victor partait de plus en plus souvent en mission afin d'éviter la rupture. Il espérait que les échanges épistolaires rallumeraient la flamme. Hélas, Joséphine n'écrivait que pour lui reprocher son absence. À ses retours, il se mit à fuir le domicile conjugal. Il préférait la compagnie des camarades et de l'alcool. Lors d'une sortie nocturne, il rencontra Teresa. Trois pas de danse, un baiser volé et le voilà dans la chambre de cette femme à la chevelure noire. Au petit matin, l'odeur de l'interdit sur la peau, en marchant dans les rues pour rentrer chez lui, il se sentit empli d'une virilité qu'il croyait éteinte.

La rue des Martyrs, un village enclavé au sein de la grande ville, ne mit pas longtemps à colporter la rumeur aux oreilles de Joséphine. Elle lui fit payer cette aventure à sa façon. Vêtue de noir, elle restait des heures à le fixer sans bouger ni parler. Victor aurait préféré une violente dispute. Elle ne vint jamais. Dans le fond, elle adorait son rôle de martyre et se complaisait dans celui de victime. Elle ne s'était jamais sentie aussi vivante. Comme il lui était agréable de se plaindre auprès de sa famille, de pleurer, de montrer son malheur chaque jour au coupable. Elle dépensait une énergie folle pour sombrer dans le désespoir en présence de son bourreau. Elle se requinquait lors de ses absences, vidait toutes ses bourses pour l'empêcher d'offrir des cadeaux à ses conquêtes. Lui restait par devoir, baisait comme s'il partait en guerre. Les fausses couches se succédèrent. Les maîtresses aussi.

Marge fait tomber un pot de peinture. Victor se lève d'un bond. Tu ne peux pas faire attention, Joséphine ! Les sourcils froncés, la mâchoire et les poings serrés, il fixe la femme assise dans son salon. Perdue dans son pull bleu ciel, les cheveux ramenés sur le côté, elle plonge son regard dans les yeux voilés du soldat. Où se trouve-t-il ? Sur quel terrain miné du passé ? Elle s'approche doucement. Des larmes coulent sur les joues de Victor. Face à lui, les bras ballants, elle revoit son père. Il arrivait souvent qu'il hurle ou pleure pour un rien à un retour de mission. Il peinait à reprendre sa place de chef de famille. Elle avait l'habitude des cris et des larmes de sa mère, cela l'agaçait, mais elle n'y faisait guère attention. En revanche, quand son père se mettait dans cet état, elle se sentait impuissante. Elle éprouvait une vive douleur dans le ventre, un poing qu'on enfonce le plus loin possible. Elle le suivait de pièce en pièce telle son ombre de peur qu'il ne fasse une bêtise.

Marge prend Victor dans ses bras. Il enfouit sa tête dans le cou de la jeune femme comme un enfant. Depuis quelque temps, une migraine vrille son crâne. Parfois, elle est accompagnée de troubles de la vision ou de la mémoire, et d'étourdissements. Il respire l'odeur de sa peau et de ses cheveux. Enfin, il retrouve un rythme cardiaque quasi normal. Il met un moment à dissocier Marge de Joséphine et à revenir dans le présent. Le présent est aussi insoutenable que le passé. Existe-t-il une période où il est bon de vivre ? Un âge ? Une seconde ? Elle l'entraîne dans la chambre. Il s'allonge. Elle le rejoint à la place de la morte encore si présente dans son esprit. Il se recroqueville. Elle se faufile dans ses bras pour s'emprisonner, puis éteint la lumière. Qu'allons-nous faire de nos morts, de nos créatures ? demande Marge sans attendre de réponse.

Dans un demi-sommeil, Victor échafaude un plan. Ils pourraient dessiner les frontières d'un territoire entre le réel et l'imaginaire. Un royaume suspendu à mi-chemin entre la terre et le ciel dont ils seraient les seuls à connaître les contours. Ils choisiraient les défunts, les vivants et les personnages qui auraient le droit d'y entrer. Ils inventeraient leurs propres règles. Ils repousseraient le soleil le plus loin possible ou l'étoufferaient sous une bâche, et la nuit serait condamnée à ne jamais se reposer. De temps à autre, ils allumeraient des étoiles. Ce serait leur petit jeu.

Les paupières lourdes, Marge se colle davantage contre Victor. La chaleur de son corps l'apaise. Elle écoute sa respiration. Elle sent le cœur du soldat taper dans son dos. Des frissons parcourent son échine et ses cuisses. Une vive émotion s'empare de tout son être. Elle ne saurait dire si c'est de la joie ou de la tristesse. En revanche, elle comprend que ce moment est précieux et qu'elle ne le vivra avec aucun autre homme. Est-ce donc cela ? L'a-t-elle enfin trouvé ? Marge ose à peine formuler dans sa tête le plus beau mot qui existe sur terre, sa plus grande quête. Spasmes dans le ventre, gorge serrée, il lui semble avoir vécu juste pour ce moment. Une crampe au pied la saisit. La douleur provoque des décharges électriques.

Comme d'habitude, pour éviter de souffrir, elle s'échappe de son corps. Son esprit flotte au-dessus du lit. Tout ce que le monde possède de pur, d'authentique, de sincère, se trouve sous ses yeux. Elle regarde ce couple enlacé. Ils sont beaux. Dans cette position, ils forment la moitié d'un cœur. La vie ne leur donnera jamais l'autre moitié car le temps joue contre eux. Soudain, les traits de l'homme et de la femme s'estompent, leurs corps se confondent. Ils deviennent poussière. Marge les voit s'envoler haut dans le ciel pour gagner leur royaume. C'est une certitude : elle attendait cette rencontre.

Le sourire aux lèvres, elle s'endort. Victor, une main sur son ventre, l'autre dans ses cheveux, la rejoint dans ses rêves. Leurs corps emboîtés se bercent. Ils dansent la nuit sur l'échafaudage.

La bâche frôle Marge qui frissonne. Une caresse aussi discrète que celle d'un amant. La bâche longe son corps. Elle attache ses cheveux en une queue de cheval. Ses mains attrapent un pan, montent le plus haut possible. Les bras tendus, ses veines ressortent. Elle reste les yeux fermés un long moment. Reliée au ciel, les pieds ancrés au sol, elle visualise son centre de gravité. Elle place son énergie dans les jambes et les pieds pour se soulever, et dans les mains et les bras pour se retenir. Marge teste la toile. Elle se cambre, l'attrape et effectue des rotations sur le sol pour l'apprivoiser avant de s'envoler. Une parade nuptiale. Petite, elle grimpait sur des tissus aériens indémaillables, elle avait confiance. Là, c'est différent. La bâche pourrait craquer. Elle se hisse à quelques centimètres du trottoir. La bâche tient. Elle doit aussi maîtriser les éléments : le vent et la température. Toutes les conditions doivent être réunies pour monter en sécurité. Le vent est léger, il ne fait ni trop froid ni trop chaud. Elle enroule sa jambe autour de la bâche, se soulève et la coince avec son pied gauche. Ses jambes la poussent vers le haut. Elle répète ce mouvement plusieurs fois. Ses pieds volent et tournoient comme deux samares d'érable. Le corps a conservé la mémoire de chaque geste. Ses mains étranglent la bâche. Douce sensation de la mater. Elle s'arrête au premier étage. Corps suspendu, elle contemple le vide et retient le temps. À cet instant, le monde entier est à ses pieds. Seuls les cauchemars, les insomnies, les fantasmes et les idées noires escaladent les façades et se glissent dans les esprits. Elle écoute la nuit et le sifflement du vent qui accompagne le ballet des feuilles mortes. Elle pourrait happer Marge et la faire disparaître dans son trou noir avec les idées avortées. Elle observe les étoiles. Elle réalise qu'elles sont mortes. Marge monte vers un immense cimetière. Le rythme de son cœur diminue. Elle fixe la chambre de Violette, prie pour qu'elle se lève. Violette, réveille-toi. Marge reste un long moment à l'attendre et à regarder son reflet noyé sur la fenêtre. Ses avant-bras se tétanisent à force de rester immobiles. Elle secoue un bras, puis l'autre. Le sang circule à nouveau. Elle poursuit son ascension, arrive au troisième en quelques secondes. Elle a des ailes dans le dos. Elle les sent, elles sont dans le prolongement de ses omoplates. Voler lui procure un sentiment de toute-puissance et de liberté. Elle tient sa vie entre ses mains. Le risque de chute est grand, mais le jeu avec la mort l'excite. Elle adore la défier et repousser ses limites. Elle aime le contact avec la bâche, elles ne font plus qu'une. Bientôt elle frissonne. Il lui arrive de jouir. La bâche l'enserre comme un homme qui lui ferait l'amour.

Elle s'amuse à chuter de trois mètres, puis s'enroule une nouvelle fois et remonte. Elle se fait peur. Elle attrape un autre pan et enchaîne les figures : la croix, la sirène, la licorne, la plume, l'ange. Elle les maîtrise à la perfection, prend beaucoup de plaisir à créer chaque nuit un nouveau spectacle pour Victor. Il la regarde, elle le sait et elle adore ça. Elle surgit comme par magie. Une étoile qui a fui sa constellation. Ses yeux la caressent. Arrivée à sa hauteur, elle termine avec la figure de l'horloge. Ses jambes jouent les aiguilles. Selon leur écart, Victor devine l'heure à laquelle elle monte. C'est leur rituel. S'il trouve, elle le rejoint. S'il se trompe, elle redescend. Il retente sa chance.

Ce soir, il a gagné. Il est une heure et trente-quatre minutes. Bravo, Quinze Barrettes ! C'était son surnom à l'armée, paraît-il. Quinze barrettes, cela fait beaucoup, mais pourquoi pas ? Marge sait peu de choses sur sa carrière. Il lui délivre les informations au compte-gouttes. Parfois, elle essaye de lui en extirper davantage. Une nuit, elle a découvert un béret vert sur la tête du renard. La couleur des Forces spéciales.

Marge lâche la bâche pour enlacer sa taille. Elle serre très fort son bassin entre ses jambes, et son cou avec ses mains. Elle l'étrangle comme son tissu. Elle ne se rend pas compte de sa force. Elle pourrait briser une main d'enfant ou de vieille. Victor la dégage. Marge voit des fantômes dans son regard, des silhouettes de femmes. Elle n'aime pas ce qu'elle voit. Ce n'est pas à elle que Victor s'adresse, mais à ces autres qui peuplent ses pensées. Mortes, vivantes : elles obsèdent Marge. Ne pas être au cœur de son attention la rend folle. Elle le maudit de lui avoir donné une place dans sa vie et de la reprendre dès qu'elles se manifestent. Elle est une poupée de chiffon jetée à la gueule d'une horde de chiennes venues du passé. Elles fendent les nuages et surgissent quand bon leur semble. Dans le fond, elle aurait aimé que Victor n'ait pas eu de vie avant leur rencontre. Pas toutes ces années de souvenirs de plus qu'elle. Elle déploie une énergie considérable pour ne pas fuir. Une force invisible la pousse à rester à ses côtés. Elle n'avait jamais éprouvé cela auparavant. Pour l'instant, ils n'ont pas eu de crises en même temps. Il y en a toujours un qui reste sur terre pour rattraper l'autre. Le jour où leurs esprits céderont aux disparus et à leurs souvenirs, que deviendront-ils ?

Chacun reprend sa place devant son établi. L'un achève de peindre l'armée du marquis de La Fayette, l'autre termine son bouquet. Ils savourent l'instant et préfèrent ne pas gaspiller les mots qu'ils considèrent comme des trésors. Ce sont des perles rares à offrir au moment opportun. Ils les conservent dans leurs écrins loin du monde hostile. Ils savent que le temps est compté. Il ne faut pas le remplir de tout et de rien au risque de le perdre. Le combler d'un grand amour, oui, bien évidemment, mais Marge et Victor ont trop peur de ce sentiment qu'ils ont repoussé loin de leurs frontières comme un ennemi. Ils aimeraient emprisonner le temps sous une cloche et ne penser à rien d'autre qu'à se bercer, s'effleurer, se respirer et s'endormir. À tout jamais.

Victor écoute Marge, Marge écoute Victor. Deux mondes en miroir : des ombres, des lumières, des éclats coupants traversent leurs visages. Entre la fabrication de deux lisianthus, elle lui confie la malédiction qui se transmet aux femmes de sa famille de génération en génération. Les filles naissent folles et les garçons meurent. Entre les finitions du général Rochambeau et celles du général Washington, il lui raconte ses rêves inavoués et ses ambitions inabouties. Elle révèle des secrets sur Violette. Il en fait autant avec Joséphine. La vivante-enterrée et la morte-vivante sont assises à leurs côtés. Si présentes dans leurs absences, elles guettent chacun de leurs gestes. Marge et Victor ne posent aucune question de peur de les réanimer davantage. Il y a déjà assez de toutes ces femmes qui habitent le corps de Marge.

Une énième enveloppe est glissée sous la porte. Il est tout juste cinq heures du matin. Ces dernières nuits, Jules n'hésite plus à traverser la rue pour faire une nouvelle offre. Comme toujours, la belle SDF et le soldat la laissent de côté. Victor observe Marge. Il se pose mille questions. Pourquoi refuserait-il cette manne ? Pourquoi s'interdire d'aimer ? Est-ce que l'écart d'âge est si important ? Qu'a-t-il à perdre ? Rien. Enfin si : elle. Elle, quand elle le quittera, car un jour, elle le quittera. Qu'a-t-elle à perdre ? Tout. Son temps. Sa vie. Une chose est sûre : ils ne ressortiront pas indemnes de cette rencontre.

Terminé ! crie Marge, fière d'avoir achevé son travail. Victor contemple son sourire, tente de le capturer car un jour sa mémoire lui fera défaut. Déjà, ses souvenirs de guerre se mélangent entre Centrafrique et Côte d'Ivoire. Cela fait des mois qu'il repousse son rendez-vous avec le neurologue à Lariboisière. Mais hier, son médecin ne lui a pas laissé le choix et a appelé l'hôpital pour une consultation en urgence. L'angoisse de perdre Marge d'une manière ou d'une autre s'immisce doucement dans son esprit.

Elle lui tend son bouquet de fleurs : un mélange de lys, de chardons, de lisianthus et de choux en papier dans les tons de mauve et de blanc. Il inspecte les travaux finis, se retient de faire un commentaire sur un chou un peu bâclé, à son goût. Marge l'embrasse avant de se pelotonner sous les draps à l'heure où Paris s'éveille.

Aujourd'hui, mardi 5 novembre, Violette a le même âge que Marge : trente-quatre ans. Pas de temps à perdre si elle veut lui offrir son bouquet. Les pommettes roses, des lèvres carmin, le cadeau serré contre sa poitrine, Marge s'engouffre dans la rame de métro. Il est quinze heures. Elle reste à côté de la porte, se laisse la possibilité de sortir à tout moment. Quais, affiches, néons. Le paysage sous-terrain défile sous ses yeux. Les gens la bousculent. Elle ne facilite pas les entrées ni les sorties. Les commentaires fusent. Elle ne bouge pas. S'ils savaient. Elle dépense une énergie considérable à faire taire ses créatures. Elles se bousculent dans sa tête. Gloria souhaite interviewer les passants sur les rencontres qui ont changé leur vie. Alice essaye de la convaincre de se rendre à la maternité : elle a un plan macabre. Esther lui parle de son amour fou pour son mari mort sous ses fenêtres. Daphné lui demande des bocaux pour ses terrines de lapin. Viviane élabore une stratégie pour rencontrer l'âme sœur quand elle ira promener son chien ce soir. Marge s'accroche à la barre en acier. Surtout ne pas céder à l'une ou à l'autre, elle a décidé d'aller voir Violette à l'hôpital où elle donne ses consultations.

Bastille, Quai de la Rapée, Gare d'Austerlitz, terminus Saint-Marcel. Face à la Pitié-Salpêtrière, elle passe devant le bistrot qu'elle a beaucoup fréquenté lors de l'internat de sa sœur. Elle l'attendait là, se sentait moins seule. Peu à peu, Jules a pris sa place près de la baie vitrée. Amoureuse, Violette a éludé sa sœur. Quand elle mentionnait son nom, Jules détournait son attention, bondissant dans le futur avec elle. Depuis leur rencontre, le couple passe d'un projet à un autre : acquisition immobilière, vacances, enfants. Jules a planifié leur quotidien jusqu'à leur mort et Marge n'en fait pas partie.

Elle pénètre l'enceinte de la Pitié-Salpêtrière, une ville dans la ville. Ici, elle se sent protégée. Elle connaît les allées et les bâtiments par cœur. Elle passe par la cour Mazarin, devant l'église Saint-Louis, la pharmacie, s'arrête devant le pavillon Georges-Heuyer : psychiatrie de l'enfant et de l'adolescent. Le bâtiment est recouvert de carreaux blancs qui se font la malle. Les jardiniers ont beau entretenir les arbustes et les fleurs de la plate-bande, ils ne parviennent pas à camoufler la misère. Ils ont bien essayé de créer un mur végétal, mais les jeunes patients arrachent dans l'heure les plants enterrés avec soin, ou les dévorent au sens propre du terme. Depuis longtemps, la direction préfère embellir la cardiologie et l'hématologie. Des cris retentissent. Marge lève les yeux vers le toit-terrasse, une cage proche du ciel. Des adolescents secouent le grillage et interpellent les passants. Certains se lancent dans un concours de crachats, les autres dans une bataille d'insultes ou de gestes provocants. Marge n'a pas peur, cela l'amuse.

Elle entre dans le hall décoré de dessins, monte au deuxième étage, direction l'unité Seguin. Les portes d'habitude verrouillées s'ouvrent comme par miracle. Cela ne s'explique pas : c'est l'effet Marge. Violette a bien essayé de comprendre le phénomène. Hélas pour elle, aucune explication rationnelle. Les voies s'ouvrent pour sa sœur sans qu'elle fasse le moindre effort. Marge ne cherche pas à se faire aimer. Personne ne souhaiterait vivre sa vie, mais chacun désire qu'elle fasse partie de la sienne. Violette, c'est tout l'inverse.

Marge profite de la sortie d'un patient pour entrer. Par chance, Djibril reconnaît la sœur de la psychiatre. L'infirmier balbutie quelques mots. Il a toujours eu un faible pour elle. Il a bien souvent essayé de l'inviter pour un café, sans succès. Le sourire qui accompagnait le refus le rendait encore plus fou d'elle. Il s'arrangeait pour prendre une pause cigarette afin de grappiller quelques secondes avec Marge dans l'ascenseur. Elle s'en allait d'un pas pressé comme si elle avait une urgence à régler, se retournait parfois, éclatait de rire sans raison. Elle le contaminait et il riait à son tour. Djibril la regardait s'éloigner, puis s'évanouir dans un nuage aussi rouge que son âme. C'est ainsi qu'il la voyait : flamboyante. Selon ses humeurs, elle ranimait ou elle brûlait tout sur son passage. Il en avait bien conscience, mais c'était une femme comme elle qu'il voulait à ses côtés.

Dans le couloir, Marge prend un malin plaisir à réveiller les souvenirs l'air de rien. Elle se rassure. Mais à trente-quatre ans, trente-cinq dans deux mois, le temps creuse ses sillons sur son visage et fige les secrets et les non-dits dans son regard. Marge plaît à Djibril. Elle est amoureuse de l'image qu'il lui renvoie, pas de Djibril lui-même. Elle aspire son désir, ressent les effets sur sa peau qui rosit. Peut-être que depuis leur dernière rencontre il est marié et père de famille. Cette idée la séduit. Elle adore être un regret. Non seulement elle est certaine de ne pas être oubliée, mais en plus elle aura toujours le beau rôle. Elle pourrait profiter de la situation pour obtenir une boîte de somnifères comme autrefois, mais elle n'en a plus besoin.

Djibril sort de sa poche le passe-partout, le Graal pour les patients. Il ouvre la dernière porte qui donne sur la salle commune. L'alarme retentit : des soignants sont demandés en renfort à l'unité Itard. À contrecœur, Djibril la pousse à l'intérieur et referme la porte sur elle. Le bruit est assourdissant. C'est une punition pour le personnel de se rendre au premier étage chez les quatre-douze ans, surnommés les sauvages. Leur vie entière n'a été que souffrance et misère. Les coups sont leur moyen de communication et les soignants en font les frais. Marge détestait s'y rendre quand Violette y travaillait. Ils lui sautaient dessus, essayaient de la mordre. Elle préfère l'unité Seguin et ses adolescents psychotiques et suicidaires. Malgré la gravité de leur cas, les scènes cocasses ne manquent pas.

Salope, salope, salope, salope, répète Aya qui regarde Marge droit dans les yeux. Pour cette jeune de dix-sept ans, toutes les femmes sont des salopes, des putes ou des connasses. Les autres surenchérissent ou se marrent. Marge reconnaît cette fille. Elle fait des allers-retours en psychiatrie depuis dix ans. Cette gamine se débrouille pour être hospitalisée un mois avant les vacances scolaires. Elle hante les nuits de Violette qui cherche le bon traitement pour lui rendre le quotidien supportable.

Face au bureau, son bouquet de fleurs à la main,

Marge s'effondre dans le canapé au milieu des larves qui regardent la télévision derrière un plexiglas. Certains fixent la porte de la psychiatre, espèrent un entretien. Marge se fond dans le décor parmi les filles maquillées comme des héroïnes de mangas et les garçons aux cheveux longs. Les jeunes ne remarquent même pas sa présence. Trop occupés avec les derniers ragots du service, les infirmiers non plus. Heureusement qu'il y a des blouses blanches pour différencier les soignants des patients. Ici, on ne sait jamais qui garde qui. Violette ressemble à ses patients, surtout quand elle arrive tôt encore décoiffée d'une nuit à consoler Iris, des taches de chocolat ou de café sur son haut. C'est toujours la course avec elle. Elle court, court, court pour échapper à son ombre et fuir sa vie.

Joseph s'assoit sur les genoux de Coumba endormie pour se rapprocher de Marge. Il sent les fleurs en papier, puis les cheveux de la jeune femme. Marge garde son sang-froid. Rien d'autre ne compte que ce rendez-vous avec sa sœur. Il arrache un pétale, part se cacher derrière la table de ping-pong. Elle se mord les lèvres, s'empêche de lui hurler dessus.

La porte du bureau s'ouvre. Le regard de Violette se pose sur Marge qui se lève. La psychiatre soupire, cela faisait bien longtemps qu'elle n'avait pas vu sa sœur ici. Elle appelle Kenza. Marge se rassoit. À ses côtés, Inès s'affale jusqu'à poser la tête sur son épaule. Elle lui demande le nom de chaque fleur, lui fait répéter trois fois. Une mémoire de poisson rouge. Elle attrape le lys du milieu. D'un geste vif, Marge le récupère. Du moins en partie. La tige et les feuilles sont restées dans les mains de la jeune fille.

Violette ordonne à Lorenzo de venir. Marge se lève, avance de deux pas au moment où sa sœur claque la porte. Elle retrouve sa place. Le temps passe.

Coumba se réveille, admire le bouquet, dissèque une fleur à coup de *je t'aime, un peu, beaucoup, à la folie, pas du tout !*, pleure à *pas du tout*. Marge ne bouge pas d'un cil, se concentre sur son discours. Adèle s'apprête à prendre la relève. Violette jette un regard agacé en direction de sa sœur. Pas question pour elle d'abdiquer.

L'entretien d'Adèle dure plus longtemps que les autres. Les jambes de Marge tremblent. Elle ferme les yeux, tente de mettre ses pensées dans le bon ordre : 1, joyeux anniversaire ; 2, présenter ses excuses ; 3, demander des nouvelles d'Iris et du bébé ; 4, s'intéresser à Jules. Quand même. Tandis qu'elle réfléchit à ses propos, les adolescents dépouillent le bouquet. Il ressemble désormais à un cadeau de fête des mères d'un enfant de cinq ans.

Debout dit Violette qui se tient devant Marge. Rendez-vous à la piscine dans cinq minutes.

Marge traverse l'unité de jour des jeunes autistes pour descendre au rez-de-chaussée. Elle gagne la piscine qui ne fonctionne pas depuis des années. L'AP-HP ne souhaitait plus assurer la maintenance et se mettre à jour de la réglementation. Un maître-nageur aurait coûté trop cher pour accueillir trois têtards qui auraient fini par se noyer. Pire, des jeunes s'y seraient suicidés. Depuis des années, elle fait office d'entrepôt pour le matériel médical et éducatif : brancards, fauteuils roulants, jeux de motricité, et pour le matériel de natation jamais utilisé. La piscine fait usage de déchèterie. On fourre dans le bassin vide les lits cassés et les jardiniers y stockent les sacs de terreau. Le temps s'y est arrêté dans les années quatre-vingt. Marge connaît les lieux pour y avoir retrouvé Violette plusieurs fois. C'est sa cachette. Elle se réfugie souvent dedans pour fumer, rêver, consulter sur son portable les discussions verrouillées afin que Jules ne les voie pas.

Ici, Violette respire. Ici, elle n'est ni mère, ni épouse, ni médecin. Juste une femme qui a des désirs et des envies. Au fond de cette piscine sans eau, elle ne s'interdit rien, pas même une aventure sans lendemain. Comme si ça ne comptait pas.

Pour rien au monde elle n'abandonnerait ses consultations à l'hôpital. Pourtant, ce n'est pas avec ce maigre salaire qu'elle contribue aux dépenses familiales. Elle le fait croire à Jules pour conserver un espace de liberté. S'il savait à quel point elle étouffe dans leur vitrine. Parfois, elle imagine la briser. Mais Iris est là, il est trop tard. Elle s'est enfermée elle-même dans sa prison dorée. Jules lui parle d'argent sans prêter attention à sa fatigue, son irritabilité et sa tristesse. De quoi pourrait-elle se plaindre ? N'est-ce pas pour leur famille qu'il se donne à fond dans le travail ? C'est en partie pour elle qu'il a imaginé et conçu le complexe technologique au 46 bis rue des Martyrs. Pour maintenir leur train de vie. Pour gagner de quoi agrandir l'appartement avant l'arrivée du deuxième enfant en mars.

Violette ne connaît que trop bien les troubles de la petite enfance. Elle s'évertue chaque jour à proposer à Iris des jeux de motricité. Elle devrait sans doute y associer Jules qui peine à comprendre qu'une passoire s'emboîte dans une casserole et non dans un plat rectangulaire. Elle s'emploie à éloigner sa fille de la malédiction familiale. Un combat permanent contre la folie.

Seuls les projecteurs du bassin sont allumés. L'ombre de Marge parcourt les murs. Elle se découpe sur les parois du lino. Les restes du bouquet serré contre sa poitrine, elle fait les cent pas au bord de la piscine. Le regard ailleurs, le cœur qui palpite, dans l'attente d'un rendez-vous important dont l'issue est incertaine, elle fait claquer sa langue, écoute les échos.

La porte s'ouvre. Le téléphone du service à la main, Violette entre. Elle allume les lumières. Toujours ce don de la mise en scène, Marguerite. Faire la morte sur une cantine ne te suffit pas. Elle passe une main sur son visage comme si elle voulait se rafraîchir. Pourquoi es-tu venue ? Qu'est-ce que tu veux ? Marge se précipite vers elle pour lui offrir son bouquet. La supplier de lui pardonner pour les ordonnances falsifiées et pour une autre chose qu'elle ignore, mais pour laquelle elle doit implorer son pardon. Une pile de gilets la fait trébucher. Elle s'agrippe aux épaules de Violette. Elles tombent dans les modules en mousse. Le téléphone valse au fond de la piscine et se déboîte. D'un geste vif, Violette jette le bouquet. Les pétales dansent et chutent au fond du bassin comme ceux d'un cerisier japonais.

Violette la repousse. Elle peine à se relever. Marge balbutie quelques mots. Elle n'est pas une sœur exemplaire, mais elle fait de son mieux. Violette se retient de parler. Si elle savait qu'il y a trois mois elle a fait l'amour ici même avec un jeune éducateur. Si elle savait qu'il lui arrive d'avoir des doutes sur le géniteur d'Iris. Si elle savait que, même enceinte, elle continue de fumer et de boire un verre à la fin de la journée. Si elle savait qu'elle s'oublie dans les vies des patients pour s'échapper de la sienne. Si elle savait qu'elle aussi combat la folie avec le mantra qu'elle répète : Avancer. Construire. Ne pas regarder en arrière. Mais le jour de l'échographie du troisième mois, le passé a frappé à sa porte. Impossible de faire demi-tour et d'ignorer une sombre nuit de 1996.

Violette descend dans la piscine, se faufile au milieu des brancards et des fauteuils. Elle se baisse pour récupérer les morceaux du téléphone. Marge la rejoint. Au milieu des pétales elles soulèvent les matelas pneumatiques, les brassards et les bouées. Rien. Après un long moment, Violette aperçoit les piles à côté de l'évacuation centrale. Elle s'énerve, n'arrive pas à assembler le boîtier déjà bien rafistolé. Marge le lui arrache.

Violette la regarde. Habile, elle répare le téléphone en vitesse. Comment cette fille peut-elle gâcher son temps à ne rien faire ? Quand prendra-t-elle sa vie en main ? Quand acceptera-t-elle de se faire soigner ? La colère tonne dans son ventre.

Elle gifle Marge, dont la tempe frappe la structure d'un vieux fauteuil roulant. Le sang pulse dans son crâne. Elle fixe sa sœur. Violette perçoit la flamme dans son regard. Elle l'observe comme un de ses patients. Elle analyse le battement des cils, les perles de sueur, la respiration. Tous les signaux annoncent un dérapage imminent. Violette pose ses mains sur son ventre arrondi de quatre mois. Il lui reste peu de temps pour désamorcer la bombe. Tu te souviens, Marguerite, quand tu me racontais des histoires le soir ? chuchote-t-elle. Nous regardions les formes projetées par la veilleuse et, à un moment, tu te lançais. Elle se relève doucement, puis s'allonge sur un lit. Elle poursuit : Tu inventais de drôles de personnages.

Marge aimerait lui dire que Gloria est assise sur le rebord de la piscine. Son micro à la main, elle commente la scène.

Très chers auditeurs, je suis ravie de vous retrouver pour un nouvel épisode de *Ça reste entre nous*. Nous sommes dans le service de psychiatrie de la Pitié-Salpêtrière avec Marguerite et Violette : deux fleurs échouées dans une piscine sans eau. Violette, médecin pour les dérangés du ciboulot, s'inquiète de l'état mental de sa sœur. Elle hésite à l'interner. Elle aurait dû le faire quand elle l'a surprise en pleine nuit en train de griffer son canapé. Les yeux grands ouverts, le dos rond, la chatte humaine ne se laissait pas approcher. Pire, elle montrait ses griffes. Assisterons-nous aujourd'hui à son enfermement ? Combien d'infirmiers faudra-t-il pour l'emmener au bâtiment de la Force ? Continuera-t-elle à danser la nuit ? Hurlera-t-elle comme une…

Mais tu vas la fermer ? crie Marge à Gloria. Les flammes dans ses pupilles s'intensifient et le feu en elle brûle tout son être. Elle aimerait tremper son corps dans un bain de glaçons.

À qui t'adresses-tu, Marguerite ? demande Violette. Elle hésite à appeler les urgences pour un internement immédiat.

Marge fixe les sacs de terreau entassés sur les côtés. Elle pense à Victor qui lui a confié son cauchemar récurrent : être enseveli sous du sable ou de la terre. Cette idée d'étouffer à ses côtés la réconforte. Même quand il n'est pas là, son image l'apaise et la ramène en zone non occupée. À l'abri des créatures, de l'extérieur, d'elle. Maintenant, elle n'aspire qu'à le retrouver. Se sentir en sécurité. Vite, vite, partir, se coller contre son corps, se cadenasser de ses bras. Toucher sa peau, son territoire, son pays familier. Penser à lui et à rien d'autre. Entendre sa voix et aucune autre. Hélas, ce n'est pas simple. Gloria enchaîne avec les publicités. Impossible de la mettre en sourdine. Marge croise ses bras autour de sa poitrine, tente de se contenir comme le ferait Victor. S'il était là, il la bercerait.

Violette lui désigne un brancard. Marge s'y allonge. Elles ont chacune retrouvé leur place dans leur chambre de fillettes. Marge à gauche, Violette à droite. Elles fixent le plafond craquelé. Après un long silence, Marge demande :

Pour quand, le terme ?

Fin mars.

Tu connais le sexe ?

C'est un garçon. Un petit garçon.

Soudain Gloria surgit face à elle. Elle n'est pas seule. Viviane et son petit chien viennent de la rejoindre. Les deux femmes jouent à la balle avec la pauvre bête maigrichonne. Elle a encore perdu du poids, contrairement à sa maîtresse qui ne cesse de grossir. Viviane prend un kilo à chaque râteau. Peut-être devrait-elle arrêter de sortir autant sa bestiole, elle rencontrerait moins d'hommes et ne se vengerait pas sur le beaufort et le cabécou. Moelleux, coulant, vache ou chèvre, rond ou carré, le fromage lui apporte tant de réconfort. Marge l'observe. Elle la voit jouir à chaque dernière bouchée et l'imagine regarder les hommes comme des meules à malaxer et à savourer. La scène se déroule à toute vitesse dans sa tête. Les éléments se mettent en place. Des rencontres, une intrigue, des rebondissements, une chute : Marge a tout pour en finir avec Viviane. Elle entrouvre les lèvres, crève d'envie de raconter l'histoire.

Tu m'as entendue, Marguerite ? Iris va avoir un petit frère.

Violette prend soin d'isoler chaque mot.

Marge préfère penser aux scènes cocasses de Viviane. Elle l'imagine séduire un homme pendant que son bichon frisé se fait sodomiser par un beauceron.

Violette revient sur l'année 1996. Elle lui parle de leur grande maison à Clamart. Marge redouble d'efforts pour ne pas l'écouter, elle a le pressentiment qu'elle ne se remettra pas de ces révélations. Elle préfère songer au petit chien qui tente de s'enfuir.

Violette évoque une chambre aux tons gris perle et bleu située à l'opposé de la leur, un cocon au sein du foyer. Elle parle d'un lapin en peluche qui a rejoint l'ours et la girafe. Elles l'avaient choisi avec leur mère et attendaient avec impatience de le sortir de sa boîte. Elle dit aussi que Marge était jalouse du nouvel arrivant. Il prenait déjà trop de place.

Dans la tête de Marge, le film se déroule. Viviane monte sur la balance, observe ses bourrelets dans le miroir avant de dévorer un crottin cendré. Son mascara coule, des larmes tombent. Elle respire fort. Marge esquisse un sourire.

Violette lui dit qu'un matin le lapin avait disparu et qu'elles n'en avaient plus jamais entendu parler. Elles avaient même interdiction de poser des questions. Violette a fouillé toute la maison pour le retrouver. Rien. Marge s'est mise à jouer davantage avec ses amis imaginaires. Violette se remémore la dépression de leur mère. Leur père partait souvent en mission. Hortense gérait la maison, son travail, les enfants. Elle gardait les problèmes pour elle. Elle s'en serait voulu s'il était arrivé quelque chose à son mari sur le terrain.

Moâ moâ moâ. Marge voit Viviane dans son lit lire des récits érotiques sur sa tablette. Elle passe d'une relation adultère à une rencontre à trois. Parfois, elle répond à une petite annonce coquine.

Violette raconte les fois où sa mère s'enfermait dans sa chambre pour pleurer. Elle s'interdisait de craquer devant elles. Tout lui est revenu en mémoire le jour de l'échographie, à l'annonce du sexe du bébé.

Big bang dans ta gueule. Marge tombe à l'intérieur d'elle-même. Elle est aspirée dans le trou noir des idées avortées. Viviane, son toutou et Gloria disparaissent. Explosion du passé.

Violette poursuit son monologue. Il faut que ça sorte. Tant pis si ça fait mal à sa sœur. Tant pis si elles ne se parleront plus jamais. Va-t-elle enfin percuter ? Elle revit cette nuit de 1996. À moitié endormie, ses petons foulent la moquette du long couloir. Elle a fait un cauchemar. Elle cherche Marge, s'avance doucement, appelle sa mère qui ne répond pas. Hortense dort d'un sommeil profond. Violette tire sa main. Sa mère ne réagit pas. Elle se dirige vers la chambre du lapin. Elle voit Marge recroquevillée dans le petit lit à barreaux. Elle entend le cri étouffé de sa mère derrière elle. Elle revit la seconde où Hortense lui prend la main pour la recoucher, puis voit la silhouette de sa mère qui porte Marge. Elle entend la voix de sa maman chérie, le portail qui s'ouvre, des pneus qui crissent dans les graviers de l'allée. Elle se rappelle la lumière des phares dans les interstices des volets. Elle entend des chuchotements. Enfin le jour. Les chocolats chauds et les tartines beurrées, les cartables devant la porte, le câlin de leur mère avant le départ à l'école, la voisine qui les emmène. Un réveil presque normal si les yeux gonflés d'Hortense ne la trahissaient pas. Puis le retour, toujours avec la voisine qui les emmènera avec sa fille les mois suivants. Un bouquet de lys blancs, la porte du fond du couloir fermée à clef. Plus tard, le retour du père. La famille est au complet. Enfin, presque.

Te souviens-tu ? murmure Violette. Moi, je n'arrête pas d'y penser. Je ne peux plus faire semblant.

La gorge nouée, elle se lève, remonte avec peine l'échelle de la piscine. La porte claque.

Marge tangue sur son lit. Elle ferme les yeux, prend une grande inspiration avant de plonger avec fureur dans sa mémoire. Qu'a-t-elle voulu lui dire ? De quoi parle-t-elle ? Un lapin en peluche disparu ? Elle remonte les années. Trente ans : vit quelques mois à Kefaloniá. Vingt-sept ans : fuit Boulogne. Vingt-deux ans : squatte chez une amie à Beauvallon. Dix-neuf ans : partage un chalet au beau milieu de la Forêt-Noire. Dix-huit : artiste aérienne, vit dans un camping-car au sein d'un cirque. Seize : déserte Clamart. Quinze : fugue de l'école de la Légion d'honneur. Treize : prend ses quartiers dans le grenier de la maison. Huit : décampe d'une colonie de vacances fréquentée par les culs-bénits. Six : trou noir.

Marge se souvient des lieux, y associe des visages, mais

ne sait pas ce qu'elle y faisait. Elle a toujours vécu au pays de l'amnésie. Quelque chose en elle refuse d'emmagasiner les souvenirs et les émotions. Jusqu'à sa rencontre avec Victor. Avec lui, elle se souvient de chaque minute à ses côtés, du moment où elle l'a aperçu derrière la fenêtre à son départ pour la Pitié-Salpêtrière. Il est sa maison.

Elle serre l'encadrement du lit. Son corps entier se tend. Elle lutte pour ne pas sombrer. Elle aimerait que Victor vienne la chercher, lui prenne les mains et plonge son regard dans le sien. Elle se lève d'un coup, court vers l'échelle, monte avec l'agilité d'une araignée. Elle fuit la folie qui la rattrape. Elle traverse l'unité de jour, sort dans le crépuscule, piétine la plate-bande. Un jardinier vocifère. Elle court, court à en perdre haleine, vers le métro aérien.

Gare d'Austerlitz. Dix-huit heures onze. Elle sent son esprit lui échapper. Elle cache ses mains dans ses poches. Un regard dans leur direction et c'est sa perte assurée. Le monde entier s'est ligué contre elle. Le train ne cesse de s'arrêter entre les stations. Son cœur bat vite. Elle voit un cou entre ses mains. Un minuscule cou blanc. Les mots de Violette tournoient autour d'elle comme des mouches. Ils vrombissent. Un à un, ils s'immiscent dans ses oreilles. Lapin, somnambule, sirène, somnifères, gyrophares, cri, mort. Les mots-mouches volent dans sa tête. Ils font un vacarme à se taper le crâne pour s'assommer. On dirait que tout est fait pour laisser la folie gagner. Elle aimerait que Gloria ou Viviane pointent leur nez, l'aident à penser à autre chose. Que leurs histoires camouflent le réel. C'est à cela qu'elles servent après tout, à supporter la vie. L'imaginaire est un territoire qui appartient à tous. Qu'importent sa couleur ou ses origines, chacun a le pouvoir de s'y rendre pour une pause avant de repartir au combat. C'est qu'il faut beaucoup d'énergie pour fabriquer un quotidien fait de petits arrangements avec soi-même et de vérités grises.

Marge répète son adresse dans sa tête comme une fillette qui aurait peur de se perdre : 46 bis rue des Martyrs. Impossible de prendre la correspondance à Stalingrad. Elle sort, passe devant les boutiques de saris et de robes de mariées. Dans son manteau bleu marine, la plus bourgeoise des SDF fait claquer ses bottines sur le bitume pour se donner une contenance. Elle avance le long d'une falaise qui s'effondre, la tête haute. Son visage ne laisse rien paraître. Elle bouscule un vieillard, yeux gris, doudoune et djellaba. Il lui dit que le diable est en elle. Elle passe son chemin.

Les immeubles oscillent, les fenêtres ricanent, et le sol empêche Marge d'avancer. Pire, il semble la tirer en arrière. Elle est au bord de l'effacement. Sa tête tourne. Elle traverse sans regarder, ça gueule. Au milieu des magouilles, elle zigzague sur le terre-plein boulevard de la Chapelle. Elle a une démarche d'ivrogne. Si au moins elle avait bu, l'ivresse annihilerait ses pensées. D'autres mots-mouches la poursuivent. Elle les chasse à coups de grands gestes. Il y en a déjà assez dans sa tête. Elle se débat avec la nuit de 1996. Que s'est-il passé ? Violette en a trop dit, ou pas assez. Marge compte bien lui parler ce soir.

Impossible de retrouver la rue des Martyrs. Doit-elle avancer ou faire demi-tour ? Les fast-foods et les sex-shops se ressemblent tous. Les néons colorés l'agressent. Trop de couleurs, trop d'odeurs, trop de bruits. Enfin, Marge trouve la rue en pente. Les mots-mouches la suivent. Échographie, passé, fillette, Iris, dépression. Les mains sur les oreilles pour les empêcher de rentrer, Marge titube. Elle arrive devant le cabinet de Violette au numéro 37, l'attend de pied ferme. En face, la croix de la pharmacie indique dix-neuf heures quarante-deux. Elle ne devrait plus tarder. Elle fait son possible pour rentrer coucher Iris. Elle a besoin de la voir avant qu'elle ne ferme ses jolis yeux.

Refermée sur elle-même, Marge entend une personne au loin lui parler. Elle l'ignore. Soudain, un homme pose les mains sur ses épaules, cherche à capter son regard. C'est Jules. Tout va bien, Marguerite ? Déjà plus d'un mois qu'il ne l'a pas vue. Il se dit qu'elle est toujours aussi folle, mais terriblement séduisante. Plus inaccessible que sa sœur, plus sauvage, plus étrange aussi. C'est elle qu'il a remarquée en premier au bar de l'hôtel où Violette fêtait sa thèse. Elle sirotait son clos-de-vougeot à la paille. Personne ne semblait oser l'approcher. Jules s'est tourné vers Violette, plus simple. Il a toujours pris garde de rester éloigné de sa belle-sœur, jusqu'au jour où elle est venue s'installer chez eux. Il s'est alors mis à la haïr et à la repousser. Cela n'ébranlait aucunement Marge, qui gagnait du territoire aussi bien dans sa maison que dans son esprit. Il s'est vu lui faire l'amour sur la table de la cuisine, la prendre sur le canapé, la rejoindre sous la douche. Il rêvait de la frapper avec la main qui venait de le soulager, la punir des images qu'elle glissait dans sa tête.

Marge lui dit vouloir parler à sa sœur, cela ne peut attendre. Est-ce que Violette lui a raconté ? Elle doit savoir. Elle parle vite, peine à reprendre sa respiration. Les mots-mouches vrombissent toujours. Jules attrape ses mains, puis serre ses poignets. Il approche son visage du sien, respire son parfum aux notes de musc. Elle ne le regarde pas. Elle demande à entrer. Il lui dit que ce n'est pas une bonne idée, surtout dans son état. Et puis Violette se remet tout juste de leur dispute. Dans sa tête, un tout autre discours. Entre, Marge. Prenons un verre, retire ton manteau, mets-toi à l'aise. La raison l'emporte. Les minutes sont comptées. Il lui propose de payer un taxi pour rentrer où bon lui semble. Il donnera ce qu'il faut. Marge ne réagit pas. Il peut aussi lui prendre une chambre d'hôtel si elle préfère. Elle hoche la tête. Il sort de son portefeuille cinq billets de cinquante euros qu'il lui tend. Elle reste inerte.

Notre-Dame-de-Lorette sonne vingt heures. Jules glisse l'argent dans ses mains avant d'attraper sa taille pour l'emmener loin. Elle se débat avec lui et les mots-mouches. Pas question de quitter les lieux.

Emmitouflé dans sa parka, Victor dévale les quatre étages. Cela fait des heures qu'il n'arrive plus à peindre ses petits soldats. Marge aurait dû rentrer depuis un moment. Il a bien essayé de la joindre sur son vieux portable, mais il est tombé directement sur sa messagerie. S'est-elle réconciliée avec sa sœur ? Lui est-il arrivé quelque chose ? Jamais il ne s'est autant inquiété pour quelqu'un.

La lourde porte de l'immeuble se referme sur lui. D'un

geste vif, Victor écarte les pans de la bâche, se retrouve en terrain hostile. Vêtus de grands manteaux, les yeux rivés sur leurs téléphones, les passants se ressemblent tous. Des clones attardés qui ne prennent pas le temps de réfléchir. Ça bouscule, ça s'énerve pour des histoires de QR codes et de mots de passe, ça partage des vidéos débiles sur les réseaux : des conseils pour maigrir, des chats qui se cachent dans les placards, des enfants barbouillés. Partout des livreurs à vélo ou à scooter apportent les repas à domicile, un aperçu de la vie en maison de retraite. Les lumières bleues des écrans éclairent chaque fenêtre et les panneaux publicitaires éblouissent les trottoirs. Il faudra bientôt porter des lunettes anti-UV en permanence.

Victor pose ses mains sur ses tempes. La douleur se propage, impossible de la localiser précisément. Sa vue se brouille. Le brouhaha n'arrange rien. Il décide de faire une ronde du quartier. Elle ne peut pas avoir déserté. Pas après toutes ces nuits où ils se sont apprivoisés. Il s'apprête à descendre la rue des Martyrs, quand soudain il reconnaît son cri. Celui qui transperce les nuits quand elle est dans un autre monde. Il aperçoit sa chevelure sur le trottoir d'en face. Un homme serre sa taille d'une main, appelle un taxi de l'autre. Ils sont dos à lui. Marge résiste. Que veut cet individu ? Il traverse la rue sans regarder. Une voiture pile. Il n'a d'yeux que pour Marge. Plus rien ne compte. Il aime la voir monter par l'échafaudage, deviner l'heure, entendre son rire et devancer ses pensées. Elle est entrée avec fracas dans sa vie, impossible de l'en sortir. Grâce à elle, il sait pourquoi il se lève. Il ne supporterait pas qu'on lui fasse du mal.

Victor se précipite sur l'homme, le tire en arrière avant

de le plaquer contre une porte. D'une main, il lui tord un bras dans le dos et serre sa nuque de l'autre. Tu comptais aller où avec elle ? L'homme ne répond pas. Victor ne maîtrise pas sa force. Déjà l'odeur du sang parvient à ses narines. Il retrouve l'adrénaline du terrain et l'excitation du danger. Il cogne le front de l'homme une fois, deux fois, trois fois. Jules le supplie d'arrêter. Il fait erreur sur la personne. Victor ne veut rien savoir. Inerte, Marge assiste à la scène. Est-ce que Victor frappe son beau-frère ? Impossible. Elle doit encore rêver. Son esprit refuse cette information, tout comme de voir le nouveau visage de Victor : des rides semblables à des tranchées, des yeux éclatés, cernés. Il ne ressemble en rien à celui qui l'aide à confectionner un cadeau et veille sur elle tout en lui caressant les cheveux. Il est sur le point de cogner Jules une énième fois. Marguerite, hurle Jules, appelle la police ! Elle s'extirpe de ses pensées, brise le mur de verre qui la retenait dans un monde lointain. Victor s'arrête net. Cet homme connaît Marge ? Les trois protagonistes semblent être suspendus dans un autre espace-temps. Lentement, Marge s'approche des deux hommes, pose une main sur l'avant-bras de Victor. Il voulait m'aider, murmure-t-elle. Victor libère Jules qui se retourne. Il reconnaît Beaulieu. Qu'est-ce qu'il fabrique avec Marguerite ? Des sirènes retentissent. Elle glisse sa main dans celle de Quinze Barrettes. Ensemble, ils se sauvent dans la nuit noire, disparaissent derrière la bâche du 46 bis rue des Martyrs sous les yeux de Jules.

Trois policiers arrivent. Ils sont partis par là, dit Jules qui indique la direction opposée. Il peine à reprendre sa respiration. Après l'incompréhension, la colère. Marge l'envahisseuse ne se contente plus de cannibaliser sa sphère familiale, elle s'attaque aussi à sa sphère professionnelle en squattant l'immeuble avec ce vieux con de militaire. La guerre est déclarée, Marguerite. Tu auras beau user de tes charmes, je ne te laisserai pas faire. Jules est bien décidé à gagner ce combat et qu'importent les moyens pour y parvenir.

Les voiles du bateau fantôme capturent Marge et Victor. Ils prennent le large. Dans l'immeuble, le bois craque et les fissures se dessinent sur les murs comme des veines de colère. Des souris longent le couloir du hall avant de gagner la cour et son chitalpa de Tashkent. Marge et Victor, les deux poumons de ces lieux, montent les marches deux à deux. Portes, alcôves, plinthes, rambarde tirent leurs révérences devant le roi et la reine du silence. Victor serre la main de Marge, il la hisse au quatrième étage. Elle est à bout de forces. Lèvres bleues, elle a froid. Son visage ressemble à un bouquet d'hortensias et de roses anciennes. Il y a quelque chose de grave et d'innocent chez elle. Il y a aussi du sublime et de l'horreur.

Ils entrent dans l'appartement. La porte refermée, Marge tombe dans les bras de Victor. Elle grelotte, ses nerfs lâchent. Elle murmure des propos incompréhensibles. Elle parle de mots-mouches, d'une piscine vide et d'une nuit de 96. Elle dit aussi que Gloria et Viviane étaient là. Victor la serre fort contre lui et la frictionne pour la réchauffer, mais son corps reste gelé.

Il l'accompagne dans la chambre, l'assoit sur le lit. Victor lui parle en continu pour la maintenir éveillée tandis qu'il lui fait couler un bain. Elle peut prendre son temps, il n'a pas encore préparé le dîner. Il fait mine de quitter la pièce, mais elle ne réagit pas. Il revient sur ses pas, retire avec délicatesse son écharpe et son manteau. Elle se laisse faire. De ses mains, il encadre son visage, attend d'elle un signe d'approbation pour aller plus loin. Rien. Il lève ses bras, lui retire son pull. Des frissons parcourent son corps, ses tétons pointent à travers son soutien-gorge en dentelle. Victor contemple la poitrine : ferme, ni trop grosse, ni trop petite, parfaite pour ses paumes. Il y a un décalage entre ce corps de femme qu'il effeuille et son attitude de fillette. Victor est tiraillé. Le désir de la sentir nue contre lui, de lui faire l'amour est tout aussi grand que l'envie de la bercer comme une enfant. Il s'agenouille comme devant une sainte. Marge se penche, pose son front contre le sien. Il la respire. Quelle torture de se retrouver nez à nez avec elle. S'il le voulait, il pourrait la violer et personne ne le saurait. Le lendemain, il lui dirait qu'elle a rêvé et que sa crise était terrible. Il modifierait sa pensée et ses souvenirs, en injecterait d'autres. Il est si simple de changer le cours de l'Histoire. Il l'a constaté à maintes reprises. À ses retours de mission, le discours de l'État n'avait rien à voir avec la réalité du terrain.

Victor repousse Marge doucement. Il la dévisage sous toutes les coutures. Il aime chacune de ses facettes. Il caresse son nez fin, sa bouche, son cou. Il effleure ses seins. Elle se redresse, se cambre légèrement. Il s'agrippe à son ventre, puis à son bassin, se demande combien d'hommes ont eu la chance de la toucher. À qui s'est-elle donnée ? Quand ? Où ? Les a-t-elle aimés ? S'il avait été plus jeune, il aurait aimé être le premier à la pénétrer, déchirer le voile qui la séparait du monde des adultes. Il observe sa peau comme si elle allait lui révéler les secrets et les soupirs des nuits passées. Ses doigts s'enfoncent dans sa chair. L'envie de la posséder est à son comble. Marge se lève avec nonchalance. Toujours à genoux, Victor déboutonne son jean, fait glisser le pantalon. Il devine son sexe derrière le boxer. Sa bouche se trouve à quelques centimètres des lèvres de Marge. Il aimerait les embrasser, y fourrer sa langue et la faire jouir.

Il se relève péniblement. Il a beau avoir le désir d'un jeune homme, son corps le trahit. Pauvre vieillard. Tu t'imagines faire l'amour à cette femme qui n'a pas la moitié de ton âge. À coup sûr, à peine entré en elle, tu ferais un arrêt cardiaque. Elle étoufferait sous un mort.

Marge s'allonge dans la baignoire. Victor mouille ses cheveux, les lave. Il masse son crâne. Son visage se décrispe.

Peu à peu, elle se ranime et retrouve la parole. Elle revient sur cette nuit de 96. Elle a six ans. En pyjama, elle avance dans la pénombre. Tout le monde dort. Elle aussi, elle dort. Elle murmure des secrets dans une langue inconnue. Elle entre dans une pièce éclairée par une veilleuse, puis trou noir. Elle dit aussi que les créatures ne lui laissent aucun répit depuis. Elles sont là pour camoufler le monstre en elle. Victor ne répond pas. Il y a un monstre en chacun de nous, il le sait.

Marge se lève. Elle a beau avoir recouvré ses esprits, elle laisse Victor la rincer. Il la regarde comme aucun homme ne l'a regardée. Debout dans la baignoire, elle se réfugie dans ses bras. L'eau coule, il est aussi trempé qu'elle. La tête nichée dans son cou, elle le respire. Une vague chaude déferle dans son bas-ventre. Sa respiration s'accélère. Ses doigts se crispent autour de son cou. Il l'enveloppe dans son peignoir. Elle déboutonne sa chemise humide. Il recule. Pas question de lui montrer son corps trop vieux pour elle.

Vêtue d'un pull kaki trop grand, Marge rejoint Victor à la cuisine. Il porte le même pull. Deux militaires au mess. Au menu : pommes de terre grenaille, oreilles de porc, rognons, côte-du-rhône. Dans un silence religieux, Victor dépose les plats. Serviette autour du cou, ils se servent généreusement. La jeune femme élégante et raffinée fait valser les bonnes manières. Victor s'amuse de sa muse. Il la surnomme *ma petite ogresse*. Elle mange les oreilles avec les mains. Son visage change d'expression. Le ravissement à l'état brut. Ils dévorent les plats. Encore un peu et ils mangeraient leurs propres corps.

La bouteille finie, ils poursuivent avec un amaretto. L'alcool leur monte à la tête. Dans leur bulle, ils rient de tout et de rien. Les corps se cherchent. Tout est prétexte à se frôler. Les mains ondulent sur la table, dansent un tango quand elles se rejoignent. Marge chancelle, se rattrape à Victor de justesse. Elle s'amuse et fait la folle. La jolie folle, drôle et légère. Celle dont tous les hommes raffolent. Un deuxième verre d'amaretto dans la main, ils passent au salon. Excitée, Marge converse avec les animaux empaillés, puis chope un béret qui traîne. Elle se met au garde-à-vous avant de marcher au pas autour de la maquette. Elle se fabrique une moustache avec ses cheveux, chatouille les joues de Victor. Il ne rit plus. Une partie de lui n'a pas oublié la crise. Il reste aux aguets, s'attend à un retour de flamme. Marge réclame une dernière liqueur. Il refuse, il est l'heure de se coucher. Elle lui obéit.

Allonge-toi, dit Victor. Elle attrape sa main, qu'elle fait glisser sous son boxer. Il la retire. Elle essaye de l'embrasser sans y parvenir. Attends un peu, pas maintenant, Marge, dit-il. Il a le temps de découvrir son corps. Ce qu'il possède d'elle est plus grand encore que le désir. S'endormir chaque soir à ses côtés, il ne souhaite rien de plus.

Elle lui demande si un jour il la touchera. Elle aimerait tant le sentir en elle, qu'ils ne fassent plus qu'un. Depuis des années, elle cherche l'amour sans le trouver. Dans le désert, sous un ciel noir, elle a rencontré Victor. C'est lui. Cela ne s'explique pas. Il l'invite à se retourner, pose son bras sur son ventre et lui murmure dans le creux de l'oreille : un jour, oui, et ce sera beau.

Pas un bruit dans l'appartement. Les rayons du soleil passent dans les interstices des rideaux. La rue déverse sa misère. Un SDF remonte d'un parking, un autre se hisse de sous les cartons, un autre encore sort d'un caveau du cimetière Montmartre. Mal sapés, la gueule de bois, un œil au beurre noir, ils essayent de se rappeler la journée d'hier pleine de morsures et se demandent comment traverser celle-ci : où ? avec un pote de mésaventures ou Mme Bouteille ? Certains regardent leur bite molle, se remémorent le temps où ils avaient encore le loisir de bander. D'autres déposent des recueils de poèmes qu'ils ne peuvent emporter, laissent les vers s'envoler. Au bord du monde, ils attendent d'être poussés. Qu'un coup de couteau, la drogue, l'alcool ou une rixe les fassent tomber une bonne fois pour toutes.

Une autre SDF, un peu mieux lotie, mais dans le même état ce matin, se réveille dans le lit de Victor. Le réveil affiche dix heures et cinquante-trois minutes.

Sous la couette, la main de Marge cherche une autre

main. Elle tâtonne le périmètre proche, puis ratisse plus large, caresse la place de l'homme absent.

Brouillard dans la tête, corps lourd. Combien de verres a-t-elle bus ? Marge tente de recoller les morceaux de la veille. Les images se succèdent dans le désordre : le taxi, la piscine, le visage tuméfié de Jules, les confettis du bouquet, elle nue contre Victor. Elle se souvient de son désir pour lui, toujours aussi grand, mais un sentiment de honte le recouvre d'un voile gris. S'il y a bien une chose que Marge déteste, c'est la honte. Plus forte que la culpabilité et les regrets, elle balaye tout sur son passage. Elle se diffuse sournoisement dans chacune des cellules, répand sa boue dans la trachée. Elle donne la nausée, déshydrate. La honte l'immobilise au lit. La honte enfonce des clous dans chacune de ses vertèbres, brûle sa peau. Impossible de fuir. La honte : son plus grand supplice, l'humiliation suprême. Juste après la honte, le dégoût prend la relève, Marge ne peut plus s'encadrer.

Son front est brûlant, elle transpire. Elle entend les mots de Violette. La sensation d'avoir fait quelque chose de grave lui donne envie de vomir. Et si lors de la nuit de 96 elle avait commis un acte affreux ? À qui appartient ce petit cou blanc ? Et si sa mère lui cachait un lourd secret ? Son père est-il au courant ? A-t-elle commis un crime ? Après tout, elle ne se souvient de rien après ses crises de somnambulisme. Elle tremble. Trop de trous noirs. Où est Victor ? Elle attrape son oreiller, le respire comme un doudou. Comment faisait-elle quand elle ne le connaissait pas ? Comment arrivait-elle à traverser le jour et à survivre à la nuit ? Elle aimerait se blottir tout contre son torse et se fondre en lui. Que pense-t-il d'elle ?

Il doit lui aussi la prendre pour une folle, une paumée. Comment lui dire que le promoteur est son beau-frère ? Jules va vouloir se venger, c'est sûr. Les représailles vont être terribles. Ce sera sa faute si Victor se retrouve à la rue. Il ne mérite pas de couler avec elle. Et si elle partait ? Est-ce que Jules a dit à Violette où elle habitait ? Et avec qui ? Vont-ils appeler la police ? Après tout, elle est SDF et elle squatte un immeuble. S'ils appelaient les flics pour mettre Victor en garde à vue et les pompiers pour l'interner à Sainte-Anne ?

Il y a toujours une seconde où ça bascule. Personne ne la voit venir. La journée se déroule sans imprévus et, soudain, ça passe de l'autre côté. Du côté où plus rien ne sera comme avant. La vie de Marge est ponctuée de ces points de bascule : la nuit de 96, les fugues, la tentative de suicide de sa mère, la rencontre avec Violette dans la piscine. Toutes, d'une manière ou d'une autre, sont liées à la première : la nuit de 96. Un caillou qui ricoche sur le fleuve de la vie de leur famille. Quand il rebondit, les effets sont violents. Marge enfouit sa tête sous les oreillers, essaye d'échapper à l'ombre qui s'accroche à elle et la griffe. Rien n'y fait. Elle la suit à la trace.

La valse des questions se poursuit. Reverra-t-elle un jour Violette ? Sa sœur n'a pas le droit de l'abandonner. Marge l'aime tant. Elle donnerait sa vie pour elle. Et Iris ? L'idée de ne pas la voir grandir lui est insupportable. Qui va lui raconter des histoires ? Qui sera là pour elle quand elle aura son premier chagrin d'amour ? Qui l'emmènera faire les boutiques pour choisir une robe de soirée qu'aucune mère n'achèterait à sa fille ? Qui lui maintiendra les cheveux en arrière au-dessus de la cuvette sans lui faire de leçon ? Qui glissera des préservatifs dans sa poche ? Il n'y a qu'une tante pour faire cela. Il n'y aura que Marge pour accompagner Iris dans les moments les plus fous et lui dire : ne t'en fais pas, ça va aller. Le soleil revient toujours. Sois heureuse. N'attends personne pour t'offrir des fleurs ou une coupe de champagne. Et surtout, danse, danse à en avoir le tournis, danse jusqu'à l'épuisement, danse le jour, danse la nuit, danse n'importe comment, mais danse. Fais de chaque minute une fête.

Une alarme de pompiers retentit. Viennent-ils la chercher ? Est-ce Violette qui la fait interner ? C'est peut-être mieux ainsi. Les médicaments anesthésieront ses pensées, effaceront les souvenirs, les vrais et les faux, les images vues et les images créées de toutes pièces, la vérité du moment et la vérité déformée par le temps, l'histoire qu'on se raconte à soi-même et l'histoire racontée : l'héroïne et la victime ne font qu'une.

La respiration coupée, Marge tend l'oreille. Le camion se gare. Les pompiers s'engouffrent dans le hall. Ils sont sur le palier. Ils frappent, défoncent la porte. Ils arrivent.

Marge souffle. Quelque chose en elle lâche. Elle n'aura plus à avoir peur d'elle ni des nuits à venir. Elle mangera à heure fixe, dormira chaque soir dans le même lit. Contenue et maîtrisée, elle ne pensera plus. Alice, Esther, Daphné, Gloria et Viviane se tairont pour toujours. Elles squatteront ailleurs pour raconter leurs sornettes. Est-ce que Victor viendra la voir à Sainte-Anne ? Lui offrira-t-il des rognons ou l'emmènera-t-il prendre l'air dans la cour ? L'oubliera-t-il ? À cette pensée, des larmes coulent sur ses joues. Elle ne veut pas être oubliée. Dans le fond, la mort n'est rien comparée à l'effacement du souvenir. Elle réalise qu'elle n'a plus que Victor. Lui seul se rappellera ses histoires, son regard ou son sourire. Il choisira de la voir dans la cuisine, dans la cabane ou dans son lit. Vêtue d'une robe de soirée, d'un pull militaire ou nue. Solaire, triste ou joueuse. Car le pouvoir de l'imaginaire, c'est la possibilité de revivre indéfiniment le passé, de revisiter chaque scène sous un nouveau jour. C'est côtoyer en même temps les vivants, les morts et les personnages inventés.

Où est Victor ? Marge se redresse. Ils ont encore tant de souvenirs à vivre. Il y a urgence. Elle regarde partout autour d'elle : pas un pompier à l'horizon. Le poids sur sa poitrine s'estompe. Son esprit lui a encore joué des tours. Vite, elle enfile un pantalon kaki et de vieux rangers qui traînent, part à sa recherche. Elle titube. L'appartement en pente accentue la sensation d'ébriété permanente. Elle regarde autour d'elle. Le parquet et le plafond se sont encore affaissés cette nuit. Ça se voit à l'œil nu. À ce rythme, la baignoire et les armoires glisseront contre les murs, les tringles des rideaux toucheront le sol. Bientôt, le quatrième étage se retrouvera au troisième.

Les fenêtres, dans un dernier élan de dignité, s'efforcent de rester droites. En guerre contre les murs qui ont déclaré forfait. Victoire à Jules. Ces murs contiennent les souvenirs de plusieurs familles derrière les couches de papier peint. Ils ont vu des couples se former, se séparer et des enfants grandir. Ils ont assisté à des drames et ont fêté des anniversaires. Ils ont pleuré, murmuré, soupiré. Les vitres qui les remplaceront n'auront pas la mémoire de ces lieux. Un public déambulera derrière les parois de verre, vivra des émotions par procuration grâce aux hologrammes. Tellement moins dangereux que d'aimer follement, haïr, souffrir, pleurer et s'amuser pour de vrai.

À l'abri des regards, l'immeuble se dérobe à la ville, s'enfonce doucement sous terre. Un jour, le bateau fantôme ne sera plus qu'épave. Plus personne ne se souviendra du 46 bis rue des Martyrs. Restera dans le tiroir d'une vieille commode une ancienne carte postale : vestige d'une époque où la frustration était le moteur du désir, où la retenue et la pudeur étaient de mise, où la discrétion primait sur le dévoilement, où chacun avait son jardin secret. Aujourd'hui, les jardins ne sont plus secrets : ils fleurissent sur les réseaux sociaux. Mais ce que le monde a perdu de plus beau, c'est l'attente. C'est magnifique de perpétuer l'attente. C'est une forme d'exigence. Plus personne ne sait attendre. L'ère du « tout, tout de suite » s'est installée.

Marge contourne la maquette. Certains soldats sont couchés. Ils n'ont pas supporté les dernières secousses de la nuit. Le sanglier, le chevreuil et le renard penchent davantage la tête. On dirait qu'ils attendent une épaule sur laquelle se poser. Personne à la cuisine, pas la moindre odeur de plat mijoté. Une baguette et des journaux trônent sur la table. Ils sont datés du jour. Victor n'a donc pas déserté, mais où peut-il bien être ? Avec qui ?

Elle se précipite sur le palier, guette à gauche, puis à droite comme si un voisin allait pointer le bout de son nez pour lui donner des nouvelles de M. Beaulieu. Pas âme qui vive. Elle descend, s'arrête à chaque étage, observe, écoute. Tout est à sa place, mais quelque chose dans l'air a changé. C'est imperceptible. Une légère odeur de mandarine mêlée à celle de cèdre flotte dans la cage d'escalier. Des frissons la parcourent. Elle a froid. Quelqu'un s'est introduit dans l'immeuble. Elle le sent et éternue. Elle reconnaît le parfum de Jules. Aucun doute possible, c'est lui. Et s'il s'en était pris à Victor ? Et si les deux hommes avaient réglé leurs comptes ? Et si Jules avait raconté des horreurs à son sujet ? Qu'elle a abusé de la bonté de son entourage, qu'elle est une incapable qui a un poil dans la main et qui a frôlé l'internement psychiatrique. Victor la verrait sous un nouveau jour et, cela, Marge ne le supporterait pas. Elle s'aime dans ses yeux. Il lui fait voir tout ce qu'il y a de plus beau en elle, et pas une seule fois il ne l'a prise pour une folle.

Marge fonce au premier étage, enjambe la fenêtre de la pièce de service, monte sur l'échafaudage. Le cadenas a été forcé, la porte est ouverte. Saccage à l'intérieur. Les palettes sont réduites en morceaux. Plus de lit, vaisselle cassée. La tempête Jules a dévasté son refuge. De sa maison ne reste qu'un tas de bois, un bûcher pour brûler une sorcière. Ce petit chez-soi, son terrier, elle l'a perdu.

Le choc passé, elle fouille les décombres. Elle pense à son père et à Victor. Ont-ils eux aussi saccagé des maisons et des villes entières ? Au nom de qui ? Au nom de quoi ? Elle se demande si Jules serait capable du pire au sein de son propre foyer. Sa sœur est-elle en danger ?

Elle finit par trouver son pyjama, un recueil de nouvelles fantastiques et son Opinel. Elle empile les planches pour mettre un peu d'ordre sans savoir pourquoi puisqu'elle ne reviendra pas. Sous les débris, elle tombe sur le presse-papier de mamy Suzie. Elle fixe la violette et la marguerite à l'intérieur. Son cœur saute de haut en bas. Elle serre fort son talisman, se dirige vers la fenêtre et pose sa tête sur le rebord.

La croix de la pharmacie indique midi et deux minutes, neuf degrés, 6 novembre. Elle aperçoit Violette qui sort de son cabinet pour s'acheter une quiche aux poireaux, son péché mignon. Elle s'installe sur un banc, échange quelques mots avec la voisine au petit chien, son sac de fromages à la main. Viviane, accoudée à côté de Marge, se moque d'elle. Tu n'es pas allée chercher mon histoire bien loin. Comment cette voisine peut-elle t'inspirer ? Regarde-la. Elle ne ressemble à rien et qu'est-ce qu'elle est grosse ! Fallait-il vraiment que je lui ressemble ? J'aurais pu accepter de jolies rondeurs, mais prendre les apparences de ce tas ! Certainement pas. Et quel sourire de godiche. Elle me fait penser à Gloria. Je te suggère de raconter que je soigne mon allure. J'ai le droit d'être belle, s'insurge-t-elle avant de disparaître. Marge soupire. En plus de la menacer, les créatures font des caprices maintenant. Rien ne va plus.

La voisine pointe du doigt le ventre de cinq mois, rit avant de s'en aller. Violette engloutit sa quiche. Son patient est en avance. Elle l'interpelle au loin, envoie le papier à côté de la poubelle. Elle jette un coup d'œil en direction de la cabane. Marge se baisse. Violette est comme elle, elle sait quand on l'observe, quand on lui parle, dans le monde conscient comme inconscient, mais elle ne l'avouera jamais. Elle préfère détecter la folie chez les autres pour ne pas entendre ses voix qu'elle a étouffées en se jetant à corps perdu dans les études, puis dans la vie de famille. Pas de place pour deux folles.

Le presse-papier en poche, Marge descend dans la

cour, fait le tour du propriétaire. Jules a retiré le tuyau de la douche éphémère. Elle tourne autour du chitalpa de Tashkent. Une âme morte bloquée dans un entre-deux-mondes. Assise à la table en fer forgé, Esther repasse sa robe mauve avec ses mains. Celle qu'elle portait quand Manech lui a déclaré ses sentiments. Qu'est-ce qu'elles ont toutes à se manifester aujourd'hui ? À croire qu'elles se sont liguées contre elle.

Esther l'interpelle. Parfois, il faut apprendre à vivre sans rien. Soyez déjà heureuse d'avoir rencontré le grand amour. Surtout aujourd'hui où plus personne ne sait aimer.

Qui vous dit que je suis amoureuse ? rétorque Marge, énervée.

Je suis vieille, il est vrai, mais j'ai vécu. Une femme amoureuse dégage une odeur aux notes printanières. Elle a toujours les joues roses comme si elle sortait du lit, des yeux qui pétillent, un léger sourire et ses pensées sont tournées vers les nuits à venir. Sa peau chante une mélodie silencieuse qui appelle les caresses.

D'une mièvrerie pas possible, se dit Marge. Elle pose avec force le presse-papier sur la table en fer forgé.

J'ai été comme cela moi aussi, poursuit Esther. Je l'ai été toute ma vie, même quand Manech n'était plus de ce monde. Je n'ai pas supporté sa disparition. Après sa mort, je suis tombée sur un site internet qui proposait de créer un hologramme à partir d'une photo. J'ai cohabité avec une image qui lui ressemblait trait pour trait durant des années. J'ai aimé follement cette représentation de lui et je suis passée à côté de ma vie. Ne me regardez pas avec cet air idiot. J'ai l'apparence d'une femme âgée, certes, mais à l'heure où je vous parle, nous sommes en 2078. Je suis le fruit de votre imagination. Je suis votre double comme Alice, Daphné, Gloria et Viviane. Vous nous avez créées uniquement pour vous délivrer des messages. Arrêtez donc d'être dans le déni. Cela devient agaçant pour nous toutes. Je suis la plus patiente. Viviane et Gloria sont bien remontées, sachez-le. Elles manigancent quelque chose. Ne les faites plus attendre. Nos histoires sont vos histoires. Elles sont en vous depuis des mois, pour ne pas dire des années. Qu'est-ce qui bloque ? Avancez au lieu de tourner autour de ce pauvre arbre rabougri. Vous me donnez le tournis. Dans le fond, Marge, vous avez une peur terrible de découvrir ce qui s'est passé en 96. Vous savez pertinemment que l'une d'entre nous finira par tout vous révéler. Mais qui ? La femme-radio ? La collectionneuse d'échographies ? La fermière meurtrière ? La nympho et son cabot ? Moi, la SDF de la cour ? On se croirait en train de jouer à une partie de Cluedo, vous ne trouvez pas ? Arrêtez de vous mentir. Êtes-vous amoureuse de Victor, ou juste amoureuse du sentiment amoureux ? Cherchez-vous à combler un vide, l'absence d'un mort peut-être ? Je dis ça, je ne dis rien, glisse-t-elle d'un air victorieux.

Une pochette d'imagerie médicale en main, Victor descend la rue des Martyrs. Il rentre à pied de l'hôpital Lariboisière. Le verdict est tombé. Le professeur Michalski a prononcé ces mots : tumeur cérébrale maligne située dans le lobe frontal. Une bombe dans le crâne. Elle est là depuis un moment. Ses maux de tête, ses pertes de mémoire, ses syndromes dépressifs, tout s'explique. Le professeur a été très clair : il faut tenter l'opération. Le protocole sera long et lourd. S'ensuivra une radiothérapie avec un traitement témodal de six cycles. Victor n'a pas compris tous les termes, mais ça pue. Sa réponse a aussi été très claire : pas d'opération. Retirer un maximum de tissu tumoral, ce n'est pas retirer la tumeur dans son intégralité. Pas question d'enchaîner avec des séances de radiothérapie et de chimiothérapie qui le transformeraient en légume vivant. Les séquelles neurologiques peuvent être graves et irréversibles. Opérer un cancer du cerveau, ce n'est pas opérer un cancer de la prostate. Victor a toujours perdu au poker, alors contre un crabe... Il choisira son heure et ce sera chez lui, au 46 bis rue des Martyrs. C'était son plan, maladie ou non ça le restera. Jusqu'à sa rencontre avec Marge, c'était simple de s'y tenir. Il va falloir être fort pour ne pas flancher. Poursuivre la vie, simplement.

Victor ralentit le pas. Aucune envie d'affronter ses grands yeux inquisiteurs. Ce n'est pas la maladie qui le rend vulnérable, c'est elle. Même quand il sera six pieds sous terre, elle va lui manquer. Il aime tant poser la main sur son ventre quand elle s'endort, observer les nuages dans ses yeux, écouter ses questions d'enfant de trois ans, sa façon de monter les échafaudages et de danser autour de la bâche, d'avaler la nuit, son expression carnassière quand elle dévore du foie de veau, son moâ moâ moâ pour ne pas l'écouter, ses drôles d'histoires et ses créatures. À travers son regard, il voit les choses différemment. Il s'est habitué à cet animal familier. Elle l'apaise, elle le rend vivant. Jamais il n'aurait imaginé qu'une femme puisse être sa maison et inversement. Il voudrait encore vivre de nombreux printemps avec elle.

Son regard se pose sur Marge, habillée en militaire. Elle mène une guerre contre un personnage imaginaire. Ce n'est pas la première fois qu'il la voit dans cet état. Elle fait de grands gestes. Tout son corps crie. Ses mains s'expriment dans leur propre langue. Celles de Victor s'agitent, lâchent les radiographies pour leur répondre. Elles mènent leur propre danse. Sous la protection du chitalpa de Tashkent, un homme et une femme laissent leurs mains se raconter des secrets. Elles ont des choses à se dire. Elles se comprennent.

Les premières reviennent sur la nuit de 96. Elles bougent sous la couette rose pâle. Des pleurs les empêchent de trouver le sommeil. Elles font signe à la petite sœur qui dort profondément. Les mains bougent, tirent Marge hors de la couette et la guident au bout du couloir. Elles poussent la porte et s'aident des pieds pour escalader le petit lit à barreaux.

Les secondes se remémorent la guerre du Golfe. Nuit noire dans le désert. Munies de leur arme, elles surveillent les mouvements de l'ennemi. Il fait froid. Elles n'arrivent pas à se réchauffer. Malgré les ordres, elles se réfugient dans un camion avec un collègue. Afin de choisir leur place, elles tirent au sort. Pile : côté conducteur. Face : côté passager. Elles tombent sur pile. Pour ne pas s'endormir, elles tiennent le volant avec fermeté. Impossible de lutter contre la fatigue. Soudain, grand coup de klaxon. Les mains, dans un demi-sommeil, brandissent l'arme.

Les doigts fins décorés de bagues s'enlacent et se resserrent. Les mains aux taches de vieillesse poussent sur la détente. Victor et Marge se regardent. Impossible d'interrompre la conversation de ces mains qui ont commis l'irréparable. Celles de Marge s'approchent du cou de Victor et le serrent. Les cœurs battent à l'unisson. Elle appuie fort sur la carotide. Il lui tord les poignets. Elle se met à genoux et l'implore. Après un temps, il la libère. Elle pleure comme jamais elle n'a pleuré. Les larmes de plusieurs années jaillissent. Des spasmes parcourent son corps. Elle renifle. Entre deux sanglots, elle lui demande où il était, avec qui. Une femme ? Elle veut connaître son prénom. Il n'a que celui de Michalski à lui donner, mais reste silencieux. Il la regarde se perdre à l'intérieur d'elle-même, tenir des propos incohérents. Elle dit que jamais elle ne remplacera Joséphine. Elle déteste la morte comme toutes les femmes qui s'approchent de lui. Elle lui dit qu'elle l'aime. Elle n'a jamais aimé comme cela. Avec lui, elle a découvert l'absence et le vide. Victor ne comble pas un manque. Bien au contraire. Il est le gouffre dans lequel elle se perd. Elle l'attend même quand il est à ses côtés. Elle l'attend le jour, la nuit, sur l'échafaudage, dans le lit. Elle attend qu'il pose ses lèvres sur les siennes. Elle attend toujours qu'il mêle son corps au sien. Dans la jouissance et dans la souffrance. Par une nuit chaude et par une nuit froide. Elle veut le sentir au plus profond d'elle. Qu'il lui transperce le cœur. Qu'il injecte dans son ventre tous ses secrets et ses silences. Dans un souffle, elle lui avoue son désir de lui appartenir. Elle l'attend dans les mots, dans les soupirs, dans les regards. Elle l'attend dans ses rêves, allongée sur le sable du désert. Elle l'attend dans les souvenirs, suspendue à la bâche. Des souvenirs, elle en veut beaucoup. Plus que Joséphine, plus que ses maîtresses. Elle l'attend à l'intérieur de ses murailles. Victor ne bouge pas. Même ses mains restent silencieuses. Elle murmure n'être rien sans lui. Le corps de Victor se glace. Elle voit son cadavre. Et dans la mort, elle le veut, elle le trouve encore plus beau. Elle veut un enfant du mort.

Marge est à bout de forces. Vidée d'elle-même. Elle gît au sol. À genoux, les cheveux devant le visage, elle entend au loin la voix brisée de Victor. Elle ne discerne pas les mots perdus dans le brouillard, mais perçoit la tristesse. Elle n'ose lever les yeux de peur de croiser son regard. Elle le devine et c'est bien assez. Elle reprend son souffle. Toutes ses facettes, les plus sombres comme les plus lumineuses, éparpillées quand Victor n'est pas là, se réunissent. Telles des ombres, elles arrivent de toute part, rampent sur les pavés, réintègrent son corps. Marge est complète. Elle chuchote, lui reproche sa longue absence. Elle lui confesse être folle amoureuse. Elle les crache, ces deux mots, comme si elle venait de boire la tasse. Un goût amer dans la bouche. Aimer est un acte insensé. C'est dire adieu à la sagesse et à la prudence. C'est contraire à la raison. Aimer relève du trouble mental. Heureusement, les véritables amoureux sont peu nombreux. Le monde serait un hôpital psychiatrique à ciel ouvert.

Une colère gronde dans le ventre de Victor. Il déteste ses gémissements et ses plaintes. Même s'il savait tout cela, il pouvait mettre de côté ses sentiments. Que faire de cet amour déclaré ? Il a peur. Comment se débrouillera-t-elle après sa mort ? À ses dires, elle menait sa barque avant leur rencontre. Maligne, futée, elle passait d'un logement à un autre. Elle faisait tourner la tête des commerçants, repartait avec jambon ou barquette de framboises sous le bras. Sans en faire trop, elle attirait la sympathie des gens. Et ce, dans tous les quartiers où elle résidait.

Marge force son respect. Jamais auparavant il n'a rencontré une femme comme elle. Elle prend sa vie en main. Il suffit de regarder la façon dont elle a aménagé la cabane et la cour pour comprendre. Mais dans cet état fébrile, elle l'agace. Que fait-elle en tenue de militaire dans cet immeuble délabré en compagnie d'un vieil homme ? Désormais, tel un chien, elle attend sa gamelle. Elle ne se douche plus avec le tuyau d'arrosage, mais prend des bains. Elle a abandonné un sac de couchage pour son lit. Subrepticement, elle a gagné du terrain. Il l'a laissée faire, c'est vrai. Il a passé des heures à l'écouter, à s'inquiéter pour elle, à canaliser sa folie, à la surveiller des nuits entières pour l'empêcher de partir de l'autre côté. En quelques semaines, elle est devenue le centre de son existence. Il n'a même plus de place pour ses propres pensées tant les siennes monopolisent son esprit.

Des nuages sombres arrivent à vive allure comme s'ils avaient manqué leur entrée en scène. Marge et Victor sont en suspension entre deux lumières. La vibration de la nuit est là. Marge aimerait qu'il fasse noir pour toujours. Ils ne seraient que tous les deux dans ce noir voluptueux. Les yeux grands ouverts, ils s'habitueraient à l'obscurité. Ils connaissent trop bien la nuit pour s'égarer.

Une pluie fine tombe dans la cour. Les mains de Marge se mettent à danser. Elle fait tourner ses poignets doucement, les bracelets tintent, ses doigts se déploient. Victor l'aide à se relever. Ses paumes sur les siennes, elle lui fait entendre sa musique. Le son coule dans les lignes des mains, passe d'un corps à l'autre. Ensemble, ils vivent les notes décelées dans le bruit des pensées. La colère de Victor s'évapore à mesure qu'il la regarde s'abandonner ainsi à la vie. Elle se donne tout entière, sans compromis. Les gouttes ruissellent sur ses cheveux, sa peau, à l'intérieur de son pull. Elle détache ses mains des siennes, continue de danser. Victor n'entend plus la musique. Qu'importe, elle est sa musique, elle est sa liberté. Elle danse les yeux fermés. Le chitalpa de Tashkent l'arrête. Elle ouvre les yeux, inspire doucement. Il devine sa poitrine qui se soulève sous le pull lourd et humide. Il veut la prendre dans cette tenue de combat. Contre cet arbre, sur la table rouillée, contre le mur. Il veut la faire jouir, sentir une dernière fois le plaisir d'une femme. Ses mains n'aspirent qu'à la caresser, toucher sa peau, leur pays. L'idée de ne pas connaître son corps avant sa mort le terrifie. Il se jette sur elle comme un lion affamé. Il passe ses mains sous le pull, empoigne ses seins, dépose de multiples baisers sur ses joues, son cou. Elle est à lui. Marge frissonne. Il glisse sa main sur son sexe. Elle halète. Il pleut à verse. Leurs lèvres se trouvent. Ils s'embrassent avec violence.

Victor entraîne Marge dans le hall. Elle attrape son presse-papier avant de monter deux à deux les escaliers. Marge ne perçoit plus le cadavre sous sa peau, mais un jeune homme fougueux. Il était beau. Il est beau. Ils gravissent les étages comme deux adolescents, s'arrêtent à chaque palier. Elle glisse dans sa poche la violette et la marguerite liées à jamais. Ses mains se faufilent sous sa chemise. Elles jouent avec son nombril, cette partie douce et lisse. Le ventre de Victor se contracte. Marge s'apprête à l'embrasser, mettre sa langue dans ce creux intime. Il la redresse. Pas ici, pas dans une cage d'escalier. Elle pose la tête sur son torse, écoute son cœur battre. Elle défait un bouton, Victor l'empêche d'aller plus loin. Pas ici, pas dans la lumière blanche des nuages. Il attrape son menton, le jour lui va si bien. Il met en valeur sa beauté vertigineuse. Il l'oblige à rester immobile pour mieux la contempler. Pourquoi s'apprête-t-elle à se donner à lui ? Il embrasse son front, ses paupières. Ils montent au quatrième dans une lenteur à la limite du soutenable. Victor donne le rythme. Il savoure ce moment de tous les possibles. Il aime l'attente avant de la sentir nue contre son corps, de la respirer à en avoir le tournis. Il l'imagine sur lui, il la crée dans la jouissance, l'invente sous les draps.

Il laisse la porte ouverte, lui donne la possibilité de s'échapper. Elle ne se dérobe pas, le suit dans la chambre. D'un geste vif, il ferme les rideaux. À eux la nuit l'après-midi. Ensemble, ils inventent leur crépuscule. Il lui demande de se retourner, de garder sa culotte. Elle obéit. Chacun d'un côté du lit, ils se déshabillent. Il pose ses vêtements sur une chaise. Ceux de Marge tombent à ses pieds. Avec la fatigue des nuits passées, il se demande si elle n'est pas un mirage. Peut-être devient-il fou. La solitude lui pèse plus qu'il ne le croit. Il a inventé leur rencontre pour se distraire. À moins que les hallucinations ne fassent partie des effets secondaires de son cancer. Michalski ne lui a rien dit à ce sujet.

Marge entend Victor se glisser sous la couette. Elle se tourne doucement. Dans la pénombre, il observe sa silhouette délicate, sa poitrine, ses fesses rondes qu'il aimerait croquer. Il touche sa queue : il ne bande plus. Elle écoute la main astiquer le membre, le frottement contre la couette, puis un grognement. Ses seins durcissent, le sang pulse fort dans sa vulve. Elle aimerait le chevaucher jusqu'à ce soir. Le corps tendu en arrière, l'artiste aérienne lui offrirait un numéro à lui couper le souffle. Elle jouerait avec son bassin, ondulerait doucement puis très fort sans prévenir. Elle lui offrirait toute sa vitalité, et dans cette chambre, leur tanière, elle ferait voler en éclats les silences des nuits passées. Brisés, ils scintilleraient de mille feux, renverraient sur leur peau un halo intact et violent. Marge et Victor triompheraient de tout : de la nuit, du jour, des secrets et des cauchemars. Elle se voit le sucer, goûter son écume. Déjà, elle rêve des odeurs mélangées de leurs corps, imagine comment les emprisonner dans un flacon pour respirer à tout jamais cet instant.

La queue ne durcit pas. Ça agace Victor. Face à cette femme, il ne répond plus de rien, pourtant il n'a jamais aimé comme cela. Joséphine doit bien se foutre de lui là où elle se trouve. Une peur le submerge, celle de ne pas être à la hauteur. La main de Marge remonte le long de sa cuisse. Il n'a pas le temps de l'arrêter qu'elle est déjà sur son sexe. Il se retourne vers la fenêtre. Elle le prend dans ses bras, colle sa poitrine contre son dos. Elle lui chuchote que tout va bien, puis embrasse sa nuque. Son haleine le réchauffe. Elle le respire. Son odeur l'enivre, réveille sa part animale. Elle veut être la dernière à le baiser. Qu'il se souvienne pour l'éternité de son sourire au moment où il la pénètre. Qu'elle soit l'ultime image derrière ses paupières, sa flamme dans le froid des ténèbres.

Les sons de la rue s'éloignent. Marge caresse son épaule, puis son bras. Elle tâte le coton maintenu par un sparadrap. Elle lui serre le ventre. Il aimerait lui avouer pour sa tumeur et évoquer un futur sans lui, mais sa gorge se serre. Dans le silence ouaté de leur tombeau, dans l'exploration de cette nouvelle contrée aux sentiments luxuriants, leurs corps s'abandonnent à la nuit dans le jour. Ensemble, ils voyagent au fond d'eux-mêmes et se vêtent de la mort. Les ondes de la pièce ont changé. Les cheveux de Marge sont électriques comme lors d'un orage, or le beau temps est revenu. Elle respire le lys et lui, le sable du désert. Comme le désir, la mort n'a pas la même odeur pour chacun.

Victor porte la main de Marge à sa bouche, il chuchote à l'intérieur de sa paume. D'une voix rauque, il raconte son enfance à Bagnolet, sa passion pour les petits soldats et les histoires. Son père attendait qu'il ait l'âge d'intégrer l'usine Renault comme lui. Pas besoin d'être bon en français pour devenir ajusteur-outilleur. L'habileté de ses mains suffirait. Cependant, les récits d'aventures entendus à l'école lui ont donné envie d'intégrer l'armée. Il a renoué avec la lecture grâce à ses frères d'armes. En mission, ils apportaient chacun un livre qu'ils échangeaient lors du séjour. Dans une guerre, les moments d'attente sont plus terribles que le conflit lui-même. Victor s'est alors mis à dévorer tout ce qui lui passait sous la main. Dans le désert, il a conquis le territoire de l'imaginaire, plus coloré que son HLM, l'usine ou l'armée.

Victor arrête de parler. Il est dans le désert. D'une légère pression sur l'épaule, Marge l'invite à se retourner. Elle entremêle ses jambes aux siennes, des racines d'acacia liées pour toujours. De ses lèvres froides, elle l'embrasse et lèche sa bouche. Doucement, il dessine sur sa peau, dans les creux et sur les reliefs, les horreurs du passé. Certains camarades, pour canaliser leurs idées noires, écoutaient la radio quand c'était possible. Il se souvient d'Yves qui avait enregistré son émission fétiche. Il la passait en boucle pour ne pas avoir *le mal du pays*. Il connaissait les blagues de l'animateur, les chansons et les publicités par cœur. Un soir, il a mis la cassette en mode accéléré, et lui aussi était en mode accéléré. Il parlait à toute berzingue. Les gars autour de lui le chauffaient, ça les faisait marrer. Il a passé l'enregistrement au moins six fois. D'un coup, il s'est levé et s'est buté. Nous avons ri, ce n'était pas possible, pas lui, pas le plus joyeux de la bande. Nous avons réécouté l'émission trois fois comme pour le réanimer. L'un de nous l'a assis autour du feu et nous avons poursuivi la soirée. Je suis revenu avec sa cassette.

Debout devant le lit, Gloria, micro à la main, apostrophe Marge. Coupez, on la refait. Ce pauvre vieux ne laisse rien passer dans la voix. Je n'ai pas eu la moindre larmichette. Nous allons perdre des auditeurs. Ma mort aussi est liée à une histoire de radio. Tu te rappelles ? Elle est bien plus originale et dans l'air du temps que celle de ce pauvre type. Tu la raconterais, nous ferions un carton. Ressaisis-toi. Tu pourrais te débarrasser de nous. Il te suffirait de dérouler nos récits. Si tu crois que les souvenirs de ton soldat décrépit vont camoufler les tiens, tu te goures. Vis ta romance, mais la vision du petit cou blanc entre tes mains te hantera toujours. Vous n'avez aucun avenir. Presque quarante ans d'écart, qu'imagines-tu ? Une maison de campagne, recueillir un chien de la SPA et partir en week-end à la mer avec un rejeton qui enterrera son père avant ses dix ans ?

Marge se redresse. Je vais te le faire bouffer, ton micro, chuchote-t-elle. Laissez-moi vivre notre histoire. Victor est mon garde-fou, mon empire, et moi, je suis sa nuit, sa reine. Nos deux carcasses s'entrechoqueront et nos coups de reins participeront à l'effondrement de l'immeuble. Nous nous adorerons dans les cendres, et toujours nous baiserons. Même après la mort. Vous êtes jalouses de lui, vous avez peur que je vous oublie. Vous serez réduites à l'état d'idées avortées et aspirées dans le trou noir. Personne ne viendra vous y chercher. Vous resterez à vous morfondre sur votre sort et à me détester.

Loin d'être décontenancé, Victor lui demande quel personnage s'est immiscé dans la chambre. Marge se rallonge, lui parle de la femme-micro et de ce qu'elle lui fait subir depuis deux jours. Il se souvient très bien de Gloria comme des propos de Marge à son retour de la Pitié-Salpêtrière. Dans ces moments où l'esprit baisse la garde, les barrières tombent et la vérité éclate. Avec le temps et l'expérience du terrain, il a appris à les détecter. Il a été le garant des secrets de tout un régiment. Cela n'empêchait pas la mort de frapper, mais lui permettait de délivrer un message à la famille du défunt et de soulager un instant le choc de la disparition.

Il n'y a qu'une fille de militaire pour accueillir les traumatismes de l'ami des morts. La guerre coule dans les veines de Marge.

Dans cet après-midi noir, tout devient clair pour Victor. Leurs mains ont quelque chose en commun : du sang sur les doigts. Depuis leur rencontre, ses guerres et ses crimes lui reviennent en mémoire. Il en est forcément de même pour Marge. Elle a tué quand elle avait six ans. Il veut être là pour la prendre dans ses bras et la bercer quand la vérité éclatera. L'idée de mourir avant l'explosion de cette bombe lui traverse l'esprit. Il doit la désamorcer au plus vite. Comment l'aider à recouvrer la mémoire avant que le crabe l'emporte ?

Un plan se dessine dans sa tête pour la sortir de son amnésie. Il se concentre pour ne pas perdre le fil, mais elle piaille. Gloria lui sort par les yeux. Marge lui raconte ses émissions, ses mimiques et tics de langage. Victor se noie dans ce flot d'informations. Elle le fatigue. Marge est trop envahie pour s'en rendre compte. Il lutte pour mener à bien sa stratégie qui s'affine. Il lui demande de raconter l'histoire de Gloria dans son intégralité, mais elle en est incapable. Ses propos sont décousus. Pourtant, elle connaît sa vie dans les moindres détails : sa façon de se brosser les dents ou de ramener les cheveux sur le côté, l'heure à laquelle elle fait sa pause cigarette. Elle pourrait si facilement supprimer ces créatures de son esprit. Elle fermerait les yeux, puis après une grande inspiration elle expulserait sur un souffle le premier récit, le deuxième et ainsi de suite. Elle récolterait à chaque point final une information précieuse qui l'aiderait à guérir. Lui l'aiderait à accoucher des mots. La voilà, la solution.

Marge parle sans reprendre son souffle. Sa voix de plus en plus aiguë lui rappelle les alarmes avant une bombe. D'un coup, il s'assoit sur elle, la coince entre ses cuisses. D'une main, il bloque ses poignets au-dessus de sa tête, de l'autre la bâillonne. La lumière des réverbères se fraye un chemin entre les rideaux. Une bande lumineuse éclaire le visage de Marge et sa poitrine. Ses tétons durcissent. Ils pointent avec arrogance, attendent d'être titillés, léchés, mordillés. Elle bouge son bassin en douceur, l'oblige à se frotter et à abdiquer. Victor résiste, mais son membre ne peut s'empêcher de suivre la danse. Il libère les mains de Marge qui en profitent pour effleurer son torse. Une odeur de mousse humide imprègne les lieux. Sa queue gonfle. Victor pourrait prendre Marge et se perdre avec elle au pays des illusions, mais ce serait reporter le problème à demain. Il tombe sur elle comme si on lui avait tiré dessus, lui murmure son plan dans le creux de l'oreille. Elle tente de raconter l'histoire de Gloria, mais rien ne vient. Elle s'endort.

Il la contemple. Il la cherche derrière ses paupières. L'idée qu'elle devienne folle le terrifie. Il revoit son plan. Lui faire raconter l'histoire de chaque créature va prendre trop de temps. Si ses crises deviennent de plus en plus fortes, il n'aura pas l'énergie de la contenir. Il faut trouver une autre solution tant qu'il a encore sa lucidité. Michalski lui a bien dit que cette garce de tumeur allait *impacter son état cognitif*. En résumé, il va devenir zinzin. Une bonne chose pour ne pas voir la mort. Une mauvaise nouvelle pour l'aider à lutter contre ses fantômes et à échapper aux ombres. Marge doit se rendre chez ses parents, élucider le mystère sur la nuit de 96.

La nuit a passé. Le réveil indique cinq heures et cinquante-quatre minutes. Victor met l'alarme à midi.

Enveloppée dans son grand manteau, prête à partir chez ses parents, Marge n'a pas eu le choix. C'était ça ou réintégrer la cabane sur-le-champ. Elle s'apprête à enjamber la fenêtre. Victor la siffle, lui interdit d'emprunter l'échafaudage. Il lui fait la leçon : pas en plein jour. Ce n'est pas le moment de se faire remarquer. Le risque d'expulsion plane au-dessus de leurs têtes. Cette fripouille de Dauvilliers va finir par faire un sale coup. Détériorer la cabane n'était qu'un début. Il n'est pas du genre à s'arrêter là. Il ne s'embête même plus à glisser des enveloppes sous la porte. Un type de cette trempe a le bras long. Un coup de fil et l'affaire sera réglée.

Victor lui donne des instructions : marcher d'un pas rapide, ne pas mettre les mains dans ses poches, rester sur ses gardes, Dauvilliers pourrait l'attraper par le col. Elle se retient de lui avouer que Jules est son beau-frère. Victor est très sérieux. Elle a une mission et ne doit pas échouer : découvrir à qui appartient le petit cou blanc. Il fourre dans son sac deux billets de cinquante euros afin d'offrir des fleurs à sa mère et quelques bricoles pour le dîner. Victor vide son portefeuille comme s'il voulait se débarrasser de cet argent dont il ne sait que faire. À contrecœur, Marge quitte l'appartement. Elle fait bien attention où elle pose les pieds. Il y a de nouveaux trous dans les marches.

Dans le hall, elle repère une grande pochette grise. Elle découvre l'IRM d'un cerveau et le compte rendu du patient Victor Beaulieu. Elle s'approche de la porte vitrée, plaque les images contre les carreaux pour mieux voir à la lumière. Une tache imposante, semblable à une grosse bille, s'est logée dans le crâne de Victor. Un puits qui aspire les pensées, les souvenirs, l'énergie. Ça pue, dit Alice derrière son épaule. Crois-moi, je m'y connais en radios. Tu vas avoir besoin de l'aide de Gloria. Rédiger un éloge funèbre, rien de plus facile pour elle. Marge ne lui prête aucune attention. Quand Victor compte-t-il lui annoncer la nouvelle ? Pourquoi n'a-t-elle rien vu ? Les maux de tête, la fatigue et ce changement d'humeur soudain la nuit dernière. Tout était là, sous ses yeux. Elle replace la pochette à l'endroit où elle l'a trouvée, quitte l'immeuble en catimini.

Dehors, elle respecte ses consignes à la lettre. Elle agit machinalement. Les stations défilent. Les créatures ont beau se chamailler, elle ne les entend pas. Elle répète les phrases de Victor afin de recueillir les informations auprès de sa mère. Ne pas s'effondrer. Revenir à la base. Tout raconter. Mystère élucidé. Retrouver les draps frais. Se blottir contre lui. Le respirer. Dormir une longue nuit. Ne pas se réveiller. Jamais.

Gare Montparnasse. Marge saute dans le train de banlieue sur le point de quitter le quai.

Clamart, une ville de région parisienne qui prend soin de ses familles parfaites entourées de voisins irréprochables, où même les chiens savent se tenir. Des sourires à chaque coin de rue, des politesses à n'en plus finir, des *bonnes attentions* pour le bien de la communauté : c'est ici que Marge a passé son enfance. Dans cette ville qui, d'après elle, invite au suicide à petit feu. C'est le cas de ses parents. Ils ont soixante ans depuis trente ans.

Marge s'arrête chez Mme Perret, la fleuriste de son enfance, achète un bouquet de lys avant de poursuivre son chemin bordé de commerces décorés de guirlandes et de neige artificielle. L'air sent le vin chaud et les beignets. Un père Noël se promène dans les rues, vient à la rencontre des enfants. Certains lui tendent une lettre, d'autres se cachent derrière les longs manteaux de leurs mères ou les doudounes des nounous. Elle remonte la rue du Moulin-de-Pierre où elle a vécu jusqu'à ses seize ans. Derrière les grandes fenêtres, les sapins scintillent. Sur toutes les portes, des couronnes, et sur les vitres des chambres d'enfants, des étoiles. Elle lit les noms sur les boîtes aux lettres. Ils n'ont pas changé. Elle reconnaît les maisons de ses camarades de classe. Beaucoup ont hérité de la demeure familiale. Sa propre famille n'a pas dérogé à la règle. Le pavillon appartenait aux grands-parents maternels. Ses parents n'auraient jamais pu s'offrir une telle demeure même en travaillant toute une vie.

Le grand portail noir est fermé à clef. Marge sonne. Les chiens aboient. Elle entend les pas de son père sur le gravier de l'allée. Chemise à carreaux en mohair, un jean devenu trop grand, une guirlande électrique en main, il s'étonne. Ce n'est pourtant pas le réveillon ! Moi aussi, cela me fait très plaisir de te voir, papa. Elle le suit. Les trois golden retrievers sautent sur elle, déchiquettent le bouquet de lys, impriment des traces de pattes sur son manteau. Elle les embrasse, les prend dans ses bras. Ils la reconnaissent malgré ses rares visites. Un petit dernier court vers eux. Il a dû rejoindre la tribu des poilus il n'y a pas longtemps. Il est pataud. Sans doute le cadeau de Noël en avance de sa mère. Olivier, depuis quelques années, préfère offrir un chien ou des accessoires pour ses compagnons. Chérir les bêtes, c'est procurer un peu de bonheur à Hortense qui ne voit que par eux. Un collier ou un week-end à la mer ne la ravirait pas autant. Pire, le voyage la stresse. Cela fait des années qu'ils n'ont pas quitté Clamart.

Le trajet grille-perron est interminable. Marge avait déjà cette sensation quand ils rentraient d'un dîner d'officiers ou quand il la conduisait à l'école de la Légion d'honneur. Elle observe son père. Il a maigri et perdu quelques centimètres. La ressemblance avec Victor est frappante : attitudes, gestes, précision des mots. Olivier lui demande quelles sont les nouvelles. Elle met un moment à lui répondre. Rien de spécial. Sa fille danse sur un échafaudage, vit avec un militaire à la retraite, est sans emploi, entend toujours des voix et rêve d'un petit cou blanc. Il n'y a vraiment aucune raison de s'inquiéter. Elle aperçoit sa mère derrière les rideaux.

Dans le grand corridor, Hortense, munie d'un rouleau antipeluches, se précipite sur sa fille pour lui retirer les poils. Elle déteste les poils. Ce n'est pas pour rien qu'elle a choisi le milieu de l'esthétique. La parfumerie dont elle était responsable possédait un institut réputé. Les esthéticiennes menaient une guerre sans relâche pour éradiquer le moindre duvet. Marge n'a compris l'amour de sa mère pour les chiens que lorsqu'elle a fait un burn-out : elle les trouve plus humains que les humains.

Marge lève les bras, se retourne. Cette étape demande beaucoup de concentration. Sa mère passe le rouleau sur son manteau. Pas question de laisser un poil. Après un soupir qui en dit long, Hortense embrasse sa fille, se recule pour mieux la voir. Plus elle vieillit, plus elle la trouve jolie. Quelle crème utilise-t-elle ? Olivier, qui a encore de nombreuses décorations de Noël à installer, s'éclipse. À plus tard. Oui, à plus tard, papa.

J'avais apporté un bouquet. Marge n'a pas le temps de finir sa phrase. Hortense l'invite à s'asseoir dans le grand salon. Les trois chiens restent sur le seuil. En revanche, Uranus, le petit fou, les suit à la trace. Ça sent le vieux, mais d'aussi loin que se souvienne Marge, cela a toujours été ainsi. Les meubles anciens dégagent une odeur de mort. Peut-être que cela s'est intensifié depuis que sa mère s'est reconvertie en thanatopractrice. Elle l'invite à prendre place sous le portrait de l'arrière-grand-père général et à côté du sapin de Noël. Elle s'absente pour préparer un thé sans lui laisser le choix. Depuis plusieurs années, l'alcool n'a plus sa place dans cette maison.

Marge en profite pour lire les étiquettes de la montagne de cadeaux au pied de l'arbre. Il y en a pour Jaipur, Orphée, Tchekhov, Uranus, Iris, Violette, Jules et Marge. Le constat est clair : les chiens sont les plus gâtés. Marge ne les jalouse guère. Après tout, elle ne vient plus. En revanche, la colère monte. Comment sa sœur peut-elle priver Iris de ses grands-parents ? Qu'est-ce que cela lui coûterait de l'amener ? Ventraterre et Gardavou ne sont pas des monstres. Qu'est-ce qui l'effraie ? Y a-t-il un rapport avec ce qu'elle a essayé de lui dire à l'hôpital ?

Hortense revient avec un plateau et lui sert un délicieux lapsang souchong. Euphorique, elle lui parle des festivités et des animations de la ville. Marge ne peut en placer une. Elle aurait dû s'en souvenir. Sa mère aime les fêtes. Cette période la met en transe. Une période qui commence en juillet. Elle commande en Allemagne des figurines et des chalets miniatures pour agrandir son village de Noël, et d'autres décorations. À la retraite, Olivier fabrique des décors en polystyrène pour les différentes mises en scène. Ensemble, ils inventent un univers dans lequel ils s'immergent six mois durant. Il n'y a pas de place pour autre chose. C'est leur petit plaisir. Personne ne vient admirer leur création qui regorge de trouvailles.

Hortense parle de la pluie et du beau temps. Marge regarde ses lèvres teintées d'un bois de rose s'agiter. Elle est impeccable. Carré court, pas un kilo de trop, maquillée à la perfection. Même à l'article de la mort, elle était parfaite. Hortense ne s'est jamais laissée aller. Elle poursuit son monologue. Les chiens aboient. Marge les rabroue, se trompe dans les noms, confond les vivants et les disparus. Les morts ont toujours été remplacés dans le mois afin de reformer au plus vite un trio. Marge prend Uranus sur ses genoux. Une ruse pour détourner l'attention de sa mère, l'amener peu à peu sur son terrain. Entre deux banalités, elle pose des questions sur le chiot, interroge le passé. Elle aperçoit son père installer sa guirlande électrique à l'extérieur. Il passe de fenêtre en fenêtre, fait un coucou chaque fois. Hortense lui répond d'un signe de tête.

Marge insiste, essaye tant bien que mal de capter son attention. Sa mère fuit son regard et finit par murmurer : tu lui ressembles trop. Tu n'avais pas le droit de partir sans explications. À qui parles-tu ? lui demande Marge. Hortense revient à elle et finit par évoquer une sœur, suicidée à l'âge de seize ans. Elle ne supportait plus de voir les morts dans cette maison ni d'entendre leurs voix dans son sommeil. Elle s'est jetée du grenier dans une crise de somnambulisme. Marge se fige à l'évocation de cette tante fantôme dont sa mère lui avoue alors qu'elle lui ressemble trait pour trait. Les pièces du puzzle s'assemblent dans sa tête. La grand-mère Suzie ne déraillait donc pas tant que ça quand elle la prenait pour sa fille. Elle lui attribuait des amoureux et des événements qui ne lui appartenaient pas. Marge ne se posait pas plus de questions. Ces inventions faisaient le charme de mamy Suzie.

Elle se reconnaît dans cette tante. Enfant, elle lui parlait, elle le sait. Elle voyait les morts, ça lui revient en mémoire. Sa mère la grondait quand elle lui racontait ses jeux avec eux. Hortense s'est toujours reproché d'avoir donné le prénom de sa sœur à sa fille. C'est sa faute si Marge ne va pas bien. Elle n'a pas été une bonne mère. Marge n'ose évoquer le petit cou blanc, ni la chambre au bout du couloir. En l'espace d'une heure, sa mère a vieilli de dix ans.

Uranus tourne autour de la table basse, renifle. Hortense l'attrape et fonce dans le jardin. Marge erre de pièce en pièce, ravive les fantômes et les souvenirs. Elle entre dans le bureau de sa mère. Ouvre donc le classeur, lui suggère Alice. Il est là, en évidence sur le secrétaire, ce n'est pas comme si tu avais fouillé pour le trouver. Marge hésite. Elle connaît l'obsession d'Hortense pour ses *clients*, comme elle les appelle. Ce que tu cherches se trouve peut-être à l'intérieur, renchérit Alice. Elle n'a pas tort. Marge observe les photos des morts classées par année. Deux clichés par défunt. Hortense les photographie à leur arrivée au funérarium et avant la mise en bière. Tous ont les sourcils retravaillés et aucun duvet à l'horizon. Elle sublime les morts, prend soin d'eux, s'applique à offrir aux proches un visage beau et paisible. Ils paraissent plus vivants que certains vivants. Tourne les pages, lui ordonne Alice. Les mains de Marge refusent d'aller plus loin. Allez, allez, avance, lui dit Alice. Elle fait défiler les morts, tombe sur la rubrique des enfants, puis sur celle des nourrissons. Quelle horreur ! s'exclame Alice. Je préfère collectionner mes échographies. À la fin du classeur, elle tombe sur un dessin de Violette daté de 96. On peut y voir la maison, le jardin, leurs parents et elles deux. Sa mère a un gros ventre, disproportionné par rapport au reste du dessin. Elle quitte la pièce en vitesse, monte à l'étage. Elle doit savoir.

Leur chambre d'enfant n'a pas changé. Hortense a gardé toutes leurs poupées et leurs Barbie, alignées de part et d'autre sur les lits. Pas la moindre poussière dans leurs cheveux. Sur la fenêtre, des étoiles et des flocons de neige collés. D'aussi loin qu'elle se souvienne, leur mère a toujours décoré leur chambre pour les fêtes et poursuit la tradition même en leur absence. Marge s'agenouille derrière le petit théâtre où elle racontait des histoires à Violette. Lui non plus n'a pas changé de place.

Elle entre dans la pièce au bout du couloir. Elle y découvre un bureau massif. En évidence, une Jeanne d'Arc en bronze. Au fond, à gauche, des médailles dans une vitrine. À droite, le drapeau français. Marge ne reconnaît rien. Elle ne se souvient ni des meubles ni de la décoration, et encore moins de l'odeur. Elle remarque des étoiles et des flocons collés sur les carreaux, les mêmes que dans sa chambre. Elle les touche, se retourne brusquement comme si elle jouait à un, deux, trois, soleil. Rien n'a changé. Aucune trace de moquette, de petit lit, de peluches. Elle observe sa mère jouer avec Uranus dans le parc.

Elle descend en vitesse pour rejoindre Hortense. Elles s'assoient sur l'ancienne balancelle de grand-mère Suzie. Ensemble, elles admirent le soleil se coucher de l'autre côté de la maison. Hortense se laisse aller aux confidences. Elle raconte le jour de leur rentrée à l'école de la Légion d'honneur. Elle avait peur de faillir à l'éducation de ses filles, elle était seule et n'arrivait pas à tout gérer. Elle ne revient pas sur ses crises de somnambulisme.

Il est l'heure de rentrer. Marge a hâte de retrouver Victor. Qu'il la berce encore et encore. Hortense passe un dernier coup de rouleau antipeluches sur son manteau, puis lui tend un sac rempli de cadeaux pour Violette et sa famille. Pour elle aussi. Olivier les rejoint, un baiser qui claque sur chaque joue. Pour lui, un baiser sans bruit, c'est comme une guerre sans armes.

Rue des Martyrs. Marge s'arrête devant la boucherie, reluque la vitrine. Un jeune boucher aux allures de surfer semble s'être égaré sur la route qui mène à Biarritz. Grand, fin, des yeux bleus, de longs cheveux blonds qui dépassent du filet, vingt-trois ans, peut-être vingt-cinq, il la regarde avec insistance. Oui, c'est bien elle. Sa femme, sa future femme. Il sourit d'un air béat. Elle avait disparu depuis plusieurs jours. Où était-elle ? Peu importe, elle est de retour. C'est le principal.

Cette fois, il se sent prêt. Il va oser lui dire autre chose qu'un simple *bonjour* ou un *ce sera tout ?* Cela fait des mois qu'il l'observe faire ses courses rue des Martyrs. Elle entre souvent chez le caviste, le libraire et chez lui. La première fois qu'il l'a vue déambuler sur les trottoirs, c'était au printemps. Elle portait une robe blanche dont les transparences jouaient avec ses courbes. Il a bien remarqué qu'elle était un peu plus âgée, mais il a toujours préféré la compagnie des femmes mûres. Elles ont un air distingué et une allure gracieuse, rien à voir avec les jeunes filles informes sorties de l'adolescence au forceps.

Il sait qu'elle habite chez sa sœur psychiatre et s'occupe d'une fillette qui l'appelle tata Marge. Il est aussi tombé amoureux de son prénom. C'est la première fois qu'il l'entendait. Marge et Quentin. Quentin et Marge. Ça sonne bien, pense-t-il. Ils feront un beau couple. Il finira par se mettre à son compte, aura la plus belle boucherie du quartier. Marge sera la plus belle femme de boucher. Elle tiendra la caisse de l'enseigne Menard et, parfois, ira à Rungis avec lui, où il l'exhibera devant les fournisseurs. Il est persuadé que, avec sa beauté et sa poigne de femme d'expérience, Marge Menard de la boucherie Menard les fera tous craquer. Grâce à elle, il obtiendra des prix défiant toute concurrence et pourra ouvrir une deuxième boutique. Couvrir Paris de boucheries Menard avec cette femme, tel est son rêve. Quand il la voit entrer dans la boutique, il se débrouille pour la servir. Il passe devant ses collègues ou dit aux clients qu'elle attend depuis un moment déjà. Il aimerait qu'elle s'enrobe un peu. Cela donnerait une bonne image à la maison. Marge ne remarque rien de son jeu. Elle achète du jambon ou du saucisson pour Iris et des rognons pour elle. Elle dit à la gosse de ne pas le répéter à maman. Un jour, Marge a lâché que sa sœur était végétarienne. Elle a ajouté qu'elle n'avait décidément rien compris à la vie. Ça le fait craquer. Des Parisiennes qui achètent des abats, ça ne court pas les rues.

Quentin lui sourit, demande ce qui lui ferait plaisir. Sans hésitation, elle lui répond *du ris de veau* et ajoute, *pour deux personnes*. Comment cela pour deux personnes ? Aurait-elle rencontré quelqu'un ? Le jeune homme ne se laisse pas abattre. Il a sa jeunesse pour lui et il le sait. De nombreuses femmes sont sensibles à son charme. S'il le voulait, il pourrait en avoir plus d'une. Mais lui, Quentin Menard, futur propriétaire d'une grande enseigne de boucherie, n'est pas comme ça. C'est un gars droit dans ses bottes qui aime les choses simples. Il a de l'ambition et, pour être avec une femme comme Marge, il en faut. Il ne va pas lui offrir seulement des colliers de saucisses. Elle mérite ce qu'il y a de mieux.

Le jeune homme prend son temps pour la servir, choisit les meilleurs morceaux. Il demande des nouvelles d'Iris. Elle le regarde, fixe son petit duvet blond. Elle le trouve mignon, avec ses allures d'agneau tout fou. Elle s'amuse de le voir rougir et bafouiller, le laisse chercher des sujets de conversation. Ses réponses sont évasives ou alors elle répond à côté. Son excentricité le séduit. Quel humour ! Quentin se met à tenir des propos qui n'ont ni queue ni tête. Marge rit. Il respire. Il y a encore de l'espoir. Il peut la faire flancher. Une relation naissante est toujours bancale. Elle joue avec ses cheveux. La jeunesse du boucher donne une note légère à cette étrange journée. À la pesée, Quentin fait un geste commercial qu'il souligne d'un clin d'œil. Un *voilà ma belle* s'échappe de ses lèvres. MA BELLE. Derrière ces deux mots, Marge l'imagine sélectionner les meilleures bêtes, donner une tape amicale sur la croupe de l'une, pincer le jambon de l'autre, et les complimenter d'un *ma belle*. La voit-il comme une charolaise, une gasconne ou encore une blonde d'Aquitaine ?

Marge sur le départ, Quentin lui lance : moi, c'est Quentin. Enchantée, Quentin, moi c'est Marge. Il lui propose de l'attendre pour prendre un verre. Plus que quinze minutes avant la fermeture. Elle décline. Pourquoi pas un café ces jours prochains, mais ce soir elle ne peut pas. Vite, le boucher note son compte Instagram sur la carte de la boutique, précise que bientôt, il aura sa propre boucherie. Il la tend avec un saucisson. C'est cadeau. Elle le remercie, mais elle n'est pas sur les réseaux sociaux. Elle remonte le mécanisme du père Noël musical sur la vitrine et disparaît sur l'air de *Mon beau sapin*.

Victor guette ses pas dans l'escalier. Elle est au troisième étage. Elle enjambe la sixième marche avant leur palier. Alors qu'elle lève la main pour frapper, il lui ouvre et la débarrasse.

Installés à la table de la cuisine devant deux verres de

saint-émilion et deux assiettes de ris de veau, ils observent la bouteille de vin. La bouteille penche sur la table qui penche. Les têtes penchent et les paroles coulent sur les joues. Elles se noient dans les souvenirs. Victor n'entend pas Marge et c'est réciproque. Les mains, elles, saisissent tout. Elles se retrouvent, racontent leur journée. Celles de Marge avouent un crime commis dans la maison de Clamart. Celles de Victor évoquent des techniques militaires pour faire passer aux aveux.

Les corps se lèvent et s'empoignent. Les lèvres se trouvent. Face à face, enlacés, la main de Victor sur le sexe de Marge, la main de Marge sur le sexe de Victor, ils retournent au front. La guerre ne fait que commencer.

Le jour se lève. Il fait chaud dans leur terrier. Corps moites. Victor contemple Marge. Il ne sait plus depuis quand il la regarde. Jamais il ne se lassera de la regarder. Jamais il ne la saisira tout à fait. Même si la vie lui offrait des années de bonus, il n'y parviendrait pas. Il glisse doucement la couette sur sa poitrine. Entre ses seins, des gouttes de sueur et dans sa nuque, des cheveux humides. Elle a les traits d'une femme après l'amour. Pourtant, ils n'ont pas fait l'amour.

Victor respire son odeur de miel. Ses narines s'imprègnent un peu plus chaque seconde de ces senteurs mêlées. Impossible de mettre des mots sur son parfum. Il est complexe, entêtant. Il imagine recueillir cette substance dans une fiole pour en capturer la subtilité. Il reconnaît pour note de tête les désirs ensevelis dans le sable brûlant, pour note de cœur ses rêves légèrement sucrés et résineux, et pour note de fond ses espoirs musqués. Marge, sa nuit, son désert : une odeur dans laquelle il a envie de s'échouer, de se vautrer, de mourir. Il aimerait la lécher toujours plus pour comprendre ce qu'elle sent jusqu'à pénétrer ses chairs. Il pourrait jouir sur l'instant rien qu'en avalant son odeur. Existe-t-il quelque chose de plus fort que ce désir ? Un désir qui est déjà une jouissance en elle-même. Que se passera-t-il quand il sera en elle, si un jour cela arrive ?

Victor se voit la retourner sur le côté et lui faire l'amour dans son demi-sommeil. D'un accord tacite, elle laisserait son corps à sa merci. Il empoignerait son bassin, alternerait rythme doux et rythme cadencé. Parfois, il s'arrêterait. Sentir le sang pulser dans sa verge. Se sentir vivant à l'intérieur d'elle. Imaginer cette scène suffit à son plaisir.

Il attend qu'elle ouvre les yeux. Il aime son premier regard qui dit *tu es là*. Pour rien au monde il ne manquerait ces quelques secondes. Il effleure son ventre, dépose un baiser sur son épaule, dégage ses cheveux pour mieux voir son visage. Sa respiration, ses gestes, tout en elle était paisible cette nuit. Seules ses mains s'agitaient quand les siennes les abandonnaient par inadvertance. Jamais très longtemps. Enfin, Marge soupire. Les frottements de la couette invitent son corps à la paresse et à la volupté. Elle se trémousse, s'étire, bâille, ses paupières encore lourdes de nuit peinent à se lever. Elle prolonge autant que possible la phase du réveil, un entre-deux-mondes délicieux aux frontières poreuses. Les rêves se fondent au réel, des idées persistent, d'autres s'évaporent dans le trou noir du cosmos, la tumeur cérébrale et l'image du petit cou blanc sont encore à la porte et les cauchemars de la nuit, effacés. Pas de Gloria, Alice, Esther, Daphné ou de Viviane à l'horizon. À huit heures du matin, elles dorment encore.

Marge savoure ce moment de répit. Son corps lui appartient et il n'est que désir. Ses tétons pointent, des secousses dans le bas-ventre, sa vulve gonfle et ses grandes lèvres s'écartent. Son cœur bat vite. Dans cet espace sacré, partout elle voit du blanc. Elle voit sur le blanc des draps, son corps blanc, ses os blancs qui s'enfoncent dans le matelas, et elle veut le liquide blanc de Victor dans et sur elle. Son dos, son ventre, son visage. Elle veut être remplie et recouverte de cette écume. Ce blanc bestial. Ce blanc pulsionnel. Ce blanc criant d'amour. Elle veut sentir sa queue chercher le chemin de son antre qui s'ouvrirait naturellement pour l'accueillir. Une marée blanche de nouvelles sensations gicle dans tout son être. Marge ouvre les yeux. Elle sourit à Victor. Dans la vie d'une femme, il existe seulement deux moments où elle offre ce sourire franc. Le premier, à son père qui se penche au-dessus de son berceau. Le second, quand après s'être perdue dans de nombreux draps elle se réveille enfin dans ceux de l'homme qu'elle aime d'un amour sans limites. À cet instant, elle voudrait juste être pénétrée. Pénétrée dans son ventre. Pénétrée dans sa gorge. Pénétrée dans son âme.

Victor, vieil immeuble en ruine, n'en revient toujours pas de se réveiller à ses côtés. Marge est son échafaudage. Il lui dit qu'elle est belle. Elle l'embrasse, se serre contre son torse. Il sent son sexe humide sur sa cuisse. Il fait de plus en plus chaud. Elle peine à garder les yeux ouverts. La tentation de retrouver la nuit est grande. Elle est coupée en deux. Le haut de son corps est celui d'une fillette. Elle baise ses joues comme si elle le picorait, l'enlace fort, passe sa main dans ses cheveux. Elle remue le bas de son corps à la manière d'une femme pour qui le plaisir n'a aucun secret.

Le soldat veut réunir le haut et le bas. Il veut chasser

la fillette et posséder tout entière la femme de trente-quatre ans. Il lèche une oreille, puis sa joue. Sa peau est salée. Il la lape de plus en plus vite, de plus en plus fort. Son odeur à lui s'accentue. Elle devient plus acide, plus terreuse. Ça la rend folle. Ses narines frémissent. Elle se colle à lui pour le sentir jusqu'au fond de ses entrailles. Il veut qu'elle ne connaisse plus aucun autre homme. Qu'ils meurent ensemble dans cet immeuble. Elle veut qu'il ne connaisse plus aucune autre femme. Qu'ils meurent ensemble sur cet échafaudage.

Marge dégage la couette au bout du lit, s'assoit. Pour la première fois, Victor la laisse regarder son corps et ses taches qui retiennent le soleil du Tchad, du Golfe, d'Afghanistan, du Mali, et ses rides, ses cicatrices boursouflées dans le cou, des fractures qui se sont mal consolidées, des excroissances. Avec le temps, son corps s'est forgé une armure. À quoi va-t-il ressembler dans quelques mois ? Il a l'impression d'être un obstacle entre elle et la vraie vie. Elle est jeune, belle, tout pourrait se passer autrement. Elle s'allonge sur lui. Son odeur et sa respiration suffisent à effacer toutes ses questions. Sensation d'échauffement à l'intérieur de leurs cuisses, embrasement des chairs, la peau est tendue à l'extrême. Les yeux dans les yeux, les souffles mêlés, étonnés, submergés par tant d'émotion, ils pourraient jouir en même temps. Un vent fort souffle sur les bâches. La respiration de Marge se calque sur le rythme du claquement des voiles. Tout l'immeuble vibre avec elle : le bois craque, les meubles tremblent. Le navire s'apprête à prendre le large.

Assise sur Victor, elle lui dit, *partons, c'est l'heure*. Enfonçons nos pieds dans le sable de ton désert. Elle rit. Victor la regarde. Marge sait qu'elle est en train de partir. Elle sent ce glissement sur sa propre falaise, un éboulement à l'intérieur d'elle-même. La folie le jour est toujours plus violente et plus dangereuse que la nuit. Elle est brute, laide, terrifiante, vraie. Marge s'accroche aux épaules de Victor, à son cou. Il lui saisit les hanches, plonge son regard dans le sien. Elle frotte son sexe contre son membre. Elle attrape sa main, la descend sur son bas-ventre. Pas maintenant, Marge. Il la repousse sur le côté, lèche une dernière fois son oreille, son cou, puis se lève et s'habille. Il ouvre grands les rideaux, lui ordonne de le rejoindre dans le salon.

Sous le regard du sanglier, du chevreuil et du renard, il range ses petits soldats dans des boîtes et remballe divers décors : arbres, lacs, montagnes, afin de faire place nette sur la maquette. Tandis qu'il prépare son nouveau terrain de jeu, il repasse son plan dans sa tête. Il n'a aucun doute, Marge présente tous les symptômes d'un trouble de stress post-traumatique : cauchemars, hypervigilance, anxiété, difficulté de sommeil, flash-back. Il s'est mis à potasser les méthodes du monde entier pour soigner un TSPT. États-Unis, Royaume-Uni, Israël, Allemagne : tous préconisent la thérapie cognitivo-comportementale, la TCC, un traitement qui aide à modifier les schémas de pensée destructeurs. Cela lui a rappelé de vieux souvenirs. Au fil des ans, il a vu des familles entières détruites à cause de la violence du père et des ravages de l'alcool. Combien de fois a-t-il enfoncé son poing dans le mur pour ne pas frapper Joséphine préférant le whisky à sa compagnie ? À leur retour, les soldats poursuivaient la guerre dans les foyers. Il aura fallu la guerre du Golfe pour voir la création d'un sas de décompression à Djibouti. Dès lors, l'armée a affiné la prise en charge des militaires, surtout depuis la guerre en Afghanistan.

Sur la maquette, Victor verse du sable ramassé dans le couloir. Il aurait dû servir aux ouvriers pour faire du ciment. Sous ses yeux, un désert se dessine. Il sort d'un tiroir cinq poupées africaines en fil de fer. Vêtues de robes colorées, elles portent un bol sur la tête. Chaque fois que Victor savait Joséphine enceinte avant son départ, il rapportait de mission une poupée. Il ne la sortait pas de sa cantine avant un moment. Au milieu de l'opex ou à son retour seulement, il apprenait la fausse couche. Certaines informations par courrier étaient filtrées. Il était persuadé qu'ils finiraient par avoir une fille. Il le désirait. Il n'aurait pas aimé courir le risque de voir son fils s'enrôler dans l'armée. Victor attribue à chaque poupée le prénom d'une créature et les enfonce dans le sable. Gloria est vêtue d'un boubou rose fuchsia, Viviane, d'un noir, Esther, d'un blanc et ocre, Alice, d'un bleu et Daphné, d'un vert et jaune. Chacune possède son territoire. Au centre de la maquette, il dépose le presse-papier qui contient la violette et la marguerite. Il pressent que cet objet ramènera Marge à son enfance. Tout est en place. Il l'appelle. Une fois, deux fois, trois fois.

Vêtue d'un long pull et de chaussettes épaisses, Marge pointe enfin le bout de son nez. Dans l'encadrement de la porte, elle pose, enchaîne les moues enfantines et de femme fatale, tente de faire diversion. Elle sait que Victor va la pousser dans ses retranchements. C'est la première fois qu'il l'appelle Marguerite, ce n'est pas bon signe. Elle s'avance à pas de loup, fait une révérence au sanglier, salue le chevreuil et lance un clin d'œil aguicheur au renard. Elle a remarqué les poupées africaines. Elle ne les aime pas. Quand son père lui en offrait à un retour d'opex, elle l'enterrait dans le jardin, un cimetière de sorcières sous le lilas. Violette, elle, les collectionnait. Elle aimait leurs grands yeux cousus de fils et leurs couleurs chatoyantes. Dans son lit d'enfant, Marge leur tournait le dos, mais elle sentait leurs regards sur elle. Imperceptiblement, elles ont commencé par s'en prendre à leur mère. Elles l'ont rendue molle, terne, lasse. Doucement, elles lui ont volé la parole. Enfin, elles lui ont ôté toute vie. Hortense passait ses journées assise dans un fauteuil du jardin été comme hiver. Autour d'elle, les fleurs fanaient et les plantes pourrissaient. L'odeur de putréfaction ne la dérangeait pas. Marge avait la nausée rien que de traverser l'allée.

Un bruit sourd les fait sursauter. Victor colle son oreille à la porte. Il entend le bois craquer. Il ouvre d'un coup, regarde de chaque côté du couloir. La fenêtre de la cage d'escalier est ouverte. Un battant cogne le mur. Fausse alerte. Marge avance vers la maquette, observe l'installation de Victor. À quoi joue-t-il ? Elle inspire profondément. Les poupées sentent la terre humide, le sable et le moisi comme mamy Suzie. Elle attrape celle couleur ocre et blanc. D'une voix rauque, elle lui raconte la nuit où elle a kidnappé Fatou, la préférée de Violette. Elle ressemblait à celle-ci. Leur mère agissait comme un robot depuis quelques jours. Hortense leur faisait à manger, mettait les sacs à dos sur leurs épaules sans jamais les regarder. Ses yeux ressemblaient à de grosses billes. Marge était persuadée que cette poupée avait délesté leur mère de ses derniers ressorts. Il fallait absolument l'enterrer avec les autres. Même la démembrer pour être certaine qu'elle ne revienne jamais.

Peu à peu, la petite fille en Marge refait surface. Elle reproduit avec exactitude la façon dont elle a dépecé Fatou dans le jardin. Elle revoit Violette sur le perron qui la guette. Victor l'écoute avec attention. Il ne sait plus s'il tient encore les ficelles de son plan ou si par un tour de force elle a pris le contrôle de la situation. Elle l'emmène sur son territoire et il est aussi brûlant que ceux où il a fait la guerre.

Elle retire le fil de fer qui maintient la poupée. Tandis qu'elle raconte comment elle a fait tomber la tête de Fatou, elle entoure le fil autour de son pouce. Il devient bleu, puis blanc. Le fil comprime les nerfs. Elle fixe son doigt. Elle revoit Violette se jeter sur elle. Marge n'avait pas eu de mal à la repousser. Une décharge électrique dans son pouce, des fourmillements l'engourdissent. Victor tire le fil de fer d'un geste brusque, entaille son doigt. Des gouttes de sang tombent sur le sable. Ils regardent ce rouge vif colorer le désert, une éclosion de roses. Et si les poupées avaient eu le pouvoir d'effacer les souvenirs de 96 ? À qui appartient ce petit cou blanc ? Elle observe ses paumes, plonge ses mains dans le sable. Elle s'égare, tout se mélange dans sa tête. Il était si minuscule. Sa peau était fine, tendre, laiteuse. On me disait : attention, il faut faire doucement. Tout doux, tout doux, je répétais. Je le caressais, j'enfouissais ma tête dans le petit cou blanc. Comme j'aimais le respirer. Il sentait si bon. Je l'embrassais. On me disait de jouer dans mon coin, de le laisser se reposer. Mais j'aimais tant son odeur sucrée. Elle me rassurait. Quand je la respirais avant de m'endormir, je ne faisais plus de cauchemars. Je le caressais, mais je n'appuyais pas. Promis, j'en prends soin. Je fais attention. Il est fragile. Le petit cou blanc.

Victor se plaque contre son dos, la bâillonne. Elle se calme. Elle aimerait qu'il l'embrasse, mais ses doigts caressent ses lèvres roses, les tirent. Le rouge à lèvres déborde. Elle halète, frissonne de la tête aux pieds. Victor encercle sa gorge de ses mains, étrangle le souvenir. Il est si bon d'avoir autorité sur quelqu'un et de le manipuler. Il renifle son cou. L'odeur de miel persiste. Il retire ses mains enfouies dans le désert. Du sable s'est incrusté sous ses ongles. Il tient un moment ses poignets comme des marionnettes. Il pourrait en faire ce qu'il veut : lever les bras, les secouer, la faire se gifler, mais il n'en fait rien. Il la tient dans cette position. Elle s'apaise, se laisse aller en arrière, s'appuie contre son torse. Tout son corps se détend. Le plan de Victor a commencé. Ses mains remontent le pull le long de ses bras, sèment des grains de sable dans le duvet. Encore une fois, dans leurs têtes, la même image : allongés sur une plage à la lisière entre le sable humide et le sable chaud, ils font l'amour.

Une main sur son plexus, l'autre sur son ventre, il lui explique son plan. Il est bien décidé à aller au bout cette fois. L'échec n'est pas une option. Il s'interrompt. Il y a de l'agitation dans le couloir. On dirait qu'on gratte à sa porte. Quelqu'un glisse, puis dévale les escaliers. Victor se précipite dehors, trébuche sur un pinceau trempé de colle. Marge le rejoint. Partout, des affiches de l'arrêté municipal sont tapissées, y compris sur sa porte. Le couloir ressemble à un immense journal. Victor et Marge s'arrêtent sur les trois premiers articles surlignés :

> Article 1 : L'accès à l'immeuble situé au 46 bis rue des Martyrs est interdit à compter de la notification du présent arrêté et jusqu'à ce que des mesures de sécurisation aient été prises.

La date est entourée. L'arrêt a été prescrit il y a vingt-deux mois maintenant.

> Article 2 : Les occupants de l'immeuble sont invités à quitter les lieux dans les plus brefs délais et à se faire connaître auprès des services municipaux pour bénéficier d'un accompagnement dans leurs démarches de relogement.

« Relogement » est souligné quatre fois en rouge.

> Article 3 : Toute personne ne respectant pas l'interdiction d'accès prévue à l'article 1er du présent arrêté s'expose aux sanctions prévues par les articles L. 480-4 et suivants du code de l'urbanisme.

Victor déchire l'arrêté collé sur sa porte. Ce n'est pas quelques mois supplémentaires qui vont changer le cours de sa vie. Si Dauvilliers pense lui faire peur à coups d'arrêtés, c'est loupé. Lui n'est pas lâche, contrairement à ses voisins qui ont préféré vendre. Ils auraient pu trouver une solution lors de la dernière réunion de copropriété. Certes, les travaux étaient onéreux, mais en se serrant la vis un temps ils auraient pu rester. Victor en est convaincu. Il a bien essayé de les persuader d'occuper les lieux coûte que coûte, et même de transformer cette expulsion en un événement médiatique. L'association des riverains peuplée d'écologistes était prête à monter au front. Victor pouvait alors compter sur une voisine, Éliane Jouvenel, qui défendait le chitalpa de Tashkent, leur allié. Il suffisait de quelques jours pour peaufiner l'opération, mais ces abrutis avaient préféré la facilité. Pas un résident ne l'avait suivi. Quelques jours après l'expulsion, Victor était revenu chez lui malgré les scellés.

Il pousse Marge dans l'appartement. Ils reprennent leurs places. Ils vont mener une guerre contre le temps. Il n'y aura plus de jour ni de nuit, plus de réveil ou de coucher. Ils n'allumeront plus télévision ni portable. Ils se laveront et ils mangeront quand ils le souhaitent. Il faut effacer les frontières entre le réel et les rêves, entre eux et les créatures, la vérité et le mensonge, les souvenirs et les hallucinations, le passé et le présent. Ensemble, ils vont partir à la conquête de ce nouveau pays dont ils sont les souverains. Marge serre les poings.

Une lettre est glissée sous la porte. Cela faisait un moment qu'ils n'en avaient pas reçu. Sur une première feuille, le montant est revu à la baisse pour la première fois. Sur une deuxième, des menaces :

– Victor encourt une peine de trois ans d'emprisonnement et de quarante-cinq mille euros d'amende suite à des coups portés à un individu. Occuper un bâtiment faisant l'objet d'une mesure d'interdiction d'accès est puni d'une amende de sept mille cinq cents euros.

– L'amende et la peine d'emprisonnement sont les mêmes pour Marge en cas d'inculpation pour complicité de violences volontaires. L'utilisation frauduleuse d'ordonnances volées constitue une escroquerie. Cette infraction est punie d'une peine maximale de cinq ans d'emprisonnement et de trois cent soixante-quinze mille euros d'amende.

Pour toutes ces raisons, le montant proposé est la dernière offre avant de lancer la procédure. L'avocat de Dauvilliers a tous les documents. À eux de choisir leur camp.

Victor s'insurge. Pour qui se prend ce petit promoteur ? Alors qu'il déchire le courrier, il se remémore la scène. C'était donc Dauvilliers, le type qui a tenté d'embarquer Marge ! Savait-il qu'elle logeait chez lui ? Victor la questionne. Elle pourrait lui avouer que c'est son beau-frère, qu'elle a été chassée de chez lui. Est-ce que cela changerait la donne et affecterait leur relation ? Quelque chose l'empêche de dévoiler la vérité par peur de le perdre. Ils se racontent des histoires depuis le début.

Victor la rassure. Ils peuvent riposter. Mieux, ils peuvent l'attaquer en justice pour tentative d'enlèvement. Il se penche à nouveau sur la maquette. Priorité à son plan. Objectif : éliminer une à une les créatures qui envahissent Marge. Ils sortiront le moins possible afin de limiter les contacts avec l'extérieur. Ensemble, ils doivent retrouver le silence du désert et recréer son écran noir pour y projeter les histoires. Il enfonce une poupée dans le sable. Elle, c'est Esther, dit-il. Marge fronce les sourcils. Où veut-il en venir ? Il déraille. Avec son doigt, il délimite le territoire de chaque poupée. Elles encerclent la violette et la marguerite. Autour du presse-papier, il écrit : nuit de 96. La colère gronde dans le ventre de Marge. Qu'il se taise. Elle vit avec l'image du petit cou blanc depuis tant d'années. Le pauvre homme a besoin de prendre la place du sauveur. Lui faut-il un dérivatif pour ne pas penser à sa tumeur ?

Des bruits de perceuses résonnent dans l'immeuble. Impossible de s'entendre. D'un coup, le plancher se fissure dans la longueur. La maquette penche davantage. Des grains de sable tombent. Victor cale des livres pour redresser la table. Autour d'eux, tout se craquelle. À l'intérieur aussi : dans les poumons, le cœur, le foie et le cerveau. La bombe dans la tête de Victor semble rouler. Elle se cogne aux parois de son crâne. Les idées se bousculent dans celle de Marge. Elle n'arrive pas à réfléchir dans ce vacarme. Elle pressent un danger imminent. Mais d'où proviendra-t-il ? De Jules ? De la tumeur ? Des poupées africaines ? D'une crise de somnambulisme ? De ses mains ?

Victor prend une grande inspiration. Ils vont devoir tenir dans la durée. Tant que Jules et ses ouvriers ne sont pas chez lui, rien n'est grave. À cet instant, leurs seuls ennemis sont les créatures. Il montre du doigt les poupées, fait de grands gestes pour expliquer son plan. Marge ne comprend rien. Les perceuses s'en donnent à cœur joie. Jules a-t-il décidé de lancer les travaux de son complexe technologique pour rentabiliser les lieux ? Marge met les mains sur ses oreilles. Elle ne supporte pas le bruit des perceuses. Les sons aigus la rendent folle. Jules le sait, comme il connaît la malédiction familiale. Tout devient clair. Son beau-frère cherche à atteindre Victor à travers elle. Elle est son point faible. Si Jules arrive à la rendre dingue, ils quitteront les lieux. Il aura alors le champ libre pour son projet. Victor reste droit face à la maquette. Marge s'accroche à son regard pour ne pas partir de l'autre côté. Pas question de laisser Jules gagner. Ils s'observent un long moment. Ils s'appartiennent l'un l'autre comme seuls les morts peuvent appartenir aux vivants.

Enfin, les perceuses s'arrêtent. Marge retire les mains de ses oreilles, les cache derrière son dos. Le silence est lourd et inquiétant. Les ouvriers font-ils une pause-café ? Elle guette de tous les côtés comme s'ils s'apprêtaient à faire irruption dans l'appartement. Ils pourraient casser un mur juste pour le plaisir de leur rappeler qui est le plus fort. Un vent se soulève, ça siffle comme une bombe avant l'explosion. Les bâches claquent contre l'échafaudage.

D'une voix douce, Victor invite Marge à prendre place. Il lui parle de préparation mentale et de coopération. Leur mission est délicate. Elle doit se concentrer, ne pas reculer face au danger de la révélation, gérer son stress. Elle le regarde, ahurie. C'est officiel : Victor délire. Il la prépare pour les commandos au lieu de se préoccuper de la situation alarmante. Il frappe des mains. Vite, Marge, reprends-toi. Elle lutte pour ne pas se dissocier. Oui, ces mains, ce cul, ces seins sont à elle. Non, ces poupées ne lui jetteront aucun sort. Non, Jules ne peut pas les tuer. Mais de quoi Victor est-il capable ? Des lianes invisibles la retiennent aux poignets de Victor. Au fond, elle sent qu'elle lui doit quelque chose. Chaque jour, il l'a fait naître un peu plus femme. Jamais elle n'a été aimée de la sorte. Jamais un homme n'a accepté ses cauchemars, sa folie, ses angoisses. Victor ne redoute pas ses crises, il sait la rattraper quand elle tombe à l'intérieur et qu'elle se noie. Combien de fois est-elle en apnée quand il ne la regarde pas, ne la touche pas ? Il tient sa vie entre ses mains. Victor l'extirpe de ses pensées. Revenons au plan.

Quand Marge ne s'y attendra pas, il lui intimera l'ordre de lui raconter l'histoire de chaque créature. Elle devra imaginer un début, un milieu, et une fin, et bien sûr, maintenir une tension. Ces femmes peuvent se rebeller et revenir la hanter si elles ne sont pas satisfaites de leurs destinées. Elles détiennent des informations précieuses sur le petit cou blanc. Le protocole sera le même chaque fois. Il attrape le carnet sur lequel il a noté des informations concernant les personnalités de ses colocataires. Il y a des alliances entre elles, c'est évident. Il dessine des flèches et des bombes afin de montrer les rapports qu'elles entretiennent.

Gloria et Viviane cultivent une relation malsaine. Elles ne se supportent pas et se montent le bourrichon. Daphné, la solitaire, échafaude un plan pour que Marge raconte son histoire en premier. Cette fermière n'a pas peur d'avoir du sang sur les mains. Esther, la plus âgée, et Alice, la cadette, s'entendent à merveille. La différence d'âge favorise l'entraide. Esther materne Alice et Alice prend soin d'Esther comme si c'était sa mère. Quelque chose se rejoue entre elles. Bien sûr, les relations peuvent évoluer, mais à l'instant T voici la situation. L'idée est de détruire un premier binôme. En racontant une histoire jusqu'au bout, Marge se libérera d'une créature. Son acolyte, désormais affaiblie, se montrera plus docile. Il faudra alors agir très vite et dégommer la deuxième. Le but est de les affoler. Elles ont beau faire les malignes à vouloir raconter leurs histoires, elles aiment bien leur petite vie au 46 bis rue des Martyrs.

Marge découvre enfin le plan de Victor. Il a raison. Les créatures la quittaient une fois leur histoire racontée à Violette. À l'époque, elle y mettait toute son énergie. Aujourd'hui, elle n'y croit plus et cela change tout. Elles la manipulent et n'attendent qu'une chose : la voir sombrer. Violette n'est plus là pour l'aider. Sa sœur lui manque tant. Elle fixe le presse-papier. Elle perçoit son reflet et celui de Violette. Elle aimerait revenir en arrière. Avant Jules. Avant les dîners d'officiers. Avant la dépression de leur mère. Avant la nuit de 96.

À nouveau, le bruit des perceuses se fait entendre. Le sanglier, le chevreuil et le renard se retrouvent la tête à l'envers. Marge ressemble à une biche effrayée. Deux carreaux se brisent. Des débris s'accrochent à sa chevelure. Victor déniche un petit bout de verre au coin de son œil. Il s'en est fallu de peu que ce regard de feu ne soit abîmé. Il essuie la goutte de sang qui jaillit. Il s'empare de son fusil et ordonne à Marge de se cacher sous le lit. Il dévale les escaliers. Elle ne le suit pas. Le bruit des perceuses l'effraie. Elle s'accroupit, enfouit la tête entre ses genoux. Ça va aller. Victor va rentrer.

Esther pose une main sur son épaule. Que de sottises, ma chère Marguerite. Vous êtes bel et bien en vie. Les morts ne ressentent aucun désir. Le vôtre vous consume. Foncez retrouver Victor, empêchez-le de commettre une bêtise. J'aurais aimé retenir mon Manech un petit matin. Il était épuisé, mais il devait faire tourner la pâtisserie. Je lui aurais fait l'amour, il n'aurait pas traversé au moment où cette voiture a foncé à toute allure. Marguerite, ne sabotez pas votre relation. Demain n'existe pas, mais le présent, oui. Victor peut vous aider. Allez le rechercher. Imaginez ce qu'il adviendrait s'il tirait sur votre beau-frère.

Marge rassemble toute son énergie pour quitter l'appartement. Nuage de poussière. Elle tousse, se frotte les yeux. Impossible d'y voir clair dans ce paysage lunaire. Elle voit des ombres passer. Des insectes volants. Elle avance à tâtons, peine à trouver la première marche. Elle descend doucement, cherche les trous pour ne pas dévaler les escaliers. Le bruit des perceuses résonne dans sa tête comme si elles perforaient son crâne. Elle fait une pause pour reprendre son souffle. Elle sent la présence des ombres qui s'agitent. Les vibrations du parquet les trahissent. Au troisième étage, elle se perd dans une forêt d'étais. Son pull s'accroche à des clous. Les bras en avant pour ne pas se prendre un poteau en pleine figure, elle cherche Victor.

Au 48, dans l'ancien local d'un traiteur japonais, Jules a installé son bureau pour présenter son complexe technologique. La porte n'est pas fermée à clef. Victor observe les vidéos qui défilent sur trois grands écrans. Le premier présente la rénovation du 46 bis. L'architecte vante les innovations : des vitres qui réfléchiront les immeubles haussmanniens et se fondront dans le décor. Elles feront aussi office de panneaux solaires pour une structure autonome. Des ascenseurs transparents pour flotter dans les airs et l'aquarium géant dans la cour. Muni d'un casque trois dimensions et de combinaisons avec capteurs incrustés, le public aura le choix : surf, ski nautique, catamaran, voile, plongée sous-marine. Ils choisiront leurs destinations et la météo. Il sera possible de nager en pleine tempête sans se mouiller. Sur le toit, le jardin offrira des plantes du monde entier. Des odeurs subtiles et ambiances de nature inviteront les visiteurs à se relaxer en plein cœur de Paris. Un gain de temps extraordinaire tout en diminuant son empreinte carbone.

Sur le deuxième écran, des hommes et des femmes témoignent de leurs expériences dans des complexes similaires à New York et à Tokyo. Ils parlent de leur rencontre avec leur hologramme. Quelle opportunité formidable de créer sa réplique ou son exact opposé. Certains racontent leurs difficultés à tisser des liens dans la vraie vie. Ici, tout est plus simple. Si l'hologramme ne convient pas, il suffira d'appuyer sur le bouton rouge à droite de l'écran. Ce bouton est visible seulement par le porteur du casque. Mieux que les applications de rencontres, aucun risque de rater son coup. Ce ne sont que des hologrammes, après tout.

Sur le troisième écran, des personnalités s'expriment sur les bénéfices d'une telle structure. Ce complexe attirera des touristes du monde entier pour redorer l'image de Paris. Des stars de la chanson offrent la possibilité d'assister à l'un de leurs concerts comme si vous y étiez. Pas de bousculade ni de transports bondés. Des acteurs s'adressent aux jeunes comédiens. Ils auront l'opportunité de suivre des cours avec un professeur de théâtre ou un réalisateur de renom, de monter sur la scène de la Comédie-Française ou un plateau de cinéma. Enfin des footballeurs évoquent la future fondation. Les jeunes de banlieue pourront s'entraîner gratuitement avec des joueurs professionnels dans une des salles du complexe. Les footballeurs comptent sur les futurs donateurs pour apporter du bonheur dans tous les cœurs.

Ciel noir, une pluie diluvienne s'abat sur la rue des Martyrs. Victor pense à Marge. Il sait que ce temps la met dans un drôle d'état. Il hésite à la rejoindre, à la serrer fort dans ses bras pour empêcher ses poignets de tourner et de l'emporter dans une danse funèbre et joyeuse à la fois. Il adore la voir danser. Être son unique spectateur est le plus beau des cadeaux. Il fourrage dans les plans et les devis aux montants exorbitants sur le bureau de Jules, déchire une de ses cartes de visite. Sa tête de fouine ne lui revient pas. Il tourne dans le local comme s'il traquait une bête, se détourne des écrans et de ces visages aux sourires figés. Il ne supporte plus leurs voix chantantes. Tout est si *merveilleux*, *extraordinaire*, *génial*, *fabuleux*. Au sein de ce complexe, la maladie, la vieillesse, les problèmes d'argent n'existent pas. Les tumeurs, les souvenirs qui resurgissent, les nuits d'insomnie non plus. L'amour de l'autre est remplacé par l'amour de soi. Les lumières vives des écrans et les images de faux bonheur en rafale l'agressent. Au fond, cette tumeur arrive au bon moment. Il n'a pas envie de ce monde. Mais Marge, comment va-t-elle s'en sortir ? Elle non plus n'est pas faite pour cette vie factice. Il doit l'emmener loin.

Soudain, trempé par la pluie, Jules entre et s'arrête, surpris de voir Beaulieu installé derrière son bureau. Réunion de copropriété ? demande-t-il. Victor lui fait signe de s'asseoir. Jules soupire, remarque le fusil. Il se ressaisit et essuie son visage humide. Beaulieu essaye de l'intimider, c'est tout. Il attaque : a-t-il réfléchi à sa dernière proposition ? À moins qu'il ne préfère la prison. Les éléments à charge ne manquent pas. Victor l'observe. S'il tirait entre ses yeux, plus de cervelle. Ou sur un bras. Amputé de sa main, Jules ne signerait plus de projets grotesques. Il lui vante une vie en or s'il accepte sa proposition. Sa voix se mêle à celles de ses congénères en gros plan sur les écrans.

Un rideau de pluie les isole de l'extérieur. Victor lance sa première bombe. Toutes ces accusations comparées à la tentative d'enlèvement d'une femme pour la séquestrer et la violer sont futiles. À ces mots, Jules éclate de rire. De qui parle-t-il ? De cette pauvre fille à la rue ? De cette manipulatrice ? De Marguerite la folle ? Comment peut-il héberger cette désaxée ? C'en est trop. Victor attrape son fusil et vise Jules. Le promoteur respire vite et fort, explique que Marguerite a des antécédents psychiatriques, qu'elle devrait être enfermée à l'heure qu'il est. Elle est dangereuse. Ma femme dit qu'elle a tué un bébé.

Victor fait le tour du bureau, s'approche de Jules qui recule et tombe en arrière. À terre, il lui propose une solution à l'amiable. Silencieux, Victor pose le canon sur son front. Dauvilliers tremble. Cet homme est fou. Terrifié, il cherche ses mots pour le calmer, mais ils ne viennent pas. Un bout de bâche arrachée par le vent se plaque sur la vitrine, le voile d'une mariée en fuite. Des poubelles tombent, un panneau de chantier dévale la rue des Martyrs. Ça souffle fort au-dehors. L'image de Marge se superpose sur la tête de Jules, ramène Victor à la réalité. Où est-elle ? Que fait-elle ? Il faut quitter cet endroit pour la rejoindre au plus vite.

La prochaine fois je tire, murmure Victor en claquant la porte.

Au 46 bis, la poussière recouvre l'entrée, le parquet, la rambarde. Impossible de voir quoi que ce soit dans cette tempête de sable. Le bruit des perceuses est toujours aussi assourdissant. Victor avance à pas de loup. Repris par des réminiscences de la guerre du Golfe, il se souvient du jour où Fred, un frère qui s'était clairement trompé de vocation, a failli mourir étouffé lors d'un entraînement. Il avait oublié de retirer le bouchon de la cartouche filtrante.

Dans son long pull et chaussée de rangers, Marge est figée sur le seuil d'un appartement du troisième. Le paysage est crépusculaire, la lumière vitreuse et le bruit, infernal. Elle observe cinq monstres vêtus d'une combinaison blanche et d'un masque. Ils ressemblent à des humains avec une tête de mouche géante. Perchés sur des échasses, ils percent des trous au plafond à l'aide de longs pistolets. Leurs armes sont reliées par des tuyaux à une machine au centre de la pièce. Les tentacules bougent dans tous les sens. Les mains sur les oreilles, Marge leur hurle d'arrêter ce vacarme. Ils ne la voient pas. Dans les nuages de poussière, les drôles de bestioles oscillent. Elle tourne sur elle-même, ne trouve pas la sortie. Du plâtre tombe. Elle évite de justesse d'être assommée. Partout, ça pète, ça crisse, ça gronde. La pluie frappe les fenêtres, dessine des mains sur les carreaux. Marge essaye de fuir. Soudain, des bras attrapent sa taille. Elle se débat, se retourne. La silhouette recouverte de poussière ressemble à Victor. Il attrape son poignet pour l'immobiliser. Plus jeune, il avait une excellente vue. Il n'a jamais manqué une seule cible. Après quelques secondes, il tire ses cinq cartouches sur les tuyaux reliés au compresseur. Toutes les perceuses s'arrêtent. Effrayés par les détonations, les hommes-mouches s'enfuient. Dans un silence de roi, Victor entraîne Marge, encore secouée par cette scène. Ils remontent chez eux. Il te reste des cartouches ? demande-t-elle.

Ces temps-ci, l'association écologiste se montre très active. Des affiches pour défendre le chitalpa de Tashkent sont placardées dans le quartier et dans le hall de l'immeuble. Cette action n'empêche pas les ouvriers de poursuivre les travaux. En quelques jours, l'écart entre la porte d'entrée et le plancher s'est agrandi. L'appartement est désormais parallèle à la rue des Martyrs qui descend vers la Seine. Pour rejoindre la chambre depuis la cuisine, il faudra bientôt se munir d'une corde et de mousquetons. Le mieux est de prendre appui sur l'avant du pied pour ne pas glisser. Victor ajuste des cales pour les meubles et Marge ne cesse de redresser le sanglier, le chevreuil et le renard.

Le bruit infernal des travaux s'interrompt seulement entre dix-huit heures et six heures du matin. Dieu merci, des voisins se sont plaints quand Jules a soudoyé des ouvriers pour travailler à des heures indécentes. Depuis, il respecte un minimum le code du travail, mais se venge en journée : perceuses, marteaux-piqueurs, burineurs, bétonnières, pelles, pioches à tous les étages. Victor a retrouvé deux casques de pilote d'hélicoptère qui réduisent le bruit de manière considérable. Ils les portent en permanence. Victor lui a remis un talkie-walkie. Ils peuvent ainsi se contacter quand ils ne sont pas ensemble. Il a balisé tous les secteurs de l'immeuble pour se repérer facilement. Il lui a montré ces lignes imaginaires. Lima 1 : loge du gardien ; Lima 2 : cour ; Lima 3 : cage d'escalier entre le rez-de-chaussée et le premier étage ; Lima 4 : premier étage, et ainsi de suite jusqu'au Lima 11 : le toit. Il lui a aussi appris l'alphabet de la radio de l'Otan. Désormais, en cas de bruits parasites et d'interférences, ils se comprennent. Les erreurs de communication entraînent la perte de vies humaines, lui a-t-il rabâché. Marge connaît par cœur les vingt-six lettres : Alpha, Bravo, Charlie, Delta, Écho…

Tous les jours, Victor a instauré une heure trente d'entraînement. Marge rechigne. Elle fait assez d'effort lors de ses acrobaties avec la bâche. Il espère vaincre sa tumeur grâce au programme qu'il leur impose. Il ne veut pas mourir, mais se réveiller encore et encore à ses côtés. Après un échauffement et des étirements, ils enchaînent les tractions, les pompes et les abdominaux. Un entraînement dur est une guerre facile. Parfois, ils terminent par un massage russe. Debout sur Marge, Victor piétine ses jambes, son dos pour dénouer les zones ankylosées. Victor répare Marge. Une première étape pour accueillir la vérité des créatures. Malgré les assauts répétés de Jules, il ne perd pas son objectif de vue : lui faire raconter les histoires pour la libérer.

Après une sieste ou après le bain, Victor l'emmène de force autour de la maquette. Il attrape une poupée africaine, lui pose des questions pour l'aider à démarrer un récit. Malgré toute sa bonne volonté, Marge n'y parvient pas. Elle n'entend plus les créatures au milieu de ce vacarme. Pourtant, elle sait où elles se trouvent. Esther s'est enterrée dans le bac à fleurs de la cour. Gloria s'est réfugiée sur le toit à côté d'une vieille parabole. Elle continue d'animer ses émissions. Alice s'est glissée entre le matelas et le sommier. Parfois, elle s'éclipse pour voler d'autres échographies. Viviane passe ses journées à promener son bichon frisé dans l'espoir de rencontrer l'amour. Daphné reste planquée dans la salle de bains. Elle hurle sous l'eau. Marge essaye de les faire parler, mais elles n'en font qu'à leur tête. À leur façon, elles lui font payer son amour pour Victor. Quant à lui, il s'agace, trouve qu'elle n'y met pas du sien. Pourtant, elle invente plusieurs débuts, mouline, revient en arrière. Elle cherche ses mots. Il la fait répéter entre deux concerts de perceuses. Il la pousse dans ses retranchements. Elle panique, confond les prénoms. Les phrases se mélangent. Elle aimerait l'aider à s'évader dans un autre monde pour oublier sa tumeur. Elle le sent. Victor l'emmène avec lui dans la mort. Elle l'accepte.

En plus de leur routine, ils font du « drill » : répéter les mêmes gestes et les mêmes actions pour être plus efficace en cas de stress extrême. Victor apprend à Marge à manier son fusil et à enfiler un masque à gaz. Mieux vaut anticiper les prochains coups de Jules. Dans l'appartement, mais aussi dans les parties communes, ils s'exercent à ramper afin de ne pas être vus depuis les fenêtres et à construire des barricades. Le week-end, Victor crée un véritable parcours du combattant avec des obstacles, des échelles et des cordes afin d'améliorer leurs performances. Il retrouve l'adrénaline du terrain et la complicité d'un frère d'armes. Un guerrier qui après le combat retrouve sous la douche ses courbes féminines avant de passer à table.

La cuisine s'est transformée en une véritable banque alimentaire. Ils ont fait des réserves pour tenir plusieurs jours. Pâtes, lentilles, amandes et noix, bananes, barres de céréales, conserves en tout genre s'empilent sur les tomettes. Inutile de les ranger si c'est pour les retrouver à terre dans l'heure. Victor surveille les repas de Marge. Il n'a pas choisi ces aliments au hasard. Ceux-là précisément permettent de stocker de l'énergie, d'augmenter les performances et d'éviter les malaises. Si Marge se plaint du peu de variété, Victor lui rappelle ce que disait le général Sheridan : « Les guerres sont gagnées sur les champs d'entraînement, pas sur les champs de bataille. »

Deux fois par semaine, elle se rend chez le boucher. Elle se débrouille pour sortir vers dix-sept heures trente, heure de la sortie d'école pour Iris. Des traits doux, de bonnes joues, des cheveux blonds, la nouvelle fille au pair ressemble à une gamine de quinze ans. La petite lui saute dans les bras malgré ses dix minutes de retard. Marge, elle, ne faisait jamais attendre Iris. Plusieurs fois, elle les frôle. Iris, trop occupée à raconter sa journée, ne la regarde pas. Dans quelques mois, Marge n'existera plus pour Iris. Elle en veut à cette petite Suédoise d'avoir pris sa place. Elle déteste sa sœur de l'empêcher de voir Iris. C'est toujours le cœur lourd que Marge se rend à la boucherie. Elle apprend à connaître Quentin Menard : boucher comme son grand-père, joueur de poker à ses heures perdues comme son père. Il a toujours un mot doux pour elle, la complimente sur sa tenue, même habillée en vieux militaire, son sourire, alors qu'elle ne sourit pas. Il trafique la balance pour lui faire une ristourne, lui offre du jambon à l'os ou une poignée de mini-saucissons. La semaine dernière, il a réussi à prendre un café avec elle au bistrot du coin. Un premier pas pour celui qui rêve qu'elle devienne Mme Menard des boucheries Menard. Dans cette période de guerre au 46 bis, Quentin apporte une joie simple dans la vie de Marge.

Afin d'être le plus autonome, Victor a pensé à tout. Un matin, il est revenu avec deux poules pour avoir des œufs frais. Il leur a construit une cabane qui ressemble à une maison de poupée. Il aurait eu une fille, il n'aurait pas fait mieux. Désormais, Patton et Joffre caquètent dans la cuisine. Marge les prend dans ses bras pour les bercer quand le bruit des perceuses bat son plein. Enfin, Victor la prend dans ses bras pour la bercer à son tour. Il la surnomme *ma poule*, ça l'amuse.

Au dernier étage, ils ont installé un mirador pour surveiller les allées et venues de Jules et de son bras droit, M. Rivera, un holographe, spécialiste des images en trois dimensions, du traitement d'image et de la programmation informatique. Il a travaillé pour de grandes boîtes publicitaires et dans la sécurité. Son profil atypique répond aux besoins de Jules. À l'affût, Marge et Victor captent des bribes de conversation et découvrent tout un vocabulaire : réalité virtuelle, capteurs et objets connectés, projecteurs holographiques. Dauvilliers et Rivera se promènent dans l'immeuble tels le roi et son grand chambellan. Ils admirent l'étendue de leur empire. Ils parlent d'expérience immersive grâce à la sophistication d'un système de suivi de mouvement et de sonorisation. Ils hésitent sur le lieu où installer l'infrastructure réseau, la pièce centrale pour coordonner les hologrammes. Les ouvriers se cantonnent aux étages inférieurs et à l'échafaudage. Ils ont aussi récupéré leur cabane.

La nuit, Marge reprend possession de son territoire. Sur les planches et autour de la bâche, elle danse sous le regard de Victor. Avant l'arrivée des boulangers, des éboueurs, des femmes de ménage. Avant que les réverbères ne s'éteignent. Avant que les métros ne démarrent. Avant que les téléphones ne sonnent.

Même s'ils ne peuvent plus se rendre dans la cabane, Marge et Victor aiment s'allonger sur son toit et observer le ciel. En ce mois de novembre, l'écran noir est parfait pour y projeter des films. Souvent, Victor passe en mode accéléré un chef-d'œuvre des années soixante-dix. Il adore cette période. Aux films se mélangent leurs souvenirs communs. Ils en inventent comme s'ils se connaissaient depuis toujours. Leur passé regorge de moments au bord d'une rivière, dans le désert, sur une plage, de moments joyeux, drôles, tendres. Les époques se fondent et ils ont toujours le même âge. Ils voient leurs corps couverts de sueur, ils sentent le soleil de plomb, les nuits fraîches. Tant d'heures et d'années ensemble. Tant de nuits et de jours à faire l'amour.

Pour tuer le temps, ils jouent aux cartes et aux fléchettes comme deux militaires de permanence sur une base. Marge vise de mieux en mieux la cible. L'un et l'autre sont des adversaires de taille. Ils ne supportent pas la défaite et ne lâchent rien. À tour de rôle, ils demandent leur revanche. Ils peuvent jouer des heures, changer leurs tactiques et tester de nouvelles combines. Marge adore voir Victor s'énerver et lui rappeler les règles du jeu. Elle rit aux éclats quand il sort de ses gonds. Un vrai rire franc et joyeux. Rien à voir avec celui qui l'emmène du côté d'où l'on ne revient pas. Ce rire qui la prend quand il joue au mort. Ces derniers jours, Victor met en scène sa fin de vie. Ses maux de tête se sont accentués. La bombe est de plus en plus lourde à porter. Il ne serait pas étonné si elle explosait prochainement. Au début, Marge trouvait cette blague assez drôle. Elle pensait qu'il voulait l'habituer aux atrocités sur le terrain, qu'il jouait à la guerre avec sérieux. Puis le réalisme de ses scénographies a commencé à la terrifier. Elle l'a retrouvé une fois inerte dans la baignoire, une autre, allongé dans le lit à côté de son fusil, ou encore la tête dans le four.

Marge fabrique des projectiles en papier mâché qu'elle entasse sous la maquette. Victor s'est rendu compte que ses crises étaient plus violentes les nuits de pluie. Il est convaincu qu'il y a un rapport avec le petit cou blanc. Et si la nuit de 1996 il y avait eu un orage ? Peut-être qu'au moment des faits la pluie frappait les carreaux. Marge a dû entendre les bruits autour d'elle. Ses cellules ont emmagasiné les sons. Leur mémoire pourrait aider Victor dans son enquête. Pour vérifier sa théorie, il lui fait écouter des séquences d'orages et de pluie battante trouvées sur Internet. La flamme apparaît dans ses pupilles et ses poignets se mettent à tourner, puis l'éternelle litanie démarre : il était si petit, si doux, si blanc, et comme il sentait bon, j'avais envie de le dévorer. Je l'aimais beaucoup. Violette était jalouse. Elle ne supportait pas que je la délaisse.

Dans un état de vigilance permanent, Victor guette le moindre indice qui l'aiderait à comprendre le cas M. Dans la chambre, il a disposé une caméra infrarouge afin de détecter les signes annonciateurs d'une crise. Il s'éclipse pour consulter les enregistrements. Il a ainsi remarqué que leurs mains conversent aussi pendant leur sommeil. Elles gesticulent, se caressent, jouent aux ombres chinoises. On dirait qu'elles rient, pleurent, se chamaillent. Que peuvent-elles bien se raconter ? Quels secrets ? La nuit, à l'abri de leurs regards, leurs mains font l'amour. Elles s'emmêlent, s'empoignent, se dévorent. Victor ne se lasse pas du spectacle. Il attend la suite. Une partie de lui aimerait que Marge vienne sur lui et le chevauche ou qu'il s'immisce entre ses cuisses. Il voit les traces de leur amour qui s'enchevêtrent sur les draps. L'idée qu'un autre homme la possède le hante. Il la retient autant que possible auprès de lui. Il ne lui fera l'amour qu'une fois qu'elle sera libérée de ses créatures. Il la veut, elle seule. Délivrée de sa ménagerie infernale.

À la nuit tombée, Marge erre des heures dans la cour. Elle tourne autour du chitalpa de Tashkent, tente de mettre de l'ordre dans ses pensées. Combien de temps reste-t-il à Victor ? À quel stade en est la tumeur ? Elle devrait lui dire qu'elle est au courant et le persuader de se soigner. Par amour pour elle, il accepterait peut-être de se faire opérer. Elle ne supporte pas l'idée qu'il puisse mourir et la laisser seule avec ses émotions brûlantes. Il pourrait penser à elle, à son avenir. Et si elle lui demandait de lui faire un enfant ? Cela fait un moment que cette idée germe dans sa tête. Ce serait une façon de rester avec lui pour toujours. Chaque fois, Esther sort du bac à fleurs pour lui dire que c'est une mauvaise idée, on ne fait pas un gosse avec un mort. Marge ne l'écoute pas.

Un énième soir de lamentations, elle a fait la connaissance d'Éliane Jouvenel, la soixantaine, grande, rousse, trois enfants, présidente de l'association Héritage vert, colleuse d'affiches hors pair. Elle vient régulièrement photographier le chitalpa de Tashkent, le mesurer, prendre des notes. Elle connaît son histoire par cœur, bien décidée à le faire référencer comme arbre remarquable. Éliane Jouvenel n'en serait pas à son premier coup. C'est grâce à elle que l'on peut admirer le grand sophora du Japon des Buttes-Chaumont, le robinier du square Viviani et le marronnier d'Inde du boulevard Arago. Elle en est convaincue : le chitalpa de Tashkent pourrait être le sixième arbre remarquable de la capitale. Elle n'abandonnera pas la bataille contre Jules Dauvilliers, contrairement à certains camarades sensibles à ses menaces. Éliane a bien essayé de contacter Victor Beaulieu afin de le rallier à sa cause. Ils s'étaient bien entendus l'année dernière pour monter une opération coup de poing. Elle ne comprend pas pourquoi il ne répond plus à ses appels. Elle aurait aimé qu'il témoigne à ses côtés dans *Geo* : l'article doit sortir la semaine prochaine. Marge excuse Victor, il a des soucis personnels. Les deux femmes ont pris l'habitude de papoter autour de la table comme si c'était l'été. Marge voit en Éliane une femme forte, à l'exact opposé de sa mère. Éliane voit en Marge une fille originale, tellement moins barbante que la sienne. Ensemble, il leur arrive de tirer sur un joint. Éliane, restée bloquée dans les années soixante-dix, en a toujours un dans sa poche. Marge regagne le quatrième étage avec un sourire béat. Cela a le don d'agacer Victor.

D'un accord tacite, ils s'enferment davantage. Il ne faut pas quitter le camp. Jules pourrait profiter d'une absence pour annexer leur territoire. En réalité, ils n'ont plus l'énergie de sortir. Leur désir est si fort qu'il les affaiblit comme un ver parasite. Ils ont beau suivre leur entraînement et leur régime, ils peinent à tenir debout et perdent toute lucidité. Leur amour les ravage. Ils n'existent déjà plus aux yeux du monde. Ils n'ont peut-être même jamais existé si ce n'est l'un pour l'autre. Peut-être que cet immeuble a déjà été démoli. Ils sont deux fantômes qui dansent dans leur propre poussière. Marge pourrait s'échapper, mais c'est trop tard. Victor est en elle pour toujours. Mort ou vivant, toutes ses pensées sont pour lui. Ne pas oublier un seul souvenir. Elle les écrira, les déformera, en racontera d'autres. Elle n'aimera plus jamais comme elle l'a aimé, lui, le combattant de ses nuits, lui qui l'a rendue vivante. Malgré le bruit des marteaux-piqueurs, des cris et de la pluie, elle entendra son cœur battre. Toujours, une partie d'elle sera sur ce navire. Elle l'attendra pour larguer les amarres et faire claquer les voiles. Toujours, elle ressentira des palpitations quand elle reverra son visage. Elle le cherchera dans chaque homme et, déçue de ne pas le trouver, elle s'enfuira. Victor sait que, sans elle, la maladie aurait déjà eu raison de lui. Ils ne font que retarder le moment de la séparation. Ils défient le temps.

Nus sous la couette, Victor et Marge restent éloignés l'un de l'autre. Elle aimerait se rapprocher, le toucher. Il l'en empêche. Elle doit raconter une histoire. Il lui dit que raconter une histoire, c'est leur façon de faire l'amour. Il n'y a rien de plus beau que deux corps qui vibrent quand l'excitation monte à mesure que le récit se déroule. Raconter une histoire, c'est jouir des destins qui naissent sous leurs yeux. Ensemble, au pays de l'imaginaire, ils vivront des scènes de sexe et d'amour joyeuses, pathétiques, tristes, animales, sacrées. Ils s'enivreront de désir, de sa naissance à sa disparition. De sa façon de s'éclipser ou de se faner doucement, de flamboyer et de se consumer. Ils respireront des parfums entêtants, goûteront à l'interdit plus d'une fois. Dans leur monde, tout est moins fade et convenu. Ils ne se censureront pas. Il n'y a rien de plus frustrant que de ne pas aller au bout d'une histoire, donc de la vie. La création est le territoire de leur liberté et de leur intimité. Ils inventent toujours et toujours une nuit d'amour sans fin. Car Marge a avalé la nuit. Elle est la nuit. Elle est le ventre de l'Univers.

Le plan de Victor fonctionne. Il finira bien par connaître la vérité. Le vide laissé par les créatures fera le ménage dans ses pensées. Peut-être que Marge ne le regardera plus de la même façon. Peut-être aura-t-elle pitié de lui. Il est prêt à courir le risque.

Les cinq créatures sont assises au bout du lit. Tu n'as plus le choix, Marge, disent-elles en chœur. Chacune plaide en sa faveur. Elles n'en peuvent plus de vivre dans les décombres. Si elles avaient su, elles n'auraient pas élu domicile dans son ventre. Elles regrettent le temps où elle habitait chez Violette. Elles se poussent et se giflent. Désormais, c'est chacune pour soi. Au milieu de ces chamailleries, Marge n'arrive pas à choisir. Elle inspire, ferme les yeux, fait le vide. Vite, laisser les créatures s'exprimer, ne plus les repousser. Victor est suspendu à ses lèvres. Son corps se tend. Une larme coule sur sa joue. Trop de voix dans sa tête. Son ventre se serre. Alice, Daphné, Esther, Gloria et Viviane y vont de leurs petites confidences : Tu ne veux pas savoir ce que je suis allée faire à la maternité ? — Je ne voyais pas d'autre solution que le tuer. Je n'avais pas le choix, tu comprends ? — Une vie à aimer un mort, ce n'est pas une vie. C'est s'enterrer vivante, ma jolie. — La célébrité n'amène rien de bon, si ce n'est la jalousie, la solitude, et enfin la folie. — C'était un accident. J'ai tout fait pour le rattraper. Ce n'est pas ma faute.

Debout sur le lit, Gloria, micro en main, dégomme ses adversaires grâce à sa voix stridente. Les autres s'éclipsent. Marge la supplie de se taire, se tourne vers Victor, ouvre les yeux. Elle a gagné. J'ai une histoire à te raconter. Tu veux ? Tu ne t'endors pas, promis ? Je ne veux pas t'entendre ronfler, sinon gare à toi ! Allez, commence, lui souffle-t-il. Elle le fait languir et elle aime ça. Elle le tient. Elle joue avec son désir. Dans le silence épais, tout disparaît. Même les ombres sont dévorées. De l'électricité parcourt les parois de son utérus, remonte au creux de son ventre, dans le trou noir où des idées naissent et où d'autres sont avortées. Il n'est pas situé dans le cosmos comme elle le pensait, mais à l'intérieur. Elle a englouti l'Univers et treize milliards huit cents millions d'années d'histoires. Elle est le froid, elle est le chaud, elle est le big bang de la vie de Victor, son point zéro. Elle halète. Les idées se mettent en place. L'histoire de Gloria se fabrique en elle. L'expulsion est proche. Sa poitrine se soulève. Elle pose une main sur son ventre, attrape celle de Victor. Une vague d'émotions la submerge. Joie, colère, mélancolie, terreur se succèdent. Victor plonge ses yeux dans les siens. Il observe la tache de naissance sur la tempe, ces sourcils bien dessinés, ces lèvres roses, la naissance de ridules. Son corps l'émerveille. C'est un miracle de l'avoir à ses côtés. Il soupire, une douleur envahit sa poitrine, son cœur bat fort. Marge entend ce qui se trame dans la tête de Victor. Il n'y a rien à dire, rien à faire si ce n'est attendre la fin de la musique funèbre.

Allez, en scène, souffle Gloria. Marge se lance.

Gloria a dix-neuf ans, habite la grand-rue à Jouy-sous-les-Côtes dans le 55. Elle aime dire qu'elle habite le *five-five*, plus exotique pour sa carrière de chanteuse. Sa longue chevelure brune et ses grands yeux verts en séduisent plus d'un. Fille d'un ouvrier et d'une mère au foyer, elle rêve d'échapper à son destin de maraîchère. Pas question de trimer toute sa vie comme ses parents pour un salaire de misère. Elle rêve de devenir chanteuse depuis qu'elle a huit ans. Elle adore regarder les émissions de téléréalité en se gavant de madeleines de Commercy. Elle s'imagine partager le quotidien de jeunes chanteurs enfermés dans un château : solfège, vocalises, répétitions, sport, cours d'interprétation, essayages, coiffure ponctuent leurs journées. Une vie tellement plus riche que la sienne, sans ramassage scolaire, professeurs déprimés, sans devoirs à surveiller pour le petit frère. Elle répond sans succès à des annonces de castings pour enfants. Hélas, elle n'habite pas Paris : la condition primordiale pour participer à un tournage. Qu'à cela ne tienne, Gloria parviendra bientôt à ses fins. À elle la gloire, le luxe et les paillettes. En attendant le succès, elle participe aux fêtes du village, donne des concerts pour le plus grand bonheur des puceaux et des cousins.

Dès ses quatorze ans, elle enchaîne les petits boulots : garde d'enfants, récoltes, brocantes pour payer ses activités à la MJC de la ville voisine. Les artistes qui animent les ateliers chorale, théâtre et danse ne sont pas à la hauteur de ses espérances. Elle sait pertinemment qu'elle ne sera jamais remarquée dans leurs cours. Mais comment faire pour monter à la capitale ? Ses parents n'ont pas les moyens de l'aider. De toute façon, ils ne misent pas un kopeck sur ses ambitions artistiques. Gloria a beau se triturer les méninges, elle ne voit pas comment réaliser son rêve.

Et toi, Marge, quel était ton rêve quand tu es venue à Paris ? Gloria voulait fuir sa petite vie, mais toi, pourquoi tu es partie à seize ans ? demande Victor. Tu ne voulais pas être chanteuse, à ce que je sache. Marge l'ignore. Les idées se bousculent, son ventre devient douloureux. Elle se concentre pour raconter la suite de l'histoire, l'évacuer au plus vite.

Un jour, alors que Gloria déambule dans les rues de Nancy pour se trouver une robe afin de célébrer sa majorité, elle tombe sur une annonce de casting. Une boîte de production recherche des candidats pour une émission de téléréalité. Ils seront enfermés dans une grande maison pour une durée de quinze semaines s'ils vont au bout de l'aventure. L'objectif est de trouver les secrets des autres et de cacher le sien. L'équipe s'apprête à réaliser une tournée nationale pour trouver sept hommes et six femmes. Certes, cela n'a rien à voir avec le chant, mais c'est un moyen comme un autre pour Gloria de révéler ses talents. Elle a moins d'une semaine pour trouver un secret. C'est en observant sa vieille voisine, Jacqueline, qui jardine que la solution s'impose à elle. Gloria peut parfaitement accaparer son secret. Après tout, seul le village est au courant de son passé : Jacqueline est née dans un Lebensborn pendant la Seconde Guerre mondiale. Sa mère lui a avoué bien plus tard qu'elle avait été adoptée.

Vêtue d'un débardeur doré et d'un jean moulant, Gloria séduit l'équipe de production grâce à son rire singulier et à son accent mosellan. Cela les change des intonations chantantes du Sud d'où ils reviennent. Elle a le potentiel pour se faire remarquer et devenir la coqueluche du petit écran. De plus, les téléspectateurs vont forcément verser une larmichette à la découverte de son secret. Il faut dire que Gloria a imaginé un scénario bien ficelé. Elle n'est pas seulement la petite-fille d'une femme née dans un Lebensborn, elle est aussi la descendante d'une princesse hongroise.

Douleur diffuse, Marge transpire. Son odeur change. Victor la respire. Elle ne sent plus le miel, mais l'algue, les embruns pour notes de tête, le sable humide et l'iode pour notes de cœur, le soufre et la roche pour notes de fond. Ses poils se hérissent. Elle rassemble toute son énergie afin de poursuivre l'histoire.

La jeune femme ne met pas longtemps à se faire aimer du public. Rusée, manipulatrice, légèrement exhibitionniste et décalée, elle passe toutes les épreuves, devient la meilleure copine de ses adversaires, et pourtant les élimine l'un après l'autre. Tous les coups sont permis pour garder son secret au chaud et prendre la lumière. Pas question d'être expulsée de la villa au risque de retourner illico chez ses parents. Elle étouffe chez eux au fin fond de leur petit bled de Moselle.

Plus les jours passent, plus elle gagne de l'argent. Bien sûr, elle en profite pour chanter dans la salle de bains, dans le salon, dans la piscine et même quand elle concocte sa spécialité : la quiche lorraine. Véritable boute-en-train, elle organise aussi des soirées karaoké. Gloria espère bien signer avec un label à la fin du jeu télévisé. L'audimat ne cesse d'augmenter grâce à ses interventions quotidiennes aussi ridicules les unes que les autres. Devant ce succès inespéré, la production décide de lui accorder quatre minutes pour chanter le morceau de son choix lors des soirées en direct. Des danseurs aux quatre coins du plateau télévisé répètent une succession de gestes simples, varient chaque samedi le rythme de la chorégraphie selon la musique. Gloria, habillée de paillettes et chaussée de bottes à franges, se dandine et enchaîne les moues devant la caméra. Le public applaudit son héroïsme pathétique, pas son talent. À l'extérieur de la villa, elle est la risée de tous.

Des frissons parcourent le corps de Marge, spasmes dans le ventre. L'approche du point final se fait sentir. Il n'y a aucun doute. Elle reconnaît les symptômes de l'accouchement d'une histoire. Elle a envie de rire et de pleurer en même temps. D'où lui viennent toutes ces idées ? Peut-être qu'elle n'est pas folle. Peut-être qu'elle est le ventre de l'Univers pour de vrai. Au fond, elle l'a toujours su. C'est pour cela qu'une flamme s'est logée dans ses pupilles. Marge inspire et expire plusieurs fois. Victor lui tient la main. Les murs oscillent, le lit tangue. Les bâches se soulèvent. Gloria lui souffle à l'oreille de poursuivre. Vas-y, tu y es presque.

Marge en est convaincue : elle a le pouvoir de ressentir les peines, les joies et les douleurs des siècles passés et de ceux à venir. Une foule d'êtres cherchent à s'exprimer à travers elle. Il fallait rencontrer Victor, un homme de terrain habitué aux atrocités et aux malheurs, pour l'aider à cette tâche. Il fallait un homme amoureux pour l'accompagner. Peut-être que les personnages prisonniers de son ventre sont des défunts qui n'arrivent pas à passer de l'autre côté. Des défunts qui ont encore une guerre à mener.

Gloria remporte la victoire et les dix mille euros. Ses adversaires, jeunes et écervelés, n'ont pas découvert son secret. Ils ne connaissent pas l'existence des pouponnières de Himmler, et pour eux la Seconde Guerre mondiale date de l'époque napoléonienne. La gloire, le succès, les paillettes, Gloria les obtient. Une semaine seulement. À peine disparaît-elle du petit écran que déjà les téléspectateurs attendent la prochaine saison. Retour à Jouy-sous-les-Côtes. Avec ses dix mille euros, elle n'a même pas de quoi s'acheter une grange à retaper. Un petit terrain pour accueillir une cabane de jardin, et encore. Elle n'a pas d'autre choix que de travailler au Lidl de Commercy. Casque sur les oreilles, elle écoute en boucle les rediffusions de l'émission en encaissant les clients.

Le visage de Marge change à mesure que le récit avance. Malgré l'effort, les cernes et les rides s'estompent. Une odeur de fauve envahit la pièce. Victor avait raison : inventer une histoire est un acte de jouissance ultime. De manière imperceptible, elle écarte ses jambes, reprend là où elle s'était arrêtée.

Très vite, la responsable repère les talents de Gloria au micro, lui confie le poste à la caisse centrale. Elle adore passer les annonces et s'en donne à cœur joie. Elle change d'intonation. Elle prend une voix grave pour rechercher un petit Jimmy perdu dans les rayons, une voix chantante pour communiquer sur une promotion et une voix sensuelle pour prévenir les derniers clients de la fermeture du magasin. Le micro devient son addiction. Elle ne peut plus s'en passer au point qu'elle s'en est offert un. Elle se met à tout commenter : les petits plats de sa mère, le barbecue de son père, les matchs de foot du petit frère, les habitudes des voisins. Même lorsqu'elle fait l'amour, bien souvent avec un cousin, elle ne peut s'empêcher d'évaluer la performance sexuelle au micro. Elle le lâche seulement le temps de se doucher. Elle fait preuve de beaucoup d'imagination. Chaque jour, elle invente des horoscopes, des prédictions ou une nouvelle émission au grand désespoir de sa famille et de ses collègues. Elle adore raconter des histoires plus fantaisistes les unes que les autres.

Plus le temps passe, plus son entourage s'éloigne. Il ne supporte plus ses cris et ses rires au micro. Les potins mettent moins de trois secondes pour traverser la grand-rue. Au supermarché, impossible de préserver le moindre secret. Elle révèle la vie des uns et des autres jusqu'à la fois de trop. Le jour où elle dévoile l'amourette de sa responsable avec un livreur dans la réserve, elle est virée sur-le-champ.

Recluse dans sa chambre, elle raconte histoire sur histoire. Doucement, Gloria se coupe du réel. Des mois passent. Derrière sa porte, fenêtre ouverte, on l'entend. Elle parle en boucle et de plus en plus vite. C'est tout juste si elle prend le temps de respirer. Dans la maison, la famille s'est munie d'un casque antibruit pour ne plus entendre son bla-bla permanent. Ils ne le retirent jamais : sa voix les irrite au plus haut point. Ils font tout pour éviter de la croiser dans les parties communes. Elle n'existe déjà plus pour eux.

La poitrine de Marge se soulève. Elle suffoque. Dans son ventre, il y a du soleil, des nuages, du sable, des éclairs. Des larmes coulent sur ses joues. Entre deux sanglots, en transe, Marge reçoit les informations de Gloria : elle va mal. Elle souffre. Elle me dit qu'elle n'était rien aux yeux de sa famille. Juste une emmerdeuse. Mais c'est faux. Ils n'ont rien compris. Ils n'ont rien vu. Elle n'arrivait pas à vivre normalement. Elle luttait pour traverser la journée. Le silence lui était insupportable. Il faisait trop de bruit, ce silence, il fallait le camoufler grâce à sa voix. Combler le vide, ce désert infini. Gloria essayait tant bien que mal d'être la petite fille parfaite. Surtout ne pas se faire remarquer. Être une bonne gamine. Ne jamais pleurer, ne jamais se plaindre. Faire le clown. Distraire sa mère pour l'aider à oublier un souvenir enfoui dans sa propre chair. Tout faire pour sauver cette mère enfermée dans sa maison, l'éloigner à sa façon du père qui ne sait rien ou qui ne veut pas voir. Ce n'est pas son problème. C'est une histoire de femme. Il ne peut pas comprendre. Finalement, personne n'a jamais su qui était Gloria.

Marge parle à toute vitesse, comme Gloria. Victor l'enveloppe de ses bras. Il l'invite à continuer, lui donne toute son énergie pour mettre bas à cette histoire. Une nuit, alors que le père travaille à l'usine, Gloria s'étrangle avec le fil du micro. C'est seulement trois jours plus tard, quand son frère et sa mère se rendent compte de la disparition du bourdonnement dans leurs oreilles, qu'ils découvrent Gloria. Elle est morte dans son lit, le micro en main.

Comment réagit le père ? demande Victor d'une voix douce.

Il fait comme il peut. Il ferme à clef la porte de la chambre de Gloria. Il y vient seul après son travail pour écouter un enregistrement et faire comme si elle était encore là.

Sous les draps, dans leur refuge, Victor embrasse Marge. Elle frissonne de la tête aux pieds. Elle a réussi. Elle est allée au bout de l'histoire : elle a libéré Gloria. Une partie d'elle aussi. Elle renifle, rit aux éclats. Sa joie se répand partout. L'échafaudage tinte, les bâches se soulèvent et claquent en guise d'applaudissements, la structure est en branle, le plancher vibre, l'immeuble jouit. Secousses dans le ventre de Marge. Elle plonge son regard dans celui de Victor. Elle meurt d'envie de le dévorer, de le faire prisonnier de son ventre, d'avaler leur histoire pour que ses cellules se souviennent à jamais de leur amour.

La symphonie des perceuses reprend. Vite, Marge et Victor remettent leurs casques. Pas question de gâcher ce moment. D'un accord tacite, ils décident d'oublier les ouvriers et de prolonger leur plaisir. Elle pose la main de Victor sur sa verge. Elle écarte ses grandes lèvres. D'un regard, elle l'invite. Même s'il ne veut pas la pénétrer, ils peuvent jouir en même temps, côte à côte. Il hésite. Il n'a jamais fait cela. Il a toujours joui en elles. Pour ce que Marge vient d'accomplir, il ne peut pas lui refuser ce cadeau. Les yeux dans les yeux, ils se caressent, d'abord doucement, au même rythme. Malgré le bruit des perceuses, ils entendent leurs cœurs battre à l'unisson, leurs respirations saccadées. Une vague remonte dans leurs ventres. Leurs doigts jouent et dansent avec le plaisir. Du slow, ils passent au tango et enfin à un rock endiablé. Le désir est à son paroxysme. Viens sur moi, murmure Marge. Il l'enjambe, met le point final sur son ventre. Elle voit, sur sa peau, le liquide blanc qui dégouline, et les quelques gouttes sur les draps. À cette vision, elle jouit à son tour. Le soldat tombe sur son corps comme sur un champ de bataille. L'un sur l'autre, ils se bercent et s'endorment.

Noël approche. Dans moins d'une semaine, Paris se videra. Resteront les solitaires, les exilés, les grands malades et les SDF. Marge a emballé les chaussons à tête d'ours volés au supermarché. Elle les a déposés dans le sac de cadeaux donné par sa mère. Elle a décidé d'attendre Iris à la sortie de l'école pour les remettre à sa nounou. Elle sait très bien que Violette ne les prendrait pas. Cheveux relevés, une robe bordeaux et des bottines marron, elle se regarde dans le miroir de la salle de bains, ajoute du blush et un rouge à lèvres assorti. Elle veut être belle pour sa nièce. Assis sur le lit, Victor l'observe se préparer. Il a oublié à quel point elle est magnifique quand elle n'est pas habillée en treillis. Il s'interdit de lui demander pour qui elle se prépare ainsi et de lui rappeler de rentrer à l'heure pour leur entraînement. Il a de plus en plus peur de la perdre. Et si elle ne revenait pas ? Depuis que Marge n'entend plus Gloria, elle semble avoir rajeuni. Elle est plus apaisée. Pour l'instant, aucune autre créature n'a pris sa place. Autrefois, lorsqu'elle racontait une histoire à Violette, il ne fallait pas deux jours pour qu'une autre voix la remplace. Victor et Marge ont retiré de la maquette la poupée qui représentait Gloria. Désormais, il reste Alice, Esther, Daphné et Viviane. Ils ont essayé de recréer le même cadre pour raconter un autre récit. Cela n'a pas fonctionné. Marge est encore trop faible pour un deuxième accouchement aussi rapproché.

Victor croise son regard dans le miroir. Ça cogite dans sa tête. Elle n'a pas choisi les mots de l'histoire de Gloria au hasard. Son inconscient a forcément sélectionné des images fortes pour la réveiller. Il met en corrélation la vie du personnage et celle de Marge. Pour Gloria, l'information principale est que le père n'était pas là le soir du drame. Par conséquent, l'histoire du petit cou blanc, comme le pensait Victor, s'est passée par une nuit en l'absence du père de Marge. Il devait probablement être en mission. Que savent la mère et la sœur ? Pourquoi Marge n'est-elle jamais dans son état normal après avoir vu l'une ou l'autre ? Que se disent-elles ? Doucement, les pièces du puzzle s'assemblent.

Marge retire son casque, enfile son manteau, signale son départ. Ils n'ont pas encore fêté leur première victoire. Elle est bien décidée à savourer le départ de Gloria à coups de bulles et de ris de veau. Avant d'atterrir dans la cabane, quand elle allait bien, tout était prétexte à faire la fête : le premier dessin d'Iris, l'apparition des feuilles rouges sur les arbres, les résultats encourageants d'un patient de Violette. Victor glisse un billet dans sa poche. Elle l'embrasse et descend au milieu des ouvriers. Ils se retournent sur son passage, la sifflent. Elle ressemble à une Cendrillon qui cherche la sortie pour retrouver la vraie vie. Posté sur l'échafaudage, il la regarde s'éloigner. Au milieu de la foule, il ne voit qu'elle.

La rue des Martyrs sent le vin chaud, la cannelle et le pain d'épice. Les illuminations égayent le quartier. Les vendeurs de sapins ont délimité leurs territoires. Les femmes dévalisent les grands magasins afin de décorer leurs nids. Marge les envie. Elle aussi, elle aimerait des bougies et des guirlandes dans leur refuge. Elle fait le guet devant l'école. Les enfants courent vers leurs parents ou leurs nounous avec un père Noël réalisé en rouleaux de papier toilettes. Euphoriques à l'idée d'être en vacances dans quatre dodos, ils piaillent. Les mères, emmitouflées dans leurs gros manteaux, ressemblent à des pigeonnes. Elles roucoulent à propos des vacances à Courchevel ou au Val-d'Isère. Toutes espèrent échapper aux devoirs afin d'éviter les crises en cette période festive. Ce petit monde s'évapore, pressé de goûter. Restent quelques enfants avec un animateur. Iris en fait partie.

Enfin, après dix minutes de retard, la fille au pair arrive au coin de la rue. Elle porte un serre-tête oreilles de chat et de longues mitaines résille. La blonde du Nord s'est vite adaptée à Pigalle. Greta ! hurle Iris qui trépigne d'impatience. Elle court vers elle. La nounou l'embrasse, lui tend une crêpe encore chaude. Elles font un détour du côté du manège. Marge attend le bon moment pour les accoster. Contrairement aux autres nounous, Greta n'est pas sur son portable, elle couvre Iris d'attentions, répond à tous ses caprices. Greta : la nounou irréprochable. Elle fait un coucou à la petite à chaque tour de manège. Elles rient en cœur. Elles font semblant de nourrir les chevaux, sautent à cloche-pied. Marge fixe la jeune fille. Qu'est-ce qu'elle a de plus qu'elle ? Elle aussi, elle jouait à tous ces jeux. Mieux, elle savait raconter les histoires comme personne. Marge aimerait tourner les talons, passer à autre chose, mais elle n'y parvient pas. Elle les suit de loin. Iris a bien grandi. Elle a troqué sa bouille enfantine contre un visage de petite fille. Elle lui ressemble. Marge en est fière. Épanouie, Iris n'arrête pas de parler. Greta regarde sa montre. Elles se mettent à courir. Marge fait de même. Elles dévalent la rue des Martyrs. Au niveau du 37, elle les interpelle et se précipite pour les rejoindre. Elle enlace Iris, l'embrasse. La petite, surprise, se dégage. Greta demande qui elle est. Marge répond : une amie de Violette. Cela fait longtemps qu'elles ne se sont pas vues. Elle lui tend le sac de cadeaux avant de s'en aller d'un pas rapide. Elle se réfugie chez le boucher.

Quand il voit Marge, Quentin Menard ne peut s'empêcher de sourire. S'il le pouvait, il fermerait boutique. C'est un plaisir de lui faire déguster foie gras, rillettes et terrines spécial fêtes. Il adore la voir ouvrir la bouche et savourer chaque produit. Comme il aimerait l'embrasser juste après ! Les clients font la queue, mais Quentin s'en moque. Il parle avec amour des produits à sa future Mme Menard. Le patron sort du bureau, fait les gros yeux à son employé qui ne semble pas concerné par la situation. Il réitère sa proposition à dîner, essuie un énième refus, mais ne désespère pas. Mme Marguerite finira par abdiquer. C'est une question de temps. Il lui sert deux ris de veau, ajoute discrètement une barquette de fines tranches de rosette, et à la caisse lui fait la ristourne traditionnelle. Ce soir, Marge le trouve beau. A-t-il changé quelque chose ? Elle rit, puis, comme d'habitude, remonte le mécanisme du père Noël dans la vitrine avant de filer. Elle achète du champagne et de la mirabelle en mémoire de Gloria la Lorraine. À eux leur soir de fête.

Plus un ouvrier dans l'immeuble, plus de casques sur les oreilles, Marge et Victor trinquent à leur victoire. Le militaire est aux fourneaux pour le plus grand bonheur de son ogresse. Elle danse autour de lui, fait tourner sa robe. Elle pétille autant que les bulles dans sa coupe. Moi aussi, j'aimerais boire un verre avec un homme que j'aime et qui m'aime, murmure Viviane dans son oreille. Marge s'empresse de le dire à Victor. Il est fort probable qu'elle soit la prochaine à éliminer. Elle est soulagée : son envie de raconter des histoires est revenue. La soirée se prolonge sur l'échafaudage. Pompette, Marge enchaîne les figures. Il tente de la ramener sur terre : vu son état, ce n'est pas prudent. Elle lui fait du chantage, elle quittera le ciel à condition de fêter Noël. Mais attention, elle parle d'un Noël en grand : sapin, bûche, guirlandes et tout ce qui va avec. Il rend les armes, c'est d'accord.

En pleine nuit, malgré le casque, Marge est réveillée par trois coups de feu. Elle se redresse. Victor dort à poings fermés, le fusil à côté de la table de nuit. Elle se pince, s'assure qu'elle ne fait pas une crise de somnambulisme. Non. Elle est parfaitement consciente. Aucune créature n'a repris les commandes de son corps. Elle enfile son treillis, colle l'oreille à la porte. Un silence lourd règne de l'autre côté. Elle sort dans le couloir, nuit noire. Elle s'assure que personne n'est entré par effraction dans l'immeuble. Pas un chat à l'horizon. Elle a peut-être fait un cauchemar.

Soudain, elle entend sa voix, sa propre voix. Pourtant, elle ne parle pas. Est-ce une hallucination ? A-t-elle trop bu ? Sa voix résonne partout dans l'immeuble. S'ensuivent des éclats de rire. Ce sont aussi les siens. Au sol, un carrelage à damier se dessine, celui de l'école de la Légion d'honneur. Où est-elle ? Quel âge a-t-elle ? De grandes fenêtres apparaissent sur les murs. Elles donnent sur l'immense parc de l'école. Marge voit au loin la serre où elle se réfugiait. Une autre voix se fait entendre. Viens jouer, Marge, je t'attends. À l'autre bout du couloir, sa sœur apparaît. C'est une enfant. La respiration coupée, Marge avance doucement vers elle. Le sol change. Le carrelage en damier est remplacé par une moquette blanc cassé, celle du premier étage de leur maison à Clamart. Elle peine à respirer. Pourquoi ne me dis-tu pas ce qu'il s'est passé en 96 ? Je sais que tu sais. Au plafond, un cerf-volant jaillit de nulle part. Violette court à sa poursuite, s'efface de l'autre côté d'une porte où sont accrochées des lettres bleues en bois.

La voix de Marge résonne à nouveau. Partout sur les murs et sur le sol, d'immenses mains. Elles veulent l'attraper pour l'étouffer. Elles essayent d'arracher son pull. Les mains se transforment en longs rubans. Elles disparaissent. Ne restent que les rubans semblables à ceux de ses cours de cirque. Certains glissent vers elle et d'autres fouettent les murs. Tous veulent l'étrangler. Elle cherche à regagner l'appartement, mais elle ne sait plus où elle est. Des pleurs de bébé résonnent aux quatre coins du couloir. Il faut trouver le bébé, le consoler. Chut, je suis là, tout va bien, mon tout petit, mon tout doux, mon trésor. Marge se raisonne. Il n'y a pas de bébé au 46 bis rue des Martyrs. Il n'y a pas de Violette fillette. Elle n'est pas folle. Ce n'est pas son imagination qui lui joue des tours. C'est une mise en scène machiavélique orchestrée par Jules. Il connaît trop de choses à son sujet : les crises de somnambulisme, son obsession pour les mains, les créatures. Au début de leur relation, Violette lui racontait tout. Il sait comment la détruire, la pousser à sauter de l'échafaudage, la rendre folle. Il va finir par y arriver : l'enfermer chez les fous. Elle le sait. C'est une question de temps. Dans un pyjama bleu qui se déchire, elle ne sera plus qu'une larve. Elle se bavera dessus et ne tiendra plus debout.

Tout à coup, une autre Marge apparaît. Face à face avec une Marge en treillis, mais avec une oreille en moins. Par réflexe, elle se touche les lobes, tire dessus. Ils sont là, pas de doute. Une deuxième Marge arrive avec un œil crevé, puis une troisième avec des moignons à la place des mains, une quatrième avec un visage en lambeaux. Une armée de Marge estropiées envahit l'étage. Elles racontent des souvenirs en pagaille. Certaines voix déraillent. Quelques Marge oscillent ou se déboîtent.

Une lumière vive éclaire le couloir. Dans l'encadrement de la porte, Victor, fusil à l'épaule, observe les multiples Marge aux gueules cassées. Il se frotte les yeux, tente d'attraper la moins éclopée. Ce n'est pas sa Marge. Sa main passe au travers du corps. Où est la sienne ? Si Jules croit l'impressionner avec ses hologrammes, il se trompe. Ce n'est pas cette fausse armée qui va lui faire peur. Il part à la recherche des projecteurs pour les dézinguer un à un. Au milieu de toutes les Marge, la vraie le perd de vue. Elle crie son prénom, s'égosille. De la fumée parcourt le sol, comme si des grenades fumigènes venaient d'être dégoupillées. Une armée de soldats rejoint les Marge. Victor reconnaît le visage de ses camarades : Yves Radio, Lieut Whisky, Pit Pitbull, Gros Loulou, Fred Le Fennec. Tous les morts sont là. Jules a forcément volé des photos chez lui pour créer les hologrammes de ses camarades. Quand est-il venu ? La colère monte, mais les souvenirs la chassent. La guerre et les années se mélangent. Victor a envie de prendre ses frères dans les bras, de les inviter à boire un coup comme au bon vieux temps.

À cet instant, il a trente-cinq ans. Appelé pour la guerre du Golfe, il a peur. Ils ne sont pas préparés. Reverra-t-il Joséphine qui est enceinte ? Il n'a pas sa combinaison chimique ni son masque à gaz. Il doit les trouver. La fumée est de plus en plus dense. Gros Loulou s'efface doucement. Vient le tour de Lieut Whisky, puis de Fred Le Fennec. Ses coéquipiers s'éclipsent. Ne restent que des Marge et des Victor. Des bruits d'hélicoptères et de mitraillettes retentissent. La vue du soldat se trouble. Des points lumineux et des étincelles jaillissent. Ses mouvements sont saccadés. Enfin, il repère un point rouge qui clignote dans un angle, une caméra. Il attrape son fusil, son bras gauche se crispe. Il vise, tire à côté, s'énerve. Les mots sortent dans le désordre. Quelque chose en lui lâche. Marge s'approche. Il l'insulte, peine à avaler sa salive. Il est loin, très loin d'elle. Elle comprend qu'il n'est pas dans son état normal. C'est moi, crie-t-elle. Il lui donne un coup de poing dans le ventre. Cette fois, sa main ne passe pas au travers. Pliée en deux, elle s'écroule. Victor tremble. Il fait une crise d'épilepsie. Les convulsions sont de plus en plus rapprochées. Autour d'eux, le spectacle se poursuit. Des Jules descendent du cinquième étage et d'autres montent du quatrième. Ils énoncent en boucle l'arrêté municipal, des menaces et traitent Marge de folle. La crise de Victor s'estompe. Il aperçoit la jeune femme à terre. Que s'est-il passé ? Il ne se souvient pas des quinze dernières minutes. Il essaye de lui parler, mais rien ne sort. Il se penche vers elle. Je ne suis pas folle, lui dit-elle. Il aimerait la rassurer, mais il bégaye. Les Jules les piétinent. À plat ventre, Victor fixe la caméra. De l'autre côté de la rue, Dauvilliers et son acolyte se félicitent de ce premier essai concluant. Opération réussie : les deux squatteurs sont affaiblis.

Trêve de Noël. Les rues se vident. Le bruit des valises à roulettes est permanent. Tout le monde gagne les gares et les aéroports. Les ouvriers se sont éclipsés. Depuis leur départ, le silence règne au 46 bis. Un long silence avant le sifflement des bombes. Victor et Marge ont posé casques et talkie-walkie. Ces dernières nuits, les crises de somnambulisme ont disparu. Les créatures sont parties en vacances. Gloria a laissé un grand vide. Une place pour penser. Un trou assez grand dans le ventre pour qu'une idée naisse et persiste : y loger un enfant.

Éliane, la fervente défenseuse des arbres remarquables, est partie dans les Alpes avec toute sa smala, et Rivera s'est envolé pour New York avec son épouse pour leur anniversaire de mariage. Victor est faible. Il subit le contrecoup de sa crise d'épilepsie. C'est donc cela qui l'attend. Il doit quitter Marge avant de devenir une loque. Lui montrer sa facette la plus terrifiante pour qu'elle ne le regrette pas. Mieux, qu'elle se félicite d'être partie. Il ne sort plus et préfère regarder des dessins animés ou des comédies romantiques. Le combattant de septembre a disparu. Marge se rend tous les jours chez le boucher. Parfois, elle n'achète qu'une tranche de jambon. Quentin Menard est sa récréation. Une respiration dans son quotidien étouffant. La belle Marguerite se fane chaque jour un peu plus. Les derniers soucis ont dessiné de nouvelles ridules sur son visage et Menard tente de les combler avec de la couenne.

Marge passe ses après-midi à guetter les sorties d'Iris, à provoquer des rencontres. Greta est devenue son obsession. Un jour, elle s'est assise sur le banc à ses côtés pour faire des coucous à la petite sur le manège. Elle jalouse cette jeunesse et tous ses possibles, alors que pour elle combien de portes se sont déjà fermées ? Elle lui a posé des questions sur la famille. Elle a ainsi appris que Violette était au repos. Apparemment, il y aurait un problème de placenta. La nounou n'a pas su en dire davantage. Elle n'a rien compris aux termes médicaux.

Hier, Marge a aperçu Violette qui se rendait à Notre-Dame-de-Lorette. Elle l'a suivie alors qu'elle n'entre jamais dans une église. Elles ont beau avoir reçu la même éducation religieuse, Marge ne croit pas en Dieu. Cachée derrière une colonne, elle l'a entendue prier pour avoir un petit garçon en bonne santé. Un beau bébé qui ne va pas mourir à sa naissance, que la folie épargne Iris et qu'elle soit une grande sœur exemplaire. Elle a même eu un mot pour Marguerite. Elle est si triste de ne plus savoir l'aimer depuis que tout lui est revenu en mémoire. Elle espère que, là où elle se trouve, elle va bien. Pour oublier, Marge a dansé des heures sur l'échafaudage. Elle aurait aimé que ses mains lâchent. Tomber du quatrième. Les souvenirs, comme des morceaux de verre, éparpillés sur le sol et balayés par le vent. Au moment où elle s'est dit que c'était fini, Victor l'a attrapée par la taille. À sa façon, elle a réussi à le sortir de son état léthargique.

Ce soir, c'est le réveillon. Assise sur une lisse, Marge observe les passants faire leurs dernières courses. En cuisine, Victor s'active. Il leur prépare un festin. Euphorique, il chante, il rit. Il n'est pas comme d'habitude. Un poids sur la poitrine empêche Marge de respirer. Et si c'était la fin ? Et si c'était ça, le sursaut de vitalité avant la mort ? Elle n'est pas d'humeur festive. Cachée derrière la bâche, elle voit Greta faire des allers-retours les bras chargés de paquets. Pour la première fois, Violette et Jules ne partent pas dans le chalet familial des Pyrénées. Va-t-elle inviter leurs parents ? Ce serait une belle occasion de se réunir et de célébrer l'arrivée du bébé. Elle la voit jouer avec Iris à des jeux d'éveil, s'assurer de son *bon développement*. À tous les coups, elle lui fait réviser les saisons et les chiffres. Marge serait bien avec elles. Victor l'appelle. Il a besoin de son aide. Leur prochaine mission : récupérer le plus bel arbre de Noël dans la rue. Il compte bien offrir à Marge un réveillon encore plus grandiose que ceux de son enfance. Ils ont le choix : les Parisiens ont jeté leurs sapins avant de gagner la province. Elle hésite. Elle les regarde avec des yeux écarquillés comme une fillette. Ils sont grands et touffus, n'ont pas perdu la moindre épine. Et s'ils en choisissaient plusieurs afin de créer un immense sapin dans la cage d'escalier ? Marge pointe du doigt ses favoris, Victor les emporte au 46 bis.

Alors qu'elle prend son temps devant le 37 pour tenter de croiser Violette, elle reconnaît dans une poubelle les emballages cadeaux de sa mère et les siens. Elle s'approche, aperçoit des vêtements pour enfants, les chaussons à tête d'ours, une poupée et un presse-papier avec une violette, un iris et une marguerite. Hortense a perpétué la tradition de grand-mère Suzie. Marge chancelle. Sa sœur n'a donc pas de cœur. Elle pense à leur mère qui doit être assise devant ses décorations avec ses chiens et à son père qui se complimente sur le train électrique qui fait le tour du salon. Elle pourrait se rendre à Clamart avec Beaulieu. Il devrait bien s'entendre avec son père.

Marge retrouve Victor. Ils accrochent les sapins, les fixent à la rambarde. Ils penchent d'un côté, puis de l'autre. Il faut beaucoup de corde. Elle les décore de boules trouvées dans les caves de l'immeuble. Avec un peu d'imagination, ils n'ont rien à envier à ceux des boutiques du boulevard Haussmann. Ils habillent l'échafaudage d'une guirlande électrique. Alors que Victor fait des essais d'éclairage, Marge aperçoit les parents de Jules. Violette les attend devant le porche, Iris court vers eux. Victor lui demande d'aller se préparer.

Rangers aux pieds, sa veste kaki et une jupe en tulle rose, parée de ses plus beaux bijoux, les cheveux relevés, Marge descend les escaliers telle une princesse. En bas, Victor, dans son uniforme de parade, la regarde d'un air émerveillé. Il l'invite à rejoindre la table de camping disposée devant le sapin. Champagne, foie gras, boudin et pommes au four, bûche sont de la partie. Dernières heures de repos pour Casse-Noisette et sa danseuse avant de combattre le Roi des rats.

LA NUIT

Le ciel de nuit n'est qu'une sorte de papier carbone,
Bleu-noir, aux périodes très marquées d'étoiles
Qui laissent passer la lumière, judas après judas –
Lumière d'une blancheur d'os, comme la mort, derrière toutes choses.
Sous les yeux des étoiles et le rictus de la lune
Il endure son oreiller désert, l'insomnie
Étalant son sable fin, irritant, dans toutes les directions.

SYLVIA PLATH
La Traversée, « Insomniaque »

Le 46 bis est plus miné que Verdun. Marge est une bombe prête à exploser. Victor a une bombe dans le crâne qui ne cesse de grossir. Jules s'apprête à envoyer une bombe sur leurs têtes et l'immeuble peut s'écrouler. Tout penche. Tout se fissure. L'air est dangereux. L'appartement, qui semble rétrécir chaque jour, est en pente. Les ouvriers ont posé des étais aux fenêtres entre Noël et le Nouvel An. Désormais, il fait toujours nuit dans l'appartement et dans cette nuit qui n'en finit pas, Victor aide Marge à creuser encore dans sa mémoire pour comprendre à qui appartenait le petit cou blanc. Il fait nuit dans leurs cœurs. La fin de cette drôle de guerre approche. Ils le savent. Ils ont abandonné leur entraînement. À quoi bon ?

Partout, de la poussière. Un paysage de cendres recouvre la maquette et ses poupées africaines, les animaux empaillés, le chitalpa de Tashkent. Marge et Victor se retrouvent coincés dans un film en noir et blanc. Elle danse sur un fil invisible sans jamais tomber. Une petite voix lui dit de tenir bon. En équilibre sur l'échafaudage, elle enchaîne les figures à la belle étoile tandis que l'ombre de Victor galope derrière elle.

Entre la folie et la mort, leur amour et leur désir ne cessent de croître. Victor repousse chaque jour le moment de la quitter. Ils se caressent du matin au soir et du soir au matin. Un poids sur le plexus les empêche de respirer quand ils sont loin l'un de l'autre. C'est seulement serrés, enlacés, qu'ils se sentent vivants. C'est le moment où le temps s'arrête, où plus rien n'existe en dehors de leurs corps, où le réel alentour s'abolit, où la vie se concentre dans leurs doigts, dans leurs peaux et leurs odeurs confondus. Ils se refusent à faire l'amour et, pourtant, ils ne font que cela. En cette période d'accalmie, ils passent leur temps, nus côte à côte, à se regarder. Ensemble dans leur terrier, à l'abri du dehors, tout s'annule et le reste du monde n'existe plus.

Une partie d'eux vit déjà dans les souvenirs, une autre s'efforce d'en créer de nouveaux. Ils inventent mille et une façons de se donner l'un à l'autre. Ils s'effleurent avec une plume d'oreiller, soufflent sur les zones les plus sensibles, embrassent chaque recoin, chérissent leurs reliefs. Ils découvrent un continent parsemé de fleurs aquatiques, de glaciers, de lézards, de braises. Sont-ils morts ? Sont-ils endormis ? Victor lèche son ventre, ses jambes et ses chevilles. Quand il arrive au niveau des mollets, elle se tord dans tous les sens et des paillettes de poussière volent autour d'eux. Elle redouble d'efforts pour ne pas enfouir son visage entre ses cuisses. La langue de Victor sur son mollet l'excite bien plus que dans le cou. Il adore la sentir frémir, se dérober, rugir de plaisir, s'énerver de ne pas jouir. Il reste sur le seuil. Il préfère pour l'instant rester avec ce désir qui crie famine. Cela lui procure un plaisir plus intense que s'il la pénétrait. L'attente est délicieuse. Elle le supplie de venir en elle. Il résiste, lui fait du chantage. Elle doit d'abord raconter les histoires. Il ne lâche rien.

La vie se poursuit entre les draps et les oreillers, derrière la bâche, les rideaux. Personne ne pourrait se douter qu'au 46 bis un homme et une femme dansent les derniers pas de leur vie.

Ce soir, en ce troisième jour de la nouvelle année, Victor, concentré, promène lentement les poupées africaines sur Marge comme un petit garçon avec ses voitures sur un tapis. L'air est chargé d'humidité. La poussière se colle à leur peau, leur dessine des contours de cendres, accentue les ombres. La nuit cogne contre les flancs de ces deux spectres. Le silence coule sur les murs. Un oiseau bat des ailes contre la fenêtre. Ils écoutent la vie lutter avec violence. Victor continue de la caresser avec les poupées. Ses gestes sont doux.

Marge sait très bien ce qu'il veut : entendre une histoire. Ces jours-ci, il ne vit plus que pour cela. Elle essaye par tous les moyens de gagner du temps, de détourner son attention. Ses mains frôlent les tétons, descendent vers le nombril, virent au passage la poupée vêtue d'un boubou bleu, Alice. Victor la rabroue. Elle rit. Il attend avec impatience de savoir laquelle elle va choisir. Alice, Esther, Daphné ou Viviane ? Marge soutient son regard, l'enjambe, se frotte contre lui. Elle exige qu'il la prenne. Elle veut qu'il l'engloutisse, qu'il l'écrase. Victor esquive, tente de se dérober. Elle le retient avec fermeté, fait son possible pour faire rentrer son sexe en elle. Il ne bande pas. Non, pas comme ça, pas maintenant. Pas dans cette colère. À peine ces mots prononcés, Victor l'empoigne. Ils crient, des appels à l'aide. Qui peut les entendre dans cet immeuble vide ? Ils cherchent comment sortir de cette spirale, comment exister séparément ou unis pour toujours. Les caresses sont violentes. Les artères battent fort. Ils s'étouffent à tour de rôle. Le menton mal rasé enflamme sa peau fine. Cela lui fait mal, mais elle aime ces éraflures qui la rendent vivante. Elle se penche sur lui, mord son cou. Il l'immobilise. Ils pourraient faire l'amour et s'entretuer en même temps. Leur désir vertigineux les recrache sur les draps gris comme deux noyés, vidés de s'être épuisés à regagner la terre ferme. Victor fixe la jeune femme. Elle est une énigme. Comment un petit corps peut-il être aussi brutal ? Elle sait très bien qu'elle risque de le perdre plus vite si elle continue de le malmener de la sorte. Elle ne peut pas lui dire qu'elle veut faire l'amour avant que la tumeur ne l'emporte, qu'elle veut son empreinte marquée à tout jamais dans sa chair. Elle veut que son sperme se mélange à ses cellules, modifie son ADN, la transforme.

Une grande inspiration, la conteuse rassemble toute son énergie pour inventer une histoire et retenir Victor. Elle est persuadée que le récit va sortir avec facilité, que les mots sont là tout près, ils coagulent contre son palais, après tout elle a bien réussi avec Gloria. J'ai une histoire à te raconter. Tu veux ? finit-elle par dire. Encore secoué, Victor hoche la tête. Mais les phrases se dérobent. Elle a beau avoir toutes les idées en tête, les liens ne se tissent pas. La création est une gymnastique comme une autre. Trop de jours se sont écoulés sans inventer. Ses lèvres peinent à exprimer ses pensées qui se déforment lors de leur trajet entre le cerveau et la bouche. Les mots se dessèchent ou s'évaporent. Victor soupire. Marge s'affole du regard qu'il porte sur elle. Dans ses yeux, elle a soudain l'impression de ne rien valoir. Elle n'a pas fait d'études, elle n'a pas fait la guerre, elle n'a pas de toit, elle n'a rien construit. Même la chose la plus simple, avoir un enfant, elle ne l'a pas réalisée. Elle ne possède que la danse et son imaginaire. Mais ce soir, même cela se dérobe. Les créatures ne se manifestent pas. Son esprit est dans la serre de l'école de la Légion d'honneur avec le jardinier, il est dans la chambre au bout du couloir, il est à la Pitié-Salpêtrière, il est avec Iris, avec Violette, il est avec le boucher, il est à un bal des officiers, il est avec sa mère en train de maquiller un défunt, il est perdu dans une nuit de 96. Son esprit est partout sauf ici. Peut-être que les créatures ont choisi un autre ventre où loger. Elles se vengent à leur façon. Un jour, Marge deviendra aussi un personnage enfermé dans un ventre. Elle attendra qu'on raconte son histoire. Comme tout le monde.

Victor lui ordonne de plonger dans l'eau froide une bonne fois pour toutes. Marge s'affole. Vite trouver un début qui accroche, lancer un hameçon dans le trou noir, pêcher une idée, le tenir en haleine. Elle est usée. Ses lèvres remuent dans l'air humide. Ses phrases sont incompréhensibles. Au loin, Patton et Joffre caquètent. Elles ont faim. Depuis combien de temps ne les ont-ils pas nourries ? Depuis combien de temps sont-ils dans ce lit ? Marge n'arrive pas à réfléchir. Elle a chaud, elle a froid. Son corps s'enfonce dans le matelas. Elle se recroqueville à l'intérieur de ses propres plis, son odeur lui devient insupportable. Son désir pour l'homme à ses côtés a le goût du sang, du soufre. Quelle force les empêche de se séparer, de quitter ce grand navire à la dérive ?

Victor l'exhorte. Raconte. Son visage est blême et crispé. Ses sourcils paraissent plus touffus, ils mangent ses paupières et ses yeux s'enfoncent, deux orbites vides comme des cratères de bombes. Ses joues se creusent, les rides s'accentuent. Marge voit que Victor se nourrit de ses histoires. Jusqu'à présent, l'espoir de les entendre un jour suffisait à l'alimenter. Jeune soldat, il projetait des films sur le ciel noir du désert. Cela l'aidait à vivre, à faire la guerre. À l'époque, il imaginait des univers pour se réfugier dans un autre monde, mais maintenant ? Maintenant qu'il est vieux, maintenant qu'il a une tumeur cérébrale, maintenant qu'il doit affronter cette dernière guerre, il n'en a plus la force. Il a besoin de Marge entre ces quatre murs, au milieu de ses maquettes et de ses petits soldats. Il l'a entraînée pour cela. Une autre solitude que la sienne. À sa façon, il la séquestre. Le secret des mains qui auraient étranglé un petit cou blanc lui importe peu. Il souhaite juste que sa captive raconte des histoires pour oublier le passé et le présent.

Il lui intime brusquement l'ordre de raconter l'histoire d'Alice ou d'Esther au hasard. Ce n'est pourtant pas compliqué ! Sur un ton plus doux, il lui dit qu'elle est forte, elle peut y arriver. Mais elle ne l'est pas, forte. Elle ne l'a jamais été. Elle ne fait que fuir. Elle est fragile, elle n'est pas un soldat mais une danseuse qui peut tomber à tout moment, pas un frère d'armes mais une femme avec des désirs, des pulsions, des rêves, des obsessions et de l'amour à donner. Il a ravivé tout cela en elle, mais il ne lui donne rien, pas même du plaisir, un orgasme. Il lui demande d'arrêter de gémir et de se plaindre, de se complaire dans la destruction et d'avoir un goût tordu pour l'échec.

Après un long silence, elle lui dit qu'elle veut sortir, voir des gens, rire. Ils pourraient faire comme tous les couples : aller au cinéma ou au théâtre, dîner dehors. Victor lui rappelle qu'ils ne sont pas comme tout le monde et qu'ils ne sont pas en couple. Elle se retourne, s'allonge au bord du lit, en équilibre. Elle s'isole dans sa bulle. Victor ne l'entoure pas de ses bras comme à son habitude. Si elle portait son enfant, il serait plus simple de partir. Elle aurait avec elle et pour toujours un bout de lui. Cet être prendrait tant de place qu'elle n'aurait plus d'espace pour penser au petit cou blanc et laisser les créatures l'envahir. Leur enfant l'obligerait à se cogner au réel. Elle s'oublierait, lui raconterait les guerres de son père et, comme toutes les mères, en ferait un portrait héroïque. La vie passerait.

Je vais être enceinte. Est-ce qu'elle a bien dit ces mots ? Victor ne bouge pas. Derrière son rempart de silence, il s'est endormi. Cette nuit, elle aimerait avoir son âge. Elle l'aurait rencontré à la place de Joséphine et serait devenue sa femme. Elle divague. De la sueur dégouline le long de son dos. Elle touche son front brûlant. Elle a de la fièvre. Les ombres la griffent. Elle voudrait partir, mais où aller à cette heure avancée de la nuit ? Il n'y a plus de train pour se rendre chez ses parents, et pas question de sonner chez sa sœur. L'esprit brumeux, elle se retient aux draps, gorge sèche, frissons. Alice, Esther, Daphné et Viviane donnent des coups contre les parois de son ventre. Ses ovaires lui font mal, cela lui donne la nausée. Ses cuisses s'écartent de leur propre volonté, ses muscles se contractent. Son col se dilate. Pourtant, elle n'a aucune histoire à raconter. Pas maintenant.

Daphné cherche à s'en aller, elle n'est pas heureuse. Tu n'entends pas ma détresse ? lui chuchote-t-elle. Le monde entier doit savoir pourquoi j'ai tué mon mari. C'était de la légitime défense, et toi, tu ne racontes pas mon histoire ! Je pars chercher un autre ventre. Une histoire comme la mienne mérite une oreille attentive. Dommage pour toi. Je détiens une part de ton secret. De toutes, je suis celle qui peut le mieux te renseigner sur l'identité de ce petit cou. Marge supplie Daphné de rester. Pour la retenir, elle commence son récit.

Dans un coin reculé de la Creuse, un couple possède un élevage de porcs. Aux yeux de Patrick, Daphné est une bonne à rien. Elle ne sait ni entretenir la maison ni gérer la ferme. Après sept ans de mariage, il ne la supporte plus. Il l'insulte, la violente, lui fait du chantage, la traite de cochonne au lit. Il l'épuise ou l'ignore.

Tu vas trop vite, Marge. Tu bâcles mon histoire, je ne mérite pas cela. Tu as bien pris le temps pour Gloria, pourquoi pas avec moi ? Tu dois mettre en place une ambiance, une atmosphère. Décris les odeurs : la paille, le purin, les plats qui mijotent, la chaleur étouffante de ce mois de juillet, la transpiration. Raconte comment son corps claquait contre le mien comme s'il procédait à une saillie. Et la fois de trop, l'horreur que j'ai subie, puis la délivrance quand j'ai pris la décision d'en finir, les trois jours d'apaisement. Dépeins la façon dont je me suis dirigée vers la porcherie, la tête haute, la poitrine fière.

Comment je suis montée de manière solennelle sur un tabouret au milieu des truies, la joie éprouvée d'accrocher la corde, le plaisir de la sentir autour de mon cou.

Marge parle vite, elle a peur d'oublier ce que lui dit Daphné. Elle répète les événements dans le désordre, ajoute des détails. Daphné lui dit qu'elle n'y met pas du sien. Elle cherche juste à se débarrasser d'elle pour avoir la paix. Ce n'est pas le bon chemin, Marge. Tu ne racontes pas les histoires pour faire plaisir à Victor. Il faut une nécessité, une urgence. Si tu crois recouvrer ta liberté juste parce que tu déroules des mots sans réfléchir, tu te trompes. Tu vis avec des personnages depuis l'âge de six ans. Tu n'étais pas encore arrivée au point final que déjà une autre idée pointait le bout de son nez. Victor ne suffira pas à te remplir. Tu te trompes. Il ne te rendra pas plus libre. Tu n'es pas la femme d'un seul homme, mais la femme de plusieurs créatures. Tu as évincé Gloria, mis en place des barrières pour ne pas accueillir de remplaçante, mais tu sais bien que ce n'est pas comme cela que ça fonctionne. Comment te sentiras-tu quand tu seras vide de nous ? Quand Victor sera mort ?

Les mains sur les oreilles, Marge fait la mouette, moâ moâ moâ. Hélas, personne ne peut évincer Daphné, pas même sa créatrice. Tu crois que tu as besoin de lui pour inventer, mais c'est faux. Comment faisais-tu avant ? Regarde-toi. Tu t'accroches à ce vieillard comme s'il était le garant de ta vie. Pauvre idiote, je te comprends. J'étais une femme libre et épanouie avant ma rencontre avec Patrick. Peu à peu, il m'a convaincue que je n'étais rien sans lui. Il faut dire que c'était un manipulateur, brillant, séduisant, et son corps musclé n'avait rien pour me déplaire. Même quand il me maltraitait, je le trouvais beau. J'étais folle de sa peau, de son odeur. J'adorais fourrer ma tête dans son cou. À cet endroit, la peau est tendre et douce. Je le reniflais. Cela l'agaçait, mais je ne pouvais pas m'en empêcher. Mon désir pour lui était bestial, j'avais tout le temps envie de le bouffer. Tu vois où je veux en venir, Marge ? Le désir et le sexe nous conduisent à notre perte. Tu le sais. Ne fais pas la même erreur que moi. N'oublie pas qui tu es. Invente des histoires, découvre ce qui te hante, passe à autre chose, mais invente. Invente toujours. Il n'y a que cela de vrai. C'est ta vérité et personne ne te l'enlèvera.

Marge se calme. Daphné en profite pour lui demander de se lever. Elle lui mâche le travail. Marge obéit, enfile une chemise blanche, vire la poupée qui représente Daphné avant de se diriger vers la cuisine. Elle exécute ses ordres, monte sur une chaise. Les meubles s'effacent. Marge se retrouve à la ferme. Elle voit les truies grogner autour d'elle. Une odeur forte et désagréable monte à ses narines. Ça pue les déjections et l'urine, les aliments à base de soja, de poissons et de volailles. L'air est lourd, irrespirable. Guidée par Daphné, elle mime le passage du nœud autour du cou. Elle ferme les yeux. Le sang pulse fort dans sa carotide. Elle la caresse. Cette partie relie si peu de choses, une tête seulement. Qu'est-ce qu'une tête ? Cela contient quoi, une tête ? Trop de souvenirs qui ne servent à rien, de culpabilité, de remords et de regrets, de projets qui n'aboutissent jamais, de rêves qui ne se réaliseront pas. Un couinement suivi d'un râle l'extirpe de ses pensées. Marge ou Daphné, peu importe, ouvre les yeux. Son regard se pose sur

Patrick, nu, allongé dans un enclos. Regarde, Marge, regarde bien. Qu'est-ce qu'il fait ? Dis-le, tu ne rêves pas. Il est serré contre une truie, il alterne les caresses et les claques tandis qu'il se tortille. Il pince sa couenne et lui dit qu'elle est bonne.

Il la respire, il grogne, répond Marge.

Oui, mais il fait quoi ? Il… ? Allez, dis-le ? Il… ?

Il copule, dit Marge au bord de l'évanouissement. Humidité, sueur, bruit mat de la queue qui entre et sort. Les yeux de l'animal comme ceux de Patrick brillent.

Voilà, nous y sommes. Tu vois la honte dans son regard ? Tu la ressens ? Daphné continue de lui donner des ordres. Maintenant, tu retires la corde autour de ton cou, tu descends et tu t'approches de l'enclos. Non, ne recule pas. Qu'est-ce qu'il y a sous la paille ?

Des porcelets, chuchote Marge.

Mais encore ?

Des bébés mi-homme mi-porc : une tête d'humain et un corps de cochon.

Il y en a combien ?

Douze.

Ne sois pas étonnée, Marge. Moi, je ne l'étais pas. Au fond, je savais qu'il me trompait depuis longtemps avec ses truies. Je n'étais pas folle. Il préférait leurs mamelles aux miennes. Pourtant, tu verrais mes seins. Je peux te dire qu'au village tout le monde les reluquait. Quel imbécile ! Le pire, c'est qu'il était incapable de me faire un gosse. Je me suis aperçue qu'il y avait d'autres mioches dans les enclos voisins. Ils avaient tous sa tête, des mini-Patrick. J'ai fixé ce porc droit dans les yeux. Et après, tu sais ce qui s'est passé ? Un petit effort, Marge, invente.

Ce n'est pas du jeu si c'est moi qui te dis tout. Je me trouve déjà bien conciliante.

Patrick a perdu son aura, dit Marge à voix basse. Il ressemble à un pauvre petit asticot au milieu du foin à côté d'une chose énorme aux dégradés de rose.

Développe, ordonne Daphné. Marge n'y arrive pas. Ses paupières luttent pour rester ouvertes. Daphné tape du pied. Je n'ai plus de temps à perdre. Je suis tellement déçue. Combien de jours devrai-je errer avant d'investir un nouveau ventre ? Une fois que je l'aurai trouvé, il me faudra du temps avant de me sentir chez moi et de faire confiance à la nouvelle conteuse. Nous allons devoir nous apprivoiser. Ce n'est pas à toi que je vais apprendre cela. Sans compter l'obligation de fréquenter de nouvelles créatures. Je m'étais presque habituée à Alice, Esther et Viviane. Nous aurions raconté une si belle fin, toi et moi. Quelque chose de grand qui marque les esprits. Une fin poignante et inoubliable. Tu as tout gâché.

Les nerfs de Marge lâchent. Je n'ai aucune idée de la façon dont se termine ce récit, je n'arrive pas à réfléchir.

Je vais te dire ce qui s'est passé. J'ai traité Patrick comme il le faisait avec moi. C'est lui qui en a eu l'idée pour se racheter. Il avait une peur bleue que je demande le divorce et que je l'oblige à vendre la ferme. Il n'aurait jamais pu racheter mes parts. J'en avais plus que lui grâce à l'héritage de mes parents. Je me suis alors mise à l'insulter, à le rabaisser. Je prenais un méchant plaisir à l'humilier. Il n'avait plus le droit de dormir à la maison, mais dans un enclos avec ses truies. Adieu les plats cuisinés et les bains chauds, place aux céréales, aux protéines végétales et au jet d'eau. En une semaine, j'avais enfoui son panache dans le purin. Hélas, pas son odeur. Elle me poursuivait partout. Même à l'autre bout de la porcherie, il m'excitait. Il m'arrivait de le rejoindre dans l'enclos. Je m'allongeais sur lui. À force de ne plus bouger et de trop manger, il avait engraissé. Je le trouvais encore très beau. Il y avait une superficie plus grande à respirer, des plis et des recoins à découvrir. Différentes odeurs de sueur, de chair maturée, des fumets délicieux. Tout son corps reluisait. L'envie de le dévorer ne me quittait pas. Paradoxalement, il m'insupportait de plus en plus. Surtout son regard de faible, de lâche. Plus rien ne m'attirait en lui si ce n'est son odeur. Je lui donnais à manger six fois par jour pour me vautrer dans d'autres plis. Un jour, il n'a pas réussi à avaler son repas. J'ai compris que c'était le moment de l'embrocher. Cela s'est fait naturellement. Il n'a pas rechigné. Bras et jambes ficelés, Patrick a tourné très longtemps au-dessus du feu. Il était bien difficile de griller toute cette masse. Il était encore plus beau rôti. Je l'ai dévoré le soir même. J'ai commencé par le cou.

La main de Victor cherche Marge dans le lit. Absente. Il se redresse d'un coup. Sa tête lui fait mal. Il regarde la fenêtre, essaye de se rappeler leur dernier échange, en vain. Ne reste qu'un sentiment désagréable de loupé, de ricochet, de raté. Une chute incommensurable dans laquelle elle l'a entraîné. À moins que ce ne soit lui. Il observe la chambre comme s'il la découvrait. Sans la danseuse à ses côtés, il ne comprend pas ce qu'il fait ici. Nu, il quitte leur terrier, glisse sur un objet mou, se rattrape de justesse à un fauteuil. Il ramasse une poupée africaine. Il reconnaît Daphné dans son boubou vert et jaune.

Nuit noire dans la cuisine. Les poules en liberté caquètent, viennent à sa rencontre en quête de graines. Il essaye de les attraper. Elles lui échappent. Son regard se pose sur une ombre au sol. Il allume la lumière, découvre Marge étendue. Il se penche sur elle, embrasse son front, ses joues. Marge attrape sa main, la pose sur son ventre. Elle lui dit que Daphné s'en est allée, qu'elle vient de faire une fausse couche. Cela lui est déjà arrivé. L'année dernière quand Violette a arrêté d'écouter ses histoires. Au début, elle croyait qu'elle avait ses règles deux fois par mois. Aujourd'hui, elle reconnaît les symptômes. Il lui sera impossible de raconter l'histoire de Daphné, elle n'a pas réussi à la retenir, elle en est désolée. Daphné était beaucoup trop en colère. Victor essaye de la relever, mais Marge, d'habitude si légère, est un poids mort. Il abdique, s'allonge. Il soulève sa chemise, colle son ventre à son dos, respire ses cheveux, son cou. Elle est moite. Autour d'eux, Joffre et Patton gloussent. Elle se serre contre lui. Toujours, elle voudrait entrer à l'intérieur de Victor. Son corps, son pays, sa maison, chez elle.

Assise sur une lisse, la tête à l'envers, Marge observe le soleil qui se lève derrière la bâche. Victor la regarde se contorsionner. La lumière se répand sur les toits de Paris. Ses courbes se fondent aux lignes de l'échafaudage. Elle chasse les dernières étoiles d'un geste de la main. Son corps se balance au rythme de la musique de la rue, frôle le rideau qui les sépare de l'extérieur. À cette heure de la journée, elle dégage un parfum de vie puissant qui vient exciter les narines de Victor. Il se rapproche pour mieux la sentir. Elle se cambre davantage. Ses flancs se creusent, sa poitrine gonfle, ses yeux noirs brillent. Tout son être se tend vers lui. Ils baignent dans un air mousseux et vaporeux. Derrière la culotte, cette autre bâche, la vulve gonfle. Les seins, prisonniers de leurs armatures, réclament leur liberté. Tout est contenu. Tout demande à exploser. Tout le corps de Marge crie à l'amour : désir incandescent de part et d'autre.

Alors qu'elle s'apprête à attraper une autre lisse, elle aperçoit une pelleteuse entrer dans le hall de l'immeuble. Une main lâche. Suspendue, elle ne trouve aucune prise pour remonter sur l'échafaudage. Ses jambes gesticulent dans le vide. Victor l'attrape et la hisse sur le plancher. À peine rétablie, elle descend en vitesse les échelles, qui n'ont plus de secrets pour elle. Pas l'arbre, dit-elle en boucle. Elle se faufile au milieu des ouvriers qui s'affairent. Ils la sifflent, l'effleurent, miment des gestes obscènes. Ils rient. Tous veulent la piéger. Elle les repousse avec brutalité. Sa force les excite autant que son odeur.

Au premier étage, Marge attrape la bâche, glisse sur le trottoir. Elle leur échappe, laisse derrière elle un parfum aux fragrances d'amertume et de frustration. Elle s'engouffre dans le hall sur les traces de la pelleteuse. Victor la rejoint, essoufflé. Impossible d'accéder à la cour. Des ouvriers, dos tournés, forment un rempart. Entre deux têtes, ils aperçoivent Jules qui fait de grands gestes. Il semble s'adresser à quelqu'un, pourtant il n'y a personne. Il tourne autour de l'arbre comme pour le provoquer en duel. Parfois, il s'arrête, attrape une branche, la brise en deux. La pelleteuse est là, à l'emplacement de la table et des chaises en fer forgé. Le coin d'Esther a disparu.

La vieille femme, assise sur un bac à fleurs, interpelle Marge. Je suis fatiguée, petite, raconte mon histoire à la façon de Gloria ou laisse-moi partir comme Daphné. Tu vois bien que ce Dauvilliers va parvenir à ses fins. La piscine tout comme le complexe technologique verront le jour, que tu le veuilles ou non. Tu te trompes de combat avec le chitalpa de Tashkent et celle qui est enchaînée à son tronc aussi, et tous les autres : Jules, Victor, Violette. Tu t'éloignes de la nuit de 96 et de son petit cou blanc. Tu t'enlises dans un amour impossible pour te sauver et sauver un homme condamné. Cela n'a rien d'héroïque. C'est une fuite en avant. Marge hausse les épaules. Baisse-toi, regarde, lui ordonne Esther. Elle obéit. Entre les jambes des ouvriers, elle reconnaît Éliane dans son long manteau vert, enchaînée à l'arbre. Esther poursuit : Tu penses vraiment qu'elle défend le chitalpa, ma jolie ? Cette pauvre femme se raccroche à lui car elle est seule. Toute sa vie, elle s'est occupée des autres : parents, élèves, enfants, et maintenant ? Regarde-la, même les membres de son association ne la suivent plus. Ils ne sont pas assez fous pour défendre un arbre rabougri dont tout le monde se moque. Une vie passe si vite. Ne gâche pas la tienne, tu es encore jeune. Ne fais pas comme elle. Ne fais pas comme moi.

À son tour Victor se baisse, s'adosse au mur. Un ouvrier muni d'une pince-monseigneur s'approche du tronc. Éliane se met à aboyer. Il faudra lui passer dessus avant de détruire le reste d'humanité du 46 bis. Les ouvriers ricanent. Jules fait signe à son sbire de reculer.

Les mains dans les poches, il fait les cent pas. Le silence règne. Tout le monde le suit du regard. Après un long moment, il affirme que cet arbre est situé sur un terrain qui lui appartient. Il a le droit de l'abattre. Éliane se met à gratter la terre avec ses ongles. Les mâchoires serrées, elle explique que les mousses sont une des premières lignées des plantes terrestres et abritent des milliers d'êtres vivants. Il peut y avoir des collemboles, des nématodes, des tardigrades. Autour du chitalpa, il y a tout un monde. Qui est Dauvilliers pour s'octroyer ce pouvoir d'extermination ? Elle jette une poignée de terre dans sa direction. Les ouvriers laissent échapper un rire.

Jules fait signe au conducteur de creuser autour de l'arbre avant de quitter les lieux.

Tu vois, Marge, j'avais raison, ils se trompent tous de combat, souffle Esther assise sur une branche du chitalpa. Même Dauvilliers. Au fond, il défend ce projet pour sauver son couple, briller aux yeux de sa femme. Victor tente de gagner du temps pour rester avec toi, pas pour sauver son appartement. Violette enchaîne les patients pour écouter les secrets des autres et étouffer les siens. Ils sont tous là à se donner de l'importance avec leurs petites guerres et défendre leurs intérêts. Et toi, Marge, combien de temps encore vas-tu te mentir ? Quand vas-tu ouvrir les yeux, ma jolie ?

Victor entraîne Marge dans le hall. Elle veut aider Éliane, lui apporter une couverture. Ils ne peuvent pas la laisser comme cela en plein hiver. Ils annoncent de la neige ces prochains jours. Il ne l'écoute pas. Hors de question de se mêler de cette affaire. Mieux vaut rester discret.

Au quatrième étage, des infirmières, médicaments en main, ordonnent à Marge de prendre ses pilules. C'est l'heure du goûter. Les soignantes hologrammes se ressemblent toutes, chignons, sabots en plastique, rouge à lèvres framboise, voix stridente. La qualité de l'image est nettement supérieure aux premiers essais. Les expressions des visages troublent Victor et Marge. Elles parlent du professeur Smirnov, de droit de visite, du règlement du service en secteur fermé : repas, douche, heure du coucher, télévision, objets interdits, pesée du matin, heure de sortie dans la cour. Les propos sont énoncés en décalage, un effet de canon. Certaines arpentent le couloir avec un chariot de médicaments.

Marge tremble, corps ramolli, langue rugueuse. Son cerveau devient légume. Elle s'accroche à Victor. Elle hoquette : j'ai huit ans, dans le bureau du docteur, je dessine mes cauchemars. Le petit cou blanc sans tête. M. Loufoque me demande à qui est ce cou. Je griffe mes mains, les cogne sur le bureau. Je veux les fracasser, oui, les fracasser pour détacher ces vilaines mains. Elles ont fait du mal. Je me souviens du petit cou blanc, tout doux, tout bon, j'aimais ses plis. J'adorais m'y réfugier, l'embrasser follement, des baisers qui claquent. Je dévorais le petit cou en cachette la nuit. Je n'avais pas le droit de me relever une fois les lumières éteintes. Mais c'était plus fort que moi. Je longeais les murs du couloir. Tout doux, je me répétais dans ma tête. Si Violette m'avait entendue, elle m'aurait dénoncée. Je lui racontais des histoires. Je prenais le lapin et je le caressais avec les grandes oreilles. Il se calmait et j'écoutais sa respiration. Une nuit, je ne l'ai plus entendue.

Les infirmières sont de plus en plus nombreuses. Elles lui intiment l'ordre d'avaler ses cachets. Des larmes perlent sur son visage. Elle dit qu'elle est folle, qu'ils vont l'interner. Dauvilliers et sa sœur vont appeler une ambulance. Elle flanche à deux reprises avant de lui avouer que Jules est marié à sa sœur. Elle aurait aimé le lui dire plus tôt, mais elle avait peur qu'il la chasse. Elle le supplie de la cacher. Si ce ne sont pas les pompiers qui viennent la chercher, ce sera la police. Ils lui révéleront son crime et elle ne s'en remettra pas. Plus les jours passent, plus elle est sûre d'avoir commis un acte abominable. Elle a tué et Violette sait qui a été tué. Marge serre le bras de Victor. Il doit l'aider à faire parler sa sœur. Vite élaborer un plan. Elle pourrait faire le pied de grue devant chez elle, l'effrayer avec le fusil et la forcer à passer aux aveux. Violette est forte. Quelle est sa faille ? Iris ! Et si elle la kidnappait ? Pas longtemps, une heure ou deux. Elle la ramènerait en échange de la vérité sur cette nuit de 96.

Il la saisit par la taille pour rejoindre l'appartement. Les infirmières disparaissent. Les ouvriers montent. Victor claque la porte. Il encadre son visage avec ses mains. Je suis là, je serai toujours là. Il la fouille du regard, scrute chaque détail comme pour l'emmener avec lui. Même dans la mort. La flamme logée dans les pupilles disparaît. Il retrouve les yeux noirs de son ogresse. Je suis là. Elle passe ses mains dans les cheveux gris, effleure les sourcils, la barbe et les ridules. Elle respire son cou, revient en elle. Leurs lèvres se goûtent. Celles de Marge sont fraîches. Victor mordille sa bouche, ses mains serrent son bassin contre le sien. Sexes et poitrine gonflent. La vie circule à nouveau. Marge gémit, pose sa tête sur son épaule. Son odeur l'apaise. Tout s'écroule autour d'eux, et pourtant les mains passent sous les pulls. Corps ravagés de désir.

Victor l'attire dans la chambre. Odeurs chaudes, chuchotements dans une langue connue d'eux seuls, nus dans les linges froissés, lui sur elle, cuisses écartées. Ils se griffent, se mordent. Les corps frissonnent. La langue de Victor parcourt son corps. Elle tourne autour des tétons, puis descend, descend, descend. Tout est encore possible. Envie d'être emportée par la vague. Les mains fouillent toutes les ouvertures. Chercher à rentrer dans l'autre sans totalement pénétrer, rester au bord, valser sur une crête. Les doigts de Victor s'immiscent en douceur dans l'intimité de Marge. Sa respiration s'accélère. Elle veut tous ses doigts. Elle soulève ses hanches, le pousse à aller plus loin, toujours plus loin. Sa langue déniche des secrets, des trésors, des sanglots. Il alterne les rythmes, doux, rapides. Il découvre une odeur exquise. Elle est à lui. Toutes ses odeurs lui appartiennent, tous ses soupirs. Elle le supplie de venir en elle et de jouir. Pas maintenant. Pas dans ce désir brut. Quand ils feront l'amour, ce sera beau, lui répète-t-il. Il veut comprendre ce qui se passe à l'intérieur, trouver une histoire. Où sont les créatures ? Marge halète. Soubresauts, elle crie non pas l'amour, mais ce qui s'en rapproche. L'amour, ce sera pour plus tard. Pour l'instant où tout s'effondrera, quand les échafaudages ne seront plus : s'ensevelir dans le désir, mêler les souffles et les odeurs à jamais. Corps de poussières pour des siècles et des siècles. Elle se cambre, ferme les yeux, liquide chaud. Secouée, épuisée, elle flanche. Marge crie. Un cri si fort qu'il franchit la frontière du pays des morts. Son corps tremble. Victor l'écrase de tout son poids. Elle peine à respirer. Sous cet homme condamné, elle ne s'est jamais sentie aussi vivante. Elle embrasse son cou, l'aspire, le marque au fer rouge. Il roule sur le côté. Ils se regardent dans ce jour poussiéreux et respirent leur odeur. Une fragrance de nuit humide, de désert chaud, d'herbes folles.

Depuis une dizaine de jours, Jules envoie aussi des drones pour surveiller Marge et Victor quand les ouvriers sont partis. Vrombissement permanent. Il a installé des générateurs de brouillard qu'il met en route au gré de ses envies. Dans cette fumée qui les isole, ils s'aiment à en perdre le peu de lucidité qui leur reste. Victor emprisonne Marge et elle accepte d'être sa captive. Il enferme sa jeunesse, il le sait, mais depuis qu'il a dévoré son sexe, il ne supporte pas l'idée qu'un autre homme la lèche. Elle est sienne et, pour lui, elle danse dans la cuisine, dans la salle de bains et sur l'échafaudage. Pour lui, elle invente d'autres figures, montre son plus beau visage le jour et essaye de raconter des histoires. Même si elle n'y parvient pas, elle continue à faire vivre Alice, Esther et Viviane : sa façon de le retenir. Marge repousse toujours au lendemain son récit. Victor voit clair dans son jeu. Au réveil comme au coucher, il lui dit qu'elle est belle. Elle ne l'a jamais autant été. Pourtant confiné sous une cloche de verre, tout son corps est en fête. Son ventre est prêt à recevoir leur histoire et à la prolonger bien après eux. Pas un jour ne passe sans qu'elle parle d'enfant. Bien souvent, sa demande arrive à la fin du dîner quand ils prolongent leur discussion autour d'un dernier verre. Alors elle pleure. Elle dit qu'elle a raté sa vie. Elle devient vieille, elle n'a plus vingt ans. Il l'attire à lui. Il l'appelle ma beauté. Elle s'agenouille entre ses jambes. Il la console, lui dit qu'il comprend, mais ce n'est pas possible. Les années qui les séparent existent bien et ils ne peuvent les ignorer pour toujours. Avoir un enfant, ce serait accepter le quotidien, la banalité, se ranger dans une vie tiède et sans saveur. Marge sèche ses larmes, s'assoit sur ses genoux. Tout est oublié jusqu'au prochain dîner.

Victor adore la prendre en photo avec son vieux Polaroid, chaque partie de son corps. Il a peur d'oublier un grain de beauté, une courbe, une expression. Il a peur de ne plus se souvenir de la femme du 46 bis. Les troubles de mémoire sont de plus en plus récurrents. Pour l'instant, il arrive à les cacher, mais pour combien de temps ? Combien de temps le Rivotril masquera-t-il les crises d'épilepsie ? Victor s'est rendu à l'hôpital un matin très tôt pour consulter le professeur Michalski. Au détour d'une phrase, il lui a demandé s'il était encore possible d'être opéré. Pas pour lui, mais pour elle. Leur laisser du temps. Savourer quelques jours, quelques mois peut-être à se respirer encore et encore. Passer d'autres nuits à se serrer dans le noir. Peut-être lui faire l'amour, enfin. Le plus beau des adieux. Au fond de lui, il le sait : quand il sera en elle, il mourra. A-t-il vraiment dit cela ? Après des examens approfondis, Michalski lui a annoncé qu'il était trop tard. La tumeur a beaucoup évolué en l'espace de deux mois. Il lui a prescrit un traitement pour les maux de tête et des corticoïdes pour le soulager. Il lui a signalé les effets secondaires. Son apparence allait changer : visage gonflé, prise de poids, mais il souffrira moins. Victor n'est pas allé à la pharmacie. Plutôt crever que de devenir un monstre aux yeux de Marge.

Désormais, quand elle dort, il enregistre sur un dictaphone sa respiration et tous les bruits alentour. Il se dit qu'un jour, quand l'heure de la nuit la plus longue aura sonné, il s'éclipsera. Il regardera les images de sa Marge et écoutera les sons qui l'apaiseront et l'accompagneront au pays des morts.

Chaque fois qu'il sort, il lui rapporte quelque chose. Cela va de la babiole de supermarché à un vêtement : pull bleu marine, poncho kaki, chemise à carreaux noir et rose. Victor a bon goût. Il sait l'habiller. Il aime aussi la coiffer, trouver avec elle une autre façon de mettre en valeur son visage. Il ne s'est jamais comporté de la sorte avec une femme. Est-ce un symptôme de sa tumeur ? Change-t-il en vieillissant ? Il aime prendre soin d'elle et ressent un besoin immense de la protéger. Il découvre la joie simple de lui faire plaisir et de l'embellir. Elle teste d'autres façons de se maquiller et, assis sur le rebord de la baignoire, Victor l'observe se préparer pour dîner. Après le repas, elle danse sur une musique colombienne, langoureuse et festive. Sur des notes de piano et de xylophone, elle l'invite à la rejoindre et ensemble, ivres, les corps penchent, se rapprochent et s'embrassent. Elle fait tourner ses poignets, ses bagues brillent à la lueur des bougies qui illuminent aussi les abats choisis par Quentin Menard. Le boucher se désespère de ne plus voir sa future femme. Il a retiré le père Noël de la vitrine. Elle ne viendra plus remonter le mécanisme. Peut-être que le lapin de Pâques la fera revenir. À cause d'elle, il s'est inscrit sur des applications de rencontres et enchaîne les rendez-vous manqués et les nuits ratées.

Pour Marge non plus, les nuits ne sont pas de tout repos. Même si les crises de somnambulisme se sont raréfiées, elle pleure de plus en plus souvent dans son sommeil. Victor la serre très fort contre lui. À moitié endormie, elle parle sans discontinuer. Ses propos sont décousus. Elle lui demande s'il croit en elle, s'il pense qu'elle fera quelque chose de sa vie, si elle sera une bonne mère. Elle réclame l'enfant comme une fillette devant une poupée en vitrine. Ce serait une preuve de son amour. Elle ne fera pas de mal à ce petit cou blanc. Elle ne recommencera pas. C'était un accident. C'était son petit, son tout petit, son tout doux. Promis, elle ne le tuera pas. Elle l'aime déjà. Il deviendra sa raison de vivre et elle aura toujours quelqu'un pour qui danser. Victor caresse ses cheveux et son front un long moment, elle se rendort.

Le temps passe et se resserre autour de Marge. Il l'étrangle à sa manière. Aujourd'hui, 17 janvier, c'est son anniversaire. Trente-cinq ans. Victor l'observe depuis plusieurs heures quand elle se réveille. Il lui a souhaité à minuit pile, mais cela ne compte pas. Elle attend de lui qu'il y pense aussi le matin, l'après-midi, le soir. Depuis le jour de l'An, elle lui rappelle cette date. Elle déteste cette journée, mais cette année elle espérait que ce serait différent. Il se lève en vitesse sous prétexte d'avoir oublié de vider la cave. Elle contient des souvenirs qu'il souhaite garder. Les ouvriers ont peut-être déjà commencé à les déblayer. Il évite son regard.

La porte claque. Perceuses et marteaux-piqueurs font leur tintamarre. Marge se réfugie sous les draps. Où va-t-il ? Chez le médecin ? La tumeur a-t-elle évolué ? Il n'a pas le droit de mourir. Elle veut un enfant de lui. Elle veut un petit être qui aura son regard et son sourire. Elle gonfle son ventre, le touche. Un homme n'a pas le droit de priver une femme de devenir mère. Elle ferme les yeux, imagine leur vie à trois. Elle rêve d'une longère en Normandie bordée d'hortensias et de rhododendrons. Une maison qui protégerait leur amour, leurs nuits, leurs danses et leurs rires. Leur enfant. Pourquoi n'aurait-elle pas droit à ce bonheur ?

Sur son portable, un message laconique de sa mère, rien de Violette. Elle se lève, se faufile entre l'étai et la fenêtre. Dans la poussière, elle discerne la silhouette de sa sœur. Elle se dirige vers la boulangerie. À trois mois de son terme, elle a dû arrêter ses consultations pour éviter des réactions violentes de ses jeunes patients. Marge la suit du regard. Elle jalouse sa vie de famille, sa vie de bourgeoise, ses vacances. Elle jalouse son ventre rempli, ses gros seins, les montées de lait à venir, les comptines, les biberons, les peluches et les couvertures douces, le sourire béat, la force d'être mère.

Les ouvriers montent.

Elle erre dans l'appartement, finit par s'asseoir devant la maison des poules. Elle les regarde de longues minutes pondre un œuf sous les lumières installées par Victor. Alice la rejoint. Elle fait claquer sa langue contre son palais pour attirer son attention. Elle brise le silence. Dans ma collection d'échographies, je n'avais pas que des fœtus. J'avais aussi des œufs que je baptisais. Nous formions une famille nombreuse. Il n'y avait pas un jour sans anniversaire. J'ai toujours rêvé d'être mère, mais jamais je n'aurais imaginé m'occuper de tant de petits anges. Toi aussi tu aurais pu en avoir beaucoup. Pourquoi t'es-tu arrêtée en si bon chemin ? Commencer à six ans, ce n'est pas donné à tout le monde. Tu avais déjà tant de force dans les mains.

Tais-toi, tais-toi, hurle Marge. D'un geste brusque, elle

vire Patton et Joffre du poulailler, récupère deux œufs, les brise sur ses tympans. Tu as compris, Alice ? Ce n'était pas ma faute. J'étais une gamine. On ne laisse pas une fillette errer dans un couloir la nuit.

Un sac de courses dans une main, une bouteille de champagne dans l'autre, Victor arrive. Joffre et Patton caquètent, courent dans tous les sens. Les yeux rouges, les cheveux gluants, Marge lui souffle qu'ils pourraient être heureux à trois. Elle triture les bouts de coquille. Regard noir, Victor dépose ses achats. La bouteille roule sur le plancher. Les poules battent des ailes frénétiquement. Il aimerait lui dire : arrête, sauve-toi. Marge se lève, fonce dans la salle de bains. La vapeur envahit la pièce. L'eau est brûlante. Allongée dans la baignoire, Marge se noie dans sa tristesse. Son cœur bat lentement, sa peau se fripe, ses cheveux flottent. Elle les voit se colorer de gris tandis qu'elle est en salle de travail. Elle voit une petite tête sortir de son corps vieilli. Elle se voit morte.

Adossé contre le lavabo, Victor la fixe.

Je crois savoir ce que ressentait Joséphine, murmure Marge. Elle aussi était folle de toi. Comment l'as-tu rencontrée ?

En colonie de vacances. Tous les enfants de l'usine Renault y allaient, aussi bien les gosses d'ingénieurs que ceux des ouvriers.

Tu es tombé amoureux d'elle ?

Oui, mais c'est elle qui a fait le premier pas. Elle était belle. Tout est allé très vite. Je voulais rentrer dans l'armée, je me suis engagé. Nous nous sommes mariés et nous avons vécu à la caserne.

Tout était gris, non ?

Oui. Jo a vite déchanté. Perdre sa condition sociale à l'étranger et au soleil, ça passe encore, mais rester en France comme femme de militaire...

Tu l'as enfermée.

Elle s'est enfermée toute seule, rectification. J'étais prêt à changer de région pour une vie plus confortable, mais elle ne voulait pas quitter Paris. Alors, j'ai enchaîné les opex pour lui offrir cet appartement.

Tu l'as trompée ? Tu me trompes ?

Qu'est-ce qui te prend ?

Fais-moi l'amour.

Non.

Fais-moi l'amour.

Victor s'agenouille, plonge un bras dans la baignoire. Il l'effleure. Des frissons la parcourent de la tête aux pieds. Elle se met debout, l'enlace. Encore une fois, tout est pardonné, jalousie et crises enterrées.

La journée avance. Victor peint des soldats pour oublier sa tumeur, Marge fait des exercices d'assouplissement pour chasser ses trente-cinq ans. Chacun passe une tête pour guetter l'autre à tour de rôle. Parfois, elle s'approche pour respirer son cou. Ou lui, pour toucher ses cheveux. Sur un air de perceuse, elle danse. Il ne peut s'empêcher de la regarder et de sourire.

Dix-neuf heures. Victor lui demande de se préparer. Marge se jette dans ses bras. Ce n'est pas de fêter son anniversaire qui la rend heureuse, mais de sortir avec lui pour la première fois. Elle sort toutes les affaires de sa vie d'avant, les étale sur le lit. Elle essaye différentes tenues et les lui présente. Elle s'observe sous toutes les coutures, ne laisse rien au hasard. Elle hésite entre une longue jupe en tulle et un costume blanc crème. Elle lui demande où il veut l'emmener. Il refuse de répondre. Elle opte pour une petite robe noire dos nu et des escarpins vernis. Elle remonte ses cheveux en une longue queue de cheval, puis se maquille : regard charbonneux, rouge à lèvres bois de rose. Dans le miroir, elle revoit la fillette qui se préparait avec minutie avant un dîner d'officiers. Surtout ne pas faire honte à son père, qu'il soit fier de sa petite princesse pour compenser l'absence de l'épouse. Ne pas parler ou seulement quand on lui pose une question. Se tenir droite, sourire, écouter. Attendre que tout le monde soit servi avant de prendre sa fourchette. Ce soir, c'est différent. Une chaleur diffuse se propage dans tout son être. Ce soir, elle est femme. Elle est chatte.

Veste d'apparat, les barrettes arborées, Victor l'attend à côté de la porte d'entrée. Il la complimente, réajuste une boucle d'oreille, puis l'aide à enfiler son manteau. Ce soir, tout doit être beau, on ne parle pas du petit cou blanc, ni de l'incident de ce matin, ni de Dauvilliers. Ils sortent à la hâte pour éviter Éliane toujours enchaînée au chitalpa de Tashkent sur son îlot au milieu de la cour. La pelleteuse a creusé tout autour.

Ils se dirigent vers la gare Saint-Lazare. Elle, le buste droit, la tête haute. Ses talons claquent. Elle attrape sa queue de cheval, la place d'un côté, puis de l'autre. Elle observe tout, s'émerveille d'un rien, rit beaucoup. Victor aime la regarder. Ils sont dans le présent du désir. Il savoure le bonheur d'être avec elle dehors. Il respire sa présence dans l'air froid de janvier. Avec elle, tout est harmonieux. Certains passants les dévisagent. Est-elle sa fille ou sa maîtresse ?

C'est ici, signale Victor avant d'ouvrir une porte aux poignées dorées, puis un rideau en velours. Ils entrent dans une brasserie au décor luxueux de la Belle Époque. Partout des miroirs biseautés et des boiseries toutes en courbes et arabesques. Marge contemple la verrière tandis que le garçon prend son manteau. Une serveuse les accompagne à leur table réservée à côté du bar. Marge et Victor surplombent la salle. Autour d'eux des couples jeunes et pourtant déjà vieux dans leurs attitudes, des hommes d'affaires qui la regardent indiscrètement. Ce soir, la beauté de Marge s'impose. Victor exhibe sa nouvelle médaille, la plus belle de sa longue carrière. Il commande un plateau d'huîtres. Elle raconte tout ce qu'elle aimerait faire : voyages, musées, théâtres. Elle semble se réveiller après de nombreuses années. Elle propose des sorties. Elle les imagine dans un an, dans cinq ans. Il n'y a pas une seconde à perdre. Victor lui tend en silence une boîte rouge. Marge se tait. Elle ouvre l'écrin avec délicatesse. Une montre au cadran rectangulaire avec un bracelet de cuir brun. Elle sourit. Cet homme face à elle a trouvé un moment pour se rendre chez un horloger. Il a imaginé ce que la montre donnerait sur elle. Il a demandé un ruban autour du paquet et caché son achat. Elle lui tend son poignet. Il ajuste la montre. Il ne s'est pas trompé. Elle est parfaite pour sa Marge. Il regarde l'aiguille des secondes qui frappe le temps avec son fouet imaginaire. Elle le lacère. Les secondes saignent et pleurent. Le cadran leur dévoile le futur.

Victor la voit : elle cueille des fleurs dans une prairie, une petite tête blonde la suit. Le soir, elle lui raconte les histoires inventées. Face à la fenêtre qui donne sur le grand jardin, un homme de son âge lui fait l'amour. Entourée d'amis, elle souffle les bougies de ses quarante ans. Il la voit courir dans la forêt avec un chien. Elle voyage, rattrape le temps perdu. Elle marche le pas léger dans les rues de Rome, Florence, Barcelone. Toutes ces villes l'inspirent. Elle rencontre d'autres créatures.

Marge voit ses nuits à venir. Leur amour lui donne la force de franchir les étapes importantes de sa vie. Mais Victor n'est plus là. Elle sait qu'elle n'aimera plus jamais ainsi. C'est déjà une chance d'avoir connu un si grand amour. Elle vivra avec ce deuil, éternelle amoureuse d'un fantôme. Parfois, sans que personne comprenne, elle dansera. Elle lèvera les mains en l'air, fera tourner ses poignets et criera en silence. Quand elle apercevra un échafaudage, elle poussera la porte de l'immeuble. Elle se lèvera en pleine nuit et, dans ses crises de somnambulisme, elle le cherchera.

Pour contrer cette vision funèbre, elle continue de fantasmer leur avenir. Victor ne l'entend pas. Il voit ses lèvres bouger, son regard qui pétille. La serveuse apporte les plats. Elle lève son verre. Il tente de saisir le sien, mais sa main ne lui obéit pas.

Nous devons trouver une solution, murmure-t-il.

Marge hoche la tête, larmes aux yeux et sourire de façade.

Une solution ?

Tu comprends très bien. Je suis vieux. Je suis condamné. Nous devons penser à ton avenir.

Quel avenir, sans toi ?

Je vais accepter la proposition de Dauvilliers. Avec la

vente de l'appartement, tu auras assez pour t'acheter un studio. Tu pourras trouver une formation, un métier.

Marge regarde ailleurs. Les reflets des verres et les luminaires se fondent. Tout devient incendie autour d'elle.

Je veux mourir avec toi.

Arrête. Tu seras heureuse, je le sais.

Marge hausse le ton.

Oui, je vais être heureuse. Plus heureuse que je ne l'ai jamais été. Je serai amoureuse de plusieurs hommes. Et je vais baiser comme une folle.

Elle boit d'une traite, se ressert. Victor déteste quand elle est dans cet état. Il sait qu'elle peut devenir indomptable. Des gouttes de sueur perlent dans son dos, son cœur bat vite. Il se lève, descend aux toilettes. Les doigts de Marge tapotent la table avec nervosité. Elle lutte contre cette force qui l'entraîne vers le fond. Elle aimerait fuir, oublier Victor, mais tout son corps refuse. Avec lui, elle meurt à petit feu. Sans lui, elle meurt à grande vitesse. Elle prend un air détaché, sait qu'on la regarde. Elle commande une autre bouteille. Les minutes sont interminables.

Au sous-sol, Victor se mouille le visage. Il a chaud, il a froid. Il se dit que bientôt sa démarche se fera hésitante, dans sa confusion il n'aura plus aucune envie, pas même celle de la toucher, de la respirer. Le rideau de leur petit théâtre se déchirera sans bruit tout comme la bâche. Il tente de se consoler. Marge criera de douleur une semaine, un mois peut-être. Mais dans une vie, ce n'est rien. Ensuite, une profonde tristesse l'envahira pour laisser place au temps des souvenirs et sa présence vaporeuse l'enveloppera pour la protéger. Elle finira par accepter de vivre avec ce fantôme qui viendra la hanter la nuit, lui faire l'amour, l'écouter raconter des histoires, et la faire danser pour toujours.

Victor garde son pied appuyé sur la pédale qui actionne l'eau. Les lavabos et les murs oscillent. Où se trouve-t-il ? Où est la porte de la chambre ? Ce n'est pas sa salle de bains. Quel jour sommes-nous ? Il ressemble à ses camarades qui partaient en vrille sur le terrain. Ses mains s'agitent. Est-il accompagné ? Oui. Une femme. Quel est son nom déjà ? Il a peur. Son cœur bat toujours vite. Enfin il se décide à monter marche après marche.

Elle s'impatiente. Que fait-il ? Enfin, elle l'aperçoit au milieu de la salle. Il regarde autour de lui, l'air perdu. Elle hésite à se lever. Et s'il avait aperçu une vieille connaissance ? Un serveur le rejoint. Victor hoche la tête. Il cherche une certaine Joséphine. L'homme lui montre sa table. Il la rejoint d'un pas fébrile. Il la regarde comme pour la première fois. Marge guette l'arrivée d'un gâteau avec une bougie. Nous ne sommes pas à notre place habituelle, lui dit-il. Elle attrape sa main, la presse fort. Victor tremble. Elle boit. Il dit qu'il va bientôt partir au Kosovo. Elle ne doit pas être triste, il lui écrira et, à son retour, ils feront cet enfant. Elle ne doit pas pleurer, ils vont bien finir par y arriver. Il l'appelle *ma Jo* à plusieurs reprises. Elle n'arrive pas à parler. Elle reprend du vin. Il lui dit qu'elle boit trop. Sa voix devient plus claire. Son regard se fait plus sombre. Soudain la mémoire lui revient. Il lui demande si elle veut autre chose, comme s'il ne s'était rien passé. Elle hoche la tête. Il a peur pour elle. Marge fait signe au serveur. Vite régler, s'en aller.

Dehors, le froid gifle leurs visages. Le vent souffle fort.

Ils remontent la rue des Martyrs. Ils ont pris dix ans en une soirée. Marge voit la futilité des passants, et Victor, l'ennui désespéré de ceux qui n'ont rien à vivre. Bonheur d'être à deux. Désespoir d'être à deux. Ensemble, sans se le dire, ils espèrent la pluie pour laver ces dernières heures, un orage qui gronderait plus fort que leurs cœurs. Ils pensent à cet été qu'ils ne verront pas : c'est une certitude.

Les bâches volent, l'échafaudage frémit comme un bateau amarré à une bouée. L'immeuble désire larguer les amarres, emmener ses fantômes sur une île où tout serait encore possible. Marge et Victor, sur le ponton au premier étage, flottent à mi-chemin entre le ciel et la terre. Le vent s'immisce sous leurs manteaux, ils pourraient presque s'envoler. Victor est faible, mais il tient à monter avec elle par l'échafaudage. Elle l'aide à se hisser. Ce soir, il ressemble à un vieillard. Au quatrième, ils contemplent les lumières qui scintillent, un royaume nocturne où les confidences règnent. L'avenir n'existe pas et hier est déjà enterré dans les tréfonds de la mémoire. Marge enlace Victor qui la serre contre lui. Elle ressent une immense vague d'amour pour cet homme. La vague la submerge, la noie à l'intérieur d'elle-même. Autour d'elle, l'écume des nuits l'enveloppe de sa mousse. Ils passent par la fenêtre brisée de la cuisine. Le sol s'est encore affaissé. Elle attrape une poupée.

Victor se déshabille. Dans la lumière jaune de la salle de bains, il la regarde se démaquiller, retirer sa montre. Elle prend son temps. Derrière elle, Esther s'observe dans le miroir. Marge savoure ce moment. L'histoire se prépare. Elle va ramener Victor à son plan et lui redonner vie. L'excitation monte. L'idée de raconter ce récit est plus forte encore que le moment où les mots sortiront de sa bouche. Il en est de même pour l'orgasme. Ce n'est pas la jouissance en elle-même qui est importante, mais les chemins empruntés pour l'atteindre. Les ampoules au-dessus du lavabo clignotent. La conteuse et sa créature se cherchent comme deux paons en parade nuptiale. Pour prolonger l'instant, Marge s'enduit de crèmes.

Elle enlève sa robe, se glisse contre lui, nue. Calme. J'ai une histoire à te raconter. Tu veux ? chuchote-t-elle. Victor secoue la tête. Elle extirpe la poupée Esther de sous les draps. Suspendu à ses lèvres, il est là. L'absence de tout à l'heure est déjà loin. Elle prend une grande inspiration, se lance.

Nous sommes le 11 avril 2018. Comme tous les mercredis après la classe, Esther Meyer se rend à la pâtisserie de la rue des Martyrs. Jeune professeure des écoles, un de ses péchés mignons est de s'offrir une gourmandise chez la star montante des plaisirs sucrés. Le rose lui monte aux joues quand le chef la sert. Elle ne trouve plus ses mots. Inutile de s'attarder sur leur coup de foudre. C'est lui avec ses taches de rousseur, ses cheveux carotte, qui lui demande : « Une tartelette citron comme d'habitude ? » C'est elle avec ses longs cheveux noirs, ses yeux en amande, montrant du doigt la tartelette. Feu d'artifice de chantilly, de sucre glace dans le ventre. Jérémy baisse les rideaux du magasin. À partir de ce jour, c'est eux et leurs mots de guimauve, leurs nuits délicieuses. Esther emménage chez lui au-dessus de sa boutique. Un appartement modeste encombré de romans, de livres de cuisine et de moules à gâteau.

Marge remue une pâte imaginaire, virevolte dans la chambre, mime l'installation du jeune couple. Victor l'observe inventer la scène qu'elle aimerait vivre avec lui, légère et joyeuse. Soudain, elle met un genou à terre, ouvre une boîte. Elle fixe Victor. Nous sommes le 22 juin 2023. La veille, Jérémy et Esther ont vogué de concert en concert à la fête de la Musique. Sur leur dernier cha-cha-cha, il lui a demandé de l'épouser : OUI. Ils sont sur leur nuage quand le réveil sonne à quatre heures. Jérémy a de nombreuses commandes en cette période estivale. Marge court à la fenêtre comme Esther. Un dernier signe, leur rituel avant que Jérémy ne s'enferme au labo. Il se recule pour mieux la voir. Esther aperçoit une voiture qui zigzague et percute Jérémy de plein fouet. Elle ouvre la bouche pour crier, mais aucun son ne sort. Elle n'est plus qu'une plaie béante. Le conducteur a pris la fuite.

C'est une métaphore de ma tumeur, assène Victor. Tu aurais pu trouver une fin moins bête pour ce pauvre garçon.

Je te raconte l'histoire d'Esther. Tu es pâtissier ? Non. Laisse-moi poursuivre, rétorque Marge.

Elle décrit Esther embrassant Jérémy à la chambre mortuaire, les bouquets de lys, le cimetière dans les Vosges, le malaise de la mère à l'église, elle jetant les brioches du boulanger du coin. C'était se moquer de Jérémy.

De retour à Paris, Esther a tellement peur de l'oublier qu'elle collecte tout ce qu'il reste de lui : des cheveux sur la brosse, des poils dans la douche. Elle les glisse dans des pochettes avant de les ranger au congélateur. Elle place son dentifrice, sa tasse et son rasoir sur une étagère :

sa collection d'empreintes. Elle classe toutes ses notes : listes de courses, pense-bêtes, mots d'amour, une nouvelle recette. Elle répertorie par ordre chronologique ses messages, leurs vidéos et leurs photos sur son ordinateur.

Victor la coupe. Promets-moi de ne pas collectionner mes affaires ! Je t'interdis de vivre avec un mort. Elle l'ignore. Quel bonheur d'inventer, de s'amuser, de surprendre l'autre, de le désarmer. Elle poursuit.

Esther ne retourne pas à l'école, pour le bonheur de ses élèves en vacances une semaine avant les autres. En cet été caniculaire, elle vit volets fermés. Vêtue d'un boxer de Jérémy, elle alimente ses réseaux sociaux des recettes qu'il n'a pas eu le temps de publier. Elle maintient le lien avec *ses abonnés*. Elle connaît toutes ses astuces. Sous les photos, elle écrit des légendes sur le même ton : *Un énorme cookie à partager ou pas – Le week-end s'annonce chaud, je compte bien faire baisser la température avec mes délicieux sorbets et glaces maison – La gourmandise est vraiment mon meilleur défaut et vous ?...* À sa façon, elle le maintient en vie. Elle poste des images d'ustensiles et toutes sortes de gadgets envoyés par les sponsors de Jérémy. Hélas, le 15 août, plus un seul contenu à diffuser. Esther pleure. Cette nuit-là, elle danse. Elle pleure en dansant. Au petit matin, épuisée, elle cherche une dernière recette dans la messagerie de Jérémy. Elle tombe sur une publicité qui propose d'animer vos photos, premier essai gratuit. Elle clique sur le lien *Des fins et des vies*, envoie une photo d'eux à Port-Grimaud. Le résultat est stupéfiant. Esther et Jérémy dégustent leurs glaces tandis que les touristes déambulent autour d'eux. Esther revit la scène plus vraie que nature.

Victor ferme les yeux, Marge le secoue. Ne t'endors pas avant la fin. Il lui propose de faire une pause. Elle s'énerve. Pas question de perdre le fil et de laisser la créature disparaître au pays des idées avortées. Ils ont vu ce que cela avait donné avec Daphné. Marge parle plus fort. Elle pianote comme sur un clavier d'ordinateur. Il sourit. Il adore la voir jouer avec le sérieux d'une fillette.

Esther souscrit un abonnement pour une vingtaine de photos. Elle récupère celles de son portable et de son ordinateur. Très vite, elle développe une addiction. Elle ne se lasse pas de les regarder préparer un barbecue, poser devant une multitude de desserts colorés. Toutes les photos du couple écumées et quatre cents euros envolés, elle ajoute l'option son. Il suffit d'envoyer des messages vocaux, d'écrire une dizaine de phrases et de préciser qui les dit. Le logiciel reproduit à la perfection les différentes intonations. On dirait que Jérémy est là, dans la pièce.

La rentrée des classes a sonné. Le cœur lourd, Esther retrouve le chemin de l'école. Elle bâcle ses cours, file à seize heures trente pour retrouver son univers. Alors qu'elle s'apprête à envoyer une photo retrouvée dans son portefeuille, elle reçoit une alerte. *Des fins et des vies* propose la création d'un hologramme. La somme n'est pas précisée. L'utilisateur sera sélectionné après une batterie de tests. Esther tente sa chance. Elle rentre les données de son profil. La réponse ne se fait pas attendre. Sa personnalité intéresse l'équipe. Le rendez-vous est pris pour le lendemain. Un chauffeur viendra la chercher à vingt-deux heures. Le lieu est gardé secret.

Victor se redresse, captivé. Marge fait les cent pas. Elle ne sait plus très bien qui elle est. Esther, allongée sur le lit, lui souffle ce qu'elle doit dire. La délivrance est proche. Marge ne peut pas l'abandonner.

Où l'a-t-on emmenée ? souffle Victor.

Je ne sais pas. Je porte un bandeau sur les yeux et j'ai interdiction de le retirer.

Vous roulez longtemps ?

Quarante minutes, une heure peut-être.

Et après ?

J'entends une voix de femme.

Retire le bandeau.

Je n'ai pas le droit.

Est-ce Esther perdue dans cette nuit ou la Marge de six ans qui parle ? Victor essaye de démêler l'histoire. Elles ont chacune une vérité à expulser.

Marge raconte la pluie, le tonnerre qui gronde. Le froid saisit ses chevilles, impossible de marcher. Bruit de porte. Odeur aseptisée, un chariot roule, chuchotements. On attrape sa main gauche. Incision, grande fatigue, maux de tête, ses yeux brûlent. Sa mémoire se dérobe. Le temps lui échappe, sa propre vie aussi. Bruit de moteur. Esther rentre avant le lever du jour. Elle ferme la porte. C'est chez elle et pourtant quelque chose a changé. Elle sombre dans un profond sommeil. Quand elle se réveille, il fait nuit. Elle a dormi toute la journée. Courbatures, corps lourd, partout autour d'elle une odeur de ferraille. Au pied du lit, un fascicule *Des fins et des vies*. À l'intérieur, le schéma d'un corps humain avec des incisions pour montrer l'emplacement de capteurs sensoriels et le dessin d'une main avec une puce intégrée. Esther observe l'incision dans sa paume gauche. Marge en fait autant. Sueur dans le dos. Elle ravale sa salive. Elle lui lit la notice : *Pour actionner l'hologramme, dessinez un chiffre sur votre paume et une lettre associée à un lieu. 1a il apparaît sur le palier ; 1b dans le salon ; 1c dans la chambre. 2a il m'embrasse sur la bouche ; 2b sur les joues ; 2c dans le cou. 3 il prononce Je t'aime. 4 il demande « comment s'est passée ta journée ? ». Gardez bien les yeux ouverts. Votre regard fera office de projecteur. Pour ajouter des options supplémentaires ou opter pour un abonnement Premium, rendez-vous sur notre site.*

Victor absorbe ses paroles. Où va-t-elle chercher tout cela ? Il oublie sa tumeur, leur histoire d'amour impossible. Tout se mélange, le vrai, le faux, la réalité, l'imaginaire. Les frontières sont poreuses. Avec elle, il devient pharaon du désert, des nuits, de l'éternité, intouchable et immortel. Vivant comme jamais il ne l'a été, comme jamais il ne le sera plus. Marge plonge avec Esther. Pour aimer elle aussi Jérémy, elle utilise son amour fou pour Victor. Elle invente une multitude d'options. Victor rit aux éclats. Elle ne s'arrête plus, parle en continu, peine à reprendre son souffle.

Esther embrasse Jérémy, cuisine avec lui, regarde des films à ses côtés, se douche en sa compagnie. Elle revit au point d'oublier sa mort. Isolée du monde, elle ne répond plus aux appels, elle ne sort plus sauf pour se rendre à l'école. Devant ses élèves, elle agit comme un robot, évite ses collègues. Elle ne supporte plus d'enseigner la lecture, mais elle n'a pas le choix. Elle doit continuer de payer l'abonnement. Elle a bien essayé de négocier un prêt à la banque, mais son conseiller lui a ri au nez devant le motif de l'emprunt.

Les vacances de la Toussaint approchent. Ses économies fondent à vue d'œil. Pourtant, elle rêve d'acheter le pack orgasmique contenant l'option pour faire l'amour avec son hologramme et éprouver toutes les sensations grâce aux capteurs et à la batterie d'accessoires connectés, un gode avec télécommande, un fascicule avec cinq positions et une dizaine de phrases allant du mot doux à l'insulte. Pour l'obtenir, Esther dépose une annonce chez les commerçants. Elle propose des cours particuliers. Il y a de la demande. Elle travaille comme une acharnée après l'école et veille tard pour passer du temps avec Jérémy. Ils rattrapent le temps perdu, font l'amour plusieurs fois par nuit.

Ensemble, Victor et Marge inventent des phrases coquines qu'Esther active. Ils rient à en pleurer. C'est joyeux au quatrième étage du 46 bis rue des Martyrs. Ils se fabriquent tout un univers, se surprennent eux-mêmes de leurs trouvailles. C'est à celui qui ira le plus loin. Ils explorent chaque recoin du territoire de l'imaginaire et conçoivent des packs pour Esther : le pack mari alcoolique fourni avec de la vaisselle et des vases à briser, le pack de l'amant qui s'active avec le nombre soixante-neuf, le pack femme battue avec sa matraque afin de reproduire cocards et hématomes, le pack vacances avec diffuseur d'odeurs de beignets et de monoï, livré avec un sac de sable. Marge termine avec le pack maternité.

Victor arrête de rire. Les propos de Dauvilliers lui reviennent : « On dit qu'elle a tué un bébé. » Silence. Nous y sommes. Va-t-elle aller au bout de l'histoire et découvrir ce qu'il s'est passé la nuit de 96 ? Il aimerait lui dire qu'il a compris en partie l'histoire du petit cou blanc.

D'une voix lointaine, Marge raconte. Après avoir travaillé comme une folle pour acheter la quasi-totalité des packs, Esther aspire à être mère. Elle veut un enfant de son Jérémy. Ils avaient pour projet d'en avoir trois. Deux rapprochés et un petit tardillon. Ils s'étaient mis d'accord sur les prénoms. Heureusement, *Des fins et des vies* a pensé à tout avec la création d'un bébé hologramme. Le pack fournit des cachets pour stopper les règles, déclencher des nausées et des contractions, ainsi que trois ventres en mousse : un de quatre mois, un de six mois, un de neuf mois, et bien sûr un bébé hologramme créé à partir d'une photo du père et d'une photo de la mère. Pour le voir grandir, le site propose des packs développement trois mois/un an, un an/trois ans et ainsi de suite. Le budget est considérable, trois mille euros pour commencer, puis deux mille euros chaque évolution. Sans oublier l'abonnement pour l'hologramme de Jérémy et sa multitude d'options. Esther ne réfléchit pas. Les cours s'enchaînent de huit heures à vingt-trois heures. Elle ne mange plus, oublie parfois de se laver, met fin à des abonnements futiles : cinéma, théâtres, téléphone portable.

Après des mois laborieux et des fêtes tristes à mourir, le soleil se lève enfin sur la vie d'Esther en ce début d'année. Elle inscrit « BB » sur sa paume. Processus enclenché. Elle n'a plus ses règles. Elle peut enfin lever le pied pour neuf mois. Pour faire croire à sa grossesse, elle se gave de pilules censées fortifier les cheveux et offrir un magnifique teint. Les commerçants la trouvent rayonnante. Elle est si heureuse qu'elle en oublierait presque Jérémy. Elle le convoque de moins en moins et occupe son temps à lire des ouvrages sur la maternité, à aménager une chambre d'enfant. Marge pousse un fauteuil, pose la main sur son ventre, chantonne une comptine.

Le jour J, Esther gobe la pilule contractions. L'accouchement est déclenché. Le petit Aurélien naît le 28 août pour le plus grand bonheur de sa mère. Elle reprend ses cours avec difficulté. Elle ne supporte pas de laisser son enfant seul. Elle vend tout ce qui lui reste : livres, bibelots, meubles, pour profiter au maximum de son petit trésor.

Depuis deux ans, Aurélien a trois mois. Esther peine à réunir la somme pour le faire grandir, mais ce matin le banquier lui a accordé un prêt de six mille euros prétendument pour acheter une voiture. Bébé grandit. Il coûte de plus en plus cher et devient un petit garçon capricieux. Il pique des colères terribles, réclame toujours plus de jouets, de goûters grandioses et d'activités hors de prix proposées par *Des fins et des vies*. Esther se saigne pour assouvir ses désirs, mais ce n'est jamais assez bien. Même Jérémy lui répète qu'elle est une mauvaise mère pour l'inciter à payer toujours plus d'options. Elle possède des dizaines de fascicules avec des milliers de phrases à activer. Elle commet souvent des erreurs. Par exemple, confondre 304a, jouer à un jeu de société en famille, et 403a, s'insulter en famille.

Victor l'écoute avec attention. Il cherche la faille. Quand Marge va-t-elle flancher ? Son esprit fuit sa propre vérité. Esther doit l'y conduire, du moins en partie. Il reste encore Viviane et Alice pour lever le voile sur son passé. Marge s'agenouille. Esther lui murmure qu'elle n'avait pas le choix. Elle ne pouvait pas faire autrement. C'était sa vie contre celle d'un hologramme. C'était Aurélien ou

Jérémy. Aucune femme ne devrait avoir à faire ce choix. Marge ouvre grand sa paume gauche, laisse flotter son index au-dessus. Elle poursuit.

Esther doit supprimer son bébé. Il y va de sa survie. Aurélien pompe toutes ses économies. Elle fait appel à l'option « Détresse » : mettre fin à une relation avec un hologramme pour la modique somme de cinq cents euros. Plusieurs possibilités : 500a, mort dans un incendie ; 500b, mort dans un attentat ; 500c, mort dans un accident de ski ; 500d, mort d'une maladie infantile ; 500e, mort étouffé. Ces options sont livrées avec leurs accessoires : bruitages, odeurs, lettres de condoléances, jusqu'au service obsèques. Esther opte pour la dernière option. Celle-ci, comparée aux autres, lui semble la moins douloureuse.

Le lendemain, elle se glisse dans le lit d'Aurélien, lui raconte une histoire. Le petit garçon s'endort. Elle écoute sa respiration paisible une dernière fois, puis attrape un oreiller avant de dessiner *500e* sur sa paume. Elle étouffe son fils. En une fraction de seconde, les pixels s'envolent, tournent dans le salon avant de disparaître. Dans son coin, Jérémy répète en boucle : mauvaise mère. Elle hurle dans l'oreiller. Auprès de qui trouver du réconfort ? À qui parler d'un enfant qui n'a jamais existé sauf pour elle ?

Marge sanglote. Tu sais, Esther adorait l'odeur du petit cou. Elle aimait ses plis et ses recoins. Il sentait bon. Moi aussi, je n'avais d'yeux que pour lui. C'était mon petit, mon tout doux, mon trésor. Je me voyais jouer à la maman, le promener dans sa poussette, lui donner le biberon et lui raconter des histoires. Ce n'est pas sa faute si notre mère était malade. Ce n'est pas sa faute si elle gobait des somnifères. Encore moins si elle nous criait dessus parce que notre père était absent. Ma mère détruisait ses enfants et elle ne s'en rendait pas compte. Je ne l'aimais pas. Je ne l'aime toujours pas. Je préférerais qu'elle soit morte. Cela fait des années que cette pauvre femme s'enterre. Je ne pouvais pas être la mère de ma mère, ni celle de ma sœur, ni la petite femme de mon père, mais la grande sœur du petit cou blanc, oui. Il était si fragile. Il n'allait pas survivre dans cette famille. Je me revois à six ans dans le couloir de la grande maison de Clamart. J'entends les pleurs de mon tout petit. Il fait noir, il est seul. Personne pour le rassurer. Alors, moi, je. Marge s'arrête net.

On dit qu'elle a tué un bébé. Victor ne parvient pas à se sortir cela de la tête. L'emmener sur ce territoire, ce serait biaiser une nouvelle fois sa propre vérité. C'est à elle de remettre les pièces du puzzle dans l'ordre. Peut-être qu'elle n'est pas encore prête à lever le voile du passé, à vivre avec le poids d'un mort. C'est lourd, un mort, même tout petit. Elle hoche la tête. Cela lui demande un effort considérable d'effacer ses souvenirs pour se concentrer sur Esther.

Esther perd son emploi, puis son appartement. Elle s'installe dans la cour du 46 bis rue des Martyrs au pied du chitalpa de Tashkent. Son petit chez-soi est délimité par une guirlande d'ampoules branchée sur le compteur des parties communes. Elle l'a décoré avec les moyens du bord : des fleurs volées au cimetière Montmartre, un tapis persan, quatre cagettes pour table basse et une cantine militaire. La nuit tombée, elle déroule un matelas et s'endort à la belle étoile. Un paillasson marque l'entrée ainsi qu'une étiquette d'écolier suspendue à une canne à pêche : *Chez Jérémy et Esther*. Pour continuer de payer l'abonnement de son hologramme, elle rend des services aux habitants de l'immeuble, s'octroie le rôle de concierge et, au fond, cela arrange tout le monde.

Esther vieillit. Jérémy a toujours trente-deux ans. Elle a mis fin au pack orgasmique depuis bien longtemps. Elle ne parvenait plus à se déshabiller devant lui, alors faire l'amour, encore moins.

Il fait doux en ce 14 février 2078. Une étole sur les épaules, Esther se berce dans le fauteuil à bascule. Elle observe sa paume gauche. Elle hésite, mais en ce jour de la Saint-Valentin, elle n'a pas le courage d'être seule. Jérémy adorait cette journée où il vendait des gâteaux en forme de cœur pour le bonheur des amoureux. Ses pâtisseries étaient de véritables chefs-d'œuvre. Elle approche son index. Son cœur palpite. Elle redevient cette femme de vingt-huit ans, excitée comme au début de leur relation. Elle écarte son doigt, fait durer le plaisir. Il viendra, elle l'a décidé. Elle sort un miroir de la cantine, maintient ses cheveux gris en chignon avec un stylo et s'applique un rouge à lèvres pourpre. Feignant la surprise, elle lui dit : « Déjà là ? Je ne pensais pas que tu rentrerais si tôt. » Elle ne lui laisse pas le temps de répondre, note « 2a » sur sa paume. Jérémy avance vers elle, tend ses lèvres. Comme il est beau. Elle caresse ses cheveux tandis qu'ils s'embrassent. Ses seins pointent et son cœur pulse fort. Son désir pour lui est intact. Elle a beau se dire qu'il n'est qu'un hologramme, la chaleur dans son bas-ventre revient toujours. Elle est folle de sa salive sucrée. Cette fois son haleine a un goût de fraise. Si quelqu'un pénétrait dans la cour, il verrait une femme tourner sa langue dans le vide et la ferait interner sur-le-champ. Elle frotte son nez contre le sien. Ses mains parcourent son torse, elle niche sa tête dans son cou. Une odeur de transpiration parvient à ses capteurs. Impossible de retenir des râles de plaisir, elle gémit et ondule du bassin.

Marge accentue ses gestes. La chaleur monte dans la chambre. Elle se caresse. Victor aussi. Grâce à Esther, ils font l'amour à distance. Le temps est aboli. Ils ont l'âge qu'ils ont envie d'avoir, ils se trouvent là où ils ont envie d'être. Ensemble, ils pénètrent le continent sans frontières du plaisir. Vivants ou morts, ils s'y retrouveront toujours. Ils sont de ces amants qui traversent l'éternité. Marge maîtrise son histoire à la perfection. Victor pourrait l'écouter des heures. Nue devant lui, habitée par son récit, elle avance vers le point final. Esther ne dit plus rien. Elle est prête à s'en aller.

Ça devait se finir, nous le savions. Non, ce n'est pas une énième menace. Ne me regarde pas ainsi. Cette fois, cela ne marchera pas.

Le cœur serré, elle embrasse Jérémy une dernière fois. Avec son index, elle dessine « 500a » sur sa paume. L'hologramme de Jérémy ne brûle pas dans un incendie. Il est un peu plus fade, mais toujours là. Elle redessine le cinq et les deux zéros. Son image grésille, mais elle perçoit encore ses contours. Ne flanche pas, tu y es presque, se dit-elle pour se donner du courage. Elle écrit plusieurs fois « 500a ». Cela ne fonctionne pas. Elle recherche la puce dans sa main, pince sa peau. Introuvable. Où s'est-elle nichée ? Face à elle, Jérémy lui répète en boucle *Je t'aime*. Pourtant, elle n'a pas dessiné le trois. C'est le trois qui active ces mots. Cela a toujours été ainsi. À une époque, elle passait directement au 9m : ils faisaient l'amour.

Je t'aime.

Ses nerfs lâchent. Elle ne supporte plus sa voix mielleuse. Elle attrape un couteau, perçoit son reflet dans la lame aiguisée : une femme de quatre-vingt-huit ans à la rue. Jérémy qui a trente-deux ans depuis cinquante-cinq ans, Jérémy et son beau sourire, ses cheveux roux, sa peau laiteuse, s'agenouille avec un air suppliant. Des larmes coulent sur ses joues. C'est la première fois qu'elle le voit pleurer. Non, elle ne faiblira pas. Elle reconnaît les stratégies du site pour la tenir en haleine, la rendre toujours plus dépendante et lui vendre d'autres options onéreuses. Si elle n'a plus de toit aujourd'hui, c'est à cause de cet abonnement.

Je t'aime.

Elle tremble. Des enfants passent. Elle attend qu'ils s'engouffrent dans le hall. Elle lacère sa paume. Elle écarte les deux pans de la blessure, ça brûle. Sueur froide, elle est près de tourner de l'œil. Elle fouille, aperçoit du blanc, ses os et rien d'autre. Elle fait une deuxième entaille à la base du pouce. Cette fois, Jérémy déblatère sur un rythme endiablé : *je t'aime – quel dessert veux-tu ? – on sort ? – je te désire – raconte-moi ton rêve – tu es une merveille* ; et son image oscille. Tête, buste et jambes sont décalés les uns par rapport aux autres. Quant à ses pieds, ils sont détachés du corps, posés comme des pantoufles derrière lui. *Je t'aime, tu es mon ogresse, tu es la plus belle chose qui me soit arrivée.* Son cœur palpite. Elle l'ignore. S'il croit l'avoir avec ces phrases à l'eau de rose ! Elle poursuit l'incision malgré la douleur intense. Soudain elle la sent loin dans sa chair. Elle tente de la déloger avec la pointe du couteau. Enfin, la puce est visible. Elle l'extrait doucement. Elle y est presque. La garce, elle est coincée. Elle tente de l'extirper avec ses dents. C'est bon, elle l'a. Les pixels composant Jérémy s'éparpillent, volent comme une nuée d'insectes, se rassemblent et reconstituent son image, parfaite.

Elle mord la puce, goût de ferraille, décharge électrique. Jérémy se démembre. Sa tête flotte à quatre mètres du sol, son tronc fait des allers-retours chez le voisin du premier étage, la jambe droite cavale dans tous les sens et la gauche saute à cloche-pied. À nouveau, les parties du corps se réunissent, mais ont rapetissé. Jérémy a la taille d'un gamin de dix ans. Il ressemble trait pour trait à Aurélien. Cette vision l'insupporte. *Je t'aime.* Elle mordille la puce, qui se brise en plusieurs morceaux. Jérémy la fixe de ses grands yeux noisette. *Je t'aime.* Il lui manque déjà. Plus d'un demi-siècle de vie commune. Il s'estompe. Elle crache la puce. Jérémy disparaît. Elle utilise ses dernières forces pour jeter les morceaux. Son cœur ralentit. Elle s'écroule.

Marge se réfugie dans les bras de Victor. Ils tremblent de la tête aux pieds. Au-dehors, les bâches se soulèvent, l'échafaudage grince. Esther a disparu. Victor lance la poupée de l'autre côté de la pièce. Ils ont éradiqué une créature supplémentaire. Le rire de Marge perce la nuit noire, déchire la couture qui retenait la folie. Victor la serre très fort contre lui, mais elle lui donne des coups. Eux, c'est pour toujours. Ses mots au restaurant ne comptent pas. On efface tout. Tout se mélange dans sa tête. Elle a six ans et trente-cinq ans en même temps. Fillette et femme abandonnées. Elle n'est plus vraiment Marge, juste une coupe qui contient l'amour de Victor. Il prend tant de place dans son ventre qu'elle ne sait plus qui elle est. Elle observe les ombres de ses mains au plafond. Est-ce qu'elles lui appartiennent ? Est-ce qu'elles sont bien attachées à son corps ? Elle divague, passe d'une nuit à une autre. Elle ne sait plus ce qu'elle invente et ce qu'elle n'invente pas. Peut-être qu'elle a rêvé cette histoire de petit cou. Peut-être n'a-t-il jamais existé ? Victor s'allonge sur elle, la berce. Ils s'endorment ainsi.

Les yeux grands ouverts, Marge quitte les draps chauds. Victor ne l'entend pas. Dans la cuisine, elle s'assoit devant la maison des poules. La pleine lune éclaire la pièce. Le vent souffle fort. Il fait froid. Marge attrape Joffre, la caresse un long moment. Tout doux, chuchote-t-elle. Tout doux. Tu es à moi. Il faut être gentil, pas faire de bruit, maman dort. Elle a besoin de se reposer. Tout doux. Elle embrasse sa tête, puis serre le petit cou blanc de plus en plus fort. La poule bat des ailes. Marge lui tord le cou. Les os craquent. Elle s'allonge, enlace le cadavre de l'animal.

Cela fait quinze jours, depuis la mort de Joffre, que Victor ne touche plus Marge. Il aimait cette poule, comme tous les animaux d'ailleurs. Il s'est débarrassé du corps alors que Marge dormait encore sur le sol de la cuisine. Quand elle s'est réveillée, elle lui a demandé où était Joffre. Il lui a répondu qu'elle s'était enfuie. Marge ne l'a pas cru une seule seconde. Elle a regardé ses mains, elle a compris.

Depuis cette fameuse nuit, il dort dans le salon malgré les suppliques de Marge. Parfois, elle se relève, vient le chercher. Elle est perdue dans le grand lit sans lui. Comme il ne réagit pas, elle fait semblant de partir. Elle finit par rebrousser chemin, se sert une liqueur pour s'assommer, se réveille en fin de matinée. Regard noir de Victor quand elle va prendre son café comme si de rien n'était. Il a viré les poupées de la maquette pour rejouer les batailles de Crécy et de Poitiers. Il est persuadé qu'il y avait une stratégie plus fine à adopter contre l'Angleterre. Il pense aussi revoir la bataille d'Azincourt. Il aimerait comprendre cette défaite avant sa mort. Elle fait tout pour attirer son attention, le frôle, se promène nue, tente de raconter des débuts d'histoires. Rien n'y fait. Il reste concentré sur ses guerres. Il doit faire appel à des techniques militaires pour garder son calme et gérer ses émotions. Même avec ce savoir-faire, il est proche du dérapage à chaque seconde. L'odeur de Marge est toujours aussi addictive.

Elle aimerait que Daphné ou Esther viennent lui donner des conseils. Elles s'y connaissent en amour. Elles pourraient l'aider à surmonter cette tempête. Marge est seule. Elle guette l'arrivée de nouvelles créatures pour ne plus penser au petit cou blanc. Hélas, aucun personnage à l'horizon. Son amour pour Victor prend toute la place même s'il ne la regarde plus. Il déteste les perdants et elle se complaît dans le rôle de la miséreuse. Il voudrait lui dire : ressaisis-toi, bouge de là, fais quelque chose. Mais il reste mutique. En ce moment, il ne tolère rien. Il change d'avis toutes les deux minutes et s'agace pour un oui, pour un non. Malgré son traitement antiépileptique, son état se dégrade progressivement. Les mots s'envolent, ses mains parlent de plus en plus souvent pour lui. Elles communiquent avec celles de Marge. Ni l'un ni l'autre ne sauraient traduire ce qu'elles se racontent. Pourtant, elles se disent tout. Elles ont même donné le prénom du petit cou blanc pendant leur sommeil. Elles ont aussi évoqué des paroles de soldats avant la mort. Victor déteste quand ses mains se dirigent vers celles de Marge. Elles sont plus fortes que lui. Parfois, elles attrapent ses poignets pour l'inviter à danser. Il aimerait s'échapper, mais son corps l'en empêche. Alors ils esquissent quelques pas sur le sol qui penche et, comme une toupie, valsent à en avoir le tournis. Plus Victor essaye de la repousser, plus ses mains s'agrippent à son corps. Les mains de Marge attrapent ses épaules, encadrent son visage pour l'embrasser. Il reçoit ce baiser comme si c'était le dernier, puis se dégage et retourne à ses soldats. Marge enfile son manteau, claque la porte. Elle erre dans la cage d'escalier au milieu de la poussière et des ouvriers qu'elle provoque. Elle aimerait déclencher une bagarre pour faire réagir Victor. Il retrouverait son esprit de combattant, viendrait à sa rescousse. Son plan échoue. Les hommes de Jules ont reçu l'ordre d'ignorer les squatteurs du quatrième. Ils contournent Marge et poursuivent les travaux.

Malgré le froid de ce mois de février, elle traîne des heures dans la cour à défaut de s'enrouler autour de la bâche. C'est beaucoup trop dangereux avec le verglas. Elle tourne autour du chitalpa de Tashkent, attend l'arrivée d'Éliane qui a réussi son coup. L'arbre a eu droit à son heure de gloire : une double page dans *Le Parisien* et Éliane Jouvenel, l'amie des arbres remarquables, son portrait dans *Libération*. Depuis, Jules fait profil bas. Aux beaux jours, plus personne ne se souciera de l'avenir du chitalpa. C'est une question de temps. Éliane ne baisse pas la garde. Elle prend son poste à six heures, le quitte à vingt heures, remballe l'échelle qui lui permet de monter sur son îlot. Auprès d'Éliane, Marge trouve du réconfort. Elles parlent des heures. Elles aiment l'humour noir, les faits divers, la politique et la littérature. Chacune a pris beaucoup de place dans la vie de l'autre. Marge voit en Éliane la mère qu'elle aurait souhaité avoir : une femme qui mène des combats. Son esprit soixante-huitard l'amuse. Éliane voit en Marge une fille spirituelle : libre, fantaisiste, imprévisible. Ancienne professeure, elle la pousse à mener des expériences. Elle lui apprend à rouler des joints, à tirer dessus et lui donne des cours sur la plantation de cannabis. Pour une bonne pousse : emplacement ensoleillé et un sol bien drainé. Utilisation d'un terreau de haute qualité. Planter les graines dans un sol humide et maintenir une température de vingt à trente degrés. Éliane ne lui a pas révélé ses nombreuses planques dans l'immeuble. Les ouvriers ne les ont pas toutes trouvées, notamment dans les combles. Elle a le temps de voir venir, assez pour occuper son siège un mois encore, sauf si Marge continue de fumer avec elle.

En cette fin de journée, alors qu'elles goûtent la psilocybine apportée par Éliane, les confidences vont bon train. Sous la protection du chitalpa de Tashkent, Éliane parle de son premier amant, de sa vie d'étudiante, de ses rêves. Elle avoue que cet arbre n'est qu'un prétexte. La solution pour sauver ses derniers plants de cannabis. Elle n'a ni cour ni balcon dans son immeuble et son dealer s'est fait arrêter. Elle aurait craqué sans ses plantations. La cohabitation avec son mari est infernale. Éliane divague, refait le monde. Marge boit ses paroles. Elle a trouvé son maître à penser. À son tour, elle se confie sur sa vie. Elle lui dévoile son amour pour Victor. Éliane se lève, puis d'un air inspiré se lance dans un discours sur l'espèce mâle. Tu dois lui faire envie, lui montrer que tu es une femme épanouie. Crois-en ma vieille expérience. Plus tu prendras ton indépendance, plus il te reviendra. Attention, il faut tout de même lui montrer que tu as besoin de lui. Une femme libre fait peur. Tu dois être joyeuse et cacher tes soucis. Leçon numéro un : trouver un emploi.

Leçon numéro deux : séduire d'autres hommes. Rien de tel pour flatter son ego. Leçon numéro trois : récupérer ton vieux. Elles revivent leurs adolescences, s'amusent comme deux grandes copines. Les ouvriers partis, elles quittent leur repaire. Éliane a une idée en tête. Bras dessus, bras dessous, elles remontent la rue des Martyrs, gloussent comme deux oies. Elles chipent des vêtements dans la benne de la Croix-Rouge. Pour trouver un boulot, mieux vaut faire pitié que d'attirer la jalousie. Elles se déguisent sur le trottoir, enchaînent deux ou trois poses avant de déguerpir les bras chargés de fripes. Fières de leur coup, elles se quittent au seuil du 46 bis.

Dans son fauteuil, Victor s'est assoupi devant un reportage animalier. Marge l'observe, le respire, effleure ses lèvres avant de le couvrir d'un plaid. Il attrape sa main, marmonne qu'il ne veut pas mourir à l'hôpital. Elle s'assoit sur l'accoudoir, caresse son front, se recroqueville tout contre lui.

Maquillage sobre, vêtue d'un imperméable bien trop léger pour la saison, Marge se présente à l'accueil de France Travail. Elle demande un rendez-vous avec sa conseillère Mme Aucaucou. On lui apprend qu'elle est partie en retraite et qu'elle est radiée. Elle se lance dans une longue plaidoirie, explique que son portable désuet ne lui donne pas accès à Internet. Elle ne peut prendre connaissance de ses courriers. Au fond, c'est leur faute si elle ne touche plus aucune aide et si elle n'a pas accès aux annonces. Elle aurait un portable dernier cri, elle serait réactive. Elle demande qu'on lui prête un ordinateur pour mettre à jour son curriculum vitae. La secrétaire fait signe à l'agent de sécurité de la raccompagner, mais elle ne se laisse pas faire. Elle parle de fracture numérique qui empêche les gens comme elle de s'insérer dans la société. C'est inadmissible.

Surgie de nulle part, une voix nasillarde retentit : « Mon rendez-vous n'est pas là, je peux m'entretenir avec madame. » Marge regarde à droite puis à gauche avant de se tourner vers la secrétaire qui lui fait un signe en direction du sol. Elle aperçoit un nain, chemise à fleurs sous un gilet sans manches, baskets roses montantes. Vous ne m'aviez pas vu ? plaisante-t-il. Elle esquisse un sourire. Il l'invite à le suivre. C'est son jour de chance, il y a de nombreuses annulations. Dans une petite salle décorée d'affiches, l'homme, d'un air princier, monte sur un marchepied pour atteindre sa chaise. Assis, son menton touche la table. Face au bureau, Marge fixe sa tête décapitée. Le nain se présente : Vrud. Elle lui fait répéter. Il l'épelle : V. R. U. D. Ce n'est pas un diminutif, mais un prénom diminué. Comme ma taille, ajoute-t-il dans un éclat de rire. C'est une farce ! Vrud enchaîne les calembours, un véritable boute-en-train. Il a été embauché pour atteindre le petit quota handicapé fixé par France Travail. Il souligne le mot « petit », rit à gorge déployée, peine à reprendre son sérieux. Vrud remplace Mme Aucaucou, mais aussi M. Jacquet et Mme Gaillard, en arrêt maladie. Il ne passe pas par quatre chemins : Marge est différente, et les gens hors norme, il les comprend. Elle peine à rebondir. Après une grande inspiration, elle raconte ses expériences. Elle déteste les métiers testés ces dernières années. Elle se livre sur ses difficultés. Il y a des sanglots dans sa voix. Vrud la fixe. Ce n'est pas tous les jours qu'un tel phénomène se présente à France Travail. Il tombe sous son charme. Il comprend ses désirs, ses incertitudes, ses questions. Il la trouve drôle, créative et débrouillarde. Il la rassure, elle a osé et c'est déjà beaucoup. Il promet de l'aider. En l'espace de quinze minutes, il lui donne un petit identifiant, un petit code pour accéder aux petites annonces, remplit une petite fiche pour la gratuité des transports, se renseigne sur les petites réductions téléphoniques. Il lui donne un petit dossier à remplir pour un logement social. Il est de son devoir de remettre Marge sur les rails. Toutes ces petites cases à cocher la terrifient, comme les heures fixes, les collègues, le loyer et les abonnements. Elle hoche la tête, remercie Vrud, son bon petit génie. Elle s'apprête à partir, mais Vrud n'en a pas fini. Il compte bien lui trouver une petite formation ou un petit entretien. Face à lui, elle regarde la grande aiguille marteler les secondes. Il lui épargne les petits boulots. Il a bien compris que ce serait un échec. Il lit les questions d'un petit test psychologique pour l'aider à trouver sa voie. Marge peine à garder son sérieux. Ses réponses l'orientent sur une filière artistique. Vrud est embarrassé. Il y a peu de débouchés. Il lui propose divers petits postes : agente de surveillance dans les musées, hôtesse dans un théâtre, guide touristique. Elle trouve toutes les bonnes raisons pour ne pas postuler, fait preuve d'une mauvaise foi remarquable. Vrud s'en amuse. Il se reconnaît en elle. Pour rien au monde il n'aurait accepté le boulot de conseiller il y a quelques mois encore. Hélas, sa petite mère est morte. Plus personne pour l'entretenir. Il aimerait lui dire : vous avez raison, moi-même je ne vous imagine pas surveiller les touristes, placer les spectateurs, déambuler dans les ruelles de Paris. Oublions tout cela. En revanche, il lui propose un petit café pour faire connaissance. Vrud adore mettre les gens mal à l'aise, c'est sa passion. Elle grimace. Un petit ange passe. Vous ne voulez pas à cause de ma petite taille ? demande Vrud. Cela a un nom : c'est de la discrimination. Marge bafouille. Vrud se bidonne. Je plaisante, enfin ! C'est une petite blague. Il se reprend.

Que dirait ma petite femme si elle m'entendait ? Elle se force à rire. Vrud affine ses petites recherches, la dirige vers les métiers du livre : elle sait si bien raconter de petites histoires. Marge se voit dans les rayons d'une médiathèque à ranger les ouvrages empruntés, écouter les potins de Béa, plastifier des livres ou essuyer la bave des marmots sur les albums. Une vie rêvée. Assommée à coups de petits par-ci et de petits par-là, elle acquiesce. Il sourit, frotte ses mains. Il a trouvé une petite formation parfaite : conteuse. Elle correspond parfaitement à son profil. Petits enfants comme petits vieux adorent écouter de petits contes. Elle saura s'adapter aux crèches, maisons de retraite, centres d'animation. Vrud se montre très positif. Il lui rappelle que ce n'est qu'un petit boulot pour vivre et se préparer une petite retraite. La formation commence dans deux jours. Elle doit se rendre rue du Borrégo à neuf heures. Une petite signature, marché conclu. Victorieux, Vrud descend de sa chaise à l'aide du marchepied, raccompagne la jeune femme.

Pour la première fois, elle y croit. Elle tire déjà des plans sur la comète. Elle se répète *Je suis inscrite à une formation*. Pressée de voir la tête de Victor, elle se précipite au 46 bis, monte deux à deux les escaliers, ouvre la porte en grand. Elle se jette à son cou, lui annonce la nouvelle. Il lui pose des questions, s'assure de la véracité des faits. Elle a réponse à tout. Il la félicite tel un bon père, lui confie sa Carte bleue pour s'acheter un nouveau portable. Elle ne va pas lui faire le coup d'un oubli ou d'un réveil manqué. Elle se rend dans la première boutique et achète au passage une bouteille de champagne. Ils fêtent sa réussite. Marge essaye son téléphone, met de la musique de boîte de nuit. Ses cheveux valsent dans tous les sens. Elle a quatorze, seize, dix-huit ans. Le fossé entre eux se creuse, mais Victor en éprouve un soulagement. Il est certain qu'elle va prendre son envol. Il rit avec elle. De l'autre côté de la cloison, le sanglier tombe, suivi de près par le chevreuil. Ne reste plus que le renard. Pour combien de temps ? Elle l'entraîne dans la chambre. Ils s'endorment dans les bras l'un de l'autre.

Victor est debout depuis trois heures quand Marge se réveille. Il a repassé ses chemisiers, ciré ses chaussures et préparé un cahier neuf et des stylos. Tout est prêt pour demain. Boule au ventre, Marge est nauséeuse. Rien n'a échappé au regard vigilant de Victor. Il a programmé trois alarmes. Des légumes frais mijotent sur le feu. Il lui prépare sa gamelle pour le déjeuner. Elle n'a pas d'autre choix que de réussir. Elle pose des questions comme une fillette. Et si elle n'apprécie pas ses camarades ? Et si le niveau est faible ? Est-ce qu'il lui en voudra si elle abandonne ? Viendra-t-il la chercher si elle fait une crise de panique ? Il la rassure. La carafe d'eau a remplacé la bouteille de vin, et la soupe, les abats. Vingt-deux heures, dodo. Pas la peine de rechigner. Elle parvient tout de même à ses fins : il s'endort une nouvelle fois à ses côtés.

À sa grande surprise, les premiers jours de formation se passent bien. Les programmes de psychologie et de développement de la petite enfance l'intéressent, les formateurs sont sympathiques et les stagiaires, pour la plupart en reconversion, ont de l'humour. Les trois mois de théorie devraient vite passer. En revanche, elle redoute le stage pratique. Elle ne se sent pas prête à affronter un public. Impossible de ne pas penser à sa nièce et à Violette. Elles lui manquent. Elle songe aussi au petit garçon qui verra le jour fin mars. Les ombres du passé la rattrapent. Dans toutes les histoires, elle cherche un petit cou blanc. Obtenir la vérité devient une obsession. Elle ne manque pas un arrêt dans la cour après sa journée de formation pour fumer un joint avec Éliane. Elle l'aide à réviser ses cours et lui donne des conseils en méthodologie. Consciencieuse, Marge note les leçons de Mme Jouvenel.

Vrud prend régulièrement de ses nouvelles. Il éprouve le besoin de savoir si tout se passe bien. Il n'a pas de petite femme, mais cela, Marge ne le sait pas. Elle lui raconte ses journées et ses petites réussites. D'aussi loin qu'elle se souvienne, Marge n'a jamais été aussi heureuse. Elle est portée par Victor qui assure la base arrière. Le réveil sonne. Elle choisit une tenue, prend les vingt euros laissés sur la table de la cuisine avant de claquer la porte. Victor a arrêté de préparer une gamelle afin qu'elle déjeune avec ses camarades. À sa façon, il l'oblige à sortir, à faire partie d'un groupe. En fin de journée, les conteurs ont pris l'habitude de prendre un verre au café Jourdain. Marge s'est liée d'amitié avec Sophie et Yaël. Elle fait des blagues, les imite, prête à se rabaisser pour leur plaire. Comme eux, elle passe beaucoup de temps sur son portable. Lors des pauses, elle les observe. Inscrits sur des applications de rencontres, ils sautent d'un profil à un autre, bloquent untel pour un propos déplaisant, ne répondent plus pour se faire désirer. Les codes de la séduction ont changé. Marge se sent comme une bonne sœur qui vient de quitter le couvent. Sophie et Yaël lui vantent les mérites des rencontres sur les réseaux. Elle aimerait leur dire qu'elle est avec quelqu'un. Un midi, Yaël a créé son profil. D'abord réticente, Marge s'est laissée prendre au jeu. À la fin des cours, les filles sont allées dans un square pour faire des portraits. Elles ont renseigné sa fiche : hétéro, trente-cinq ans, conteuse, drôle, rêveuse. Yaël ajoute artiste aérienne. Elle lui suggère de mettre une photo d'elle dans les airs. Cela va rendre les hommes fous d'elle. Dans la minute, Marge reçoit des dizaines de notifications. Sophie sélectionne différents profils histoire de lui mettre le pied à l'étrier. Marge a l'impression de tromper Victor. Elle se dégonfle une heure avant la rencontre, pour le plus grand bonheur de Florian, un stagiaire qui n'arrive pas à passer le cap du bon copain. Il aime faire un bout de chemin avec elle, lui file ses cours. Elle abuse de sa gentillesse, bien consciente que cela ne durera qu'un temps.

Un avenir doux et radieux se dessine. Elle arpente la rue des Martyrs le sourire aux lèvres. Le boucher n'est plus le seul à lui offrir des cadeaux. Il y a aussi le primeur, le boulanger et le fleuriste. Elle remonte toujours avec un petit quelque chose. Quand il s'agit de poireaux, elle les cache au fond du cabas. Les poireaux, ça pue la vieille fille à n'importe quel âge. Marge redevient l'adolescente qui faisait tourner malgré elle la tête des officiers. Plus rien ne peut lui résister. Elle prend l'ascendant sur Victor. Il découvre de nouveaux sentiments, mais éprouve toujours cette même attirance. Il n'a que le choix de consentir à sa propre dépossession. Il accepte ses provocations, son caractère entier, car il aime plus que tout son esprit vif. Victor ne peut la souffrir quand elle est là et souffre quand elle n'est pas là. Marge révise ses cours et prépare ses contes dans la chambre, tandis qu'il peint ses soldats dans le salon. Il est à l'affût du moindre bruit. Il entend son portable sonner. Il sait quand elle se déshabille, se glisse sous les draps. Il sait qu'elle ne dort pas quand il la rejoint. Ils commencent la nuit chacun de son côté, la terminent enlacés. Le silence se froisse comme du papier et l'air se glace à la seconde où ils sombrent dans le sommeil. Au milieu de la nuit, elle attrape sa main quand elle sent des araignées grignoter ses pensées. Collés l'un contre l'autre, ils s'enfoncent dans le matelas. Marge coule dans des vagues de sueurs et de cauchemars. Elle fait toujours le même. Elle étrangle un cou blanc. Elle aperçoit un menton mal rasé, puis le regard de son père. Elle l'étouffe. Elle étouffe l'amour de son père et les soirées d'officiers. Elle se tord de douleur, grogne. Victor la serre dans ses bras, l'empêche de s'éparpiller. Ils ressortent de ces heures noires harassés. Ils se bercent. Petit à petit, ils reviennent à eux. Marge s'enferme dans la salle de bains, fait couler l'eau pour pleurer sans bruit. Victor retourne à sa maquette avec un féroce mal de crâne, attend son départ pour pleurer à son tour. Tout se mélange dans sa tête. Il a peur de la maladie, il a peur de la perdre. Il aimerait écouter d'autres histoires, que tout redevienne comme avant. Il veut encore danser avec elle. Marge lutte pour se prouver qu'elle est capable de vivre sans lui et se prend au jeu de sa nouvelle vie.

En cette fin de journée, Victor, posté sur l'échafaudage, fume une cigarette. La première depuis des mois. Il aperçoit Marge au pied de l'immeuble, accompagnée d'un homme. Absorbés par leur discussion, ils ne voient pas les ouvriers qui sortent et les bousculent. Soudain, l'homme s'approche d'elle, l'embrasse. Victor s'éclipse. Marge recule. Le cœur serré, sourcils froncés, elle se précipite dans la cour. Éliane l'attend. Les travaux n'ont toujours pas repris autour de l'arbre. Les deux femmes, adossées au tronc, fument un joint. Le regard vide, Marge raconte le baiser de Florian et le dégoût éprouvé. Elle s'est sentie envahie, mais elle ne voulait pas lui faire de mal. C'est un gentil garçon. Tu ne vas pas sortir avec ce pauvre gars, soupire Éliane. Ce n'est pas aux hommes de choisir, mais à toi. Tu es un diamant. Pour l'instant, amuse-toi.

La nuit est tombée. Les deux femmes s'amusent sur l'application de rencontres. Elles jouent la carte de l'humour, puis de la nostalgie. Elles inventent des souvenirs et, les joints aidant, posent des questions insolites. Elles discutent deux bonnes heures avec Damien, Ludovic, Olivier, Benoît, Romain. Éliane retrouve ses trente-cinq ans. Elles s'affaissent pour regarder le ciel sans étoiles. Elles rêvent de voyages, de nuits blanches dans les pubs irlandais, d'écouter du rock et de chanter à tue-tête. Elles ont envie de rencontres profondes, de sentiments vifs, de dormir à la belle étoile. Ni l'une ni l'autre ne souhaitent rentrer.

La tête dans le brouillard, Marge pénètre dans l'appartement. Une odeur de rognon la saisit. Dans la cuisine, des chandeliers trônent sur la table. Victor perçoit l'odeur de cannabis, ouvre une bouteille de champagne sans un mot. Le bouchon saute au plafond. Il tend une coupe à Marge. Elle lui demande à quoi ils trinquent. À l'amour. Elle hausse les épaules, l'observe s'activer aux fourneaux. Il n'est pas dans son état normal. Elle peine à rester assise tant le sol penche. Tout est de travers dans cet appartement. Seul Victor semble se tenir droit. Il lui demande de mettre un peu de musique. Ce sera du jazz. Elle sait qu'il déteste. Elle le teste. Il ne dit rien. Le morceau est entrecoupé de notifications. Patton caquète chaque fois. Damien, Ludovic, Olivier, Benoît, Romain se manifestent. Victor fait un clin d'œil. Elle étouffe. Elle voit ses mains pianoter sur la table. Les doigts se détachent, dansent autour d'elle. La peau part en lambeaux. L'effet de dissociation est accentué par les effets du joint. Une petite voix l'insulte. Victor verse les rognons dans les assiettes. Il lui ordonne de manger. Les hommes n'aiment pas les femmes qui ont la peau sur les os. Elle attrape sa fourchette. Le goût de l'herbe camoufle la saveur des rognons. Elle réclame de l'eau, boit directement à la cruche. L'eau dégouline sur son menton, mouille son pull. La cruche vide, elle s'essuie les lèvres. Le regard noir, elle lui demande ce qu'il a.

Je suis heureux pour toi, c'est tout.

Heureux de quoi ? Ma formation n'est pas encore validée.

Je ne parle pas de cela. Tu sais bien, Marge. Tu peux me dire que tu as rencontré quelqu'un.

Florian ?

Je vous ai vus tout à l'heure. Tu aurais pu l'inviter à dîner !

Elle serre les poings. À quoi joue-t-il ? Il est jaloux ? Une partie d'elle s'en réjouit, une autre plonge dans une profonde tristesse. Florian est sympathique, mais rien de plus. C'est un stagiaire. Ils font souvent un bout de chemin ensemble. Inutile de se justifier. Il s'étonne juste de la rapidité de cette relation. Dans le fond, c'est qu'elle était prête.

Ouvre les yeux, bon sang. Tu ne comprends rien.

Je ne crois que ce que je vois. Je suis étonné que tu prennes le premier venu.

Combien de fois je vais devoir te répéter qu'il n'y a rien avec Florian. Il m'a embrassée, et alors ? Avoue que tu ne supportes pas l'idée que je sorte avec un autre homme.

Elle suffoque, ouvre la fenêtre en grand. Sa tête tourne. Victor ne comprend pas ce qui la met dans cet état. Elle inspire profondément. L'air froid lui fait du bien. Peut-être est-ce son traitement qui le rend exécrable. Victor continue de la provoquer. Plus il la cherche, plus il se sent vivant. Il veut la voir craquer. Il veut gagner. L'adrénaline de la situation l'excite. À cet instant, il ne voit plus une femme désirable, mais son ennemie. Elle doit plier, comme avec Joséphine. Les époques s'emmêlent. Il imagine sa vie avec ce Florian : un appartement en banlieue, deux enfants, les disputes sur les tâches ménagères, la location d'un bungalow en Ardèche pour les vacances. Il appuie là où ça fait mal. Il guette la flamme dans son regard. Elle encaisse les coups. C'est donc ainsi que Victor la voit ? Comme une bonne petite femme de maison ? Il parle en continu. Marge regarde les lumières de la ville et les lambeaux de la bâche. Elle aimerait en attraper un pan et se propulser dans le ciel. Après un long moment, elle ferme la fenêtre.

C'est bon, tu as fini ?

Victor ne répond pas.

Tu cherches à me dégoûter de toi ? Tu vas encore me dire que nous n'avons pas d'avenir ? J'ai compris, je ne suis pas sotte. J'ai pris mes dispositions pour rencontrer quelqu'un et ce ne sera pas Florian.

Assise à côté de Victor, elle lui montre son application et ses conversations. Il ravale sa salive, observe la horde de mâles en rut. Elle prend un malin plaisir à faire défiler les portraits, puis laisse son portable entre les mains de Victor. Des émoticônes en pagaille s'affichent : Benoît et Romain s'impatientent. Damien envoie un *bonne nuit* suivi d'une étoile filante. Victor repose le téléphone et éteint les bougies. Il débouche une bouteille de rouge. Marge raconte des anecdotes sur chaque plan. Il découvre un monde où l'on choisit son partenaire sur catalogue, un monde où l'on se consomme. Elle lève son verre : aux amours ! Victor boit le sien cul sec. Ils tombent dans un jeu pervers qu'ils ne maîtrisent plus. Tous deux veulent gagner la partie. Marge surenchérit sur les qualités de chacun. Au moins eux ne lui feront pas le coup de la panne, vigoureux comme ils sont. Elle souligne leur âge, leur classe sociale. Elle montre leurs photos torse nu et commente leurs silhouettes parfaites. Victor se racle la gorge. Ils reluquent les photos comme deux militaires en mission devant un numéro de *Playboy*. Il passe au crible chaque profil, cherche les failles, détecte les beaux parleurs, les menteurs, les hommes mariés, les truqueurs. Elle devrait en trouver un qui la mette en sécurité. Elle lui rappelle que tout est sa faute. Jamais elle n'aurait eu l'idée de s'inscrire sur cette application s'il avait accepté son amour. Elle a l'impression de devoir se vendre. Le ton monte. Il lui attrape le poignet. Elle se défait de son emprise. À tour de rôle, ils cherchent à se faire mal. Le noir de la nuit n'a plus rien d'envoûtant. Leur relation prend la couleur de la suie.

Marge demande une trêve. Mais Victor veut continuer la sélection des candidats. Il élimine les profils un à un, se moque des phrases d'accroche truffées de fautes d'orthographe et des mises en scène devant des voitures luxueuses ou dans des villas qui ne leur appartiennent pas. Moâ moâ moâ. Marge ne l'écoute plus. Elle a sommeil. Soudain, il reconnaît un visage. Le boucher ! Il rit. Voilà un bon gaillard ! Un travailleur. Le profil du bon commerçant lui plaît. Marge attrape son portable. C'est bien Quentin Menard. Quentin Menard à une terrasse de café, au bowling, au ski, en boîte de nuit. Sans son tablier, il est vraiment pas mal. Elle découvre son âge, vingt-deux ans. Victor choisit cinq prétendants, dont le boucher. Elle peut en rencontrer d'autres, il ne va pas la freiner dans sa quête amoureuse. Il arpente la cuisine de long en large. Patton le suit au pas. Il lui ordonne de prendre un café avec chacun d'entre eux ces jours prochains, ainsi que de lui transmettre un compte rendu détaillé. Il la connaît, elle est douée pour s'autosaboter. Elle doit lui obéir sinon c'est la porte. Pour tenir dans la jungle parisienne, il lui faut un mari pour la protéger d'elle-même et des autres. Bien sûr, il l'aidera à régler ses affaires avant sa mort. Elle se décompose. Elle avait oublié la difficulté de travestir ses pensées et de jouer un rôle. Elle se souvient de tous ses stratagèmes pour paraître normale, cette façon de sourire et d'acquiescer quand elle décrochait de la conversation, la torture de bâillonner ses créatures et d'attendre leurs représailles. Devra-t-elle toujours faire semblant ? Est-ce qu'avec un autre que Victor elle se sentira libre de danser, de rire et de pleurer en même temps, de vriller en une seconde ? Est-ce que cet homme l'aimera assez pour ne pas la faire interner ? Est-ce qu'elle pourra être entière ? Peut-être qu'elle n'est pas faite pour vivre avec quelqu'un.

Épuisée de se battre, elle va se coucher. Il la rejoint. Elle ne résiste pas, le laisse s'allonger contre elle. Elle convoque Alice et Viviane. Elle aimerait qu'elles lui ordonnent de raconter une histoire. Les créatures restent silencieuses. Plus capricieuses que les autres, elles attendent le bon moment pour intervenir. À cet instant, il n'y a pas de place dans sa tête pour les accueillir. Quant à Victor, il contemple l'obscurité de son corps. À main levée, il essaye de dessiner ses contours. Elle s'étiole comme le temps. Elle ne lui appartient pas, comme elle n'appartiendra jamais à personne. Ce soir, il a réussi à l'écraser.

Le pire, c'est d'y avoir consenti. Malgré la fatigue, ils ne s'endorment pas tout de suite. Marge se force à respirer calmement. Victor est à bout de forces. Les mains se cherchent et finissent par se retrouver.

En quatre jours, Marge rencontre les candidats sélectionnés par Victor et son choix personnel, Youssef. Elle n'a pas souhaité prendre de café avec le boucher. Elle rédige un rapport détaillé pour chacun à l'attention de Victor :

– Anthony : trente-trois ans, ingénieur en génie environnemental, passionné par le cyclisme. Il possède quatre vélos chez lui. Ils sont rangés dans son salon. Il vante son système de suspension. Il a peu posé de questions. Il cherche juste une femme qui assure la logistique pendant ses courses. Il s'est levé plusieurs fois pour ne pas abîmer ses fesses : son atout pour les compétitions de haut niveau. La chaise n'était pas confortable. Durant une heure, il a parlé d'une selle adaptée à sa morphologie. Il était très fier de sa technique pour mesurer l'écart des os entre ses fesses. Excité après trois cafés, il s'est laissé aller aux confidences. Si Marge veut lui faire un cadeau, elle connaît la marque de slips et de préservatifs idéale. La vie d'Anthony tourne autour de ses mensurations en dessous de la ceinture.
– Nicolas : quarante-six ans, consultant pour un gros groupe. Il n'a pas arrêté d'admirer ses cheveux. Lui aussi avait une belle tignasse avant son divorce. Il lui a demandé s'il devait prendre des gélules forti-

fiantes et a raconté de long en large ses activités d'adjoint au maire. Tout y est passé : cérémonies, commémorations, fêtes nationales. Pour terminer, dernier détail, il a une fille de sept ans, qui n'a pas la lumière à tous les étages. Il se compare à un super-héros depuis qu'il fait à manger et l'emmène aux anniversaires.

– Lorenzo : trente-sept ans, agent de joueurs de football, vit entre Rome et Paris. Marge a retrouvé une timidité adolescente face à cet homme charismatique. Une carrure à faire pâlir aussi bien les femmes que les hommes. Il aurait pu être un modèle pour Michel-Ange. Bien sûr, Lorenzo aime le sublime, l'excellence, le rare, la distinction. Il adore le bon vin, les escapades à l'autre bout du monde, se rendre à sa salle de sport dans le seizième arrondissement. Pour terminer, il apprécie avoir une ravissante créature à son bras. Il s'est inscrit sur cette application pour rencontrer des femmes ordinaires, curieux de nouvelles aventures.

– Thierry : cinquante-huit ans, occupe un gros poste dans la finance. Divorcé, père de deux grands garçons, il souhaite refaire sa vie. Déçu de ce qu'il a construit, déçu du parcours de ses enfants, il mise tout sur sa prochaine relation. Plus de temps à perdre. Il a déjà hâte d'emmener Marge dans sa maison de campagne. À la différence des autres, Thierry s'intéresse à elle. Il lui pose des questions pointues, va dans les détails. Il la trouve brillante et raffinée. En revanche, pas une seule fois il ne se demande ce qu'elle pense de lui : elle est forcément heureuse d'être l'élue. Il la sonde sur le couple. Il souhaite une compagne sur laquelle s'appuyer, surtout en ce moment où il doit placer sa mère en maison de retraite. Accepterait-elle de visiter avec lui Les Augustines et Les Jardins d'Iroise afin de choisir ?

– Youssef, régisseur plateau, est arrivé dans le milieu par hasard. Il aurait dû bosser à la RATP comme toute sa famille. Né à Vitry, vit à Vitry, se rend deux fois par an à Alger. Il raconte son enfance, ses soirées avec ses amis. Ils ont fait les quatre cents coups ensemble, mais dans le fond c'étaient de bons gamins. Ils jouent toujours au foot les samedis matin. Marge a tout de suite aimé son humour et sa façon d'être à l'aise partout. Il a tenu un discours sur la liberté qui l'a séduite. Sa peau dorée aussi l'a charmée. Pour la première fois, elle avait envie de transformer le café en soirée. Youssef a appelé sa femme pour prévenir qu'il rentrerait tard. Marge n'a pas été plus étonnée que cela. En revanche, elle a trouvé la soirée très longue sans alcool.

Tous les jours, le portrait de Quentin Menard s'affiche sur l'application. Marge balaye son visage, passe à un autre profil. Elle a peur de le détruire, de lui retirer sa dernière part d'insouciance. Elle ne veut pas être celle qui rendra son cœur sec. Elle ne souhaite que du beau pour Quentin Menard, il est encore si jeune, si amoureux de la vie.

Marge a beau rire de ces rencontres, elle en ressort néanmoins abîmée. À la fin de chaque rendez-vous, les hommes emportent une part d'elle. Elle est déchirée de toute part, comme la bâche qui ne résiste pas aux intempéries. Elle maigrit, boit trop. Les crises de somnambulisme sont revenues. Chaque matin, elle découvre des portraits dessinés au stylo sur des feuilles blanches. Toujours le même : une tête bien ronde prolongée par deux lignes. Ce visage ressemble aussi bien à celui d'un vieillard qu'à celui d'un nourrisson. Un jour, elle a découvert ce portrait gravé sur la table de la cuisine avec la pointe d'un couteau. Elle s'est remise à créer des têtes en papier mâché. Elle entasse les crânes dans un recoin de la cuisine transformé en ossuaire. Face à ses productions nocturnes, Marge cherche à qui appartient ce visage. Victor la regarde se débattre avec son passé. Il aimerait lui dire : mais enfin, Marge, tu ne vois vraiment pas à qui appartient ce visage ? Tes mains se souviennent, elles dessinent le mort. Il pourrait lui révéler son identité ? Mais à quoi bon ? Il l'observe se désagréger et ne dit mot. Une partie de lui aime la voir rachitique. C'est moins violent que de l'observer se perdre avec des inconnus. Il est le seul à avoir le droit de lui arracher tous les soupirs de la nuit.

La semaine suivante, Marge accepte deux à trois rendez-vous, et chaque fois elle se heurte à la réalité d'une femme de trente-cinq ans sur le marché des célibataires. Elle n'est plus une jeunette, mais une femme qui approche de la date de péremption. Elle perçoit la place à laquelle ils l'assignent. Elle qui a toujours détesté les limites, les espaces étriqués, la hiérarchie, la logique se retrouve désormais dans une case. Elle mesure maintenant sa valeur dans ce monde où ce sont les autres qui fixent le prix. Elle a compris qu'elle pouvait au mieux prétendre à une relation avec des restaurateurs ou des ouvriers car elle sera toujours un cran au-dessus. Ces hommes ne se demanderont jamais s'ils sont assez bien pour elle. Ils estimeront avoir tiré le gros lot. Ceux de la classe moyenne seront sans cesse en rivalité. Ils voudront toujours lui montrer qu'ils sont les meilleurs. Si par mégarde elle leur prouvait le contraire, leurs ego en souffriraient. Ils la jugeront sur son poids, son maquillage, son style vestimentaire pour l'affaiblir. Ils finiront par la quitter parce qu'elle brillera trop et qu'ils feront tache à ses côtés avec leurs bedaines de quadragénaires.

Marge a très vite arrêté les rendez-vous avec les hommes qui ont beaucoup d'argent. Ils sont les pires de tous. Elle voit son reflet dans leurs pupilles. Elle est moins jolie qu'autrefois, et ses vêtements ne sont déjà plus à la mode. Leurs curseurs sont placés dans un univers auquel elle n'a pas accès. Elle les voit inspecter sa posture, sa denture, ses bracelets : autant de signes qui donnent des indices sur ses revenus. Avec eux, elle ne se sent pas libre de ses mouvements. Tout est jugé, analysé. Certains prennent un malin plaisir à la rabaisser. Cette catégorie écourte bien souvent le rendez-vous pour retrouver une belle plante : la fille d'un ami riche ou une étrangère de passage. Des femmes grandes, parées de bijoux et parfumées à l'argent. Marge ne sent pas l'argent. Pour ces hommes, elle respire la misère. Certains pourraient la consommer, mais pas en public. Ils l'inviteraient dans un restaurant bas de gamme où ils ne risqueraient pas de croiser une connaissance.

Déception après déception alors qu'elle n'attendait rien, Marge ne sait plus très bien qui elle est, à force de se fondre dans le désir des autres, de hocher la tête comme une chienne asservie et de sourire en continu. Elle ne supporte plus d'être piétinée et insultée en silence. Elle brûle à l'intérieur. Elle aimerait vider un bidon d'essence sur toutes ces têtes et allumer le feu. Ces hommes ravivent une colère venue de loin, la soif de vengeance. Elle a l'impression de se prostituer. Elle restera seule. Ou à tout jamais avec Victor, qu'elle hait un peu plus chaque jour autant qu'elle l'aime. Contrairement à ce qu'elle espérait, il s'éloigne davantage. Il écoute d'une oreille distraite ses rapports détaillés tandis qu'il peint avec méticulosité ses soldats, mais bien souvent il est absent à lui-même. Il déserte sa propre place. Marge est son fardeau. Lui qui pouvait partir sans se soucier de personne, elle le retient. Il aimerait qu'elle sorte de son existence, retrouver l'excitation des départs. Marge et Victor ne sont plus que l'ombre d'eux-mêmes. La tumeur le transforme. Les hommes abîment Marge. L'air est lourd, et de sombres présences d'un autre monde profitent de cette atmosphère pour ramper sur les murs. Elles forment une masse qui les entraîne vers leur perte. L'un et l'autre se tordent, habités par une douleur impossible à détecter, et ensemble ils mordent et crient dans le vent. Cette force noire les entraîne toujours plus loin. Ils se sentent vivants uniquement dans cette guerre. C'est à celui qui fera le plus de dégâts.

Marge a accepté de revoir Thierry. Il lui a envoyé plusieurs messages pour s'excuser de son comportement excessif de la dernière fois. Il lui demande une nouvelle chance. Elle doit le comprendre. Il n'y a jamais de bon moment pour une rencontre, surtout pour un être exceptionnel comme elle. Elle n'est plus à un rendez-vous près. Elle peut encore offrir une dernière partie d'elle à déchirer. Un dernier bout de peau. Thierry, vêtu de bleu, l'a conviée dans un hôtel de luxe. Au bar, une jeune femme boit un rhum. À ses pieds, une perruque fuchsia dépasse d'un sac de sport. Elle doit avoir vingt ans tout au plus. Les jambes croisées, elle fixe les bouteilles. Les hommes la regardent. Elle attend que l'un d'entre eux vienne l'accoster. Marge se voit en elle à son âge. Sûre d'elle, triomphante. Un Anglais la rejoint. Ses amis observent la scène. Elle se présente : Romy. Marge aimerait lui dire de ne pas perdre de temps. Les années passent si vite. À son âge, elle jalousait les femmes plus âgées, elles dégageaient une assurance et une féminité qu'elle n'avait pas. Elles étaient si complètes, et elle si incomplète. Maintenant qu'elle a leur âge, elle regarde cette Romy et jalouse sa jeunesse. Une femme n'a jamais le bon âge et la société le lui fait savoir.

Marge repère Thierry près de la cheminée. Il lui offre un bouquet de roses dont elle ne sait que faire. Il commande deux cocktails sophistiqués et s'empresse de l'informer que sa mère se trouve désormais aux Jardins d'Iroise. Il parle de son envie de s'investir dans des associations, d'acheter un animal de compagnie. Quand il la questionne sur ses souhaits, elle répond du bout des lèvres. Elle est ailleurs. En début de soirée, il a pris cela pour de la coquetterie. Il trouvait cela charmant. À mesure que les verres se vident, il lui reproche d'être distante. Quand elle essaye de parler, il lui coupe la parole, puis lui reproche son manque de franchise. Pourtant, cela ne l'empêche pas de vouloir lui proposer des expositions et des jeux. Elle soupire. Quels jeux ? Il se rapproche d'elle, lui demande de leur laisser une chance. Une chance après deux heures autour d'un café, puis d'un cocktail ? Ce rendez-vous lui semble interminable. Elle s'imagine avoir le syndrome de Gilles de La Tourette pour l'éloigner. Elle rit en silence. Viviane aussi. Tiens donc, elle est de retour. Elle l'incite à aller plus loin encore.

Tu dois nous venger de tous les hommes qui nous ont fait du mal, Marge. Tu connais mon histoire et tu sais très bien comment elle se termine. C'est leur faute et non celle de Bibi si ma fin n'est pas glorieuse. Fais ce que je te dis et je te donnerai des informations sur le petit cou blanc. Elle esquisse un geste de la main comme pour chasser une mouche. Viviane s'assoit sur l'accoudoir. Son embonpoint l'empêche de tenir en équilibre. Elle lui réclame du fromage. Elle veut savoir s'il est meilleur que celui de Raymond, son fromager. Tais-toi, lui ordonne Marge.

Thierry lui demande si tout va bien. Elle répond qu'elle pense au conte à présenter demain devant ses collègues. Il la complimente. Quelle femme passionnée. Alors qu'elle s'apprête à prendre congé, il commande deux nouveaux cocktails. L'alcool lui monte à la tête plus vite que d'habitude. Elle est si maigre. Il parle de ses plans pour leur vie à deux. Tout est programmé. Tout tient dans un tableau Excel qu'il lui présentera la prochaine fois. Elle bâille. Il lui demande si elle est déjà lasse. Elle hoche la tête. Il prend alors sa main, lui dit qu'il va prendre le risque de s'exposer. Va-t'en, ça pue, murmure Viviane. Il va lancer une bombe et tu ne sauras pas répliquer.

Après un long silence, Thierry lui fait part de son désir d'enfant. Il a les moyens de l'entretenir. Elle serre très fort les tiges des roses. Les ronces l'écorchent. Elle serre de plus en plus fort. Des gouttes de sang tombent sur sa robe. Il attend sa réponse qui tarde beaucoup trop à son goût. Il fait signe au serveur d'apporter deux autres verres. Ce n'est pas de lui qu'elle veut un enfant. Elle voit Victor en train de peindre ses soldats, elle le voit nu contre elle, elle lui raconte l'histoire de Viviane, ils rient, se caressent, se disent leur amour et toutes les choses inavouables, dans la joie des corps qui ne forment plus qu'un. Elle le voit mort, elle se voit morte. Elle veut être à ses côtés, attraper sa main et embrasser chaque partie de son corps. Thierry s'énerve. Comment peut-elle se montrer aussi froide ? Elle le regarde de ses grands yeux. Il lui dit qu'elle manque de courage, qu'il déteste les mensonges et l'hypocrisie. Elle lui a fait miroiter tant de choses. La loyauté est une valeur essentielle. Marge ne comprend rien à son discours. Il s'agite, attrape son bras. Elle se lève pour fuir. Il pleut à verse. Ses cheveux dégoulinent. Ses vêtements sont à tordre. Les pétales des roses tombent un à un, forment un tapis derrière elle.

46 bis rue des Martyrs. Elle monte les marches à tâtons. L'électricité des parties communes est coupée. La poussière de la rampe colle à ses mains. Elle trébuche. Le bois craque. Elle renverse un pot. Des vis tombent en cascade dans la cage d'escalier. Soudain, des pleurs de nourrisson résonnent. Marge voit son ombre se détacher de son corps. Elle court de ses toutes petites jambes. Des mains géantes tentent de l'attraper. Marge se répète que tout cela n'existe pas. C'est une mise en scène de Jules. Les cris du bébé s'intensifient. Elle hurle : je n'ai pas tué Paul. Elle répète ces quatre lettres. Il s'appelait Paul et elle l'aimait. C'est elle qui avait choisi son prénom. Elle était heureuse d'avoir un petit frère. Des portes s'ouvrent et se referment avant de disparaître. Marge n'arrive plus à se situer. À quel étage est-elle ? Où se trouve la chambre de petit Paul ? Est-elle rue des Martyrs ou à Clamart ? Les tiges dans une main, elle arrive au quatrième étage. Elle aime son Paul. Elle a retrouvé son lapin. Elle vient le lui donner. Elle essaye d'ouvrir toutes les portes, les vraies comme les fausses. Enfin, elle tambourine chez Victor. Il la complimente sur son bouquet de tiges. Peu à peu, elle reprend ses esprits. Elle parle de petit Paul. Les pièces du puzzle s'imbriquent. Les contours de la chambre au bout du couloir deviennent plus nets. Elle voit le lit à barreaux, la grenouillère beige, les lettres en bois du prénom

accrochées sur le mur. Elle reconstitue la nuit de 96. Elle rassemble toute son énergie pour ne pas se fuir. Le petit cou blanc appartient à Paul. Il dormait dans la chambre au bout du couloir. Parfois, elle le promenait dans sa poussette. Il était lourd pour une enfant de six ans. Elle le câlinait et lui chantait des berceuses.

Victor l'extirpe de ses pensées, lui propose un vase pour son bouquet. Marge se retourne. Elle lui dit qu'elle sait à qui appartient le petit cou blanc, mais il ne l'écoute pas. Il veut connaître les détails de sa soirée. Était-elle agréable ? Victor la pousse à raconter, remplit le vase et pose le bouquet sans tête au milieu de la table. Il respire les roses invisibles, et prend Patton dans ses bras. Marge le suit dans le salon. Ils tournent autour de la maquette. La tête du renard tombe et rejoint ses congénères. Marge cherche Victor du regard, mais il l'ignore. Elle a passé un merveilleux moment. Thierry est un homme charmant, prévenant et attentionné. Victor ne réagit pas, il caresse Patton. Et j'ai couché avec lui. Marge invente des détails sur la façon dont il l'a possédée. Avec lui, elle est à sa place. Il la rend vivante. Victor reste insensible à ses provocations. Une partie d'elle aimerait qu'il la chasse. Elle pourrait ainsi se mettre en colère et lui dire que c'est faux. Ils se réconcilieraient. Victor ne lui donne aucune prise. Jamais le silence n'a été aussi épais. Il forme une cloison entre eux. Victor fixe un point invisible devant lui. Il voit du sable, des dunes. La terre et le ciel se fondent comme dans une boule de cristal. Le vent se lève, va tout balayer sur son passage et inverser l'ordre des choses. Ils poursuivent leur marche dans l'appartement durant des heures, gardent leurs distances, accélèrent ou freinent selon l'inclinaison du sol. Leur trajet ne mène à aucune destination. Ils marchent jusqu'à l'épuisement, jusqu'à l'effacement de leurs propres corps. Au lever du jour, la sonnerie du réveil et le bruit des perceuses interrompent leur marche funèbre. À bout de forces, Victor et Marge se traînent jusqu'au lit. Ils s'enfoncent dans le matelas. Paupières lourdes, ils s'endorment.

À partir de ce jour, Marge ne se rend plus à sa formation, ne donne plus de nouvelles à Vrud, ni ne répond aux messages d'Éliane qui s'inquiète. Elle a coupé son portable. Elle ne se fait plus d'illusions : Violette ne la contactera pas. La nuit, elle dessine des portraits minuscules et sculpte des microcrânes. Les traits sont d'une grande précision. Elle se lève avec une crampe à la main droite et des doigts déformés. Elle découvre ses créations qui lui glacent le sang. Un matin, elle lit quatre lettres tatouées dans sa paume gauche : P. A. U. L. La folie gagne du terrain. Elle n'essaye plus de lutter. Elle fait partie de la lignée de folles de sa famille. Elle accepte d'avoir sur la conscience la mort d'un enfant. Il n'y a plus aucun doute. Reste à savoir pourquoi. Que s'est-il passé dans sa tête pour tuer son frère, le petit être qu'elle aimait le plus au monde ? Pourquoi ses parents et sa sœur n'ont-ils jamais parlé de lui ? Pourquoi la famille a-t-elle fait comme s'il n'avait jamais existé ? Les points d'interrogation la transpercent de part en part, comme des impacts de balles d'une mitraillette. Elle aimerait en parler à Victor, mais il est ailleurs. Ses réveils sont de plus en plus violents, maux de tête, cerveau comprimé dans un étau, brouillard. Il met de longues minutes à se situer. Il ne sait plus quoi faire au réveil. Nu, il se rend à la cuisine, avale le café moulu, met de l'eau à chauffer, la verse dans une assiette. C'est seulement quand il se regarde dans le miroir de la salle de bains qu'il habite à nouveau son corps pour quelques heures seulement. Il se met alors en mouvement jusqu'à tomber de sommeil.

Les journées se succèdent. Ils marchent en silence, une sorte de rituel sacré. Ils passent de la chambre au salon, puis du salon à la cuisine, reviennent sur leurs pas, tournent autour de la maquette. Parfois ils changent de direction, se cognent, accélèrent la cadence ou la ralentissent. Au milieu de ses déambulations, Marge s'arrête, boit une gorgée de rhum pour anesthésier ses pensées et les souvenirs de 96. Victor ne la voit plus, et parce qu'il ne la voit plus, elle meurt. Elle est devenue invisible depuis qu'il a arrêté de la serrer dans ses bras. Parfois, dans un élan de survie, elle le rattrape, renifle son cou, puis s'échappe pour pleurer. À l'heure où les réverbères s'allument, elle met fin au silence. Elle lui raconte tous les moments passés ensemble dans les moindres détails. Comme si elle avait peur de les oublier. Au loin, le cadavre de Victor l'écoute. Elle déroule le fil de leur histoire et cela l'apaise. Elle aimerait pouvoir tout dire mais, face à la force de leur amour, les mots se dérobent. Elle le supplie de clarifier ce qui lui échappe. Elle l'implore, elle hurle. Elle pleure. Elle aimerait qu'il lui donne la force de poursuivre seule, la force d'inventer d'autres histoires, la force d'y croire. De croire en elle. Qu'il fasse éclater le silence en mille morceaux quitte à entailler sa peau et à la défigurer. Elle désire sentir son corps au milieu de la nuit et souhaite s'enivrer de leurs odeurs mêlées. Victor marche, le regard fixe. Si elle lui disait qu'elle a menti ? Elle n'a pas couché avec Thierry. Mais elle ne le ramènera pas parmi les vivants. À force de tourner en rond, elle se refroidit, son pouls s'affaiblit, elle devient à son tour cadavre. Il lui faut sentir contre elle un corps chaud pour lui redonner vie, des yeux pour la trouver belle, des mains pour sentir ses contours, des caresses pour jouir, lâcher prise, et surtout oublier l'empreinte de Victor, ce déjà mort.

Viviane marche derrière elle. Plus grosse et plus forte que Marge, elle essaye de la dévier de sa trajectoire. Ne sois pas aussi imbécile que moi, lui dit-elle. Tu ne mérites pas de souffrir pour un homme. Amuse-toi, sors. Elle la pousse dans la chambre, l'oblige à se changer et à se maquiller. Depuis combien de jours porte-t-elle les mêmes vêtements ? Trop faible, Marge lui obéit. Elle camoufle les creux de ses joues, opte pour un regard charbonneux, puis enfile son long manteau. Elle fait signe à Victor qui continue de marcher d'un pas mécanique. Il ne la voit pas. Viviane l'accompagne jusqu'à la porte cochère. Amuse-toi. À ton retour, tu me remercieras.

Au milieu des saucisses et des plateaux de viandes, Marge observe Quentin Menard retirer les produits de la vitrine. Il se concentre pour ne pas faire tomber une cuisse de poulet ou un filet mignon. Il ne rêve pas, c'est bien sa future femme qui est entrée dans la boucherie, lui a dit qu'elle acceptait son invitation pour un verre. Il guette son reflet. Un bonnet, emmitouflée, elle s'attarde sur chaque détail de la boutique. Elle commente les trophées et les diplômes : « Grand Prix de la Saucisse », « Trophée des Étoiles de la Boucherie », « Prix d'Excellence de la Confédération Nationale des Charcutiers Traiteurs », « Grand Prix de la Charcuterie Artisanale ». Elle pose des questions, mais n'attend aucune réponse. Ses yeux pétillent. Elle entortille ses cheveux autour de ses doigts. Menard remarque son joli teint rose. Pourtant, à l'intérieur d'elle, rien n'est rose. Son amour pour Victor brûle ses viscères, les réduit en cendres. Tout est gris et noir. Son être entier le réclame. Ici, alors qu'elle ne sentait plus son odeur, leur odeur ne la quitte pas. Quentin lui tend une rondelle de boudin. Elle la respire avant de l'engloutir. Il n'y a rien à faire. Leur désir est plus fort que tout. Pire, ici, elle sent encore les mains de Victor parcourir son corps, l'empoigner alors qu'il ne la touche plus. Quentin Menard s'excuse, il a encore du travail avant de fermer la boutique. Il pourrait la rejoindre dans un café. Il lui dit aussi qu'il sent la viande, il en est désolé. Elle a tout son temps. La gentillesse et la simplicité de Quentin lui font du bien. Elle s'assoit devant les étagères où reposent les terrines et les pots de moutarde. Elle l'observe. Ses mains manipulent avec délicatesse chaque morceau de viande comme s'il caressait un sein, une épaule, une hanche de femme. Sous ses ongles, de minuscules bouts de chair comme s'il avait griffé sa partenaire. Son léger double menton est camouflé par une barbe de trois jours. Un défaut qui plaît à Marge. Il serait lisse, elle ne l'aurait pas regardé. Elle aime ses yeux et son air rieur. Si seulement elle avait dix ans de moins... Quentin range les couteaux. Le cœur de Marge retrouve son rythme normal. Peu à peu, elle se réchauffe et devient plus légère. Elle lui pose mille questions. Pourquoi avoir choisi ce métier ? Quand a-t-il commencé ? Est-ce que ce n'est pas trop difficile de se lever tôt ? Quentin est surpris. C'est la première fois qu'une femme s'intéresse à lui. Il ne s'est pas trompé. C'est bien elle la future Mme Menard. Il lui répond tandis qu'il nettoie les surfaces et les machines. Droite sur son tabouret, elle le fixe. Elle défait les boutons de son manteau et le lui tend. Quentin l'accroche aux patères parmi les tabliers couverts de sang. Elle se cambre, poitrine en avant, relève ses cheveux pour mettre en valeur son cou et ses boucles d'oreilles. Il éteint les lumières et ferme la boutique à clef. Il la rassure, c'est juste le temps de faire la caisse et de vérifier les commandes du lendemain. Il propose à Marge un verre d'eau pour patienter. Elle refuse. Dans cette demi-pénombre, l'âge de Quentin n'est plus un problème. Il se permet enfin de regarder ses courbes, l'imagine sous ses mains. Il pense à l'hôtel qu'il va réserver pour lui faire l'amour. Il choisira une chambre avec un balcon. Il n'y a rien de trop beau ou de trop grand pour Mme Menard. Elle s'enveloppera dans un peignoir épais après le bain où il l'aura rejointe pour savourer des bulles. Au dîner, il lui offrira une bague de fiançailles. Il faut faire les choses bien, lui montrer qu'elle peut avoir confiance en lui. Il a les épaules pour assumer une vie de famille et il saura se montrer digne d'elle. Ce n'est pas tous les jours qu'on rencontre une femme de sa trempe. Il chérira ce cadeau de la vie comme il se doit. Il se retient de l'embrasser, s'éclipse dans la chambre froide, il n'en a pas pour longtemps.

Marge le rejoint. L'éclairage vif lacère les quartiers de viande. L'odeur de mort est prégnante. Elle revoit sa mère maquiller les défunts et camoufler la décomposition avec du parfum. Partout, des quartiers de viande, des carcasses, des têtes et des poches de sang. Beaucoup de poches de sang qui ressemblent à des placentas. Des images d'échographies, du ventre de sa mère, lui reviennent. Trop de rouge : rouge vif, rouge cerise, rouge corail, rouge brique. Elle a la nausée, se raccroche aux yeux bleus de Quentin. Elle prend sa main, la pose sur son plexus. Des frissons parcourent son corps. Quentin ne bouge pas. Ses tétons pointent. Pas une seconde il n'a imaginé la pénétrer ici. Elle caresse son visage, s'approche de lui. Derrière le tablier, son sexe durcit. Il respire ses cheveux et l'enserre fort. Tout est sucré chez elle. Il lui demande de s'éloigner. Elle l'embrasse. Il la repousse avec violence. Sa tête heurte un réfrigérateur. Il lui dit de l'attendre dehors. Ils vont oublier cet incident. Tout recommencer. Ils vont s'apprivoiser et, à la fin de ce rendez-vous, il lui proposera de partir en week-end. Elle remonte sa robe sur ses hanches. Elle veut qu'il la prenne. Oublier les créatures, les échographies, sa mère, Violette et petit Paul. Surtout, oublier Victor et l'odeur de son cou. Elle s'assoit sur le plan de travail, jambes écartées. Il retire son tablier, avance lentement. Elle ne va pas lui faire l'amour. Faire l'amour, c'est réservé à Victor. Quentin, c'est juste la vie qui pulse. Il essaye de la pénétrer. Parois sèches. Coup de butoir sur coup de butoir. Les poches de sang ballottent, les têtes de porc oscillent. Il la descend de la table, la retourne. Son visage angélique l'empêche de bander. La future Mme Menard ne peut pas se comporter de la sorte. Pas comme les filles des applications qui le dégoûtent. Pas elle, non. Il pense à d'autres visages, imagine d'autres scènes. Mais ses longs cheveux lui rappellent que c'est bien elle. Elle se voit dans toutes les lames avec lesquelles elle aimerait se trancher la gorge, percer son cœur. Elle se voit carcasse parmi les carcasses. Un bout de chair retourné dans tous les sens. L'odeur de Victor et la sienne s'envolent. Elle ne sent plus que la viande. La viande fraîche, maturée, assaisonnée. Les lignes de son corps se fondent avec le gras et les tripes. Quentin fait de son mieux pour lui procurer du plaisir, mais il fait l'amour à un corps mort. Il s'arrête, la serre fort contre lui, enfouit la tête dans son cou. Il sanglote. Elle soupire. Elle voit dans son regard un mélange de déception, de tristesse et de désarroi. Elle voit la fin de l'enfance, de ses rêves et de ses espoirs. Elle vient de détruire ce qu'il restait encore de beau chez lui. Haut-le-cœur. Elle s'enfuit. Hors de son propre corps, Quentin Menard passe la serpillière.

De retour à l'appartement, Marge s'insère dans la trajectoire de Victor qui marche toujours. Elle avance d'un pas rapide, chasse l'épisode de la boucherie. Sur sa langue, un goût de sang et de boyaux. Viviane la félicite, elle n'aurait pas fait mieux.

L'odeur de la mort se propage dans toutes les pièces. Les jours et les nuits passent. Marge et Victor ont perdu toute notion du temps. Ils mangent une barre de céréales quand leurs ventres crient famine, se lavent quand leur propre odeur devient insupportable, se touchent quand ils se percutent. Ils retiennent tout : rage, cris, fureur, souvenirs. Le passé et toutes ses guerres les rongent, grignotent petit à petit leurs cellules. Le crabe gagne du terrain, prend possession du crâne de Victor. Maux de tête en continu. Gestes désordonnés. Troubles du langage. Petit Paul hante Marge. Elle a tué son frère. Comment ? Pourquoi ? Le bruit des perceuses et des marteaux-piqueurs s'éloigne. Marge et Victor ont déjà un pied dans le monde où le silence est roi. Viviane et Alice cherchent un autre ventre où se loger. Elles s'inquiètent de leur sort : les demi-morts ne racontent pas d'histoires. Elles ont vu trop de créatures retourner au pays des idées avortées. Malgré les supplications de Marge, elles ne reviennent pas. Qu'elle se débrouille avec son petit cou blanc et sa nuit de 96. Patton ne caquète plus. La poule reste dans sa maison, picore une miette de céréale de temps à autre. En de rares occasions, Marge et Victor marchent côte à côte. Ils ressentent alors la chaleur d'un feu éteint, chacun emmuré dans son château.

En cette fin de journée de février, pour contrer le destin, elle décide de sortir de sa trajectoire tel un astéroïde. Manteau sur les épaules, talons qui claquent sur le bitume, métro Gare d'Austerlitz, hôpital de la Pitié-Salpêtrière, pavillon de l'enfant et de l'adolescent. Devant les jardiniers, elle piétine les plates-bandes. Ils râlent. Deuxième étage, parents qui se disputent, des mères pleurent, un gosse se frappe la tête contre le mur, un autre traite une chaise de tous les noms. Marge traverse le couloir. Les jeunes crient derrière une porte. Tours de clef dans la serrure. Une éducatrice, une grande perche cachée sous des pulls informes, ouvre la porte. Marge n'a pas le temps de demander Djibril qu'il est déjà là. Il la connaît par cœur. Quand Marge réclamait des somnifères, c'était toujours à cette heure : seize heures trente tapantes. Les mômes goûtent, l'équipe soignante, épuisée, s'enferme au poste de soins, et les femmes de ménage sont sur leurs téléphones. Djibril sourit. Quelle belle surprise. Il ne s'attendait pas à la voir. Dans la poche de sa blouse, il a toujours deux plaquettes de somnifères. Marge lui tend la main. Il la pousse et l'entraîne en dehors du pavillon.

Dehors, ils fument une cigarette avant d'entrer dans la chapelle Saint-Louis. Sur les bancs, quelques patients et des proches. Marge brûle un cierge, prie pour Iris. Elle a peur qu'elle devienne folle et tue son petit frère à son tour. Il ne faut pas que la malédiction se répète.

Elle pleure, dit qu'elle ne dort plus. Elle est épuisée. Djibril attrape sa main. Ses crises de somnambulisme sont violentes. Depuis qu'elle ne vit plus chez sa sœur, tout est compliqué. Elle aimerait la voir, la petite lui manque. Il la prend dans ses bras, elle pose la tête sur son épaule. Son corps se détend, elle respire. Il lui murmure un mouachah, un poème arabe, qui parle d'éloignement et de nostalgie. Cette langue aux accents chauds la réconforte. Elle observe les rayons du soleil percer les vitraux et les paillettes de poussière voler. Une hirondelle cherche son chemin dans les allées du Seigneur. Le printemps pointe le bout de son nez. Une belle saison pour mourir, s'envoler avant l'éclosion des tulipes et des jonquilles. Une larme coule sur sa joue. Demain, il fera nuit. Le téléphone de Djibril sonne. Une urgence à l'unité Seguin. Il embrasse son front. Même triste, elle lui plaît toujours autant. Il lui donne rendez-vous la semaine prochaine. Il laisse sur le banc deux plaquettes. Marge serre fort les comprimés, se signe machinalement avant de sortir.

Elle s'insère une nouvelle fois dans la trajectoire de Victor, devine ce qu'il a fait en son absence grâce aux indices sur son parcours : une boîte de sardines ouverte, une paire de chaussettes abandonnée, un coffre rempli de médailles posé sur la table de la cuisine. Les deux poupées qui représentent Viviane et Alice sont de retour sur la maquette. Elles semblent la défier de raconter leurs histoires. Chemise, caleçon, rangers, Victor avance lentement. Il enjambe le sanglier, le chevreuil et le renard. Il enjambe les crânes en papier mâché. Elle l'enlace, embrasse tout ce qu'elle peut embrasser : ses paupières, son nez, sa bouche, ses mains. Elle lui dit qu'elle l'aime, qu'il l'a rendue vivante. Elle le remercie pour ces instants tendres, doux, joyeux, parce que fugaces et précaires. Elle le remercie de l'avoir portée, d'avoir laissé sa fenêtre ouverte pour que leur amour se déploie. Elle le remercie de ne pas avoir cherché à la canaliser, la restreindre, la banaliser. Jamais elle n'avait été regardée et aimée ainsi. Elle le remercie de vouloir lui rendre sa liberté. Mais il n'y a qu'elle qui peut en décider. Elle embrasse une dernière fois sa bouche, puis le laisse reprendre son chemin. Elle aussi se met en mouvement. À chaque arrêt dans la cuisine, elle gobe trois somnifères avec trois gorgées de rhum. Le rythme de son cœur ralentit. Pensées confuses, bouche pâteuse, mouvements saccadés, les vertiges l'obligent à faire de nombreuses pauses. Respiration faible, étourdissements. Ses yeux se ferment. Elle ingurgite une dernière fois cachetons et alcool. Un pas, deux pas, trois pas, elle s'écroule à côté du chevreuil. Sueurs froides et chaudes en même temps, elle se retient de vomir. Elle plonge son regard dans les deux grosses billes noires de l'animal. Victor enjambe les crânes, le sanglier, le renard, Marge, le chevreuil. Il refait un tour. Cette fois, il trébuche. Il regarde un temps le corps inerte au sol. Les dunes s'éloignent, les tirs cessent, ses frères d'armes disparaissent. Même le crabe stoppe son invasion. Victor revient peu à peu dans le présent. Il observe le visage pâle et inexpressif. Il lui ordonne d'arrêter de jouer à la morte. Ce n'est pas drôle. Il lui donne un léger coup de pied. Aucune réaction. Il peine à prendre son pouls tant il est faible. Il touche son front, ses joues :

glacials. La peur de la perdre déclenche un électrochoc. Qu'a-t-elle fait ? Il retrouve les plaquettes de somnifères dans la cuisine. Il l'allonge dans la baignoire, fait couler de l'eau froide sur son corps. Il lui parle en continu, l'implore de rester avec lui. Elle ne réagit pas. Il mouille ses cheveux. Soubresauts. Il tapote ses joues, continue d'asperger son visage. Elle ouvre un œil, l'aperçoit au-dessus d'elle. Ses paupières sont lourdes. Elle glisse de l'autre côté et c'est agréable. Une douce chaleur l'enveloppe. Elle ne pense à rien. Victor hurle. Elle l'entend au loin. Elle n'a pas le droit de l'abandonner. Il l'aime. Elle esquisse un sourire. Sa cage thoracique se soulève. Elle lutte pour revenir à la vie. Victor attrape ses mains et les embrasse. Haut-le-cœur, secousses violentes, elle régurgite les somnifères. Il l'empêche de tomber en arrière. Elle expulse un râle comme si elle accouchait d'elle-même. Elle sanglote. Il l'aide à retirer sa robe et la rince à l'eau chaude. Assommée, elle essaye de sortir de la baignoire. Elle s'échoue au sol, sirène recrachée par la mer. Il l'enveloppe dans une serviette et l'enlace.

Victor la couche sur le lit, met des coussins derrière sa tête, et ajoute une couverture sur la couette. Elle est aussi froide qu'une morte. Elle lui réclame le presse-papier avec la violette et la marguerite. Elle le serre contre sa poitrine. Elle aimerait lui dire qu'elle est désolée, mais les mots ne sortent pas. Elle n'a pas envie de s'excuser d'avoir souhaité mourir parce qu'il ne la touchait plus. Si elle a rencontré ces hommes, couché avec le boucher, c'est à cause de lui. Elle aimerait le frapper, mais elle n'en a pas l'énergie.

Dans la nuit noire, ils écoutent leurs souffles, s'abandonnent à leurs brouillards. Ils ressentent la mélancolie, la rancœur. Plus que tout, l'absence de leur enfant : ce trait d'union entre la vie et la mort. Victor s'allonge à ses côtés. Ensemble, ils s'enfoncent dans leur cauchemar sans fin.

Folle, Marge ne quitte pas la chambre ni son gros pull kaki. Victor ne cesse de venir la chercher pour mettre un pied dehors, mais elle refuse de sortir. Pourtant, l'air est doux, les oiseaux sont en fête. Encore sonnée par les somnifères et le rhum ingurgités il y a plusieurs jours, elle avance dans un brouillard où le temps n'existe pas. Sa montre le prouve. Les aiguilles se sont arrêtées à dix-huit heures trente-six : heure à laquelle Marge est tombée à terre. Son poignet a frappé le sol. Le cadran est fêlé comme son âme. Par un fait inexplicable, ses cheveux et ses ongles poussent à vue d'œil. Sa chevelure la recouvre jusqu'à la taille. Elle met plus d'une heure à la démêler chaque jour. Tant qu'elle dénoue les nœuds, elle ne pense à rien d'autre. Ses mains sont occupées. Elle passe du lit à la chaise, et de la chaise au lit. Elle fouille à l'intérieur de sa mémoire à la recherche d'indices pour reconstituer la nuit de 96. Elle ouvre tous les tiroirs, n'y trouve que des bouts de mains potelées, un petit cou plissé, des pieds dodus, des plumes d'oreillers, une gigoteuse avec des motifs de nuage, une girafe en plastique. Elle revoit

Violette qui tire sur sa chemise de nuit pour la faire partir, elle entend sa mère ronfler, elle sent le lait séché sur un bavoir.

Coupée en deux, Marge ne parvient plus à discerner le vrai du faux. Elle parle à voix haute comme pour résoudre une énigme. Elle a tué son petit frère. Les mains sur les oreilles, elle répète : il est petit, tout doux, tout blanc. Il est minuscule, tout velouteux, tout pâle. Il est tout soyeux, tout blafard. Paul est mon poupon, mon tout petit. Bébé pleure tout le temps et personne ne le console. Maman dort, papa est en guerre, Violette regarde un dessin animé. Moi, je lui raconte des histoires. Je retire son pouce de sa bouche. Cela va déformer son palais. Je caresse sa joue humide. Il hoquette. Je lui dis de se calmer, il va réveiller maman qui a des trous à la place des yeux. Derrière les barreaux du petit lit, je fais de mon mieux pour le rassurer, mais rien n'y fait. Je crois même que je lui fais peur, il ne me reconnaît pas. Je ne sais même pas s'il me voit. Je bouge dans tous les sens pour que Paul sache que je suis là, tout près de lui. Je me dirige vers la chambre de maman, j'embrasse son front. Comme elle ne bouge pas, j'enfonce mon doigt dans sa bouche ouverte. Elle râle, se retourne. Je la borde. Depuis que Paul est né, elle agit comme un robot. Elle se lève, nous réveille, nous laisse nous habiller comme on veut. Bien souvent Violette choisit le costume de la Petite Sirène et moi, une robe de princesse. Elle nous emmène à l'école en pyjama. Il lui arrive d'oublier de venir nous chercher à seize heures trente. C'est la voisine qui nous raccompagne. Sa fille est dans notre classe. La maîtresse ne dit rien. Elle sait que maman a accouché et que papa est en République centrafricaine. Nous faisons nos devoirs seules. Je repasse par-dessus les lettres en pointillé et Violette compte les billes dans un sac qui appartient à un crocodile. Maman fait beaucoup de siestes. Elle dort même quand Paul est éveillé. Elle dit que nous devons être sages pour montrer l'exemple au bébé. Elle dit aussi qu'elle doit se reposer pour reprendre le travail dans deux mois. Ils ne peuvent pas faire l'économie d'un salaire : nous sommes une famille nombreuse. Nous devons tous y mettre du nôtre.

Victor lui pose des questions pour l'aider à y voir plus clair. Dans sa bulle, Marge ne l'entend pas. Elle évoque des souvenirs en bataille. Rien n'est chronologique. Elle doute, elle suppose, elle dissimule ou met en lumière certains événements. Elle réécrit son histoire. Elle la tord dans tous les sens jusqu'à en obtenir un jus noir. Un jus de serpillière. Au milieu de son monologue sans fin, elle dessine le visage de petit Paul. Il y en a partout sur les murs, au sol aussi. Quand elle est en crise, elle raye le parquet de ses grands ongles. Il y a deux jours, Victor l'a surprise griffant ses cuisses. Paul est partout autour d'elle, sur sa chair et aussi au plus profond de ses entrailles. Des scènes avec lui reviennent par flashs comme des éclats lumineux. Paul dans son couffin au retour de la maternité. Paul sur le ventre de sa mère. Paul entre sa sœur et elle dans le gros fauteuil pour une photo. Paul sur la table à langer, elle choisit son pyjama. Hortense la surnomme *ptit'mère*. C'est vrai qu'elle se comportait comme une deuxième maman. Elle tremble. Pourquoi avoir tué son petit frère ? Tour à tour, elle est l'inspecteur et l'accusé. Ses questions sont cinglantes, froides, cruelles. Ses réponses sont vagues, incohérentes, chaotiques. Soudain, elle s'effondre sur le lit comme si elle venait d'être électrocutée. Elle raconte.

Cette fameuse nuit, il y a de l'orage. L'électricité saute. Violette a peur. Munie de ma lampe de poche, je descends. Je sais où se trouve le compteur. J'ai déjà vu maman faire. Je prends une chaise, mais je ne comprends pas comment cela fonctionne. Violette, à l'étage, crie mon nom. Les branches des arbres frappent les carreaux. Moi aussi, j'ai peur. Les ombres rampent sur les murs et grimpent sur les meubles. Je la rejoins dans notre chambre. La pluie gifle les volets. Les éclairs passent dans les interstices. Contrairement à Violette, ce spectacle me fascine. Pour la rassurer, je lui raconte son histoire préférée. Elle finit par s'endormir. De l'autre côté du couloir, j'entends petit Paul pleurer. Je reste sous ma couette et je me bouche les oreilles. Soudain, une créature apparaît. Lia a mon âge et elle me ressemble. Je me sens moins seule. Elle fait plein de choses que je n'ai pas le droit de faire : sauter dans les flaques, dessiner sur les murs, dévaler les escaliers dans la corbeille à linge. Elle me lance des défis. Au début, ils sont drôles, puis Lia devient de plus en plus méchante. Je me bouche les oreilles. Trou noir. J'entends des pneus qui crissent, des portes qui claquent, un cri étouffé, quelqu'un qui tombe. Mon corps est lourd, impossible de me lever. Je sombre dans un sommeil profond. Le lendemain, tout est différent. Maman évite de croiser nos regards. Elle est toute menue dans son survêtement. Nathalie, la voisine, ne lâche pas son bras. Elle ressemble à une fleur qui se fane un peu plus à chaque seconde. Ses cheveux sont devenus gris. Elle nous dit de nous préparer. Nathalie nous emmène à l'école. La chambre de petit Paul est fermée à clef. Je ne comprends pas. Sur le chemin, elle nous dit de ne pas poser de questions : maman est triste, faut pas lui causer plus de chagrin. Nous devons être gentilles et l'aider jusqu'au retour de papa. Elle nous raconte que petit Paul est parti au ciel. Violette et moi, on le cherche des heures dans les nuages.

Marge se remémore la classe de Mme Richard. Elle enroule ses cheveux autour de son cou comme ce jour-là. L'institutrice vient desserrer ses longues mèches, caresse sa joue. Violette pleure à l'autre bout de la salle. L'infirmière vient la chercher. Marge s'étrangle. Elle peine à respirer. Victor attrape ses mains, la berce contre lui. Que s'est-il passé entre minuit et l'arrivée des pompiers ? Elle est cinglée. Elle demande à Victor de la tuer avec son fusil s'il l'aime vraiment. Elle n'a plus la force de vivre avec ce passé. Elle délire, elle a chaud, elle a froid. Il passe la main dans ses cheveux, lui murmure : tu as une histoire à me raconter ? Marge hoche la tête, elle ne veut pas raconter l'histoire de Viviane, ni celle d'Alice. Si elle a tué petit Paul, c'est à cause des créatures. Tout s'éclaircit. Il pleuvait cette nuit de 96. La pluie l'a toujours mise dans un drôle d'état. Lia en a profité pour s'immiscer dans la brèche et prendre le contrôle de son corps. Tout a commencé avec elle. Les autres l'ont suivie. Lia, vexée qu'elle refuse ses défis, s'est vengée pendant son sommeil. Elle a déclenché une crise de somnambulisme.

Marge revoit la scène. Les bruits, les odeurs, les pas sur la moquette. Le tonnerre gronde, mais les pleurs de son petit frère sont encore plus bruyants. Ils lui percent les tympans. Elle se lève, s'avance dans le couloir, s'approche du lit à barreaux. Bébé pleure toujours. Il faut le calmer. Elle grimpe, se trouve au-dessus du petit corps. De la bave mouille ses joues. Ses mains caressent son petit cou. Et après ? Elle n'a jamais été aussi proche de la vérité, mais celle-ci se dérobe. Elle est trop violente. Si la vérité avait du courage, elle lui dirait qu'elle est un monstre. Qu'ont fait ses mains sur ce petit cou ? Et si elle avait supprimé le bébé pour soulager sa mère ? Si elle avait commis ce meurtre pour que son père reste le seul homme de la famille ? Ou alors pour sa sœur qui ne voulait pas de petit frère ? Et si c'était Violette qui avait commis le crime ? Si elle avait voulu la protéger ? Marge délire, suffoque. Elle parle à toute vitesse, se mord la langue. Ses mains s'agitent. Elles racontent autre chose que sa bouche, mais Marge pense qu'elles confirment ses propos. Les idées se bousculent dans sa tête. Elles vont percer son crâne pour fuir au pays des idées avortées. La vérité de la nuit de 96 restera bloquée à l'intérieur d'elle.

Viviane et Alice, les deux chipies, gloussent. Elle n'échappera pas à son destin. Elle ne peut pas les évincer, surtout si elle veut éviter de revivre la nuit avec Lia. Elles la menacent de la faire revenir. Marge claque des dents, redevient la fillette de six ans. Victor lui retire son pull et son pantalon, l'oblige à se mettre sous la couette. Elle se colle contre lui. Son odeur l'apaise. Elle s'endort.

Victor n'arrive pas à la délivrer de sa souffrance. Centrée sur sa propre douleur, elle a oublié la tumeur. Du matin au soir, elle l'implore : qu'ils en finissent. Victor a planqué le fusil et tous les objets coupants. Enfermée dans son corps, enfermée au 46 bis rue des Martyrs, un mur invisible l'empêche de sortir, emmurée dans sa folie, Marge tourne autour du chitalpa, seule. Éliane a déserté les lieux. Elle a laissé une lettre au pied de l'arbre. Elle a essayé de l'appeler, en vain. Ses enfants lui ont proposé de venir s'installer dans le Sud. Elle a mis illico son appartement en vente et a sauté dans le premier train. Elle lui laisse le chitalpa de Tashkent, ce n'est plus son combat. Elle la prévient des manigances de Jules qu'elle a surpris à entailler le tronc. Dauvilliers a sans doute pris peur qu'il soit classé parmi les arbres remarquables. C'est la première fois qu'elle apercevait un feuillage aussi vert. Elle s'amuse à croire que les volutes de cannabis lui ont été profitables. Elle lui indique ses dernières planques : qu'elle en fasse bon usage. Elle ne lui donne pas son adresse. Il y a des amitiés qui appartiennent aux lieux qui les ont vues naître. Marge a perdu une amie. Elle aurait aimé lui parler encore un peu.

Elle ramasse de la terre et des cailloux pour créer d'autres crânes. Elle fabrique ses mixtures. Pas un seul crâne ne ressemble à petit Paul. Elle s'énerve. Munie d'une paire de ciseaux qui a échappé à la vigilance de Victor, elle coupe ses cheveux. Elle récupère les mèches bouclées pour les coudre. Elle les taille de différentes longueurs et étale les minuscules fagots. Elle perce les têtes, puis tire doucement avec son aiguille pour les fixer. Elle répète le processus des centaines de fois sous le regard de Victor qui peint ses soldats comme si de rien n'était. Les crânes semblent sortir tout droit d'un film d'horreur. Victor et Marge redoublent d'efforts pour ne pas trembler. Les vibrations des perceuses et marteaux-piqueurs sont toujours aussi prégnantes. L'immeuble bouge. Marge aligne ses têtes, ajuste les tignasses. Elle veut retrouver le visage de petit Paul, caresser ses cheveux. Retrouver son visage d'ange. Hélas, pas un seul ne lui ressemble. Dans ses souvenirs, Paul avait des cheveux très blonds, presque blancs. Alice apparaît. Elle entortille ses doigts autour des boucles. Comme tes crânes sont beaux ! Tu n'as pas à envier ma collection d'échographies. Tu les as baptisés ?

Non. Ils s'appellent tous Paul.

Paul, Paul, Paul, Paul, enchantée Paul, ravie de faire ta connaissance, Paul. Il manque un Paul, non ? Alice s'amuse. Tu ne fais pas preuve de beaucoup d'imagination, Marge. Moi, je choisissais un prénom pour chacun. La dernière s'appelait Louison. Je me suis battue pour avoir sa garde. Hélas, ce fut de courte durée. Elle était ma préférée. C'était la plus développée. Tu ne me poses aucune question ? Tu ne veux pas de détails ? Pourtant, tu saurais de quelle façon tu as tué ton petit frère.

Je n'écouterai pas tes bêtises. Tu vas jouer avec moi, me dire des horreurs et je vais te croire. Les créatures ont toutes fait cela. Je vous connais. Vous adorez vous moquer de moi, répond Marge. Elle arpente la chambre de long en large. Elle ne retrouve pas les expressions de petit Paul. Comment a-t-elle pu l'oublier à ce point ? Elle tape du pied. Une tête valdingue à l'autre bout de la pièce. Les cheveux volent. Elle fonce dans la cuisine, déloge Patton. Elle la tient fermement, arrache ses plumes d'une main. Victor abandonne sa troupe soviétique pour la rejoindre. Il tente de délivrer Patton, mais Marge a une force décuplée. Il ne dit mot. Quand elle est dans cet état, elle n'entend rien. Elle retourne dans la chambre, plante les plumes dans des crânes. Les têtes aux coiffures hirsutes ressemblent à des masques africains. Alice se moque d'elle. Victor l'observe. Elle devine sa présence. La litanie recommence. Il est petit, tout doux, tout blanc. Il est minuscule, tout velouteux, tout pâle. Il est tout soyeux, tout blafard. Ses cheveux aussi étaient blancs. Des cheveux d'ange bouclés. Je n'arrive pas à reproduire les boucles. Ce n'est pas petit Paul. Regarde, ce n'est pas lui. Les boucles étaient minuscules, il n'avait pas un mois. Je n'arrive pas à reproduire sa tête. Cela m'aiderait à me souvenir, j'en suis sûre. Alice m'empêche de réfléchir. Elle critique tout ce que je fais. Je n'ai plus la place d'accueillir son histoire, ni aucune autre. Je ne veux plus me cacher derrière les créatures. Je ne suis pas moi. Je veux savoir qui je suis et ce que j'ai fait. Fous-la dehors, Victor !

Il caresse ses cheveux humides. Il touche son front : il est brûlant et ses joues sont en feu. Il lutte pour ne pas partir dans son monde lui aussi. Que feraient-ils s'ils vrillaient en même temps ? À sa manière, Marge l'oblige à rester conscient. Vivant. Elle troque des journées de sa vie pour rallonger la sienne. Victor l'aide à se relever. Les têtes roulent, se fracassent contre le mur. Les bras ballants, Marge assiste au spectacle. Il l'embrasse comme il ne l'avait pas embrassée depuis des semaines pour ne pas qu'elle chavire. Tel un oisillon qui se blottit dans son nid, elle se réfugie dans son cou. Il lui murmure des mots qui appartiennent à la nuit. Leurs corps se cherchent et leurs ombres se confondent, se fondent et s'effondrent sur le matelas.

En ce 5 mars, à vingt heures treize, l'arbre n'a plus de feuilles, la poule, plus de plumes, Marge, plus de boucles, Victor, bientôt plus de neurones et Jules, plus d'argent. Et dans les nuits à venir, l'immeuble n'aura plus d'étages. Tout le monde aura perdu sa guerre. Ne resteront alors que les histoires. Des histoires pour sauver des femmes et des hommes. Des histoires pour sauver l'humanité car, tant qu'il y aura de la place pour l'imaginaire et ses drôles de créatures, la vie jaillira et le printemps ressuscitera.

Victor lui demande de raconter les aventures d'Alice ou celles de Viviane si elle préfère. Qu'elle les emmène au pays où ils peuvent encore se retrouver. Elle le supplie de lui faire l'amour. Ils feront l'amour quand elle aura raconté toutes les histoires et que l'immeuble s'effondrera. Pour l'instant, ils flottent et vacillent ensemble. Ils restent l'un contre l'autre, se bercent, esquissent leurs derniers pas de danse. Elle lui chuchote son désir de sentir son sperme à l'intérieur d'elle. Elle sait pourtant qu'ils n'élèveront pas cet enfant. Elle rêve de la rencontre d'un bout d'elle et d'un bout de lui qui s'uniraient pour former une cellule. Elle veut sentir la vie dans son ventre, éprouver la joie de se sentir féconde. Elle rêve de le lui annoncer avant de mourir à ses côtés. Il sait qu'elle ne plaisante pas. Elle mettra fin à ses jours en même temps que lui. Il ne cherche pas à l'en dissuader. Pourquoi n'aurait-elle pas le droit de choisir sa dernière heure ? Leur histoire est écrite depuis le jour où elle a enjambé la fenêtre du salon.

Alice s'immisce entre eux. Tu me donneras ta première échographie ? Marge pose les mains de Victor sur ses oreilles. Je ne veux plus entendre cette petite garce. Il lui ordonne d'affronter l'ennemi. Cela ne sert à rien de reculer. Il la rassure. Il est là. Elle s'agrippe à ses hanches comme si elle percevait au loin de grandes vagues se précipiter pour l'engloutir. Alice saute à cloche-pied entre les débris de crânes, rit aux éclats. Enfin, il est l'heure de rétablir sa version des faits. Marge prend une grande inspiration, la dernière peut-être. J'ai une histoire à te raconter. Tu veux ?

D'aussi loin qu'elle se souvienne, Alice a toujours voulu être mère. À trois ans, elle a déjà la fibre maternelle. Elle baptise sa première poupée Louison. Elle a de jolies pommettes, une bouche en forme de cœur et des yeux verts magnifiques. Contrairement à sa cousine qui gribouille les visages de ses poupons, elle dorlote sa Louison. Elle l'emmène partout. Quelle angoisse de l'abandonner à son entrée à l'école. Elle la serre fort dans ses bras, pleure en respirant son odeur vanillée. Afin d'éviter un drame, son père lui offre un baigneur pour tenir compagnie à Louison. Un peu comme elle avec sa mère quand il part en mission en Afrique. Son père est militaire dans l'armée de terre. Vêtu d'un uniforme kaki et d'un béret bleu, il ressemble à Action Man. Victor la rabroue. Tu ne te fatigues pas. Tu fais un transfert. La mère est dépressive, le père est militaire, et ta créature est une enfant-adulte. Tu déguises la vérité.

Ce sont des éléments de ma vie, mais ce n'est pas mon histoire. Laisse-moi poursuivre.

Alice prénomme son baigneur Sébastien. Il sent la

vanille, comme toutes les poupées Corolle. Elle n'en veut pas d'autres, leur odeur l'apaise. Très vite sa collection s'agrandit. Son père lui offre une poupée à chaque opex. Elle se réjouit de ses départs même s'il risque sa vie et la laisse seule gérer sa mère qui prépare des cocktails toujours plus détonants pour s'échapper dans son monde. Bien sûr, elle prie pour qu'il revienne sain et sauf, sinon plus de poupées. Elle en a des blondes, des brunes, des rousses, des asiatiques, des africaines, des nourrissons. Elle est comblée. Elle s'imagine directrice d'un orphelinat, institutrice, ou encore la marraine du royaume des enfants perdus. Une sorte de Peter Pan.

Pour le Noël de ses sept ans, son père lui offre une Barbie. Quelle déception ! Comment s'imaginer être la mère de cette godiche à gros seins, aux yeux turquoise ? En revanche, elle n'a jamais contemplé une plastique aussi parfaite. Il faut dire qu'elle ne connaît que le corps de sa mère dégradé par son amour pour les alcools forts. Elle ne prend même plus la peine de se maquiller ni de camoufler ses cernes. Visage bouffi, nez rouge, regard vague, ventre gonflé, elle entend une petite voix qui l'incite à boire. Elle se transforme en barrique devant ses yeux. Elle ne marche plus, elle roule du matin au soir et du soir au matin. Elle retrouve ses deux jambes pour les visites de l'assistante sociale qui veut lui retirer la garde d'Alice. Elle se montre une mère aimante et joviale. Pas la moindre lueur de folie dans son regard. Pourtant, folle, elle l'est. Elle passe du rire aux larmes, hurle pour un rien. Dans cet état second, elle insulte son mari et Alice, casse ce qu'elle a sous la main. La fillette se cache sous sa couette et chante une comptine à ses poupées. À cette époque, sa mère ne la frappe pas encore. Elle envoie seulement valser des objets à l'autre bout de la pièce. Parfois, ils la frôlent mais rien de bien méchant.

Ta mère était si violente ? demande Victor. Et ton père, où était-il ?

Ce ne sont pas mes parents, mais ceux d'Alice, lui rappelle Marge qui reprend des couleurs avec son récit. Les idées viennent toutes seules.

Son père ne rentre plus à la maison. Il a décrété que pour monter en grade il devait prendre une chambre de « célibat géographique » sur la base. Il emmène Alice une fois par semaine au McDonald's puis dans un magasin de jouets pour choisir une poupée. Ils ont gardé ce rituel jusqu'à son passage en cinquième. Son père juge qu'elle est trop grande. Elle comprend deux ans plus tard que son budget « poupées » est réservé à sa deuxième fille. Alice a quatorze ans lorsqu'elle le croise main dans la main avec une fillette. Son portrait craché. Elle serre un baigneur contre sa poitrine, copie conforme de son Sébastien. Son père vit à quelques mètres de chez elle avec sa nouvelle famille, rue de la Petite-Boucherie. Il n'a jamais eu de chambre sur la base ni évolué en grade. Oui, tu as bien compris, Victor, il a refait sa vie et ne s'en cache pas.

En troisième, ses notes chutent. Alice arrive souvent en retard au collège à cause de sa mère. Elle a peur que sa fille l'abandonne comme son père. Elle s'accroche à ses chevilles puis, encore ivre de la veille, se rendort à même le sol. L'année de ses quinze ans, elles déménagent rue du Pont-de-Bois grâce à l'assistante sociale. Elles ne peuvent plus garder leur appartement. Quatre mois de loyer en retard : la pension versée par son père est aléatoire. Sa mère s'approprie l'unique chambre, lui laissant ainsi le salon pour mieux travailler à l'école. Alice sait qu'elle veut tranquillement siffler sa bouteille de vodka avant de se coucher. Elle l'oblige à se séparer de toutes ses poupées. Alice ne peut se confier à ses camarades. Elles ne peuvent pas comprendre. Elle est la seule à jouer encore à la poupée, alors que les autres s'intéressent aux garçons et à la mode.

Les cerisiers sont en fleur lors de son rendez-vous avec la conseillère d'orientation. Il y a un vent léger, une branche rose tape à la fenêtre pendant que Vrud lui cherche un avenir. Victor la coupe. Tu vois, tu mélanges tout. Vrud est ton conseiller France Travail, pas celui d'Alice. Qu'importe ! Je peux l'appeler Mme Osman. Cela ne change rien à l'histoire.

Ils retrouvent la joie de créer. Victor lui donne des détails qu'elle doit intégrer à son récit. Elle relève le défi haut la main. Elle va toujours plus loin. Elle aime semer le trouble. Elle adore le surprendre, le pousser dans ses retranchements, guetter ses réactions. Que cela soit vrai ou faux, qu'elle ait étranglé le petit cou blanc ou pas, il l'aimera encore bien après sa mort. Il admire son imaginaire débordant. Elle sourit tant elle est fière de ses trouvailles. Elle les déguste comme un bon chocolat.

Au regard de ses résultats, Alice ne peut pas prétendre à devenir puéricultrice ou sage-femme. Ses rêves s'envolent comme les pétales au-dehors. Elles feuillettent la brochure du lycée professionnel. Elle se rabat sur un CAP petite enfance, mais Mme Osman lui conseille un bac pro secrétariat pour élargir le champ des possibles. Les larmes aux yeux, elle accepte. Elle ne va pas rester chez elle à regarder sa mère s'imbiber de vodka. Alice en veut à son père d'avoir fait un enfant à cette alcoolique. Tout le monde savait qu'elle était folle. Dans cette famille, il y a une folle à chaque génération. Elle peut s'estimer heureuse : la folie a choisi sa cousine. La pauvre gesticule comme un pantin désarticulé, grogne et bave. Elle fait peine à voir. Alice travaille avec acharnement. Elle s'isole à la médiathèque, reste le soir à l'étude, apprend ses leçons par cœur. Elle n'a pas le choix. Elle doit trouver un emploi le plus vite possible. Vivre avec sa mère est devenu un calvaire. La petite voix lui ordonne de la frapper. Elle lui dit que si son père est parti, c'est sa faute. Malgré la violence des crises, elle obtient son bac. Elle est embauchée dans un centre d'imagerie médicale à Nancy. Alice n'a pas d'expérience, mais la directrice a perçu sa motivation et sa soif d'apprendre.

Son bureau situé dans le hall donne sur une rue très fréquentée. Entre les courants d'air, le bruit et la pollution, elle a vite compris pourquoi aucune secrétaire ne restait plus de trois mois. Elle s'est rapidement acclimatée à son nouvel environnement. L'équipe est satisfaite de son travail, elle signe son CDI et loue dans la foulée un studio. Quel soulagement de ne plus avoir à enjamber sa mère ivre morte le matin. Elle aménage son petit nid, le décore à sa guise. Elle ne s'est jamais sentie aussi bien. Elle ne rentre plus chez elle la peur au ventre. Les week-ends, elle flâne dans les boutiques de jouets et de puériculture. Elle reste des heures au rayon des poupées Corolle, respire leur odeur vanillée. Elle a beau avoir dix-huit ans, elle repart toujours avec le catalogue à défaut de s'en offrir une. En revanche, il lui arrive d'acheter un body ou des chaussons en forme de lapin. Elle souhaite ardemment devenir mère, donner à cet enfant tout ce qu'elle n'a pas eu.

Marge pose ses mains sur le torse de Victor, glisse un pied le long de ses mollets et enchaîne d'une voix suave : hélas, l'idée de rencontrer un homme la terrifie. Pourtant, elle rêve de sentir des mains empoigner ses seins et caresser son ventre. Elle rêve qu'un homme la remplisse. Elle rêve d'une nuit folle et bestiale. Elle rêve de faire coulisser entre ses doigts son membre gonflé. Elle rêve d'avoir des nausées matinales. Elle rêve d'être pleine, d'être grosse. Elle rêve d'avoir des montées de lait. Elle finit par prendre son courage à deux mains et s'inscrit sur une application de rencontres. Un désastre ! Les hommes n'aspirent qu'à coucher le premier soir. Elle qui cherche le prince charmant, le père de ses futurs enfants, tombe de haut. Elle enchaîne les rendez-vous calamiteux. Pour éviter de croiser le regard lubrique de son rencard, elle fixe son cocktail. Le visage de sa mère se dessine au milieu de la mousse et des fruits. Parfois, elle y voit aussi le sien. Leurs traits se fondent. Elle devient comme elle : alcoolique. Dieu merci, pas folle.

Un soir d'hiver, peu avant Noël, elle se rend déjà saoule à un rendez-vous dans un bar, bien décidée à perdre sa virginité avant la nouvelle année. Elle a bu assez de cocktails pour ne pas se souvenir du visage de l'homme. Tout ce qu'elle sait, c'est qu'elle l'a amené chez elle et qu'ils ont fait l'amour. Les taches de sang sur son drap en témoignent. Il ne lui reste de cette nuit que le goût de la honte. Elle se fait la promesse de ne plus jamais recommencer et troque ses soirées avec des hommes contre des instants de symbiose avec le Seigneur. Elle passe la semaine des fêtes en tête à tête avec Dieu.

Ne me regarde pas comme cela, Victor. Ce n'est pas parce que tu n'y crois pas qu'Alice ne peut pas se convertir. Quelle rencontre ! Elle en a encore des frissons. Il s'est montré si plein d'amour. Elle souhaite à tout le monde de vivre cette expérience. Même à nous, ajoute-t-elle en riant.

En cet hiver, elle découvre la foi. Elle dévore la Bible, s'achète un crucifix, prie matin et soir. Elle communie avec Dieu. Il l'entend et elle reçoit ses messages. Elle a tant pleuré la fois où Il lui a dit que tout lui était pardonné. Elle retourne au travail le cœur léger, ce qui n'est pas le cas de Jocelyne. Sa collègue a fait une dépression pendant les fêtes au point d'être internée. Elle ne reviendra pas de sitôt. La directrice lui demande de la remplacer au pied levé au pôle échographies pelviennes et vaginales au sous-sol. Alice se passionne pour les crevettes logées dans les ventres de ces femmes. Elle est fascinée par ces êtres en devenir, ces petites âmes. Pour rien au monde elle ne reprendrait son poste au rez-de-chaussée. Elle adore son bureau chaleureux. Elle se croirait dans le ventre d'une géante. Elle suit la grossesse de chaque femme et elle les accompagne de son mieux. Après son travail, elle se rend à l'église pour parler au Seigneur. Il peut compter sur elle, elle prend le relais pour veiller sur ses chérubins. Elle est comblée.

Un jour de juin, une jeune fille vient effectuer l'échographie obligatoire avant d'avorter. Alice comprend alors quelle est sa mission : sauver les âmes en perdition et les recueillir. Le soir, quand tout le monde a quitté le centre, elle imprime un double des images des âmes naufragées et les rapporte chez elle. Elle célèbre chaque nouvel arrivant avec le même rituel. Elle ferme les rideaux, allume des bougies, punaise l'échographie et prie.

Seigneur, Tu nous vois déchirés et abattus. La mort de Thomas (elle baptise chacun) est une injustice.
Nous nous tournons vers Toi pour partager notre peine.
Aide-nous à supporter le vide qui s'est creusé en nous ;
Fortifie notre espérance au-delà de la souffrance.
Accueille Thomas comme un père accueille son fils en sa maison ;
Donne-lui le bonheur de l'éternelle jeunesse.

Ensuite, Alice et ses anges dégustent un gâteau et chantent des comptines. Elle classe ses petits chéris par ordre d'arrivée. Il y a Simon qui n'a même pas atteint la taille d'un ongle, Sarah : un mois, puis Medhi : onze semaines, Vanina : neuf semaines, Peter : trois semaines. Elle a entendu leurs meurtrières supplier *Enlevez-moi cette chose, ce truc, ce machin, ça.* Elle a honte pour elles. En quatre ans, elle a accompagné cinquante-deux anges au paradis. Tout se déroule à la perfection et le Seigneur ne tarit pas d'éloges à son égard. Elle ne compte pas ses heures et propose un suivi aux patientes qui avortent. Ces petites âmes doivent s'élever dans la joie. Elles pourraient choisir de revenir dans le ventre d'une femme qui les désire ardemment. Qui sait si elle sera désignée pour l'une d'elles.

Arrête donc de faire les gros yeux, Victor. C'est pourtant simple. Une de ces âmes aurait pu me prendre pour mère. Tu sais, avant de s'incarner sur terre, elles flottent là-haut dans les nuages. Peut-être viennent-elles aussi du pays des idées avortées, qui sait ? Elles nous observent, puis le moment venu elles choisissent un ventre où se loger. Parfois, elles se trompent. Tout comme les créatures. Regarde Daphné : je n'étais pas la bonne personne pour l'accueillir, pas la bonne mère créatrice. Victor ne sait pas si c'est Marge ou Alice qui parle. Est-elle lucide ou en crise de somnambulisme ?

Un matin d'automne, Mme Leroy, une jolie blonde à la bouche en forme de cœur, arrive au centre. Elle ressemble tant à sa Louison. Tous ses souvenirs remontent à la surface : sa mère allongée au sol, sa collection de poupées, les mensonges de son père, sa carrière de puéricultrice brisée. Alice redouble d'efforts pour s'occuper de Mme Leroy qui souhaite avorter au plus vite. Son compagnon l'a quittée à l'annonce de la nouvelle. Elle n'a pas les moyens d'élever cet enfant et veut se consacrer à sa carrière de comédienne. Elle est enceinte d'un mois. Le soir même, Alice fait un double de l'échographie et célèbre la venue de Louison avec ses anges. Cela fait des mois qu'ils n'ont accueilli personne. Elle parfume même de vanille son studio en souvenir des poupées Corolle.

Quel choc lorsqu'elle retrouve Mme Leroy accompagnée cette fois de monsieur pour l'échographie du troisième mois. Elle est revenue sur sa décision. Elle n'a pas le droit de lui retirer sa Louison ! Elle a déjà rejoint ses frères et ses sœurs d'âme. Après son travail, Alice lui rend souvent visite, prétextant un suivi psychologique obligatoire pour les femmes qui ont hésité à garder l'enfant.

Marge ralentit. Elle est fatiguée. Elle refuse de poursuivre et reprendra le fil demain. Victor lui attrape les mains, l'empêche de fuir. Elle s'énerve. Elle n'a pas la fin de l'histoire. Il ne faut pas la bâcler. Il s'impatiente. Qu'elle arrête avec ses fausses excuses. Elle a peur de la vérité. Elle est là, tout près. Ils vont la découvrir ensemble grâce à Alice. Il la rassure, ses sentiments seront toujours les mêmes. Il devine les larmes au bord de ses yeux. Il caresse son visage. Elle sanglote. Les mots se bousculent.

Le 9 juillet, personne chez les Leroy. Elle file à la maternité vêtue de sa blouse blanche. Elle consulte le registre des naissances au poste de soins. Trop occupées avec les potins du service, les infirmières ne la remarquent pas. Alice relève le numéro de la chambre et s'enferme aux toilettes. Elle ressort vers trois heures du matin. Pas un chat dans les couloirs. Quand elle entre dans la chambre de sa Louison, Mme Leroy dort. Elle attrape son ange en vitesse, la cache sous sa blouse. C'est son bébé, sa petite fille. Personne n'avait le droit de la lui enlever.

Une fois chez elle, Alice la pose sur le lit, baise son front. Comme elle est heureuse d'avoir retrouvé sa Louison ! Son trésor. Sa chérie. Sa poupée. Elle s'allonge sur son petit corps. Quand elle se réveille, le bébé a rejoint ses frères et ses sœurs au paradis. Alice fait un signe de croix avant de suspendre le corps frêle à la tête de lit avec des rubans roses. Elle trône au centre des échographies. Tout est enfin à sa place.

Marge frémit. L'immeuble tremble, les bâches claquent, l'échafaudage vacille. Le 46 bis est en branle. Victor la serre fort. Elle reste inerte. L'expulsion de cette histoire lui a ôté toute énergie. Tu sais ce qu'il te reste à faire,

Marge, je te laisse entre les mains de Viviane, souffle Alice avant de s'évanouir en une flaque de mots.

Impossible de trouver le sommeil. Cette nuit d'insomnie est plus terrible qu'une crise de somnambulisme. Elle regarde Victor qui dort paisiblement. Elle envie sa respiration profonde, sa façon de se mouvoir sous les draps et de tirer la couette sans faire attention à elle. Il l'éjecte de sa nuit et de ses rêves. Elle aimerait le rejoindre. Elle imagine leurs corps sans vie enlacés dans la poussière pour l'éternité. Ils formeront une créature à deux têtes, quatre bras et quatre jambes. Peut-être que des lambeaux auront résisté au temps. Le 46 bis rue des Martyrs s'ornera d'une plaque en l'honneur des amants retrouvés. Les amoureux immortaliseront d'un cliché leur visite au couple maudit. L'idée de laisser leur empreinte, une légende urbaine qui se transmettrait de génération en génération, la rassure. Les passants sauront qu'ici un homme et une femme se sont aimés d'un amour fou. Marge se tourne vers Victor, l'embrasse avec passion. Elle s'endort avec le chant des oiseaux qui annoncent une belle journée.

Peu à peu, Marge et Victor quittent leurs corps. Le peu de raison qu'il leur restait s'est évaporé. Leurs contours se mélangent à ceux de l'immeuble. Leurs âmes flottent dans les paillettes de poussière. Ils ne forment qu'une seule et même entité. Ils sont plus connectés que les hologrammes de Jules qui poursuivent leurs attaques à la nuit tombée. Ils n'ont plus besoin de paroles pour se comprendre. Leurs sentiments sont exacerbés.

Malgré leurs casques, le bruit insoutenable des engins résonne dans leurs têtes. Pourtant, cela fait plusieurs jours que les ouvriers ont déserté les lieux à cause du risque d'effondrement. Des infiltrations d'eau ont causé des dommages importants, d'autant qu'il pleut sans interruption depuis le 1er mars. L'isolation du toit et des matériaux de mauvaise qualité en sont la cause principale. De plus, les charges supplémentaires pour la construction d'un système solaire miniature sur la couverture ont affaibli les fondations. Partout, une odeur d'humidité et de pourriture. Les pierres se fissurent et s'effritent.

Obsédé par son désir d'inscrire son nom dans l'histoire,

Jules Dauvilliers a fait de grosses erreurs. La conception architecturale n'est pas adaptée à l'immeuble qui ne respecte pas les exigences de sécurité. Jules tente de se dédouaner, mais c'est trop tard. Bien sûr, il n'y a pas eu de nouvelle alerte d'évacuation des lieux puisqu'ils sont censés être vides. Personne, hormis Dauvilliers et l'holographe, M. Rivera, n'est au courant de la présence de Marge et de Victor. Ils sont inexistants depuis bien longtemps. Les deux hommes se sont bien gardés de prévenir la police. Ils se couvrent mutuellement. Un périmètre de sécurité a bien été établi et les autorités locales, averties de la situation. Un dispositif de soutien pour stabiliser temporairement l'immeuble a été mis en place et des affiches, placardées dans la rue pour prévenir les riverains. Jules s'est rendu plusieurs fois au quatrième étage pour avertir les derniers occupants du danger. Chaque fois, Victor a refusé de lui ouvrir.

Les crises d'épilepsie se rapprochent. Il ne prend plus ses médicaments et se dégrade à vue d'œil. Il peine à trouver ses mots. Parler l'épuise. Seules ses mains retrouvent un peu d'énergie quand elles touchent Marge la nuit. En attendant la mort, Victor tue le temps. Il enchaîne les parties de solitaire et joue aux fléchettes sur une cible qui penche. Il a sans arrêt mal à la tête. Pour supporter la douleur, il tire deux ou trois bouffés sur un joint. Marge a récolté les dernières plantations d'Éliane avant que les ouvriers ne les détruisent. Brouillard dans l'appartement, brouillard dans leurs têtes. Ils planent.

La folie s'est officiellement installée dans le corps de Marge. Son obsession : connaître la vérité. A-t-elle oui ou non étouffé petit Paul ? Si Marge veut avoir des explications avec sa sœur, elle ne doit pas tarder. La date du terme approche. La folie la rend encore plus belle. Paranoïa et névroses l'habillent de diamants, d'or et d'argent. Marge, reine du pays d'où l'on ne revient pas, princesse des histoires, comtesse des mensonges, fée des ombres du passé.

Parfois elle s'assoit dans le fauteuil face à Victor. Une nouvelle Marge apparaît. Douce, délicate, sensible. Tout semble lui réussir. Souveraine, mais à tout jamais victime de sa folie, elle offre à Victor son amour pour l'éternité. Il la contemple. Elle attrape son visage, baise son front, sa bouche. Elle lui rappelle son désir d'enfant et, par une force qui lui appartient, elle le projette dans le futur d'une vie à trois. Dans ces instants, Victor est prêt à succomber et à la prendre sur ce fauteuil. Pénétrer son ventre et son âme. La féconder. Son désir pour elle alors que la fin approche est à son comble. Il voudrait lui faire l'amour de manière tendre, joyeuse, sauvage. Il se retient, pourtant, elle n'attend que cela. Elle déboutonne son jean, glisse sa main à l'intérieur, ondule du bassin. Elle oublie tout sous ses doigts : son passé, le petit cou, son suicide raté. Ces moments de répit ne durent jamais très longtemps. Sa fixation reprend toujours le dessus. Elle se rappelle qu'elle ne peut courir le risque de tuer son enfant comme elle l'a fait avec son frère.

Sur l'échafaudage, elle guette des heures durant les entrées et sorties de Violette, de Jules, des beaux-parents, de plus en plus présents. Parfois, elle se faufile sous les rubans de balisage et s'éclipse pour suivre sa sœur qu'elle voit partout. Dans leurs trenchs beiges, toutes les femmes lui ressemblent. Elle les traque jusqu'à ce qu'elles se retournent ou entrent dans un immeuble. Elle fixe les gros ventres et les poussettes. On ne sait jamais, sa sœur aurait pu accoucher en avance. Elle entend des pleurs et respire le parfum de Violette à un kilomètre à la ronde. Elle entre dans les boutiques de vêtements pour enfant et les magasins de jouets. Elle étudie le périmètre, effectue deux à trois rondes dans la journée. Cela a fini par payer.

Alors qu'elle traîne dans les rayons layettes d'un centre commercial, Marge aperçoit Violette qui regarde des bodys. Le manteau ouvert, son gros ventre dépasse. Marge l'observe un long moment. C'est la première fois depuis l'épisode dans la piscine qu'elle la voit d'aussi près. Ses joues sont creusées et ses yeux ont perdu leur éclat. Elle lit de l'inquiétude et de la fatigue sur son visage. Perdue dans ses pensées, Violette ne la voit pas. Marge hésite à poser une main sur son épaule. Elle la suit dans les allées. Elle touche tout ce qu'elle prend en main, attrape un sac de carottes, des yaourts et du riz, se dirige vers la sortie. Tout comme elle. La caissière laisse passer le paquet de riz de Marge parmi les courses de Violette. Elle met ses achats dans le panier, laisse le riz en doublon sur le tapis avant de se précipiter dehors. Marge la rattrape. L'une derrière l'autre, elles remontent la rue des Martyrs.

Parle-moi ! Tu ne peux pas m'évincer de ta vie. Que s'est-il passé ? Tu étais là. Je sais pour petit Paul. Tout me revient par bribes. J'ai besoin de toi. Dis quelque chose. Arrête de jouer à la reine du silence. Tu as gagné, mais nous n'avons plus six ans. Regarde-moi. Crache-moi à la figure ce que tu ne veux pas dire. Je suis… Je suis… Allez, Violette, c'est toi la spécialiste de la parole. Tu peux bien faire cela pour ta grande sœur. J'ai tué notre petit frère ?

Oui ou non ? Est-ce que j'ai tué Paul ? Pourquoi ne m'en as-tu jamais parlé ? Et toutes mes crises à l'école de la Légion d'honneur ? Et mes cauchemars récurrents ? Tu crois que papa voulait que je l'accompagne à ses soirées pour m'éloigner de toi ? Il avait peut-être peur que je te fasse du mal ? Et pourquoi m'ont-ils laissée partir à l'âge de seize ans ? Ils étaient sans doute soulagés. Ne restait plus que la fille prodige. La future médecin de la famille. La grande diplômée. L'intelligence même.

Violette avance d'un pas décidé. Marge déblatère sans interruption. Elle s'énerve, cherche à lui faire mal. Elle parle de leurs parents. Elle pourrait faire l'effort d'aller les voir. Pourquoi a-t-elle jeté leurs cadeaux de Noël ? Ils n'étaient pas assez bien pour sa respectable famille ? Marge expulse sa colère et son incompréhension. Elle insulte Jules. Il les a séparées. C'est un manipulateur. Quand va-t-elle ouvrir les yeux ? Une main sur le ventre, Violette accélère, se rue sur la porte de son cabinet pour s'y enfermer. Marge reste un long moment devant l'ancienne vitrine recouverte d'un film opaque.

Elle revient à l'appartement, tremblante et les larmes aux yeux. Victor la serre fort. Il lui demande de raconter l'histoire de Viviane : il a besoin de s'échapper dans leur monde, c'est urgent, c'est vital. Son récit lui fera gagner quelques jours de vie. Excitée comme avant un orage, Marge parle de Violette, repasse le film cent fois dans sa tête, fait des arrêts sur image, revoit leur jeunesse à la lumière du jour. Elle ne remarque pas l'absence de Victor, parti se coucher. Depuis quelques jours, la fatigue ne le lâche plus. Il a beau dormir, il n'est jamais tout à fait reposé.

L'AMOUR

— Tu n'as pas besoin de danser, je danserai à ta place.
Il a passé un bras autour de ma taille et m'a précipitée contre son costume blanc aveuglant.
— Fais comme si tu te noyais.

SYLVIA PLATH
La cloche de détresse

Nuit du 19 mars. Victor a mal à la tête, sa vision est floue et il a la nausée. Son corps est décharné. Il a perdu beaucoup de poids. Il essaye de parler, mais les mots restent bloqués. Il se montre irritable, agressif ou apathique d'un instant à l'autre. Il perd l'équilibre. Il lui est désormais impossible de peindre ses petits soldats. Sous les draps, Marge essaye de le réchauffer. J'ai une histoire à te raconter. Tu veux ? Viviane arrive comme une fleur, écoute le début, mais s'insurge. Elle est déçue par ses idées, elles collent trop à sa propre vie.

Où est donc passée ta créativité ? Sais-tu faire la différence entre une autofiction et une fiction ? Marge ne répond pas, caresse le front de Victor qui s'endort. Elle aimerait le protéger, lui faire une place dans son ventre. De temps à autre, elle ouvrirait une porte cousue dans sa chair pour lui permettre de s'y réfugier à sa guise. D'un pas lourd, le visage rouge et les poings serrés, Viviane arpente la pièce. Elle marmonne comme si elle avait une guimauve dans la bouche, puis se met à cracher son venin. Elle parle vite, postillonne.

Fainéante. Tu recycles des éléments de ton quotidien, changes deux ou trois détails pour faire croire que c'est de la pure invention, mais c'est faux. Mes rendez-vous avec les hommes ne se passaient pas du tout comme les tiens. Je ne les retrouvais pas dans un café, mais les croisais dans la rue quand je promenais Bibi mon bichon. Lui aussi, tu l'as oublié. Contrairement à toi, je me préparais des heures avant notre petit tour, j'enfilais des bas et des talons aiguilles pour séduire les maîtres qui sortaient leur chien. Le premier venu aurait fait l'affaire, alors ne raconte pas que je cherchais l'amour. Je voulais juste tromper la solitude et, crois-moi, je faisais mon possible pour attirer l'attention. Pourtant pas le moindre compliment, pas un regard lubrique. Rien. Toi, tu n'as pas connu cela. Tu es attirante, alors que les hommes me parlaient par courtoisie le temps que leurs chiens fassent leurs petites affaires. J'obtenais au mieux un sourire moqueur. Pendant ce temps Bibi souffrait et maigrissait. Moi, je m'empiffrais à chaque retour à la maison. Toi, quand tu te gaves d'abats, tu ne grossis pas. Arrête de transposer ton désir d'enfant dans mon histoire. Je n'en voulais pas, je cherchais juste une rencontre. Je n'ai pas couché avec le boucher, mais avec le fromager.

Marge balbutie quelques mots.

Ne me coupe pas la parole. Nos histoires ne sont pas comparables. Je mérite la mienne. Comme Gloria, Esther ou Alice, j'ai le droit d'exister par moi-même. Je suis une créature, je te le rappelle. Tu es bien trop égocentrée pour raconter mon histoire et c'est fort regrettable. De toutes, elle était la meilleure. Tu aurais pu aller loin avec moi. Je t'aurais emmenée sur de nouveaux territoires. Nous nous serions bien amusées. Nous aurions conçu un scénario cocasse, drôle, stupéfiant. Ton Victor aurait adoré. Son amour te suffit donc ? Tu penses ne plus avoir besoin de nous pour vivre, mais c'est un leurre. Tes créatures te font exister. Sans elles, tu ne serais rien. Une femme vide, banale. Même ton Victor le sait. Nos histoires contribuent à son salut et s'il t'aime, c'est grâce à nous. Cela ferait bien longtemps que tu serais retournée à la rue si tu ne lui rappelais pas ses nuits dans le désert. Attention, Marge, tu vas le perdre comme tes capacités à rêver, à te projeter dans un autre univers. Tu étais bien contente de nous avoir toutes ces années. Sans nos histoires, tu serais morte.

Viviane s'assoit sur le lit qui ploie sous ses grosses fesses.

Réveille-toi ! Toutes ces personnes qui ne s'intéressent plus aux mythes, aux légendes et aux contes sont si pauvres d'esprit. Laisse-les au vécu, à la douleur, au pathos, aux témoignages qui débordent de malheurs et de bons sentiments. Une histoire doit transcender le réel. Si tous les personnages ont choisi ta tête et ton ventre, c'est parce qu'ils savaient que tu ne les trahirais pas. L'énergie du désespoir allumait ta flamme créative. Mais te voilà éteinte comme l'ensemble de l'humanité. Les créatures ne trouvent plus un seul ventre où couver. Il y a encore quelques fêlés qui nous accueillent, bien sûr : des sans-abri, des malades mentaux ou des vieux en maison de retraite. Hélas, les médicaments les empêchent d'aller au bout de nos récits. Il reste les enfants. Leur imagination est riche, mais leur vocabulaire est pauvre. Nous tombons rarement sur un haut potentiel contrairement à ce que pensent les parents. Je pourrais m'exiler dans un ventre d'Amérique latine ou du Japon, de Chine ou des pays du Nord. Ils sont plutôt doués pour inventer des histoires, mais je ne parle que le français. Mes hébergeurs ne comprendraient rien et, même si je leur déclenchais une crise de somnambulisme, ils seraient internés pour leurs délires dans une langue étrangère. Un mal ronge notre pays, je te le dis. Nous sommes en crise et personne ne s'en rend compte. Toi et moi, nous pouvons changer le cours de l'Histoire. Remettons la littérature au centre. Il est de notre devoir d'aider des milliers de gens à vivre des histoires qui les dépassent, à développer de l'empathie pour des personnages qui sont à l'opposé d'eux, et à découvrir le monde. Grâce à nous, ils vont aimer, souffrir, détester, pleurer, se réjouir, traverser des orages et des passions, faire l'amour avec un milliardaire, une victime de guerre, une fille de joie, un malfrat, un nomade. Nous allons bousculer des destins. Marge, tu m'écoutes ? Comment pourrait-on survivre sans imaginaire ?

Marge la laisse parler. Elle a assez à faire avec son passé et la tumeur de Victor. Viviane va bien finir par abdiquer comme Daphné. Mais elle prêche pour sa paroisse. Elle se présente comme une ambassadrice de la création. Bientôt, elle fera partie des résistants, des anciens combattants, des héros. Elle va se battre jusqu'au bout. C'est un acte politique. Elle compte sur Marge pour l'aider. Pas question de déserter. Elle n'est pas une lâche, elle ! Marge se concentre sur sa respiration. Elle attrape la main de Victor. Il ne bouge pas. Elle se blottit contre lui, l'entoure de ses bras. Il a toujours aussi froid. Elle le frictionne, souffle de l'air chaud dans son cou, le supplie de ne pas la quitter. Elle le caresse, s'imprègne de chaque trait de son visage. Le grain de sa peau a changé. Sous ses doigts, elle sent la mort. Marge lui murmure encore et encore l'avenir qu'elle imagine pour eux. Elle ressasse les mêmes images, arrivée au bout de ce qu'elle pouvait inventer. Elle se cogne avec violence à la nuit. Le ciel noir couvre son corps d'hématomes. Elle s'allonge sur lui, le berce. Elle ne sait plus si elle l'aime pour la folie d'aimer ou parce qu'elle l'a aimé comme une folle.

Une sirène retentit. Le réveil indique une heure et vingt-trois minutes. 20 mars. C'est le printemps. La tête enfouie dans le cou de Victor, Marge ne bouge pas. Cette fois, c'est pour de bon. On vient la chercher pour l'interner. Le camion s'arrête au niveau du 46 bis. Elle entend les portes du véhicule claquer. Elle attend. Elle attend encore. Les secondes se transforment en minutes. C'est long quand personne ne frappe à la porte et que le silence règne. C'est peut-être le moment de fuir, d'échapper à l'emprisonnement, aux médicaments, aux blouses blanches, aux autres fous, aux émissions débiles, aux pyjamas bleus qui se déchirent.

La petite Marge de six ans lui ordonne de ne pas quitter le lit. Son heure n'est pas venue. Ce qui se passe audehors ne la concerne pas. Des voix retentissent. Marge revit la nuit de 96. Chuchotements dans sa tête : nous arrivons trop tard – seule une autopsie le confirmera – voulez-vous contacter votre époux ? – la voisine peutelle garder vos filles ? – les petites pourraient rester avec vous – vous allez avoir besoin d'aide – il faudra faire attention à votre aînée.

Est-ce qu'elle entend vraiment ces paroles ? Ou est-ce une créature qui lui joue un tour ? C'est un mauvais rêve ou une crise. Elle se pince. Elle est bel et bien réveillée. Elle voit le petit cou blanc. Autour de lui du velouté, de la ouate, du pastel. Tout est moelleux. Le matelas, le petit cou, son corps à elle. Tout est crémeux. Le cou n'a pas de visage ni de corps. C'est un petit cou blanc posé sur le lit clair. Il est beau, parfait, et son odeur est rassurante. Elle l'embrasse, le lèche comme une glace.

Marge étouffe. Elle sent le malaise arriver. Vite, elle se lève, s'habille : pull kaki, treillis, rangers. Elle embrasse les lèvres froides de Victor, lui dit qu'elle revient vite avant de monter sur l'échafaudage. Les gyrophares projettent leur lumière sur la bâche. Toutes les pièces sont allumées chez Violette. Les deux pompiers à côté du véhicule sont calmes. Marge serre la lisse entre ses mains. Est-ce que sa sœur et le bébé vont bien ? Où est Iris ? Sa chambre aussi est éclairée. Et si elle avait étranglé à son tour son petit frère en pleine nuit ? Elle aussi pourrait être sujette à des crises de somnambulisme. Elle est la seule fille de sa génération. La folie ne l'épargnera pas. À son tour, elle commettra un crime. Le cœur serré, Marge se penche. Une civière sort du 37. Violette est allongée, toujours avec son gros ventre. Marge s'enroule autour de la bâche. À mesure qu'elle descend, elle entend l'échafaudage grincer et des planches tomber.

Un pied à terre, elle contemple l'immeuble. Le bateau fantôme va bientôt couler. Le 46 bis ne sera plus qu'un souvenir. Il n'y aura pas un seul vestige pour mettre la plaque des amants, pas une seule pierre. Seul le chitalpa de Tashkent, perdu sur son îlot, pourra témoigner de leur amour.

Il pleut de plus en plus fort. Les douces odeurs printanières viennent titiller ses narines. Elle tend le cou, regarde le ciel, bouche entrouverte. Elle connaît le chemin pour se rendre à la maternité des Bluets. C'est là que Violette a accouché d'Iris. Elle marche d'un pas rapide, fait son possible pour ne pas se disperser, ne pas penser à ses mains. Les gouttes de pluie martèlent son crâne. Son pull devient lourd. L'humidité du treillis saisit ses mollets, ses cuisses tandis qu'elle descend la rue des Petites-Écuries. Viviane se moque d'elle.

Tu es aussi folle qu'Alice, tu t'en rends compte ? Qui de vous deux a écrit l'histoire ? Tiens, c'est à ce passage piéton que je me suis fait écraser par un bus. Bibi se trouvait de l'autre côté de la rue. Si tu avais vu son regard. Il n'attendait que cela, que je crève. J'étais tellement obsédée par l'idée de rencontrer un homme à mettre dans mon lit que pendant ce temps je ne voyais pas les autres clébards sodomiser mon bichon, soir après soir. Tu aurais dû voir la pauvre bête. Il était devenu famélique. Il ne voulait pas sortir, tirait sur sa laisse. Moi, je l'insultais. Il m'est même arrivé de lui donner des coups de savate. Le pauvre, il était devenu suicidaire. Ralentis, Marge, Violette ne va pas accoucher dans l'heure, tu as le temps. C'est important ce que je te dis. Je te donne les éléments essentiels pour raconter une histoire folle, une grande fiction. Surprends-moi, dérange et dérape, trouve des métaphores, joue donc avec les mots, sois entièrement disponible à ta créature, écoute-la, écoute-moi, suis ton intuition. Je ferme la parenthèse. Je disais que Bibi était suicidaire. Il s'arrêtait en plein milieu de la rue pour faire ses besoins, ou il refusait d'avancer, ou encore, et c'était le pire, il essayait de s'engouffrer dans une bouche d'égout. Plus il maigrissait, plus son collier flottait autour de son cou. Il a fini par s'enfuir. Ton petit Paul, lui, ne pouvait pas, c'était impossible alors que mon Bibi n'eut pas beaucoup de mal à glisser hors de son collier, il était si maigrichon. Quant à ton Victor, tu verras, à l'article de la mort, il retrouvera des forces insoupçonnées. Tu le penseras vigoureux, peut-être même guéri. Tu auras tort. Ce sera simplement un regain de vitalité avant le trépas.

Dégage. Victor est fort. Il va se remettre de sa tumeur. En ce qui concerne petit Paul...

Marge ne termine pas sa phrase. Elle court boulevard Voltaire, traverse la place de la Nation. Rue du Rendez-Vous. Elle y est presque. Enfin, après une heure de course à pied, elle arrive aux Bluets. Elle transpire. Cheveux plaqués, pull à tordre, treillis trempé, elle pue le chien mouillé. Elle erre devant la maternité. Les néons du hall l'agressent. Elle passe devant une assistante à l'accueil à moitié endormie et se faufile dans un couloir. Elle vole une blouse et une charlotte sur un chariot. Viviane ne la lâche pas d'une semelle.

Je vois qu'Alice t'a donné des idées. Se déguiser en femme de ménage pour circuler librement. Qui est la créature ? Qui est la créatrice ? Qui dirige qui ? Qui influence qui ? L'imaginaire inspire le réel, peut-être plus que l'inverse. C'est à en devenir fou, non ? Laisse-moi deviner, tu vas aller t'enfermer dans les toilettes en attendant que Violette accouche ? Nous pourrions peut-être trouver un cagibi, ce sera plus confortable pour que tu accouches toi aussi de mon histoire.

Munie d'un balai, Marge monte au premier étage, profite du passage d'une infirmière pour se faufiler dans le secteur des salles d'accouchement. Elle passe devant le local des soignants. Ils ont le nez sur leurs mots croisés. Les ombres de petit Paul galopent sur les murs. L'imaginaire de Marge est plus puissant que les hologrammes. Son esprit projette l'image de son frère et de ses mains qui l'étranglent, le broient. Pluie rouge. Vertiges, malaise, Marge s'appuie sur son balai, elle manque de tomber. Pendant ce temps, les contractions de Violette se rapprochent, de plus en plus intenses. La dilatation du col de l'utérus est complète. Il fait chaud. Le jour combat la nuit qui ne veut pas se retirer. Les bruits changent. Odeur de café et de croissants sortis du four, les roulettes des chariots grincent et les thermos s'entrechoquent. Des rires transpercent l'air. Un ballon gonflé à l'hélium rempli de confettis est en cavale. Il se cogne au plafond. Il hypnotise Marge. Soudain, il explose. Elle sursaute, se dépêche de balayer les cotillons, chasse au passage le ciel noir et les nuages gorgés de ses larmes. Peu à peu, l'équipe de jour arrive. Bientôt l'heure des transmissions. Une alarme retentit. Trois infirmières sortent en vitesse du poste de soins. Marge les suit, colle son oreille à la porte. Poussée, descente du bébé. Sortie de la tête. Place au chant des oiseaux, aux klaxons, aux tam-tams des poubelles. Ciel rose, les premiers rayons éclairent le lino à paillettes, poussières d'étoiles. Premier cri de l'enfant : le fils de Violette. À cet instant, Marge désire plus que tout au monde un enfant de Victor. Elle aussi veut sentir un être dans son ventre. Un être de chair et non d'imaginaire. Une fois Viviane partie, elle aura toute la place pour l'accueillir. Toute la place pour vivre son histoire avec Victor. Comme elle aimerait qu'il soit présent à ses côtés, qu'il lui prenne la main, l'aide à respirer, à croire à demain. Marge entend Violette demander s'il a bien cinq doigts à chaque main, si son rythme cardiaque est normal et si ses réflexes sont bons. Elle parle comme un médecin. Elle leur interdit de déposer l'enfant sur sa poitrine avant de tout vérifier. Contractions post-partum, expulsion du placenta. Agitation dans la salle. Marge attrape son balai, déguerpit en vitesse. À peine a-t-elle le dos tourné que Jules sort avec une infirmière. Il doit s'absenter, il a une situation urgente à régler. La soignante lui répond que vu l'état fébrile de Mme Dauvilliers, il est préférable de la laisser seule avec son fils le temps de l'installer dans la 214. Le téléphone de Jules sonne. Il décroche en s'éloignant. Marge tend l'oreille. À l'autre bout du fil, une voix hurle. Jules baisse le volume. Impossible d'entendre les propos. Il va régler l'affaire. Elle chasse la conversation de son esprit, puis reprend son balai afin d'éviter de se faire repérer.

Il fait désormais grand jour. Le soleil inonde le deuxième étage d'une lumière vive. Les fines parois laissent échapper les pleurs des nouveau-nés, les questions angoissées des mères, les berceuses. Des pères hagards s'échappent pour prendre un café. Une jeune femme pleure. Elle a peur de mal s'y prendre de retour à la maison. La sage-femme la rassure. Tout va bien se passer.

La porte de la 214 est fermée. Marge rôde ici depuis deux heures maintenant. Pas un bruit. Enfin, elle entre.

Sa sœur dort d'un sommeil profond. Ses traits sont détendus, son visage a retrouvé des couleurs. Elle regarde ses cheveux délicatement posés sur la taie d'oreiller. Elle avance doucement vers le berceau. Peau blanche, nez minuscule et aplati, une arcade sourcilière prononcée, des cheveux blonds. Il ne ressemble pas tout à fait à petit Paul. Elle lit son identité sur le bracelet en plastique : Gaspard, Paul Dauvilliers. Le cœur de Marge fait le fou. Elle relit plusieurs fois le deuxième prénom. Les lettres valsent sur l'étiquette. Elle relève la tête en direction de Violette. Elle la voit le jour de ses six ans. Elle rêve d'aller au parc Disney pour rencontrer Belle et la Petite Sirène. Maman et Papa l'ont dit : pour fêter l'arrivée du petit frère, ils emmèneront les filles rencontrer leurs héros préférés. Les yeux humides, Marge approche son visage de celui du bébé, observe le petit cou blanc sur le drap blanc. Il est tout pâle, tout soyeux, tout blafard. Elle a envie de le toucher, de l'embrasser, de sentir sa peau duveteuse. Elle aimerait le respirer. Elle lutte de toutes ses forces pour ne pas le prendre dans ses bras. Son corps ne lui obéit pas. Sa main lâche le balai qui tombe et réveille Violette. Elle aperçoit Marge penchée sur le berceau.

Tu te recules tout de suite, lui ordonne-t-elle, les mâchoires serrées.

Je ne vais pas lui faire de mal. Il est si beau !

Marge sanglote. Elle ne voulait pas tuer petit Paul. Violette saute du lit, arrache la perfusion. Elle pointe un doigt vengeur sur sa sœur déguisée en femme de ménage.

Tu es folle, Marguerite. Un danger public. Tire-toi.

Marge tremble de tout son corps.

Tu entends ce que je te dis ? Dégage. Ce n'était pas à moi de prendre soin de ma sœur, de te cacher la vérité. Les parents auraient dû te faire interner. Tu es malade. Je n'en peux plus de gérer tes excès, tes crises de somnambulisme. Je ne veux plus m'inquiéter des nuits entières. Je ne veux plus me couper des autres car j'ai honte de toi. J'en ai marre de mentir, de dire que je suis fille unique ou de raconter que tu n'es plus de ce monde. J'en ai marre de ton comportement abusif. Je ne parle même pas de toutes les cinglées qui t'habitent et qui ont pourri mon existence. Elles sont encore enfermées à l'intérieur de toi ? Tu as trouvé une autre victime pour raconter tes histoires ? Ne me regarde pas comme cela. Je connais trop bien ces pupilles qui s'allument. Ne t'approche plus jamais de ma famille.

Marge balbutie. Dans ses propos décousus, elle la met en garde. Il faut éloigner Iris du bébé. C'est elle qui étranglera Gaspard.

Violette hurle.

Tu as tué Paul. Tu as tué Paul. Tu as tué Paul.

La porte s'ouvre sur Jules qui tient un bouquet de fleurs. Violette lui ordonne d'appeler la sécurité. Il attrape le bras de Marge qui ne se débat pas.

Dans l'ascenseur, elle retire charlotte et blouse. Malgré la lumière des néons, son visage fatigué, elle est encore très belle avec son air de guerrière. Jules ne peut que le constater. Quelle vie aurait-il eue à ses côtés s'il n'avait pas choisi Violette ? S'il avait choisi de prendre Marge à bras-le-corps avec ses démons, ses peurs et ses coups de folie, ses éclats de rire, ses créatures et leurs histoires ? Marge et Jules, cela aurait donné quoi ? Les images de cette vie parallèle défilent dans sa tête. Il lui tend un mouchoir, la raccompagne sur le trottoir.

Soleil cru. Il lui allume une cigarette, en fume une aussi. Ils restent un long moment face à la rue, face au printemps enfin là après cet hiver interminable. Ils expirent la fumée, inspirent l'air doux des beaux jours et ses fragrances de fleurs. Dans ce drôle de silence, les mots peinent à se frayer un chemin. Marge ne réfléchit plus. Son corps est en mode survie. Elle expulse d'une traite :

Violette a raison, je suis folle. Tu crois qu'elle me reparlera ?

Jules soupire. Le nuage de fumée dissimule les contours de Marge. Peu à peu, elle s'efface de son champ. Il redouble d'énergie pour capter son attention. Elle se volatilise si vite.

Laisse-la. Violette est fragile. J'ai tout fait pour qu'elle s'épanouisse, qu'elle devienne mère alors qu'elle le redoutait plus que tout. Elle tient, mais le moindre coup de vent la déstabilise. Pour son bien, ne reviens plus. Vis ta vie. Quitte Paris, quitte le 46 bis. Tu m'entends ? Il faut quitter les lieux.

Marge regarde le ciel, les feuilles des arbres qui percent et les oiseaux. Elle aimerait les rejoindre, voler avec eux. Volez, volez, volez, mes tout petits cous blancs, et vivez, vivez, vivez, mes petits chéris. Jules attrape ses épaules, la regarde droit dans les yeux.

C'est important ce que je te dis. L'immeuble peut s'écrouler d'un moment à l'autre. Nous avons dû évacuer le quartier. C'est une question d'heures. Est-ce que Beaulieu est toujours chez lui ? N'y retourne pas, c'est trop dangereux.

Marge lui offre un sourire qui n'appartient déjà plus aux vivants. Elle écrase son mégot à ses pieds. Il préfère penser qu'ils vont quitter l'immeuble. Elle se dirige vers le métro. Viviane la suit comme son ombre.

Tu comprends maintenant pourquoi le monde a tant besoin d'imaginaire ! Les histoires aident les hommes à tenir debout. Elles sont des piliers. Sans elles, l'espèce humaine aurait disparu depuis longtemps. Pourquoi ne rappelles-tu pas Gloria, Esther, Daphné, Alice et toutes les autres ? Pourquoi pas Lia, la première de ta longue liste ? Toi seule peux les réanimer. Tu as ce pouvoir. Tu pourrais créer une armée. Esther, la vieille, serait notre général. Elle a de l'expérience, elle a connu de nombreux ventres. Rien ne l'arrête, elle va toujours jusqu'au point final même si cela prend des années. Je proclame Daphné reine des supplices. Quand je vois comment elle a embroché son mari avant de le manger, elle n'aura pas de mal à inciter les hommes à reprendre le chemin de l'imaginaire. Gloria sera parfaite pour faire diversion. Elle est capable d'embobiner le plus réfractaire avec ses récits bizarres, et puis elle est plutôt mignonne quand elle parle au micro. Elle aime plaire et fera tout pour séduire les futurs conteurs. C'est notre atout charme. De nous toutes, Alice est la plus stratégique. Quand elle veut quelque chose, elle finit toujours par l'obtenir. Elle ne lâchera rien. Quant à moi, à la nuit tombée, j'irai hanter tous ceux qui ne voulaient pas raconter mon histoire. L'heure de ma revanche a sonné. Nous allons rallier l'humanité entière à notre cause. Ensemble nous pouvons lutter contre l'ennui, la monotonie, les préjugés, la banalité. Nous devons lever notre étendard. Nous sommes prêtes pour ce combat. Nous attendons ton signal. Tu vas la savoir, la vérité. Elle finit toujours par se révéler. Tu veux que je te raconte ce qu'il s'est passé la nuit de 96 ? Quand tu sauras, tu retrouveras ta légèreté et la liberté de créer davantage. Les créatures du pays des idées avortées reviendront sur terre. Elles se battront pour entendre leurs histoires dans ta bouche. Attends-moi, je peine à reprendre mon souffle.

Marge trace. Elle doit retrouver Victor ce soir, mais elle a quelque chose à faire avant. Ses pas la guident dans les couloirs du métro, gare Montparnasse jusqu'aux rues de Clamart. Les façades des pavillons se refont une beauté, les femmes ont sorti leurs garde-robes printanières, les jardiniers travaillent à parer la ville de ses habits des beaux jours. Elle accélère, remonte la rue du Moulin-de-Pierre.

Arrivée au grand portail noir, elle sonne. Les chiens aboient comme d'habitude. Elle entend les pas de son père sur les graviers. Chemise à carreaux, un jean trop grand, sécateur en main. Marge le suit. Les quatre golden retrievers lui font la fête, essayent d'attraper ses mains. Le petit dernier a bien grandi, il dépassera bientôt les autres. Olivier se félicite du parc qu'il a si bien entretenu et se réjouit de l'éclosion prochaine des premières fleurs. Il est tombé sur le cimetière des poupées africaines il y a quelques jours. Il aurait bien aimé les donner à Iris si jamais Violette l'amenait cet été, mais les chiens se sont jetés dessus. Il ne reste que des lambeaux de tissu. Lui qui d'habitude économise ses mots bavarde plus qu'à l'accoutumée. Il lui demande des nouvelles. Rien de spécial, la routine comme toujours, répond Marge. Elle aperçoit

Hortense qui s'active dans la cuisine. Olivier l'accompagne jusqu'au perron, présente des excuses : on ne fait pas attendre un jardin. Il a des arbustes à tailler, des myosotis à planter. Son père préfère rester à l'écart quand elle leur rend visite. Tout le monde s'en accommode. Il ouvre la porte : Marge est là.

Munie d'un rouleau antipeluches, sa mère arrive. Elle aurait préféré voir Violette et Iris dans le grand corridor, pas cette fille qui ressemble à un militaire en cavale. Hortense se rue sur elle, retire les poils des chiens qui continuent de se frotter à ses jambes. Marge balaye l'entrée du regard : le bouquet de lys, le portrait des deux sœurs, une photo de grand-mère Suzie. Rien de petit Paul. Pas un indice qui attesterait de son passage dans cette maison. Tout est à sa place, même le vide. Hortense se lance dans un long monologue sur les poils courts, les poils longs, la façon dont il faut les brosser. Elle entraîne Marge dans la cuisine. Elle doit surveiller les trois casseroles de pâtes qui nécessitent des cuissons différentes : celles pour la salade d'Olivier, celles pour le régime d'Orphée qui a pris du poids, et celles de Tchekhov qui ne mange plus ses croquettes. Il est en pleine dépression malgré les jouets qu'ils lui achètent. Les trois minuteurs sont actionnés. Les saladiers sont disposés sur la table avec les ingrédients pour chacun : thon, jambon, poulet, tomates cerises, gruyère, mozzarella.

Hortense l'invite à s'asseoir, lui demande d'éplucher les courgettes pour la salade de pâtes de son père et d'en faire davantage si elle compte rester pour le déjeuner. Marge se concentre pour ne pas se couper, elle peine à regarder ses mains. Elle s'applique comme lorsque enfant elle voulait bien faire. Elle se force à respirer. Sa mère prépare un lapsang souchong dans son beau service de porcelaine, prend place à ses côtés pour écosser les petits pois. Olivier fait un signe à la première fenêtre, montre que le sécateur coupe vraiment bien. Hortense l'encourage d'un léger hochement de tête.

Tu ne veux vraiment pas manger avec nous ?

Sa mère est un vrai moulin à paroles. Uranus monte sur ses genoux, elle rit.

On lui passe tous ses caprices, s'excuse-t-elle.

Elle le repousse gentiment, c'est son *petit coquin*.

Violette a accouché d'un garçon ce matin, annonce Marge.

Olivier passe une tête devant la deuxième fenêtre, tout fier. Hortense sourit.

Elle ne devait pas accoucher à la fin du mois ?

Nous sommes le 20, maman.

Le minuteur sonne.

Les pâtes d'Orphée sont prêtes. Tu peux émietter le thon ?

Elle verse les pâtes dans la passoire. Dehors, on entend le cliquetis du taille-haie.

Oui, tout s'est bien passé, et oui, tout le monde va bien. Le bébé s'appelle Gaspard.

C'est très joli.

Paul en deuxième prénom. Gaspard, Paul Dauvilliers.

Olivier fait coucou à la troisième fenêtre. Hortense ne répond pas.

Le minuteur de Tchekhov sonne. Paul, Paul, Paul. La mère court vers la gazinière, bascule la casserole dans une autre passoire, se brûle la main au passage. Uranus tourne autour d'elle, aboie. Le minuteur d'Olivier sonne. Marge l'éteint. Sa mère passe sa main interminablement sous l'eau froide. Marge finit par s'approcher, ferme le robinet.

J'ai tué Paul. N'est-ce pas ? La folle de la famille, c'est moi.

Mais non, voyons ! Bien sûr que tu ne l'as pas tué.

Elle entoure l'épaule de sa fille.

Raconte-moi. Raconte-moi cette nuit-là.

Hortense la presse contre elle un peu plus fort.

J'étais très seule quand ton père est parti en Centrafrique, j'étais enceinte de sept mois et vous me demandiez beaucoup d'énergie toutes les deux. Je ne voyais pas le jour. Je ne savais pas comment m'en sortir. Paul est arrivé. J'ai perdu pied. Personne pour m'aider. Je manquais de sommeil, il fallait que je dorme, ce soir-là j'ai pris un somnifère, je me suis effondrée.

Marge pose sa tête au creux de son cou, respire son parfum.

Et puis, en pleine nuit, Violette est venue me chercher, elle m'a traînée dans la chambre de Paul, tu étais allongée à ses côtés. Il ne respirait plus. Je vous ai recouchées toutes les deux, j'ai appelé les pompiers. Marge, il était mort.

Elles regardent le jardin qui accueille les hirondelles et les papillons. Olivier se débat avec Tchekhov qui lui saute dessus. Orphée déterre une énième poupée africaine.

Mort subite du nourrisson. Il était trop tard pour le sauver. Tu ne l'as pas tué. Ce sont des choses qui arrivent. Quand ton père est rentré de mission trois mois plus tard, nous avons repris notre vie à quatre. Comme avant. On ne parle pas de ces choses-là. Mais tu n'y es pour rien.

Olivier envoie une balle en direction de la fenêtre, Orphée et Jaipur se précipitent pour la rattraper. Sa mère l'embrasse sur le front. Les chiens déboulent dans la cuisine, dérapages incontrôlés. Ils aboient. Hortense se dépêche de terminer les salades et demande à sa fille de sortir les assiettes. Elle ordonne à Olivier de prendre une bouteille de champagne à la cave. Ils ont une naissance à fêter. Marge serre fort sa mère dans ses bras en guise d'au revoir.

Pour la première fois, le trajet perron-grille est léger, Marge survole les graviers qui étincellent. Son ventre est chaud, il brûle, ses contours s'effacent. Bientôt transparente. Il ne reste plus que cette boule incandescente au niveau du nombril qui illumine tout sur son passage. Jamais elle n'a autant ressenti l'amour de Victor. Jamais elle n'a ressenti autant d'amour. Son ventre contient leur histoire. Envahie par les souvenirs, elle n'a plus de place pour ses créatures. Ce sentiment indestructible traversera les nuits et les siècles à venir. Elle flotte dans l'air comme un foulard emporté par le vent. Elle passe à travers la grille, y dépose la fourrure des souvenirs qui l'étouffaient, les secrets enfouis, sa vie faussée. Elle dépose les angoisses, les peurs, le dégoût d'elle-même, l'effroi, la culpabilité, les mensonges et les sombres nuits. Marge est nue. Elle traverse la ville. Elle ne voit pas son reflet dans les vitrines, seulement une boule de feu d'un rouge ardent. Nul ne la remarque hormis une fillette de six ans à peine. Les traits de petit Paul s'affinent dans son esprit. Il est tout doux, tout calme, tout apaisé. Son odeur lactée chatouille ses narines. Marge revoit sa mère au retour de la maternité avec le couffin. Elle couvre son petit frère de baisers. Elle veut déjà lui raconter des histoires, elle en a inventé une spécialement pour son arrivée. Elle flotte au-dessus des rails de chemin de fer et des immeubles. Elle frôle les nuages. Elle plane au-dessus de Paris et de ses fontaines. Enfin elle pose un pied à terre en haut de la rue des Martyrs. Elle descend avec l'élégance d'une reine dans une travée de cathédrale. Majestueuse, victorieuse. Elle fend la foule. La rue lui dévoile un nouveau visage. Odeur de pluie printanière. Ses poignets se mettent doucement à danser. Marge savoure chaque seconde, chaque pas sur le bitume. Elle prolonge ce moment d'allégresse. Travailleurs et badauds se ruent sur les terrasses. Même s'il ne fait pas encore chaud, tous veulent déguster le premier cocktail qui annonce le début de la saison estivale. Couleurs vives dans les verres. La mélodie des glaçons tinte comme une ritournelle rassurante. Les projets de vacances s'installent dans les conversations et les sourires se dessinent sur les lèvres. Marge ne voit pas les panneaux qui avertissent du danger ni les banderoles de sécurité. Rien ne pourrait la faire dévier de sa trajectoire. Elle approche du 46 bis. Les voiles de la bâche se gonflent. Les lambeaux, toujours plus nombreux, frétillent, puis la capturent subrepticement. Viviane, son bichon mort serré sur sa poitrine, pose une main sur son épaule.

Ma route avec toi s'arrête ici. Je ne t'accompagnerai pas dans cette fin annoncée. Je préfère retourner au pays des idées avortées le temps de trouver un autre ventre pour m'accueillir. Je dois poursuivre mon histoire, ce ne sera pas avec toi.

Viviane s'évapore.

Marge s'engouffre dans le hall décrépit. Les boîtes aux lettres gisent au sol. Les murs sont fissurés. Elle admire le chitalpa de Tashkent sur son îlot : il n'a jamais été aussi beau. Elle lui adresse un salut avant de faire demi-tour. La loge du gardien s'est effondrée. L'immeuble semble avoir été bombardé. Ici et là, des bouts de plafond sont tombés et, partout, des crevasses et des fentes. D'un air solennel, elle gravit les escaliers. Le bois craque sous ses pas et des marches se brisent. Une douce lumière inonde la cage d'escalier. Des paillettes de poussière volent dans l'air. Elle savoure cet instant où elle n'entend plus aucune voix. Pour la première fois depuis des années, son corps lui appartient. Elle pense à Gloria, Esther, Daphné, Alice, Viviane. Elle sourit, poursuit son ascension. La boule dans son ventre grossit. La chaleur s'empare de tout son être. Elle remonte à l'intérieur de ses cuisses, longe les parois de son utérus, éclabousse son cœur. Transportée par cette vague de désir, elle se hisse au quatrième étage. Tous les appartements sont ouverts sauf celui de Victor. Le sol est en pente. L'immeuble n'a jamais été aussi calme. Les bruits de marteaux-piqueurs et de perceuses sont bien loin. Marge avance, les mains le long du corps, calmes. Elles ne cherchent pas à fuir comme à leur habitude. Sa respiration s'accélère. Elle est là, tout près de lui. Il l'attend de l'autre côté de cette cloison. Leurs cœurs battent à l'unisson. Elle entre.

La maquette s'est écroulée. Les petits soldats et les poupées africaines ont rejoint le sanglier, le chevreuil et le renard. Au milieu du salon trône le presse-papier avec la marguerite et la violette. Elle l'attrape, il glisse entre ses doigts, explose en mille morceaux. Les reflets, des vaisseaux lumineux, traversent la pièce de part en part. Le salon ressemble à la Voie lactée. Patton bat des ailes, caquète. Victor apparaît sur le seuil de la chambre. Il respire : elle est là. Quelque chose a changé. Elle rayonne. Marge perçoit son regard. Jamais elle ne s'est sentie aussi femme. Son corps se transforme sous ses yeux. Ses seins gonflent, ses lèvres s'humidifient. Il s'approche d'elle. Jamais il ne s'est senti aussi vivant, même au combat.

Toutes les fenêtres s'ouvrent, les lambeaux de bâche claquent dans l'appartement. L'immeuble est en branle. L'échafaudage crisse. Les planches du cinquième s'écroulent au quatrième. Victor ne voit rien d'autre que Marge, sa conteuse des *Mille et une nuits*. Ses mains se déposent sur ses oreilles pour lui murmurer son récit : ressac du passé. Il écoute, attend la fin pour la serrer fort dans ses bras. C'est donc cela, l'histoire du petit cou blanc ? Leurs mains se trouvent. Le sol vibre. Un bruit de bombe qui explose. S'ensuit une onde de choc.

Il entraîne Marge dans la chambre, leur tombeau de poussière. Il lui retire son pull. Ses tétons pointent. Tout son corps frissonne, spasmes dans son ventre. Il se baisse, défait les lacets de ses rangers avant d'embrasser son nombril et de déboutonner son treillis. Il dépose des baisers sur sa culotte. Elle se mord la bouche, le supplie de la retirer. Elle est à lui. Il est à elle. Il libère sa poitrine et son sexe. Nue, Marge tourne lentement sur elle-même. Il s'émerveille. Elle le déshabille à son tour et le pousse sur le lit. Assise sur son bassin, elle ondule, cherche à le faire entrer en elle, mais il la renverse, attrape ses poignets, l'empêche de bouger. Elle écarte les jambes, soulève ses fesses. Elle le veut en elle. Il la regarde une dernière fois encore vierge de lui. Sa queue glisse entre ses cuisses. Elle soubresaute. La gorge nouée, il se perd en elle. Marge emportera tout avec elle : les océans, les forêts, les déserts, la joie, la mélancolie, la tristesse, les souvenirs, les cendres, les volcans, les braises, les étoiles, la nostalgie, les doutes, les questions, les rêves, la fantaisie et l'imaginaire.

L'échafaudage s'écroule. Plus rien n'existe autour d'eux. Leurs sexes sont faits l'un pour l'autre : ils s'emboîtent parfaitement. Victor découvre son nouveau visage avec des expressions et un sourire inconnus jusqu'alors. Elle est radieuse. Tout est à sa place. Tout est juste et parfait. Il reste un long moment au-dessus d'elle à l'observer. Ses cheveux sur l'oreiller ressemblent à des algues sous une lumière grise de Normandie. Elle sourit, lui murmure un merci. Elle respire son cou. Il commence son va-et-vient. Il embrasse ses lèvres salées, caresse ses joues, ses bras. Il aimerait être partout à la fois. Les premiers coups de reins sont si délicieux que c'est un supplice de faire durer le plaisir. Il lutte pour ne pas aller plus vite, se délecte de chaque seconde. Il fait de son corps ce qu'il veut. Elle se laisse faire. D'une légère pression sur les hanches, il l'incite à se mettre à quatre pattes. Il admire son dos cambré, ses fesses rebondies qui attendent d'être empoignées, embrassées, câlinées. Il la retourne et l'attire vers le rebord. Il veut la prendre dans toutes les positions comme si c'était sa dernière mission. Il grogne, il exulte. Il la pousse, la repousse au milieu du lit pour mieux voir sa peau sur le carré blanc et la lumière blanche du soir qui enveloppe leur union. Il accélère peu à peu. Râles de plaisir. Une force les pousse à une douce violence, à une guerre des corps. Il la retourne sans jamais sortir d'elle. Ils font l'amour par à-coups. C'est un plaisir bestial qui fait mal. Ils s'agrippent, se mordent, se griffent. Les mains sur ses épaules, Victor la fait crier. Elle aime cette douleur. Ils aimeraient se dévorer, se tuer. À défaut, ils se pénètrent, s'engloutissent. Ils ne savent plus à qui appartient cette chair, ce sang. Ils disparaissent l'un dans l'autre à mesure que l'immeuble penche et s'écroule.

Le rez-de-chaussée s'est effondré. Ils sont à présent au troisième étage. Ils disparaissent au point de ne plus savoir s'ils sont en vie. Ils crient. Ils s'ouvrent et se ferment. Ils éprouvent du plaisir et de la souffrance. Est-ce qu'ils pleurent ? Est-ce qu'ils rient ? Les lambeaux de bâche ont disparu et pourtant ils les entendent encore claquer. Les voiles de leur bateau fantôme se gonflent, il prend le large. Ils tanguent sur le lit emporté par les vagues. Tout est plus vif, plus fort, plus rouge, plus blanc. Elle enfouit la tête dans l'oreiller. Victor l'attrape et le jette. Il veut voir son visage. Des plumes volent. Ils enchaînent les mouvements de leur chorégraphie sous la lumière des draps. Elle glisse ses doigts partout où elle peut. Tous ses orifices lui appartiennent. Elle marque sa peau de suçons. Elle le lèche, goûte chaque centimètre carré de son corps. Le désir monte et descend en une fraction de seconde. Ils jouent avec le plaisir de l'autre. Ils se connaissent par cœur. Ils font l'amour comme s'ils l'avaient toujours fait. Mouvements doux et saccadés. Ils semblent se dépecer à tour de rôle. Il ne doit plus rien rester d'eux. Pas un seul os blanc sur les draps blancs dans la poussière blanche. Ils s'attrapent et se tordent jusqu'à l'épuisement. Ils halètent. Il fait trop chaud, trop froid. Les corps claquent. La sueur dégouline le long de leurs échines.

Des sirènes de pompiers retentissent. Le 46 bis s'effondre. Marge et Victor sont désormais au deuxième étage. L'immeuble penche de plus en plus et le sol se dérobe. Au loin, Patton caquète. Soudain, plus rien. La poule est morte. Le buffet lui est tombé dessus.

Victor au-dessus de Marge s'arrête un instant. Elle lui sourit : vas-y. Il poursuit son va-et-vient. Leurs respirations s'accélèrent. Les corps claquent sur un tempo régulier. Ils rugissent. Les mains sur ses épaules, accrochée à lui, elle lui intime l'ordre d'aller plus loin. Elle veut le sentir buter au fond de son sexe. Qu'il déchire ses entrailles, son cœur. Ils se cherchent avec la rage des morts qui désirent revenir à la vie. Ils s'étranglent, se lacèrent, se balafrent. Ils s'embrassent à en oublier de respirer. Enfin, son sperme gicle à l'intérieur d'elle. Victor tremble et s'écroule sur son ventre. Elle est prise de secousses, ses muscles se contractent et une douce sensation de chaleur s'empare de tout son être. Surpris l'un et l'autre par l'intensité de leur orgasme, ils n'arrivent pas à se détacher. Elle sent le liquide chaud dégouliner le long des parois de son sexe. Par réflexe, elle referme ses cuisses pour le garder à l'intérieur. Marge le sait, ils ne connaîtront pas l'enfant que Victor vient de lui faire.

La pièce tourne. La lumière est grise. Leurs corps sont recouverts de cendres : seins de poussière, sexes de poussière, cous de poussière. Les doigts entrelacés, ils observent les crevasses sur les murs et sur le plancher. Tout craquelle autour d'eux et en eux. Des bouts de plafond s'affaissent. Marge caresse les cheveux de Victor. Doucement, tranquillement, comme si les murs ne s'écroulaient pas, comme si les alarmes ne ululaient pas, comme si la vie au-dehors n'existait pas. Il entre une nouvelle fois en elle. Le fracas de l'immeuble autour d'eux s'amplifie. Ils n'ont pas d'autre choix que de vivre chaque seconde comme une vie entière. Ils se parlent, enveloppés du silence des morts qui les attendent. Victor recommence son va-et-vient sans jamais la quitter des yeux.

Elle a ce sourire.

Elle murmure

au rythme de ses coups

J'ai une histoire

à te raconter

tu veux ?

REMERCIEMENTS

Je remercie celles et ceux qui ont fait route avec moi au fil de l'écriture de ce roman :

Mon éditeur, Jean-Marie Laclavetine, qui a toujours cru en moi et qui accompagne mes personnages comme s'ils étaient vivants,

Anne Vijoux, pour sa présence constante sur mon texte, ses remarques toujours bienveillantes, et pour avoir supporté mes états d'âme en cours d'écriture,

Daniel Pennac, pour nos conversations sur la littérature et sur la vie qui m'ont beaucoup aidée,

Françoise Pélissier et Geneviève de la Bretesche, qui sont les fondations de ma maison,

Nathalie Chavanon, pour nos échanges du dimanche qui me sont très précieux et pour sa foi inébranlable,

Lilyane Beauquel, pour son regard perçant, son intransigeance, et pour nos déambulations passées et à venir,

Roula El Jabri, qui est une lumière et grâce à qui je suis à l'heure,

Aurore Lachaux, pour nos journées inoubliables à la Maison du biscuit avec Pépito Bangalore,

Camille Ancel et Zineb Mekouar, qui prennent des nouvelles de mon petit monde fictif comme s'il s'agissait de leur propre famille,

Barbara Belletti, toi ma sœur qui sais pourquoi,

Maud Martrenchar, Victoria Belletti et Aurore Hedoux, artistes aériennes pour les temps suspendus entre ciel et terre,

Stéphane Velut, neurochirurgien, Karl Mondon et Isabelle Arnulf, neurologues, pour avoir pris le temps de répondre à mes questions sur les souvenirs, leur fabrication, et pour avoir révélé de nouvelles facettes chez Marge et chez Victor,

Laëtitia Marion, psychiatre, pour son éclairage sur les chocs post-traumatiques et sur les différentes opex menées par l'armée française,

Antigone Charalambous, psychologue, qui décortique les âmes et les obsessions de mes protagonistes depuis tant d'années,

Richard Texier, pour m'avoir permis de rencontrer Daniel Guérin et Alain Diotallevi, qui m'ont montré les coulisses du milieu de l'immobilier,

Frédéric Baigneres et Marc Le Dieu de Ville, promoteurs immobiliers, pour m'avoir aidée à affiner le portrait de Jules,

Véronique Brocard, pour m'avoir recommandé Gaspard Delanoë, artiste et président de l'association 59 Rivoli, qui m'a donné les clés pour permettre à mes deux squatteurs de rester le plus longtemps possible au 46 bis,

Chiara Santini, pour m'avoir mise en relation avec Alain Baraton, fervent défenseur des arbres remarquables, qui m'a raconté tant de belles anecdotes à leur sujet,

Pierre Sermanet et Abdoul Diallo, pour nos entretiens sur les nouvelles technologies,

Sébastien Quoniam, pour m'avoir présenté, en tout bien tout honneur, le boucher Romain Debrey,

Tom Schenck, pour son savoir-faire de charpentier,

Julie Albessard, pour m'avoir mise en lien avec le notaire Sébastien Huyghe,

Vinh Thibaut, pour m'avoir soutenue dans la dernière ligne droite.

Merci à la rue Mouffetard, qui est ma fête de chaque jour, et à ceux qui la rendent si vivante.

Et je pense à toi, Jean-Philippe Forestier, parce qu'il y a un peu de Cassandre et d'Alban dans Marge et Victor.

CRÉDITS

Composition : Nord Compo
Achevé d'imprimer par Normandie Roto Impression s.a.s.,
à Lonrai le 5 juin 2025.
Dépôt légal : juin 2025.
Numéro d'imprimeur : 2502390

ISBN : 978-2-07-303216-4 / Imprimé en France.

611778